Nouveau
Tle

FOCUS BAC avec SCHOOLMOUV



# Philo

## Voies générale et technologique

**Antonin Lambert**
Professeur agrégé de philosophie
Académie de Versailles

**Damien Simon**
Professeur agrégé de philosophie
Académie de Créteil

Avec la participation de
**Cécile Ghienne** (fiches Coaching Bac)
Docteure en sciences du langage et professeure en didactique

Belin: ÉDUCATION
SCHOOLMOUV

170 bis, boulevard du Montparnasse, 75680 Paris Cedex 14.


ISBN 979-10-358-1959-0

# Sommaire

Sommaire

# Tout ce que tu dois savoir sur l'épreuve de philosophie du Baccalauréat

## QUAND L'ÉPREUVE SE DÉROULE-T-ELLE ?

L'épreuve se déroule à la **mi-juin**, environ une semaine après la fin des cours.

## COMBIEN DE TEMPS L'ÉPREUVE DURE-T-ELLE ?

L'épreuve dure **4 heures** en voie générale comme en voie technologique. Il faut gérer ton temps avec attention. Il ne faut ni te précipiter ni prendre trop de temps. À titre indicatif, tu peux passer environ :

- **5 à 10 minutes à choisir ton sujet**,
- **2h à 2h30 à rédiger**,
- **1h à 1h30 au brouillon**,
- et **10 minutes à te relire**.

Trop souvent les élèves négligent cette dernière étape et perdent des points : il est essentiel de prendre le temps de te **relire**.

## SUR QUELLE PARTIE DU PROGRAMME VAIS-JE ÊTRE ÉVALUÉ(E) ?

Chacune des **dix-sept notions** du programme **pour la voie générale** ou des **sept notions pour la voie technologique** peut faire l'objet d'un sujet. Un sujet peut porter sur **une ou plusieurs notions** du programme. La ou les notions en lien avec la question ou le texte apparaissent toujours clairement dans le sujet.

## QUEL EST LE POIDS DE L'ÉPREUVE DE PHILOSOPHIE DANS LE NOUVEAU BACCALAURÉAT ?

Dans le nouveau Baccalauréat, l'ensemble des épreuves terminales compte pour 60 % de la note finale. Le coefficient de l'épreuve de philosophie est de **8 (sur 100) pour les voies générales** et de **4 (sur 100) pour les voies technologiques**.

## QUELS TYPES D'EXERCICES DOIS-JE MAÎTRISER ?

En voies générale et technologique, l'épreuve de philosophie se compose d'un **sujet à traiter, au choix parmi trois propositions** : deux sujets de **dissertation** et un sujet d'**explication de texte**, dont l'auteur figure dans la liste du programme. Pour la voie technologique, le texte est accompagné d'une série de questions qui ont pour but de te guider dans la rédaction de ton explication de texte. Il faut donc maîtriser ces deux types d'exercices dont la forme et le contenu sont spécifiques à la philosophie. Pour te préparer et choisir ainsi au mieux ton sujet le jour de l'épreuve, tu peux consulter la Méthode BAC, p. 320-333.

## CHOIX DU SUJET

Si l'explication de texte paraît plus rassurante parce qu'elle part d'un support, sa méthode est rigoureuse et les hors-sujet coûtent cher. Bien que plus impressionnante au premier abord, la dissertation offre plus de place au déploiement d'une pensée personnelle et autonome. Ne te précipite donc pas dans le choix du sujet.

## QUELLES SONT LES ATTENTES DU JURY ?

Le jury attend de toi que tu répondes au sujet de manière **claire** et **articulée**, en respectant la **forme des épreuves** (voir Méthode BAC p. 320-333).

La maîtrise des **connaissances** acquises au cours de l'année doit apparaître au fil de ta copie afin de soutenir ton argumentation. Il faut veiller à rendre ta copie **lisible** et à **soigner l'orthographe**. Enfin, le jury attend un certain niveau de **détail** et d'**approfondissement** dans tes réponses (minimum une copie double).

Pour te préparer à l'épreuve tout au long de l'année, consulte les fiches Coaching BAC, p. 334-343.

1

VOIE GÉNÉRALE

VOIE TECHNOLOGIQUE

# L'Art

Sébastien Thibault, illustration, 2020.

# Qu'est-ce qu'une œuvre d'art ?

## UNE HISTOIRE POUR COMMENCER...

### Emballé, c'est pesé

En 1985, l'artiste Christo emballe le Pont-Neuf, à Paris, sous près de 41 000 mètres carrés de tissu. Depuis 1970, ce plasticien enveloppe des monuments ou installe des tissus monumentaux dans des espaces naturels. C'est l'emballage lui-même qui est présenté comme une **œuvre**. Or, si sa **performance** sur le Pont Neuf a eu un retentissement colossal, elle bouscule nos conceptions spontanées de ce qu'est une œuvre d'art. L'aspect créatif est faible et la recherche de la beauté est secondaire. En 1917, Marcel Duchamp s'était déjà vu refuser l'exposition de sa controversée *Fontaine*. Cette-dernière n'était qu'un simple urinoir, mais renversé et signé « R. Mutt ». Le **caractère artistique** de la pièce n'avait pas été retenu, parce que l'artiste n'avait pas **créé** l'objet et que ce dernier ne correspondait à aucune norme de beauté. Ici, Christo va plus loin : l'enveloppe autour du Pont-Neuf masque même la beauté incontestée de l'objet architectural qu'il recouvre. Comment considérer le contenant comme plus important que le contenu ? En quoi masquer une œuvre d'art constituerait-il un **geste artistique** ?

L'emballage du Pont-Neuf brise les **conventions** du champ de l'art. Il bouscule nos certitudes sur certains attributs qu'on associe spontanément à une œuvre d'art : elle devrait être belle, unique, durable, être le produit d'un **génie**. Ce n'est pas le cas ici. Éphémère, l'enveloppe disparaît pour toujours au bout de deux semaines. La création n'est pas exposée dans un musée pour des spectateurs initiés, mais imposée à un public profane. Ainsi, elle n'est pas contemplée avec respect : elle est même piétinée par trois millions de visiteurs !

Peut-on encore parler d'œuvre d'art dans ce cas ? La question est renforcée par l'imitation qu'en fait le 29 septembre 1985 une classe de lycéens en emballant un mur de leur établissement. On peut interpréter cet acte de deux façons. Soit il s'agit d'un pied-de-nez, destiné à montrer que l'œuvre de Christo est une **supercherie** : tout le monde est capable d'en faire autant. Soit c'est un **hommage**, et en ce cas, nous serions face à une **copie** sans valeur propre. Mais alors, ce ne sont plus des qualités intrinsèques qui font du pont de Christo une œuvre : son succès résiderait plutôt dans sa capacité à susciter la **controverse**.

### Problématisation

→ Quels **critères** permettent de déterminer quand nous sommes en présence d'une œuvre d'art ? La radicale diversité des formes de l'art peut-elle être saisie dans une **définition unique** ?

# Pour bien comprendre

### Le sens antique du mot « art »

Il est possible de donner à l'**art** une définition qui prend son origine dans l'**antiquité** ; l'art est alors un synonyme de la **technique**. C'est ainsi qu'on parle des arts et métiers ou d'art oratoire. L'art renvoie ici à la notion de savoir-faire. C'est l'art de l'artisan.

### Le sens moderne du mot « art »

Mais le **sens moderne** d'**art** (depuis 1750 environ, et l'invention de la notion d'esthétique par le philosophe Alexander Baumgarten) désigne la **création consciente de choses belles ou esthétiques**. C'est l'art de l'artiste. À partir du XXe siècle, cette définition est remise en question, l'artiste ne cherchant plus nécessairement la beauté. Dans son acception contemporaine, la définition de l'art est plus large : c'est simplement l'activité de l'artiste produisant des œuvres. Ces dernières ne répondent plus de manière évidente aux règles de l'art, et en premier lieu à la recherche de la beauté.

### La distinction à connaître

On peut distinguer les **arts et métiers**, qui cherchent à produire les meilleurs artefacts grâce aux meilleures techniques, des **beaux arts**, qui cherchent à créer de belles œuvres.

# LE COURS en 9 points



## 1 Une œuvre d'art est à l'image de la nature

**EN BREF Le rôle de l'art est d'imiter la nature. Il procure plaisir et connaissance aux artistes et spectateurs et a une vertu thérapeutique.**

L'essence de l'art est la recherche de la beauté. Or, on conçoit traditionnellement la nature comme étant la source de toute beauté. En effet, la nature est source d'ordre, d'harmonie et de puissance. Par conséquent, la démarche artistique devrait en premier lieu être une activité d'imitation de la nature. L'œuvre d'art se distingue alors d'une chose naturelle : elle n'en est que l'image, la copie. Elle entretient **un rapport de comparaison** avec un original. Dans *La Poétique* (IVe siècle av. J.-C.) Aristote avance l'idée que l'art « imite la nature », il nomme ce rapport de reproduction ***mimesis***.

Pour Aristote, les hommes ont une disposition naturelle à concevoir des œuvres d'art : cela leur procure du **plaisir** et de la **connaissance**. Je prends du plaisir à reproduire le monde en peinture ou en sculpture, et par ces activités je connais mieux mon environnement.

> Aristote (384-322 av. J.-C.), élève de Platon (p. 35) et maître d'Alexandre le Grand, est un penseur grec considéré comme l'un des philosophes les plus importants de l'histoire. Il a fondé le Lycée, l'une des quatre grandes écoles de pensée de la Grèce Antique.

L'art assumerait aussi un rôle de **purification de l'âme**. Lorsque l'artiste imite fidèlement les passions naturelles, le spectateur peut s'identifier à celles-ci et ainsi purger son esprit de ses émotions excessives. Par exemple, le spectateur qui regarde le film *Scarface* (1983) de Brian de Palma se libérera de ses penchants violents. Aristote nomme ce phénomène la ***catharsis***.

## 2 Une œuvre d'art n'est pas qu'une bonne imitation

**EN BREF L'œuvre d'art ne saurait se réduire à une copie, au risque de se voir cantonnée à une prouesse technique. L'artiste transforme la réalité plutôt qu'il ne la recréé.**

Ce principe d'imitation sera critiqué au XIXe siècle. Dans son *Esthétique* (1835) le philosophe **G. W. F. Hegel** défend que la *mimesis* ne permet pas de comprendre la nature profonde de l'art. Il n'y a qu'un intérêt limité à reproduire ce qui existe déjà, à créer une « seconde nature ». Cette activité apparaît **superflue** et en outre **présomptueuse** : aucun artiste ne peut prétendre rivaliser avec les œuvres de la nature. On pourrait chercher à copier à l'identique une rivière en peinture, on manquerait inévitablement des propriétés présentes dans l'original.

**G.W.F. Hegel (1770-1831)** est un philosophe allemand influencé par Kant et le courant romantique. Son *Esthétique* est l'un des ouvrages les plus importants de la philosophie de l'art.

La spécificité de l'art se trouverait donc ailleurs : une œuvre d'art serait avant tout caractérisée par son **inventivité**. Georges Bataille, anthropologue et écrivain, le remarque dans son ouvrage *Lascaux ou la Naissance de l'art* (1955). Pour lui, l'art naît quand l'artiste parvient à s'arracher à l'imitation de la nature pour **produire de la beauté de manière autonome et consciente**. À ce titre, les fresques de la grotte de Lascaux, vieilles de 18 000 ans, marquent la naissance de l'art. On y trouve notamment la représentation d'un animal imaginaire, la licorne. En réinterprétant un cheval en licorne, l'homme déforme le réel, le nie ; en somme : il s'extrait de la nature. Il transforme la réalité et la recrée.

Cependant, pour que l'artiste puisse jouer avec la réalité, il faut qu'il soit d'abord capable de la dépeindre de manière réaliste. La licorne ne transforme la réalité que parce qu'elle s'appuie sur une imitation réussie, celle du cheval. C'est pourquoi le critique littéraire Roland Barthes pense que les œuvres de fiction doivent s'appuyer sur des « effets de réel », c'est-à-dire sur des éléments qui apportent aux créations de l'imagination la crédibilité du monde réel. Dans son film *Les Misérables* (2019), le réalisateur Ladj Ly bâtit un arc narratif fantaisiste autour du vol d'un lionceau à un cirque. Le spectateur adhère à l'histoire seulement parce que Ladj Ly a précédemment posé des bases réalistes : celles d'une opposition entre des policiers surmenés et des jeunes délaissés. L'imitation de la nature n'est donc un principe valide en art qu'à la condition d'être dépassée dans un jeu de transformation de la réalité – c'est-à-dire de n'être pas une pure imitation.

## 3 L'artiste crée des œuvres d'imagination

**EN BREF L'œuvre d'art est une fin en soi. Par conséquent, rien ne remplace l'expérience directe qu'on en fait.**

L'objectif de l'art ne peut être purement documentaire. En ce sens, on comprend le rôle assigné à l'artiste par le peintre Georges Braque : « la peinture ne cherche pas à reconstituer un fait anecdotique, mais à constituer un fait pictural ». L'objectif d'une œuvre d'art ne serait donc pas de reconstituer le monde extérieur, mais de constituer un **monde en soi**. Cela signifie que l'œuvre d'art a sa **fin en elle-même** puisque l'artiste n'a pas pour objectif de retranscrire la nature. Le **sujet** d'une œuvre d'art est alors moins important que la **manière** avec laquelle ce sujet est exprimé. Nous pouvons nous faire une idée d'un objet technique que nous n'avons jamais vu (on peut décrire des ciseaux à quelqu'un qui ne sait pas de quoi il s'agit), précisément parce que nous pouvons en concevoir la fonction, mais rien ne remplace l'expérience directe d'une œuvre d'art. On essaierait vainement de se faire une idée de *La Joconde* sans l'avoir jamais vue.

## 4 Le plaisir esthétique

**EN BREF L'art procure un plaisir spécifique, le plaisir esthétique, qui naît de la contemplation des belles œuvres. Il est distinct des autres satisfactions sensibles.**

La capacité à distinguer le beau du laid est l'objet d'un **jugement** : c'est ce qu'on nomme **le jugement de goût, ou jugement esthétique.** Je formule ce jugement lorsque je dis « c'est beau ».

Dire « c'est beau » est un jugement particulier, à distinguer de la formulation commune « cela **me** plaît ». Par ce jugement, j'estime que l'œuvre n'est pas belle seulement pour moi, mais que sa beauté doit pouvoir être reconnue par tous. Je pense pouvoir partager ce jugement de beauté, bien plus que s'il s'agissait d'une préférence pour un plat par exemple. Si je trouve l'œuvre belle, alors tout le monde devrait pouvoir produire le même jugement. Emmanuel Kant décrit ce plaisir esthétique comme un plaisir à la fois universel et subjectif.

> **Emmanuel Kant (1724-1804)** est un philosophe allemand héritier de la philosophie des Lumières. Son œuvre est guidée par trois questions : que puis-je savoir ? Que dois-je faire ? Que m'est-il permis d'espérer ? Dans la querelle entre les dogmatiques (partisans de la raison) et les empiristes (partisans de l'expérience), il ouvre une troisième voie, le criticisme, qui sera fondatrice pour la philosophie contemporaine.

Cet apparent paradoxe est renforcé par l'idée chez Emmanuel Kant qu'il n'y a pas de **concept du Beau**. En disant qu'une œuvre est belle, je fais comme si le Beau était une de ses qualités intrinsèques, comme si cette qualité lui appartenait aussi objectivement que ses dimensions ou que son sujet. Par exemple, on ne fait pas spontanément la différence entre « *La Joconde* mesure 77 × 53 cm » et « *La Joconde* est belle » ; dans les deux cas, nous pensons émettre un jugement de fait **(voir Repères, p. 317)**.

Mais le Beau n'appartient pas véritablement à l'œuvre, c'est seulement mon jugement qui la qualifie de belle. On ne saurait donc définir ce concept : il s'agit d'un jugement que je peux émettre sans définir le Beau, uniquement guidé par mon plaisir esthétique. Voilà pourquoi Kant défend que le beau est **« ce qui plaît universellement sans concept »**.

Emmanuel Kant distingue alors l'**agréable** et l'**esthétique**. Le premier procure un plaisir **intéressé**, on y cherche un plaisir des sens (par exemple le soleil sur ma peau lorsque je bronze, j'en tire un **profit** personnel). Le second est un plaisir **désintéressé**. Ici, le terme de désintérêt signifie qu'on ne tire pas d'avantage personnel à trouver l'œuvre belle. Cela ne signifie pas que l'on y est indifférent, mais que l'on ne poursuit pas son propre intérêt sensible en le faisant.

## 5 Le génie est un talent

**EN BREF Les belles œuvres sont les œuvres du génie. Il possède le talent pour créer des œuvres originales, qui font référence auprès des autres artistes et du public.**

L'œuvre d'art serait **la manifestation sensible d'une vérité supérieure,** ici d'une beauté idéale. Toute production susceptible d'être qualifiée de belle, procède ainsi d'une idée qui la dépasse.

À défaut de pouvoir expliquer clairement le processus de création, Emmanuel Kant défend que cette dernière est le résultat d'une inspiration « divine ». Pour le philosophe, le génie cumule trois caractères :

- Il est un « **talent** ». Cela signifie qu'on ne peut pas apprendre à être un génie, il s'agit d'une qualité innée, d'un don naturel. C'est ce talent qui permet au génie de créer des œuvres **originales**. Ici l'originalité renvoie à l'idée de commencement : l'œuvre a pour seule origine l'artiste, elle est la première de son genre.
- Le second caractère du génie est de produire des œuvres qui doivent **faire référence**. Kant remarque qu'on pourrait arguer que n'importe quelle création, même absurde, peut se prétendre originale. Il me suffirait de gribouiller sur une feuille pour pouvoir réclamer le titre d'artiste talentueux, car créant des originaux. Kant précise donc que l'œuvre doit en plus faire référence, c'est-à-dire devenir une « règle de jugement » pour les autres, un modèle.
- Enfin, le troisième caractère du génie est son **incapacité à décrire les règles** qu'il a suivies, auxquelles il a obéi. On serait bien en mal de demander à Michel-Ange comment il s'y est pris pour peindre le plafond de la chapelle Sixtine. Il n'existe pas de manuel qu'il suffirait de suivre pour atteindre son art et le reproduire. Le génie lui-même serait incapable de produire un tel ensemble de règles claires, et de reproduire à l'identique une œuvre.

## 6 Le créateur de génie est un fantasme

**EN BREF La notion de génie est critiquable car elle donne l'impression que l'activité de l'artiste s'apparente à une opération magique. En vérité, les grands artistes sont surtout de grands travailleurs.**

Le terme de génie relève d'une véritable **mystification** pour Friedrich Nietzsche ; il propose donc une critique radicale. En premier lieu, le philosophe **conteste la singularité de l'activité artistique**. D'après Nietzsche, toutes les grandes œuvres humaines sont créatrices, qu'elles soient scientifiques, militaires, techniques ou artistiques, et toutes partagent une dimension de labeur : l'artiste lui aussi travaille, rate, recommence. Sans banaliser, il s'agit de ramener au rang de création simplement humaine ce à quoi on a attribué des qualités divines.

Friedrich Nietzsche **(1844-1900)** est un philosophe et linguiste allemand. Il se distingue par l'originalité de sa pensée. Il veut déconstruire les « idéaux » de la philosophie classique tels que : l'amour de la vérité, la fiabilité de la raison, la supériorité de la morale.

D'autre part, Friedrich Nietzsche cherche à **dévoiler les intérêts** qui sont au principe de l'idéalisation de l'artiste comme génie. Dans un premier temps, il s'agit d'**échapper à la jalousie que suscite l'œuvre** quand j'y fais face, et au sentiment d'infériorité qui en découle. La placer dans un autre ordre la rend de fait inatteignable, et ne laisse place qu'à l'admiration.

« C'est ainsi notre vanité, notre amour-propre qui nous pousse au culte du génie : car il nous faut l'imaginer très loin de nous, en vrai *miracle*, pour qu'il ne nous blesse pas ».

**Friedrich Nietzsche**, *Humain, trop humain* [1878].

D'autre part, on évacue tout le processus et les errances de l'artiste pour **n'admirer que le produit fini**. Si on assistait aux étapes de la création, cela dégraderait l'image que l'on se fait du travail artistique. Pourtant, l'art a aussi sa part de **mécanisation** et d'automatisation, et obéit à des règles bien précises.

## 7 On peut identifier les règles d'une œuvre réussie

**EN BREF L'œuvre d'art réussie n'est pas le fruit du hasard : elle répond à des règles ou « canons » qui permettent de la reconnaître.**

On ne peut loger le dessin de l'enfant, le tableau de l'amateur et la toile du maître à la même enseigne : seule la dernière est une œuvre d'art. Pourquoi ? Outre **l'intuition** et **l'inspiration**, le respect d'un certain nombre de **règles** expliquent en effet la réussite d'une œuvre d'art. *Les Sabines* (1799), de Jacques-Louis David, en offre un exemple.

### Analyse de l'œuvre

Ici, les deux chefs militaires forment une diagonale, séparés par une Sabine, qui les tient à distance. Elle joue le rôle de **point de symétrie**. Jacques-Louis David utilise également des **couleurs complémentaires** – le rouge et le vert – pour attirer le regard et assigner des fonctions à ses personnages. Une femme en robe rouge au second plan regarde le spectateur : elle le prend à témoin de la violence qui s'apprête à se dérouler. Une femme en robe verte implore Romulus de ne pas tuer son ennemi. À droite, un valet retient un cheval : leurs deux corps **ferment la composition**, c'est-à-dire qu'ils forment un « surcadrage » pour **diriger le regard** vers le centre de la scène. Enfin, on peut remarquer que **l'unité du tableau** repose sur une division : les Sabines forment comme une tranchée entre Romains et Sabins.

L'œuvre d'art n'est pas le fruit du hasard ou de l'intuition, mais résulte de règles conférant de la beauté au tout. Ces règles sont autant de « **canons** » (du grec *kanon*, la règle) distinguant ce qu'est une œuvre de ce qui ne l'est pas. Si certaines règles sont internes à la discipline artistique (la perspective en peinture, par exemple), d'autres permettent de reconnaître une œuvre d'art. La recherche de la **beauté**, **le caractère unique de l'œuvre**, **son exposition** dans des lieux dédiés (musées, galeries, salons), la **signature** et **l'inutilité** sont autant de critères classiques d'identification d'une œuvre d'art.

## 8 Mais pour chacune de ces règles existent des contre-exemples

**EN BREF Il est possible que l'œuvre d'art n'obéisse pas à une, plusieurs, ou même à toutes ces règles distinctives sans qu'elle perde nécessairement son caractère artistique.**

Chacune des règles établies permettant d'identifier l'œuvre d'art peut être renversée. Dans *L'Œuvre d'art à l'époque de sa reproductibilité technique* (1935), **Walter Benjamin** montre que les techniques contemporaines de **reproduction** et de **diffusion** des œuvres d'art font disparaître son **unicité**. Alors qu'il fallait se déplacer au musée du Prado à Madrid pour voir les *Ménines* (1656) de Diego de Vélasquez, on en trouve désormais des reproductions partout. Si cela démocratise l'accès à l'art, l'œuvre perd une partie du mystère qui en faisait l'attrait. C'est son « **aura** », c'est-à-dire l'expérience intime de la rencontre entre un spectateur et une œuvre, qui disparaît.

> **Walter Benjamin (1892-1940)** est un philosophe et historien de l'art allemand influencé par le marxisme. *L'Œuvre d'art à l'époque de sa reproductibilité technique* (1935) est son livre le plus marquant.

Cette perte d'aura accompagne d'autres remises en cause du canon artistique à notre époque. Désormais, l'œuvre n'est plus nécessairement signée, ni ne prétend à la beauté ; elle n'est pas systématiquement exposée dans une institution, ni conservée – elle peut même être détruite. Elle peut n'être ni figurative, ni unique, ni clairement identifiable en tant qu'œuvre. L'abandon des canons prend des formes diverses : ainsi la peinture de Vassily Kandinsky n'abandonne que la figuration. Inversement, la pièce musicale *4'33* de John Cage est bien plus radicale dans sa destruction des canons. Morceau pour piano en trois mouvements, il présente la singularité de ne comporter… aucune note.

## 9 D'où la nécessité de prêter attention aux intentions de l'artiste

**EN BREF Il n'y pas de qualités intrinsèques permettant d'identifier une œuvre d'art. Il faut donc être attentif à son aspect théorique et aux intentions de l'artiste.**

Face à un tel bouleversement, comment reconnaître encore ce qu'est une œuvre d'art ? L'extension du domaine de l'art entraîne ce que le critique Harold Rosenberg appelle dans *La Tradition du nouveau* (1959) un processus de **« dés-esthétisation »** et de **« dé-définition »** de l'art. L'artiste ne chercherait plus qu'une chose : la nouveauté à tout prix, au mépris de toute autre règle. Il en ressort une **circularité décevante** : l'œuvre d'art serait ce que produit l'artiste, et l'artiste serait celui qui produit des œuvres d'art. Si cette proposition est trivialement vraie, elle demeure insatisfaisante.

À ce titre, le philosophe Nelson Goodman estime dans Langages de l'art (1968) qu'il n'y a pas d'objets dont les qualités intrinsèques permettent de dire que ce sont des œuvres d'art. Il n'y a que des objets qui **fonctionnent comme** des œuvres d'art. Une pierre sur le bord de la route n'est pas une œuvre d'art, mais mise sous cloche et exposée dans un musée, elle le devient. Non seulement l'institution artistique reconnaît la pierre en tant qu'œuvre et la **légitime** ; mais la démarche intellectuelle de l'artiste transforme l'objet en œuvre en exhibant ses **caractéristiques et propriétés**. Inversement, si une toile de maître est utilisée pour réparer une fenêtre cassée, elle perd son statut d'œuvre d'art parce qu'elle est réduite à une fonction : couper le vent. Ses caractéristiques artistiques sont masquées par son utilité : on n'y prête plus attention. C'est pour cela que Goodman se demande **quand** il y a art et non seulement ce **qu'est** une œuvre d'art.

Par conséquent, l'appréciation de l'œuvre d'art s'accompagne de la **clarification des intentions de(s) (l')artiste(s)** : on passe à côté du sens artistique de *4'33* si on pense que John Cage a voulu produire de la belle musique. Mais on y trouve de l'intérêt si on est attentif au fait que l'artiste a voulu faire entendre le silence et les bruits ambiants, qui resteraient inaperçus si nous ne nous concentrions que sur l'œuvre elle-même, en attendant qu'elle « démarre ».

Cela signifie que l'appréciation de l'art a un **aspect théorique**, qui met en lumière des aspects ordinairement cachés de la réalité. Cependant, cela comporte un risque : à trop rechercher l'originalité sur le plan intellectuel, n'oublie-t-on pas que l'appréciation de l'œuvre d'art est également l'affaire des sens ? Et que l'on peut apprécier une œuvre sans contexte, sans prêter attention aux intentions ?

## POUR TOUT RETENIR

→ Puisque l'art est souvent défini comme la **recherche consciente de la beauté**, et que l'on conçoit traditionnellement la nature comme la source des créations les plus belles, on a longtemps pensé que l'objectif de l'art était d'**imiter la nature**. Mais c'était manquer ce qui fait l'essence de la création artistique : l'imagination et l'inventivité au service du **plaisir esthétique**. Mais si l'artiste génial est capable de produire du beau, n'est-ce qu'en vertu de son talent ? Ou inversement, les œuvres d'art ne sont-elles pas plutôt le résultat d'un travail acharné ? Ce travail obéit à une orientation : chaque discipline a des « canons », de même qu'il y a des critères d'identification des œuvres d'art. Pourtant, l'évolution contemporaine de l'art montre que ces critères peuvent manquer à l'appel. Il s'agit donc de décentrer notre regard de l'œuvre. Pour recevoir et apprécier une œuvre, le spectateur est désormais appelé à prendre en compte l'**intention de l'artiste** et les logiques qui président à son élaboration.

## VOCABULAIRE ESSENTIEL

**Agréable :** selon Emmanuel Kant, sentiment de plaisir purement subjectif pris à l'existence d'un objet qui plaît à nos sens. Par exemple, je peux trouver la glace à la pistache ou le parfum du jasmin agréable, sentiment que mon voisin peut très bien ne pas partager.

**Artisan :** personne qui réalise manuellement des objets utiles nécessitant un savoir-faire professionnel. Par exemple, un coutelier, qui utilise son art pour fabriquer des couteaux, est un artisan.

**Artiste :** personne qui imagine et réalise consciemment des œuvres d'art. La plupart du temps, l'artiste cherche à produire de la beauté et de la nouveauté.

**Aura :** attrait exercé par l'œuvre d'art dans la confrontation directe avec le spectateur. Garantie d'une expérience authentique, c'est-à-dire unique et personnelle, de l'œuvre, elle disparaît dans la reproduction technique.

**Beau :** selon Emmanuel Kant, sentiment de plaisir d'ordre esthétique issu à la fois des sens et de la raison. Ce sentiment est subjectif et pourtant universel. Nous l'éprouvons dans la rencontre avec des objets naturels ou des œuvres d'art.

**Esthétique :** l'esthétique désigne à la fois le caractère de ce qui est beau et la branche de la philosophie qui étudie l'art.

**Génie :** chez Emmanuel Kant, se dit de celui qui, possédant un talent naturel, est capable de produire de belles œuvres. Ces œuvres font référence dans le champ artistique.

**Œuvre :** création résultant du travail d'un ou plusieurs artistes, et ayant généralement une visée esthétique. Un chef-d'œuvre est une œuvre particulièrement réussie, tendant vers la perfection selon les canons en vigueur.

FOCUS SUR...

# LA MODERNITÉ

Comment caractériser ce **« je-ne-sais-quoi »** qui distingue les chefs-d'œuvre ? Comment expliquer que l'on juge telle œuvre géniale, mais que telle autre, pourtant ressemblante, ne provoque qu'un haussement d'épaules indifférent ? On trouvera peut-être la réponse dans la notion de « **modernité** » qu'on attribue aux chefs-d'œuvre. Au quotidien, nous utilisons le terme de modernité avec tant de souplesse que l'on en fait un synonyme de « nouveau ». Dire qu'une œuvre est **moderne** semble donc nous apprendre peu sur l'œuvre elle-même.

## CONTEXTE HISTORIQUE

Le **Je-ne-sais-quoi** est une expression classique depuis l'Antiquité Romaine qui exprime quelque chose de difficilement définissable, mais pourtant perçu et ressenti. Il traduit les difficultés du langage à s'emparer de ce qu'il veut décrire.

Il en va tout autrement si l'on remonte à l'origine du mot lorsque Charles Baudelaire conçoit le néologisme « modernité » dans *Le Peintre de la vie moderne* (1863). La modernité est alors conçue comme une contraction d'antonymes : **mode** et **éternité**. L'artiste « cherche ce quelque chose qu'on nous permettra d'appeler *modernité* [...] il s'agit pour lui de dégager de la mode ce qu'elle peut contenir de poétique dans l'historique, de tirer l'éternel du transitoire. »

L'artiste recherche à la fois le **« fugitif »**, le **« contingent »** **(voir Repères, p. 316)**, et **« l'éternel »** et **l'immuable**. Il s'efforce de saisir ce qui dans le temps présent est intemporel et universel. Il faut donc à l'artiste de la finesse et de l'intuition pour saisir « l'air du temps », mais aussi une capacité à « prendre de la hauteur » pour s'élever aux enjeux intemporels. Ainsi, remarque Charles Baudelaire, les œuvres qui nous parviennent du passé et résistent à l'épreuve du temps ont réussi cette synthèse : ce sont des œuvres modernes, même si elles sont anciennes. Ce sont ces créations qui plus tard seront qualifiées de « classiques ». En ce sens, on ne peut plus faire de la modernité un synonyme de la nouveauté.

René Magritte, *L'empire des lumières*, 1954, gouache sur papier collé sur carton, 41,5 x 29 cm, collection particulière

De manière plus significative encore, la construction du mot à partir de « éternité » implique que les **règles de beauté préexistent à l'inspiration** de l'artiste. Ainsi le musicien doit-il « faire ses gammes » avant d'inventer des sonorités originales. Mais l'artiste ne saurait s'en tenir à **l'application mécanique de ces règles** sans rien **imaginer** de nouveau. La modernité de l'artiste signifie qu'il est de son époque et de toutes : il saisit ce « je-ne-sais-quoi » qui fait la grandeur d'une œuvre.



EXPÉRIENCE DE PENSÉE

## DON QUICHOTTE ET SON DOUBLE

Dans son recueil de nouvelles intitulé *Fictions*, **Jorge Luis Borges** raconte l'histoire d'un écrivain fictif, Pierre Ménard. Écrivain et critique littéraire mineur, on apprend que ce dernier s'est engagé dans une entreprise aussi stupéfiante que vaine : réécrire deux chapitres de *Don Quichotte*, de Miguel de Cervantès. À la fin de la nouvelle, un bref extrait nous fait découvrir que cette réécriture est en tout point identique à l'œuvre originale. Il ne s'agit pas d'une interprétation où le personnage de Don Quichotte serait transposé à une autre époque ni d'une correction ou d'une tentative d'amélioration de l'œuvre. Non, le projet consiste à « reproduire quelques pages qui coïncideraient – mot à mot et ligne à ligne – avec celles de Miguel de Cervantès ». Borges écrit sa nouvelle comme un faux éloge d'une telle tentative : il en fait le récit d'une aventure impossible, qui mérite plus d'attention que l'ensemble des autres œuvres de Pierre Ménard. Bien que rigoureusement identiques, le narrateur préfère la version écrite par Ménard à celle de Cervantès !

De l'extérieur, une telle réécriture n'a aucun sens et la considérer comme supérieure à l'œuvre originale semble en avoir encore moins.

→ Pourquoi nous semble-t-il fou de réécrire un chef d'œuvre, si nous reconnaissons ceux-ci comme l'une des plus hautes créations humaines ?

→ Mais surtout, a-t-on raison de considérer que les œuvres de Cervantès et celle de Ménard sont les mêmes ? Ou sont-elles différentes au regard des différences dans l'effort qui a mené à leur élaboration ?

**Jorge Luis Borges (1899-1986)** est un écrivain argentin. La qualité littéraire et philosophique de ses nouvelles fantastiques et métaphysiques l'a établi comme un auteur classique de la littérature du XXe siècle.

# MÉMO VISUEL

## – L'Art –

### Une œuvre réussie est...

- ... une œuvre qui imite la nature. (Aristote)
- ... une œuvre qui fait plus qu'imiter la nature. (Hegel)
- ... une œuvre d'imagination qui transforme la réalité. (Bataille)
- ... une œuvre qui respecte les canons de l'art.

### Le plaisir esthétique pour Kant...

- ... est le produit du génie.
- .... est à la fois universel et subjectif.
- ... se distingue de l'agréable.
- ... naît au contact du beau.

### L'œuvre d'art contemporain...

- ... ne cherche pas nécessairement le beau.
- ... a perdu son aura.
- ... demande un accompagnement théorique.
- ... s'affranchit des règles de l'art.

# SE TESTER

QCM

**1. On peut considérer l'emballage du Pont-Neuf comme une œuvre d'art parce que :**

- **a** Tout le monde peut en faire autant.
- **b** C'est le résultat du travail d'un artiste.
- **c** Sa beauté est incontestable.

**2. Pour Aristote, l'imitation de la nature est une disposition naturelle parce que :**

- **a** Les hommes y prennent du plaisir et acquièrent de la connaissance.
- **b** Les hommes ne savent pas faire autrement.
- **c** Les hommes n'ont pas assez d'imagination pour inventer de toutes pièces.

**3. Pour Hegel l'art ne peut se réduire à une imitation de la nature parce que :**

- **a** C'est une tâche trop difficile.
- **b** C'est une tâche superflue et présomptueuse.
- **c** Parce qu'on ne connaît jamais la nature des choses.

**4. L'œuvre d'art est une fin en soi. Cela signifie :**

- **a** Que rien ne remplace l'expérience directe d'une œuvre d'art.
- **b** Qu'on peut mourir tranquille après avoir créé une belle œuvre.
- **c** Que l'œuvre d'art peut être un moyen pour autre chose.

**5. Parmi les phrases suivantes, laquelle désigne un plaisir esthétique ?**

- **a** Ce coucher de soleil est splendide.
- **b** Ce carré de chocolat est délicieux.
- **c** J'aime bien l'odeur de la truffe.

**6. La notion de génie est critiquable parce que :**

- **a** Seule une divinité peut être géniale.
- **b** Elle masque les étapes préparatoires et le travail de l'artiste.
- **c** Tous les êtres humains sont géniaux.

**7. L'aura d'une œuvre d'art, c'est :**

- **a** Le fait qu'elle a suscité des copies de la part de faussaires.
- **b** La renommée d'une œuvre parmi les connaisseurs.
- **c** L'attrait mystérieux qu'elle exerce lorsqu'on lui fait face.

**8. Qu'appelle-t-on un canon artistique ?**

- **a** Une scène de guerre.
- **b** Une règle de l'art.
- **c** Un chef-d'œuvre.

**9. Selon Nelson Goodman, une pierre est une œuvre d'art :**

- **a** En aucun cas.
- **b** Quand elle est peinte, dessinée, ou sculptée.
- **c** Quand un artiste s'en empare pour en faire une œuvre.

**10. Quand peut-on dire d'une œuvre qu'elle est moderne ?**

- **a** Quand elle condense l'air du temps et l'intemporalité.
- **b** Quand elle a moins de cinq années d'existence.
- **c** Quand elle est abstraite.

→ Corrigés page 344

# S'ENTRAÎNER

## 1 Comprends et analyse le sens des termes en gras.

**a.** Que signifie le mot **art** dans l'expression « Arts et Métiers » ? De quel autre sens **d'art** doit-on le distinguer ?

**b.** Qu'est-ce qu'une œuvre **originale** ? En quoi se distingue-t-elle d'une imitation ou d'un simple croquis ?

**c.** Réfléchis à la dernière fois que tu as émis un **jugement esthétique** : pourquoi peux-tu le distinguer d'un simple **goût personnel** ?

## 2 Maîtrise la pensée d'un auteur en répondant aux questions.

**a.** Friedrich Nietzsche défend l'idée que le **génie** est un terme utilisé par les hommes afin de ne pas jalouser les artistes. Explicitez sa thèse dans un paragraphe rédigé.

**b.** Pourquoi d'après Walter Benjamin la **reproductibilité technique** fait-elle disparaître un grand nombre de caractéristiques classiques de l'œuvre d'art ?

## 3 Analyse philosophiquement une citation.

Le peintre Jean Dubuffet a inventé l'expression « art brut » pour décrire les créations de celles et ceux qui ignorent les règles artistiques et les valeurs en vigueur. Il qualifie d'art brut des créations d'enfants, de malades mentaux, de prisonniers, en dehors de tout circuit académique.

> « Le vrai art il est toujours là où on ne l'attend pas. Là où personne ne pense à lui ni ne prononce son nom. L'art, il déteste être reconnu et salué par son nom. Il se sauve aussitôt. »

**Jean Dubuffet**, *L'art brut préféré aux arts culturels*, catalogue de l'exposition, galerie Drouin, 1949.

**a.** En quoi une telle conception de l'art va-t-elle à l'encontre de presque toutes les définitions ?

**b.** Il existe désormais un Musée de l'Art Brut à Lausanne. En quoi est-ce surprenant ? Cela remet-il en cause l'anti-conformisme de ce mouvement ?

## 4 Défends une thèse.

> « ***Qu'est-ce qui permet de dire d'une œuvre qu'elle est intemporelle ?*** »

À l'aide de l'expérience de pensée et du concept de modernité, rédige deux paragraphes argumentés, l'un répondant à la question, l'autre la discutant. Inspire-toi de l'argument qu'une œuvre s'apprécie à la lumière d'un contexte de création.

SUJET GUIDÉ Dissertation

# SE PRÉPARER POUR LE BAC

## Rédiger l'introduction et la première partie

*Faut-il être connaisseur pour apprécier une œuvre d'art ?*



## Méthode et corrigé

### Étapes préparatoires

**1 Repérer les notions du cours et les définir.**

La notion centrale ici est l'art. Deux autres termes sont importants et font la spécificité de ce sujet : le « connaisseur », qui possède une expertise pour porter un jugement, et « apprécier », qui signifie juger de la valeur ou ressentir du plaisir.

**2 Chercher des exemples du sens commun.**

Je peux éprouver du plaisir à écouter un morceau de musique sans être mélomane. Inversement, je peux rester insensible à une œuvre d'art, quand bien même on m'a informé de son intérêt.

**3 Analyser la forme de la question afin d'éviter le hors-sujet.**

Le « faut-il » de la question renvoie à la nécessité et présupposé qu'un connaisseur peut apprécier une œuvre d'art. On se demande s'il en est seul capable.

**4 Trouver les difficultés et les enjeux de la question afin d'aboutir à un paradoxe.**

Première difficulté : nous vivons des expériences contradictoires. D'une part, nous pouvons apprécier une œuvre sans rien y connaître, de l'autre, l'expertise a pu sublimer l'appréciation.

Deuxième difficulté : sommes-nous libres d'interpréter une œuvre et de l'apprécier d'après notre seule subjectivité ? Ou importe-t-il d'être fidèle aux intentions de l'artiste ?

**5 Formuler une problématique.**

Est-il possible qu'une œuvre « parle » à toutes et tous sans conditions préalables, ou bien le jugement esthétique dépend-il d'une expertise antérieure ?

**6 Organisation du développement.**

En suivant l'alternative, on part de l'idée la plus évidente et de sa limite.

**1.** Je suis capable d'apprécier une œuvre d'art par moi-même.

**2.** J'ai besoin de connaissances pour pouvoir apprécier une œuvre.

Pour dépasser l'alternative, on propose une solution qui poursuit la réflexion du **2.**, mais qui n'annule pas le **1**. On peut centrer l'interrogation sur **l'interprétation**. Ainsi on obtient :

**3.** L'appréciation de l'œuvre grandit à mesure que l'on possède le savoir pour l'interpréter correctement.

## Étapes de rédaction

### Introduction rédigée

**Accroche**

Il arrive qu'une œuvre soit l'objet d'une sincère émotion sans que je ne sache rien du contexte de sa création. Pourtant l'incompréhension domine face à certaines œuvres et m'empêche d'accéder à sa **beauté**, et son **sens**.

**Analyse des termes du sujet**

**Apprécier** implique un double positionnement ; j'apprécie une œuvre parce qu'elle me plaît, mais aussi si je suis capable de porter un jugement sur sa valeur. Pour pleinement l'apprécier, j'ai besoin d'**intermédiaires** pour y accéder. L'interprétation de l'œuvre dépend de connaissances culturelles, de jugements experts et d'une expérience de l'art.

**Paradoxe**

Pourtant, certaines œuvres semblent pouvoir s'apprécier indépendamment de tout contexte.

**Problématique**

Est-il possible qu'une œuvre « parle » à toutes et tous sans conditions préalables, **ou bien** le jugement esthétique est-il conditionné par une expertise préalable ?

**Annonce du plan**

Dans un premier temps, nous comprendrons que nous pouvons faire l'expérience du plaisir esthétique seuls, sans prérequis. Cependant, l'appréciation de **la valeur** d'une œuvre dépend de compétences préalables. C'est pourquoi elle sera d'autant plus riche qu'on sait l'interpréter.

### Première partie rédigée

#### I. Je suis capable d'apprécier une œuvre d'art par moi-même.

**a Le plaisir esthétique est une pure émotion**

Apprécier une œuvre d'art, c'est ressentir du plaisir face à l'œuvre, **indépendamment** de toute connaissance. Si l'on n'est pas un connaisseur, se trouver face à une œuvre d'art sans rien savoir de son contexte ni de son auteur assure une certaine **innocence**. Marcel Proust défend une telle idée : le plaisir esthétique qui serait « altéré » par les connaissances érudites. Dans son essai intitulé « En mémoire des églises assassinées » *(Pastiches et mélanges*, 1919*)*, il admire les vitraux d'une église et regrette que son plaisir esthétique entre en concurrence avec son érudition : « … une sorte de retour égoïste sur soi-même est inévitable dans ces joies mêlées d'érudition et d'art où le plaisir esthétique peut devenir plus aigu mais non rester aussi pur ».

**b Le savoir est un obstacle à l'accès à l'œuvre**

Par ailleurs, **je peux être connaisseur et échouer à apprécier l'art**. Mes connaissances font alors écran entre l'œuvre et moi-même. On retrouve une telle critique chez l'historien de l'art Daniel Arasse dans son ouvrage *On n'y voit rien* (2003). S'adressant à une interlocutrice fictive, il regrette que ses connaissances l'empêchent d'apprécier l'œuvre. Au contraire, Daniel Arasse défend l'idée de partir du tableau lui-même pour l'apprécier.

**c Le jugement esthétique est universel.**

Lorsque nous estimons qu'une œuvre est « belle », ce **jugement esthétique** correspond au plaisir que nous éprouvons. Paradoxalement, nous estimons que sa beauté devrait pouvoir être reconnue par tous. Ce plaisir esthétique que Emmaneul Kant analyse dans la *Critique de la faculté de juger* ne dépend d'aucune connaissance particulière. Le goût serait universel.

**Transition**

Pour autant, le goût demande à être éduqué au contact des grandes œuvres. Certaines d'entre elles vont nécessairement m'échapper si je les aborde en-dehors de leur contexte.

## Proposition de plan détaillé

### II. J'ai besoin d'un certain nombre de connaissances pour apprécier une œuvre d'art.

**a Argument** Si je veux dire qu'une œuvre est belle, j'ai besoin de pouvoir la comparer à d'autres, pour hiérarchiser, et de temps et de disponibilité pour l'apprécier.

**Référence** Nelson Goodman dans *Langages de l'art* (1968) écrit « c'est toujours vieilli que l'œil aborde son activité ».

**b Argument** Le connaisseur peut distinguer une bonne œuvre d'une œuvre ratée et ainsi mieux apprécier la première.

**Référence** D'après David Hume dans *De la règle du goût* (1757), il faut éduquer son goût en côtoyant aussi bien des grandes œuvres que des médiocres.

**c Argument** On peut ainsi supposer que sans un ensemble de connaissances culturelles, on échoue à reconnaître une œuvre d'art et donc à l'apprécier.

**Référence** Dans *L'Assommoir* de Zola, Gervaise est en visite au Louvre, et, face aux tableaux de maîtres, elle regrette « c'était bête de ne pas écrire les sujets sur les cadres ».

### III. L'appréciation de l'œuvre grandit à mesure qu'on l'interprète.

**a Argument** On tire du plaisir à émettre des interprétations et à reconstituer les intentions de l'auteur : le rapport à l'œuvre en est enrichit.

**b Argument** Tous les courants artistiques s'accompagnent d'un discours qui les rend compréhensibles, qui éclaire leurs intentions.

**c Argument** L'appréciation d'une œuvre est une expérience différente selon le milieu social d'origine des individus.

**Référence** Pierre Bourdieu dans *La Distinction* (1979) montre comment face à une photographie de mains d'une vieille femme, un ouvrier remarquera des mains « qui ont travaillé », alors qu'un cadre supérieur renverra la photo à un courant artistique particulier.

## Les sujets qui peuvent tomber au Bac...

- L'art est-il soumis à des règles ?
- Une œuvre d'art est-elle un bel objet ?
- L'artiste a-t-il besoin de modèles ?
- L'art répond-il à un besoin ?
- L'art n'est-il qu'un divertissement ?

# Chapitre 1 L'Art

Tu viens de voir les notions à connaître sur l'art. Pour t'aider à retenir l'essentiel et t'entraîner pour le Bac, voici ton kit de révisions clé en mains conçu par SchoolMouv !

## Fiche de révision

### Le Focus de SchoolMouv : Quels critères justifient d'accorder un statut d'œuvre d'art à un objet ? L'exemple de l'*Oiseau* de C. Brancusi

En 1927 s'ouvre un procès original aux États-Unis. Edward Steichen, un collectionneur américain, souhaite importer un objet, mais refuse de s'acquitter de la taxe douanière qui ne s'applique pas aux œuvres d'art. Il s'agit en effet d'une sculpture nommée *Oiseau dans l'espace* (1923) de l'artiste Constantin Brancusi.

Il argumente : « Lorsque le bronze est sorti de la fonderie, il ne présentait qu'une très vague ressemblance avec cette chose, et c'est alors qu'avec des limes et des ciseaux M. Brancusi a taillé et travaillé cette pièce de bronze. » Steichen admet que l'oiseau possède un point commun avec les objets manufacturés usuels : il nécessite une grande maîtrise technique.

En quoi l'objet d'art se distingue-t-il alors d'un objet banal ? Pour l'avocat de la partie adverse, en rien : il ne ressemble même pas à un oiseau en vol ! Et il est dépourvu de beauté. E. Steichen rétorque que l'esthétique de l'œuvre ne repose pas sur l'imitation du réel, mais sur une impression subjective ressentie par l'artiste qu'il communique à travers la sculpture.

La conception que nous avons de la beauté est ici remise en question. Le beau peut se créer autrement que par l'imitation du réel. C. Brancusi nous invite à trouver **une nouvelle façon d'observer le monde.**

**Pour comprendre, ou du moins être séduit par un objet d'art, nous devons abandonner la vision ordinaire, familière que nous possédons.**

## Vidéo

Pour mieux comprendre et t'en souvenir à coup sûr, regarde la vidéo. C'est parfois bien plus clair en images.

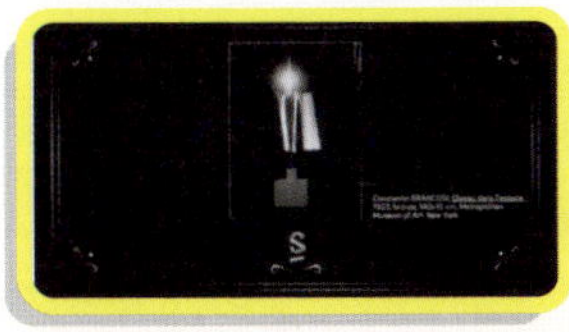

**Vidéo** **L'art est une technique**
https://flashbelin.fr/focusbacschoolmouv/philo/1

## Contenu additionnel

Voici un bonus autour du même sujet. La curiosité n'est pas toujours un vilain défaut. Il suffit de créer ton compte pour avoir accès à plein de contenus supplémentaires.

**Fiche de lecture** **Arthur Danto, *Le Monde de l'art***
http://www.schoolmouv.fr/eleves/fiches-de-lecture/-le-monde-de-l-art-arthur-danto/fiche-oeuvre

Tu trouveras ici les clés pour comprendre l'ouvrage : les notions principales, les concepts nouveaux forgés par l'auteur. Par exemple, l'idée que le sens de l'art dépend de critères philosophiques plutôt qu'esthétiques.

**Conseil**
Cette œuvre aborde de manière transversale plusieurs notions du programme : utilise-la pour établir des liens avec les autres cours et approfondir certaines problématiques !

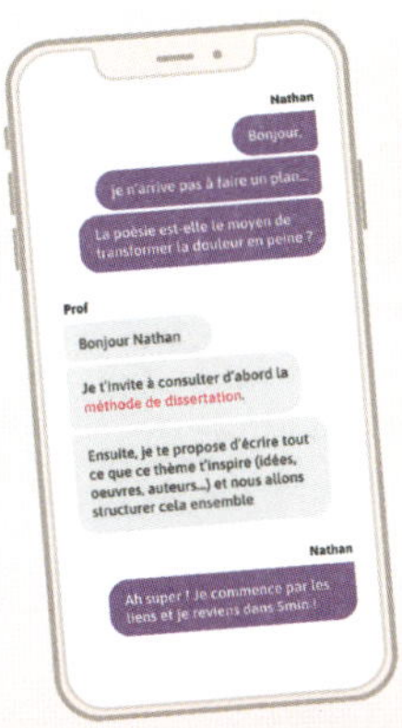


## Tchat avec un prof

Pour poser toutes tes questions à un prof particulier, découvre l'abonnement tchat.
Tu peux le tester gratuitement pendant 7 jours : fini les questions sans réponses, tu vas devenir incollable.
http://focusbac.schoolmouv.fr/offre

VOIE GÉNÉRALE

# 2 Le Bonheur

Sébastien Thibault, illustration, 2020.

# Le bonheur est-il de ce monde ?

UNE HISTOIRE POUR COMMENCER…

### Heureux les pauvres en esprit ?

Le film d'Alice Rohrwacher *Heureux comme Lazzaro* (2018) raconte l'histoire, de nos jours, d'un jeune paysan qui vit dans un hameau reculé des montagnes d'Italie coupé du monde moderne. Exploités, les habitants vivent dans la misère sous la coupe d'une marquise sans scrupules, réduits à un servage digne du Moyen Âge. Parmi eux, le jeune Lazzaro est un modèle de bonté et de travail appliqué. Tout le monde profite donc de lui et l'accable de tâches pénibles, qu'il exécute sans se plaindre. Lazzaro n'exprime jamais de désirs personnels, il semble dénué de toute aspiration particulière et se satisfait pleinement de sa situation. Il incarne la figure de **l'innocent** et du **béat** : il est dans un état de satisfaction complète et permanente.

Quand l'escroquerie de la marquise est dévoilée, la famille de Lazzaro abandonne le hameau pour la ville. Mais le jeune paysan est laissé pour mort à la suite d'une chute. Ressuscité (comme Lazare dans la Bible) il retrouve sa famille trente ans plus tard, plongée dans la misère d'un bidonville. Contrairement à eux, il n'a miraculeusement pas vieilli et leur pardonne immédiatement toutes leurs trahisons.

Lazzaro incarne le **bienheureux** dans notre monde ; et cela est possible parce qu'il semble ne pas vraiment y appartenir. Pour lui, le bonheur ne s'identifie pas à la satisfaction des désirs. Est-il possible d'être **heureux** comme Lazzaro ?

### ? Problématisation

→ Lazzaro est un personnage surnaturel : affranchi de tout désir et ressuscité. Son chemin vers le bonheur semble surhumain. Pouvons-nous comme lui être indifférent à notre condition et libéré de tout désir ?

Nous paraissons à l'inverse persuadés que notre bonheur dépend de la satisfaction de nos désirs, et sommes déçus dès qu'ils nous échappent. Le bonheur, entendu comme un état de satisfaction stable et permanent, semble alors incompatible avec la tendance des hommes à sans cesse désirer.

**Le bonheur n'est-il alors qu'un idéal**, c'est-à-dire une chose qui n'existe qu'en idée et non dans la réalité ? **(voir Repères, p. 317)** Si c'est le cas, peut-on tout de même prétendre l'atteindre, ou au contraire cette recherche est-elle vaine ?

# Pour bien comprendre

**La distinction à connaître**

On distingue bonheur et plaisir. Tous deux correspondent à un état de satisfaction mais leur intensité, leur durée et leurs causes diffèrent. Le **plaisir** est un état de satisfaction **partielle**, éphémère, et qui prend sa source dans **une cause particulière** (je prends plaisir à manger du chocolat). Le **bonheur** est lui un état de satisfaction **global**, **durable**, et qui provient d'**un jugement sur la vie en général**.

**Le sens du mot « bonheur »**

**Aristote** (p. 13) dans l'*Éthique à Nicomaque* définit le bonheur comme **une fin en soi** : « Tout ce que nous choisissons est choisi en vue d'une autre chose, à l'exception du bonheur, qui est une fin en soi. » Il se distingue de tous les autres objets car **on le recherche pour lui-même et non comme un moyen d'accéder à autre chose**. Par exemple, si nous voulons partir en vacances à la mer, c'est en vue d'être heureux, et non pour les vacances elles-mêmes. Aristote appelle ainsi le bonheur « **bien souverain** ».

# LE COURS *en 7 points*

## 1 Le bonheur s'atteint par la satisfaction des désirs

**EN BREF La satisfaction de tous les désirs semble être la condition du bonheur. Mais seuls les plus courageux en sont capables.**

Dans le dialogue du *Gorgias* (IVe siècle av. J.-C.) de **Platon**, un sophiste (p. 150) célèbre, Calliclès, fait l'éloge d'une forme particulière de recherche du bonheur : **l'hédonisme**. Selon Calliclès, il existe une condition nécessaire au bonheur : la **satisfaction de nos désirs**. C'est seulement en osant satisfaire nos désirs les plus impérieux que je serai heureux.

**Platon**, philosophe grec (427-347 av. J.-C.), est un disciple de Socrate dont il transcrit les enseignements oraux dans des dialogues. Il fonde l'Académie, la première des quatre grandes écoles de pensée de la Grèce antique. On le considère souvent comme le plus grand philosophe de l'Antiquité aux côtés d'Aristote.

Calliclès défend cette position en opposant deux types d'attitudes. Celle de la masse des hommes, qui échouent à satisfaire leurs désirs et sont donc malheureux. Et celle des hommes capables de mettre leur **« courage et leur intelligence »** au service de leurs **passions**. Ces derniers sont heureux et vivent sans entraves. Ils sont **libres** en obéissant à leurs désirs.

Calliclès fait du bonheur un état rare non pas car il serait inaccessible, mais bien parce que les hommes n'ont pas le courage de le rechercher. Il n'est pas un idéal, mais seule une petite partie des hommes atteint le bonheur : non pas ceux qui défendent la tempérance et la justice, mais ceux qui osent **s'affranchir des règles** des hommes, c'est-à-dire de la morale qui censure mes désirs.

## 2 La recherche des plaisirs m'asservit

**EN BREF La recherche effrénée des désirs me place face à un double danger : la perpétuelle insatisfaction et la soumission aux désirs.**

Cette figure du jouisseur sans scrupules qui ose assouvir ses désirs pour être heureux a connu une grande postérité. Par exemple, Dom Juan, dans la pièce de Molière, est un grand séducteur qui accuse d'hypocrisie ceux qui n'ont pas, comme lui, le courage de multiplier les conquêtes. Cette position fait l'objet de critiques sévères chez Platon. Avant tout, il dénonce un paradoxe flagrant, celui de la **perpétuelle insatisfaction** de l'hédoniste.

Platon souligne les insuffisances du raisonnement de Calliclès. Ce dernier défend en effet qu'être heureux passe par le dépassement des normes. Se libérer des règles serait nécessaire à la satisfaction des désirs. Mais en **poursuivant inlassablement mes désirs**, Platon remarque que je finis par m'y **soumettre**. Nous nous asservissons alors à nos désirs en croyant nous en libérer.

Une deuxième critique découle de la quête inlassable des désirs : celle de la **perpétuelle insatisfaction**. Le désir est impossible à assouvir de manière définitive : aussitôt satisfait, il renaît. Nous faisons tous l'expérience de ce type de manque, par exemple dans nos habitudes de consommation. Obtenir un bien (un nouveau téléphone, un vêtement) que nous avons espéré suscite un plaisir intense. Mais ce plaisir est évanescent, il disparaît rapidement et nous nous lassons des objets autrefois désirés.

Platon désigne ce paradoxe sous le nom de **cercle du manque**. Le désir est un état de manque et je désire ce que je n'ai pas : j'en souffre alors au point de chercher à combler ce manque. Lorsque l'objet de mon désir est atteint, je suis satisfait et ne le désire plus. Naît alors un autre désir qui vient remplacer le précédent, et ainsi de suite à l'infini. Le bonheur semble donc **inatteignable** car le **désir est illimité et infini**.

## 3 Il faut savoir quel bien m'assure d'être heureux

**EN BREF Le bonheur dépend de la nature du bien que je poursuis. Il s'agit de distinguer les biens illusoires du bien suprême.**

**Baruch Spinoza (1632-1677)** est un philosophe hollandais critique de l'idée de libre-arbitre forgée par Descartes (p. 56). Son œuvre principale, *Éthique* (posth. 1677), propose une voie pour atteindre le bonheur par la compréhension des causes qui nous déterminent.

Je dois, pour espérer atteindre le bonheur, connaître clairement le type de bien que je dois atteindre. Les biens périssables, ceux qui risquent de disparaître ou de m'échapper, sont susceptibles de me rendre plus malheureux qu'heureux. En effet, certains biens incertains et particulièrement difficiles à atteindre sont une menace pour mon bonheur : par exemple, je peux toujours perdre la gloire et la richesse que j'ai péniblement acquises. Par conséquent, Baruch Spinoza défend que l'idée du bonheur passe par la recherche d'un bien

**impérissable**, c'est-à-dire éternel et infini. Seul ce dernier pourra procurer une **joie pure**, sans crainte de la perdre.

Rechercher ce type de bien assure une augmentation **permanente de la satisfaction** individuelle. En outre, juge Baruch Spinoza, un tel bien est de ce monde. Je peux donc l'atteindre intégralement, et sa quête n'est pas vaine : il s'agit de **la connaissance**. En comprenant les lois de la nature, je parviens à une meilleure connaissance de mes désirs et du monde. Je peux alors identifier les causes à l'œuvre. Je comprends que les événements négatifs qui m'affligent ne dépendent pas de moi :

> « Chacun a le pouvoir de se comprendre lui-même et de comprendre ses affects de façon claire et distincte, sinon totalement, du moins en partie, et il a par conséquent le pouvoir de faire en sorte d'avoir moins à les subir. »
>
> **Baruch Spinoza**, *Éthique* [posth. 1677], partie V, proposition 4.

Ainsi, si je comprends les causes d'un affect tel que la colère, celle-ci s'en trouvera diminuée. Pour Baruch Spinoza, le bonheur est le privilège du sage, mais tout le monde peut y prétendre. Cette forme de bonheur s'oppose à celle de Lazzaro. Est heureux celui qui **connaît** et **se connaît** à la manière d'un homme qui a compris sa nature et peut agir dans le monde en conséquence.

## 4 Ce qui dépend de moi et ce qui ne dépend pas de moi

**EN BREF Si le bonheur est lié aux événements extérieurs, je suis alors soumis aux aléas et n'ai aucune assurance de l'atteindre. Il ne doit donc dépendre que de moi-même.**

Si ma vie n'est qu'une suite d'événements terribles qui m'échappent, une succession de deuils et de maladies par exemple, comment prétendre au bonheur ? La philosophie stoïcienne tente de résoudre cette **aporie** en nous apprenant à dissocier les choses qui **dépendent de moi** et celles qui **ne dépendent pas de moi**.

Le bonheur semble tributaire des aléas de la vie, sur lesquels je n'ai pas de contrôle : un accident est vite arrivé. Si le bonheur est conditionné par des événements qui ne dépendent pas de moi, toute théorie du bonheur devient inutile. C'est pourquoi les stoïciens jugent que mon **bonheur ne doit dépendre que de moi-même**. Il s'agit de transformer mon âme en forteresse, insensible aux événements extérieurs : c'est là la sagesse stoïcienne.

**NOTION**

Une **aporie** est une contradiction insoluble dans le raisonnement. Par exemple, nous ne pouvons concevoir l'espace que fini. Mais nous pensons tout aussi nécessairement qu'il est infini, car qu'y aurait-il après l'espace fini ?

> « Mais si tu penses que seul dépend de toi ce qui dépend de toi, que dépend d'autrui ce qui réellement dépend d'autrui, tu ne te sentiras jamais entravé dans ton action, tu ne t'en prendras à personne, tu n'accuseras personne, tu ne feras aucun acte qui ne soit volontaire ; nul ne pourra te léser, nul ne sera ton ennemi, car aucun malheur ne pourra t'atteindre. »
>
> **Épictète**, *Manuel* [vers 125], chapitre I, 3.

Non seulement le sage ne s'attriste pas des imprévus, mais il tire même satisfaction de sa capacité à supporter impassiblement ce qui aurait affligé tout un chacun. Lorsque je m'attriste de la disparition d'un proche ou qu'une trahison me met en colère, je faiblis face aux événements extérieurs : je suis alors l'artisan de mon propre malheur. Inversement, le bonheur consiste à conserver ses qualités morales et son sang-froid en toutes circonstances. Le sage est donc heureux parce qu'il parvient à être **égal à lui-même** et vertueux en toute occasion, même les plus dramatiques.

Cependant, la voie proposée par **les Stoïciens** semble faire du bonheur **un idéal** : cela suppose une force d'âme et une volonté infaillibles. De leur propre aveu, seul le sage est heureux ; mais il n'en vient au monde qu'un tous les cinq cent ans. Nous sommes donc condamnés à rechercher le bonheur sans le trouver.

> **Les stoïciens** fondent le Portique, une des quatre grandes écoles de pensée de la Grèce antique. Leur philosophie du bonheur prescrit de ne pas se laisser affecter par les événements extérieurs. Les stoïciens les plus connus sont Sénèque, Épictète, et l'empereur romain Marc-Aurèle.

## 5 Le paradoxe de la recherche du bonheur

**EN BREF La recherche du bonheur est l'unique motif de l'action humaine. Cependant, cette recherche, tournée vers un futur hypothétique, me rend malheureux parce qu'elle me fait manquer le présent.**

Dans ses *Pensées* (posth. 1669), le théologien Blaise Pascal estime que le bonheur est le **seul but** de **toute vie humaine** : c'est ce qu'on appelle **l'eudémonisme**. Nous ne cherchons rien d'autre que lui au cours de notre existence : « C'est le motif de toutes les actions de tous les hommes, jusqu'à ceux qui vont se pendre. » La recherche du bonheur est alors une **vérité anthropologique**, c'est-à-dire une caractéristique commune à tous les hommes (*anthropos* en grec ancien) : il est impossible de se donner une autre fin que le bonheur.

> **Blaise Pascal (1623-1662)** est un théologien, mathématicien et penseur français, connu notamment pour sa démonstration de l'existence du vide. Les *Pensées* (posth. 1669), non-destinées à la publication, sont son œuvre principale.

Pourtant, d'après Blaise Pascal, c'est paradoxalement **la recherche du bonheur elle-même qui me condamne au malheur**. La démonstration de Blaise Pascal repose sur l'introspection : si chacun examine ses pensées, il constatera qu'elles sont intégralement tournées vers le passé ou vers l'avenir, et non vers le présent : je suis prisonnier de la nostalgie ou enchaînés à l'espoir. Ainsi, en recherchant la satisfaction de mes désirs, je ne fais que **préparer les conditions** du bonheur. En reléguant le bonheur à l'avenir, je manque le présent, qui seul pourrait me satisfaire :

> « Nous ne pensons presque point au présent, et si nous y pensons, ce n'est que pour en prendre la lumière pour disposer de l'avenir. Le présent n'est jamais notre fin. Le passé et le présent sont nos moyens, le seul avenir est notre fin. Ainsi nous ne vivons jamais, mais nous espérons de vivre, et nous disposant toujours à être heureux, il est inévitable que nous ne le soyons jamais. »
>
> **Blaise Pascal**, *Pensées* [posth. 1669], éd. Lafuma, fragment 47.

Face à un tel paradoxe, Blaise Pascal place le salut dans la recherche de Dieu. Mais n'y a-t-il pas une alternative dans l'attention au présent ?

## 6 L'ataraxie, recherche d'une sérénité au présent

**EN BREF Agités par des craintes infondées, je gâche ma vie en préoccupations futiles. Il s'agit donc de s'en libérer afin d'atteindre l'ataraxie.**

Occupé par le passé et par l'avenir, j'en oublie le présent, qui est le seul temps qui m'appartienne. Épicure estime ainsi que « la vie périt par le délai, et chacun de nous meurt affairé ». Nous gâchons nos vies en **préoccupations futiles**, naïvement persuadés que nous y trouverons le bonheur sans jamais prendre le temps d'analyser sereinement ses ressorts. À la différence de Blaise Pascal, Épicure est persuadé que le bonheur est atteignable.

Pour y parvenir, il y a **urgence à philosopher**, c'est-à-dire à comprendre les **causes** du malheur humain et y remédier. Épicure les loge entièrement dans la **douleur** et dans la **crainte**. Il s'agit donc de supprimer par la satisfaction des besoins naturels et nécessaires (par exemple, se nourrir, se protéger du froid...) afin d'atteindre l'**aponie**, c'est-à-dire l'« absence de douleurs », qui correspond, dans l'épicurisme, au plaisir corporel ; et en **dissipant les deux craintes** qui rongent l'âme humaine : la **peur des dieux** et la **peur de la mort**. Puisque les dieux n'interviennent pas dans les affaires

> **Épicure (341-270 av. J.-C.)** est le fondateur du Jardin, l'une des quatre grandes écoles de pensée de la Grèce antique. Auteur d'une centaine de livres, on n'a conservé de lui que trois lettres et quelques fragments. Sa pensée est principalement connu au travers des écrits de son disciple **Lucrèce**.

humaines, estime Épicure, il n'y a pas à craindre leur courroux. Quant à la mort, lorsque je suis là, la mort n'est pas là, et lorsque la mort est là, je ne suis plus ; pourquoi craindre ce que l'on ne rencontre jamais ?

### COUP DE POUCE

Attention, une erreur d'interprétation fréquente fait d'Épicure un partisan de la recherche incessante de plaisirs. Mais le « plaisir » d'Épicure n'est que la suppression de la douleur et de la crainte. Ainsi, mieux vaut se nourrir de pain sec et d'eau que de mets raffinés parce qu'on risque moins d'endurer la souffrance de la privation si on est habitués à des repas frugaux.

Lorsque les hommes auront atteint l'aponie et qu'ils auront supprimé l'agitation craintive qui trouble leur âme, ils atteindront l'**ataraxie**, c'est-à-dire la sérénité. Littéralement « absence de troubles de l'âme », l'état d'ataraxie constitue, pour Épicure, le bonheur, qui est donc atteignable par la philosophie.

Cependant, si on peut reconnaître la validité de son raisonnement sur la mort, se libérer de cette peur primitive est bien plus difficile. Le caractère tragique de l'existence (nous sommes voués à disparaître) grève mes tentatives d'en faire abstraction. Je dois donc trouver une autre voie vers le bonheur.

## 7 L'éternel retour du même

**EN BREF Il faut apprendre à reconnaître les moments d'harmonie, de joie pure. En les revivant, je pourrai atteindre le bonheur.**

Constatant lui aussi que l'expérience de la vie est celle d'un **déchirement intérieur** qui nous fait manquer le bonheur, Friedrich Nietzsche (p. 17) propose un remède. Des **forces « réactives »** minent notre bonheur (la culpabilité, la honte, le désir de briller) et nous préoccupent constamment. Nous ne parvenons pas à percevoir le monde de manière harmonieuse, c'est-à-dire à être **parfaitement réconciliés avec la réalité**.

### NOTION

Friedrich Nietzsche désigne l'effort de réconciliation avec le monde par une expression latine : l'*amor fati*, ou « amour du destin ».

Afin d'atteindre le bonheur, il s'agit donc **d'identifier** ces moments de communion avec le monde. Friedrich Nietzsche propose une expérience de pensée : l'éternel retour du même. Imaginons un génie qui nous condamne à **revivre à l'infini notre vie** :

« Il faut que chaque douleur et chaque joie, chaque pensée et chaque soupir, tout l'infiniment grand et l'infiniment petit de ta vie reviennent pour toi, et tout cela dans la même suite et le même ordre – et aussi cette araignée et ce clair de lune entre les arbres, et aussi cet instant et moi-même. »

**Friedrich Nietzsche**, *Le Gai Savoir* [1882], quatrième livre, §341.

Maudissons-nous un tel génie, ou au contraire le bénissons-nous ? Les moments où nous le bénissons, dit Friedrich Nietzsche, sont ceux où nous réalisons l'harmonie : nous considérons notre vie sans **aucune amertume**. À chacun de reconnaître à quelles expériences correspond cette joie sans mélange. Une fois cette étape achevée, celui qui cherche le bonheur devra s'efforcer de les faire revenir autant que possible. C'est là, pour Friedrich Nietzsche, la voie d'un salut terrestre.

## POUR TOUT RETENIR

→ Il semble que la réalisation du bonheur passe par la **satisfaction de mes désirs**. Mais je risque de me lancer dans une quête vaine, et de devenir l'esclave de désirs **insatiables**. Je dois alors m'interroger pour identifier quels **biens** rechercher pour être heureux, et comment **modérer** les désirs qui y font obstacle.

Il faut prêter plus d'attention au **temps présent** qu'à la poursuite du bonheur en elle-même. Le bonheur serait une **réconciliation** avec soi-même et avec la réalité ; et, en ce sens, il est bien de ce monde.

## VOCABULAIRE ESSENTIEL

**Ataraxie :** « absence de troubles dans l'âme », l'ataraxie est un état de sérénité ou tranquillité, c'est le bonheur chez Épicure.

**Béatitude :** satisfaction complète et éternelle, elle est inatteignable dans ce monde : c'est un terme religieux.

**Besoin :** désir d'un objet nécessaire permettant de combler un manque. Par exemple, on a besoin d'eau pour étancher notre soif.

**Désir :** aspiration à la possession d'un objet ou à la satisfaction d'un manque. Si certains désirs sont nécessaires (besoins), d'autres sont superflus.

**Eudémonisme :** théorie qui fait du bonheur la fin dernière de la vie humaine.

**Hédonisme :** théorie qui fait de la recherche du plaisir le moyen d'obtenir le bonheur.

**Félicité :** synonyme de béatitude et d'allégresse, elle consiste en un bonheur parfait qui n'est atteignable qu'après la mort.

**Joie :** satisfaction momentanée, émotive et intense, mais circonscrite à une période et à un aspect de notre existence.

**Sagesse :** connaissance rationnelle de la vérité et du bien, on la considère traditionnellement comme la disposition d'âme permettant d'atteindre l'ataraxie.

**Souverain bien :** bien impérissable ; puisqu'on ne peut nous le retirer, nous ne craignons pas de le perdre. On l'oppose aux « faux biens », périssables (la gloire, la richesse et les plaisirs). La question est de savoir si le souverain bien existe ou s'il n'est qu'un idéal.

# Pour prolonger la réflexion

## FOCUS SUR... LA SATISFACTION

Lorsque l'on situe le bonheur dans la satisfaction des désirs, on semble oublier les **degrés** que celle-ci peut comporter. Par exemple, je peux satisfaire mon désir de jus d'orange avec du jus industriel de mauvaise qualité ou avec des oranges fraîchement pressées : le second cas procurera un contentement supérieur. Du latin *satis* (assez), la satisfaction désigne donc un minimum acceptable de contentement, ce qui est **juste assez, suffisant.** De la même manière, si un travail jugé « satisfaisant » remplit les exigences minimales, il ne brille pas suffisamment pour mériter des qualificatifs plus élogieux : il laisse un goût d'inachevé.

Mais n'y a-t-il pas quelque chose de frustrant à réaliser un désir d'une manière moins éclatante que possible ? Autrement dit, il semble qu'il y ait quelque chose de **paradoxal** dans la satisfaction : elle **pourrait se révéler insatisfaisante**. Ce paradoxe est sensible dès l'étymologie. Le latin *satisfactio* désigne la réparation d'une offense. Or, si la réparation compense un tort, elle n'efface pas le dommage causé. Dans le duel d'honneur par exemple, la satisfaction obtenue consiste à régler le conflit par les armes, et se résout donc potentiellement par la mort : comment juger cette situation heureuse ?

C'est pourquoi Emmanuel Kant, dans la *Critique de la raison pure* (1781-1787), ne fait pas consister le bonheur simplement dans la satisfaction des désirs, mais ajoute des conditions. Cette satisfaction doit être **intense, durable,** et **porter sur un grand nombre d'objets**, faute de quoi elle sera condamnée à être insatisfaisante.

*Eternal Sunshine of Spotless Mind*, film de Michel Gondry avec Jim Carrey (Joel Barish), 2004.

EXPÉRIENCE DE PENSÉE

# FAUT-IL ENTRER DANS LA « MACHINE À EXPÉRIENCES » DE ROBERT NOZICK ?

Imaginons qu'il existe une machine permettant de nous offrir un ensemble d'expériences qui maximisent notre bonheur, en accord avec nos aspirations. Lorsque nous sommes dans cette machine, toutes les expériences « vécues » sont des illusions, mais nous sommes parfaitement incapables de les distinguer de la réalité. Le plaisir qu'elles suscitent apparaît alors aussi authentique que si elles survenaient dans le monde réel. Autrement dit, si nous programmons la machine pour devenir champion de judo, participer à une expédition sous-marine ou vivre un amour passionnel, nous n'avons aucun moyen de déterminer que ces expériences sont fausses lorsque nous sommes dans la machine.

La machine optimise les expériences pour maintenir mon bonheur à son plus haut degré. De plus, si je ne souhaite pas me souvenir d'y être entré, la machine se chargera de me le faire oublier. Il est donc certain qu'une fois branchés, nous serons plus aptes à satisfaire nos désirs que par n'importe quel autre moyen. Selon toute probabilité, il est impossible d'être aussi heureux dans la réalité.

Enfin, l'entrée dans la machine n'est pas définitive : je peux programmer ma sortie. Revenant à la réalité, j'aurai la possibilité de retourner dans la machine, dans les mêmes conditions. Je n'ai donc aucune raison **pratique** de ne pas m'y engager.

Cette expérience de pensée a été imaginée par le philosophe américain Robert Nozick dans son livre *Anarchie, État et Utopie* (1974). Elle propose un moyen certain de réaliser tous nos désirs, donc d'atteindre le bonheur. **Mais si le bonheur est réel, les expériences, elles, ne le sont pas.** Par conséquent, faut-il entrer dans la machine ? À l'évidence, tout le monde ne choisirait pas de se » brancher », et de nombreux autres le feraient après hésitations.

L'expérience de pensée oppose l'illusion et la réalité. Nous souhaitons **véritablement** vivre nos expériences et non seulement les simuler. En outre, nous ne souhaitons pas simplement être heureux, mais être **dignes** du bonheur **(voir chapitre le Devoir, p. 81-83).** En ce sens, nous pouvons **accorder plus d'importance à notre liberté ou à notre morale** qu'à la satisfaction de nos désirs. Une vie faite de faux-semblants et de simulations ne semble pas valoir la peine d'être vécue.

→ Refuserait-on d'être heureux alors que cette recherche semble être la plus fondamentale de la vie humaine ?

→ Pourquoi la réalité aurait-elle plus de valeur que le bonheur ?

# MÉMO VISUEL

## – Le Bonheur –

### Les voies vers le bonheur...

- ... se trouvent dans la satisfaction de tous les désirs.
- ... correspondent à l'identification d'un bien suprême. (La solution de Spinoza)
- ... imposent la modération des désirs. (La sagesse de Platon)
- ... ne doivent dépendre que de nous-mêmes. (Le précepte stoïcien)
- ... passent par la suppression des craintes. (L'ataraxie épicurienne)

### L'insatisfaction naît...

- ... du cercle du manque. (Platon)
- ... de la recherche de biens périssables. (Spinoza)
- ... de l'impossibilité de réaliser pleinement tous nos désirs. (Kant)
- ... de l'oubli du présent. (Épicure et Pascal)

# SE TESTER

QCM

**1. Le « simple d'esprit » est considéré comme un bienheureux :**

- **a** Car on ne lui reproche rien.
- **b** Car il ne souffre pas de désirs insatiables.
- **c** Car il n'est jamais saisi par l'angoisse de la vie.

**2. Le bonheur se distingue du plaisir :**

- **a** En intensité et en durée.
- **b** En rigueur et en fiabilité.
- **c** En force et en vigueur.

**3. Pour Calliclès, il faut satisfaire tous ses désirs :**

- **a** Pour montrer qu'on est libre et qu'on a le courage de réaliser nos rêves.
- **b** Pour obéir à sa nature.
- **c** Pour avoir sans cesse de nouveaux désirs à satisfaire et ne pas s'ennuyer.

**4. L'ataraxie c'est :**

- **a** Une technique de méditation pour apaiser les angoisses.
- **b** L'état de calme et de stabilité permanent du sage.
- **c** Le plaisir intense ressenti à la satisfaction des désirs.

**5. Selon Épicure, quelles craintes doit-on apaiser pour être heureux ?**

- **a** Le vieillissement et la maladie.
- **b** L'abandon et la solitude.
- **c** La mort et les dieux.

**6. Spinoza défend qu'on doit rechercher comme bien suprême :**

- **a** La connaissance.
- **b** La richesse.
- **c** La célébrité.

**7. Le « cercle du manque » dénoncé par Platon correspond :**

- **a** Au retour perpétuel des besoins vitaux, la faim, la soif, le sommeil.
- **b** Au retour perpétuel de désirs quand j'en ai assouvi certains.
- **c** Au retour perpétuel du manque de l'être aimé.

**8. Le paradoxe de la recherche du bonheur c'est :**

- **a** Que cette recherche nous condamne au malheur.
- **b** Que cette recherche ne sait pas sur quoi se porter.
- **c** Que cette recherche est souvent confuse.

**9. La doctrine de l'éternel retour :**

- **a** Défend l'idée de souhaiter revivre éternellement un moment heureux.
- **b** Prétend que c'est dans un monde éternel futur que je connaîtrai la joie.
- **c** Assure que je dois retrouver ceux que j'ai perdu pour être heureux.

**10. Pour les stoïciens, la sagesse consiste à :**

- **a** Faire la différence entre ce qui dépend et ce qui ne dépend pas de moi.
- **b** Transformer son âme afin de ne ressentir plus que des émotions positives.
- **c** Pardonner à ceux qui nous ont offensés.

→ Corrigés page 344

# S'ENTRAÎNER

## 1 Comprends et analyse le sens des termes.

**a.** Définis et distingue les termes « bonheur » et « plaisir ».

**b.** La félicité, la joie et le bonheur sont des termes souvent confondus, comment les différencier ?

**c.** Différenciez « eudémonisme » et « hédonisme ». Peut-on suivre ces deux doctrines à la fois ? Pourquoi ?

## 2 Maîtrise la pensée d'un auteur en répondant aux questions.

**a.** L'hédonisme de Calliclès **(voir cours p. 35-36)** est souvent qualifié de « radical ». Explique pourquoi dans un paragraphe argumenté.

**b.** D'après toi, pourrait-on imaginer un hédonisme « modéré » ? Présente dans un paragraphe argumenté à quoi ressemblerait la vie d'un tel hédoniste. Quel philosophe présenté dans le cours pourrait défendre une telle position ?

## 3 Exploite philosophiquement un exemple.

Dans le film *Blow-Up* (1966) de Michelangelo Antonioni, le personnage principal, Thomas, photographe de mode, se rend à un concert où éclate une émeute pour obtenir le manche de guitare que le leader du groupe a brisé. Thomas réussit à s'en emparer et s'enfuit dans la rue, poursuivi par des spectateurs. Une fois le calme retrouvé, il observe le manche de guitare pour lequel il s'est farouchement battu, et le jette dans le caniveau. Un homme qui l'aperçoit se précipite pour récupérer l'objet, puis, constatant son inutilité, l'abandonne à son tour.

**a.** Comment expliquer qu'un objet de désir puisse perdre toute sa valeur en si peu de temps ? Qu'est-ce que cela montre de nos désirs ?
Le désir ressenti par Thomas est appelé « désir mimétique » : explique cette expression.

**b.** Le métier de Thomas, photographe de mode, consiste à susciter du désir, il en connaît le fonctionnement, pourtant il n'y échappe pas : pourquoi ?

## 4 Défends une thèse.

« Ce qui tourmente les hommes, ce ne sont pas les choses, mais les jugements qu'ils portent sur les choses. »

**Épictète**, *Manuel*, [vers 125], chapitre V.

**a.** À quelle école philosophique de la Grèce antique Épictète appartenait-il ?

**b.** Explique cette affirmation, puis développe un argumentaire pour la justifier.

SUJET GUIDÉ

Explication de texte

# SE PRÉPARER POUR LE BAC

## Rédiger l'introduction et la première partie

### Jean-Jacques ROUSSEAU, *Julie ou La Nouvelle Héloïse*

Malheur à qui n'a plus rien à désirer! il perd pour ainsi dire tout ce qu'il possède. On jouit moins de ce qu'on obtient que de ce qu'on espère et l'on n'est heureux qu'avant d'être heureux. En effet, l'homme, avide et borné[1], fait pour tout vouloir et peu obtenir, a reçu du ciel une force consolante qui rapproche de lui tout ce qu'il désire, qui le soumet à son imagination, qui le lui rend présent et sensible, qui le lui livre en quelque sorte, et, pour lui rendre cette imaginaire propriété plus douce, le modifie au gré de sa passion. Mais tout ce prestige disparaît devant l'objet même; rien n'embellit plus cet objet aux yeux du possesseur; on ne se figure point ce qu'on voit; l'imagination ne pare[2] plus rien de ce qu'on possède, l'illusion cesse où commence la jouissance. Le pays des chimères[3] est en ce monde le seul digne d'être habité, et tel est le néant des choses humaines, qu'hors l'Être existant par lui-même[4] il n'y a rien de beau que ce qui n'est pas.

**Jean-Jacques Rousseau**, *Julie ou La Nouvelle Héloïse* [1761], sixième partie, lettre VIII.

1. **Borné:** limité.
2. **Pare:** embellit.
3. **Chimères:** créations de l'imagination.
4. **L'Être existant par lui-même:** Dieu.

## Méthode et corrigé

### Rappels de méthode

L'explication de texte est un exercice très codifié: suis les étapes obligatoires en introduction et dans le corps du développement pour apporter de la rigueur à ton travail.

**Introduction**

**Situer le texte.**

Le texte soumis ici à l'étude est un extrait de *La Nouvelle Héloïse*, de Jean-Jacques Rousseau.

**Énoncer le thème du texte. Celui-ci est le plus souvent en rapport avec l'une des notions du programme.**

Le philosophe propose ici une réflexion sur le bonheur, et sur le lien qu'il entretient avec le désir.

**Définir l'objet du texte, ce sur quoi il porte.**

Rousseau s'interroge dans ce texte sur la certitude que l'on a d'atteindre le bonheur en satisfaisant ses désirs, et se demande s'il ne s'agit pas là d'un contresens.

**Énoncer la thèse de l'auteur, la proposition principale ou l'argument majeur du texte, ce que tout le raisonnement cherche à démontrer.**

Dans ce texte, Rousseau prend le contrepied de l'idée reçue selon laquelle satisfaire le plus grand nombre possible de nos désirs mène au bonheur. À l'inverse, il annonce que le malheureux est paradoxalement celui qui a satisfait tous ses désirs. Il souhaite ainsi démontrer que c'est **le fait même d'être animé d'un désir** qui nous rend heureux. Il y a donc un **paradoxe** : **l'état de manque est identifié au bonheur.** Ce premier paradoxe s'appuie en fait sur un second : **on ressent plus de plaisir à l'état de manque qu'à la satisfaction du désir**.

**Exposer la problématique du texte à partir de la thèse qui répond au problème. Le but est donc de trouver la raison pour laquelle l'auteur écrit ce texte.**

Rousseau pose la question de l'évidente correspondance entre désir satisfait et bonheur. Pourquoi l'homme, individu naturellement désirant, n'est-il pas capable d'atteindre le bonheur en satisfaisant ses désirs ? **Pourquoi la satisfaction du désir, qui porte la promesse du bonheur, produit-elle l'effet inverse ?**

**Annoncer la structure du texte, c'est-à-dire les parties du raisonnement, en citant les lignes, pour que votre correcteur s'y repère.**

Nous verrons ainsi _dans un premier temps_ comment Rousseau expose sa thèse et le double paradoxe qui est en son cœur (lignes 1 à 3). _Dans un deuxième temps_, Rousseau s'appuie sur un portrait de l'homme satisfait qui, justement, manque le bonheur (lignes 3 à 7). _Une fois cela établi_, il peut présenter son argument principal : le bonheur repose sur la puissance de l'imagination à enjoliver et contrôler le monde de nos désirs (lignes 8 à 12).

## Première partie rédigée

**a Explication de la première phrase, de l'affirmation d'ouverture et du premier paradoxe.**

Rousseau commence son texte par une défense et **un éloge du désir**. On est spontanément tenté d'acquiescer. Qui voudrait ne rien désirer ? Le désir nous anime, nous pousse et donc nous engage à nous réaliser. Celui qui ne désire plus est menacé par l'ennui, ou le désespoir. Mais le problème repose sur les paradoxes qu'implique cette thèse.

Rousseau établit un lien entre la perte et le désir accompli : « il perd pour ainsi dire tout ce qu'il possède ». Cette proposition semble contradictoire. Si nous obtenons l'objet de notre désir, alors nous en prenons possession, et ne perdons rien. L'auteur suggère donc une forme de paradoxe : l'entière satisfaction de nos désirs nous ferait perdre par la même occasion la jouissance des biens obtenus. On serait alors moins comblé par l'objet que par le désir qui nous a porté vers lui.

**Transition**

Rousseau prend soin de préciser que cette perte n'est pas réelle : on perd « pour ainsi dire ». Il ne défend pas une position absurde : si nous obtenons l'objet que nous désirons, il ne disparaîtra pas. Qu'est ce qui disparaît une fois mon désir accompli ?

**b Annonce du second paradoxe et explication.**

« On jouit moins de ce qu'on obtient que de ce qu'on espère, et l'on n'est heureux qu'avant d'être heureux. »

Rousseau **compare deux formes de jouissances** : celle née de la satisfaction d'un désir et celle, moins évidente, née de l'intensité du désir lui-même. Dans une définition classique, le désir est associé au manque, et non à la jouissance. Rappelons que désir vient du latin *siderius*, l'étoile manquante et lointaine. Dans son étymologie, le désir indique déjà une distance entre nous et ce que nous visons. Ici, Rousseau affirme pourtant que l'espoir est aussi source, dans l'attente, d'un plaisir supérieur à celui du désir comblé. C'est ainsi que « l'on est heureux qu'avant d'être heureux ». Le bonheur se situerait donc dans le désir lui-même. Rousseau renverse le sens commun et considère que **l'espoir du désir est la véritable forme du bonheur**.

**Transition**

Une telle affirmation répond à l'apparente contradiction que Rousseau justifie en s'appuyant sur une étude de la nature de l'homme et sur les vertus de l'imagination.



## Proposition de plan détaillé

### II. Il faut fonder la satisfaction dans l'imagination, non dans les biens matériels.

**a** L'homme est limité par sa nature, et en même temps sans cesse désirant. Rousseau ne condamne pas le désir, n'en fait pas l'objet du désespoir, mais au contraire le considère comme une « force consolante ».

**b** Le désir permet à l'homme, dans l'imagination, de se rapprocher de l'objet, de le rendre présent, et de le modifier à sa guise, et ainsi en tirer du plaisir.

### III. L'objet imaginé est celui qui procure plus de plaisir.

**a** La réalité ne peut produire qu'un sentiment de déception. Face à l'objet, l'imagination s'éteint.

**b** Rousseau conclut sur une formule forte : « le pays des chimères est seul en ce monde digne d'être habité ». Il cherche un remède au malheur du désir illimité, mais sans le condamner car cela reviendrait à nier la nature humaine. Il reconnaît que face à la menace perpétuelle de la déception, il faut trouver le bonheur dans l'imagination.

## Les sujets qui peuvent tomber au Bac...

- Peut-on être heureux sans être libre ?
- Le bonheur consiste-t-il à ne plus rien désirer ?
- La conscience fait-elle obstacle à notre bonheur ?
- Suis-je responsable de mon bonheur ?

# Chapitre 2 Le Bonheur

**Tu viens de voir les notions à connaître sur le bonheur. Pour t'aider à retenir l'essentiel et t'entraîner pour le Bac, voici ton kit de révisions clé en mains conçu par SchoolMouv !**

## Fiche de révision

### Le Focus de SchoolMouv : Un cas de désespoir : Octave de Saville

**Désirer est primordial, l'absence de désir nous rend malheureux. On peut sembler tout posséder et manquer de l'essentiel : le bonheur.**

**C'est ce qui arrive à Octave de Saville, un personnage romantique inventé par Théophile Gautier en 1857 dans *Avatar*. Octave est d'une famille fortunée, il a des amis sincères et une magnifique demeure. Pourtant il est saisi d'un étrange mal-être, d'un spleen qui paralyse sa joie de vivre :**

« Personne ne pouvait rien comprendre à la maladie qui minait lentement Octave de Saville. [...] Comment se faisait-il que jeune, beau, riche, avec tant de raisons d'être heureux, un jeune homme se consumât si misérablement ? Vous allez dire qu'Octave était blasé, que les romans à la mode du jour lui avaient gâté la cervelle de leurs idées malsaines, qu'il ne croyait à rien, que de sa jeunesse et de sa fortune gaspillées en folles orgies il ne lui restait que des dettes ; toutes ces suppositions manquent de vérité. »

**Théophile Gautier**, *Avatar*, 1857.

**Cet exemple illustre l'idée que l'on peut être comblé de biens et entouré de proches, mais ne pas se sentir heureux. Rongé par l'ennui, Octave fait face au vide de son existence. Il a perdu ce qui l'anime, le rend vivant : l'envie, le désir.**

**S'il est un idéal impossible à atteindre, le bonheur n'existe donc pas réellement. Ce n'est ni un état, ni un but : c'est une idée.**

## Vidéo

Pour mieux comprendre et t'en souvenir à coup sûr, regarde la vidéo.
C'est parfois bien plus clair en images.

**Vidéo** **Le bonheur : un désir et un idéal**
https://flashbelin.fr/focusbacschoolmouv/philo/2

## Contenu additionnel

Voici un bonus autour du même sujet. La curiosité n'est pas toujours un vilain défaut. Il suffit de créer ton compte pour avoir accès à plein de contenus supplémentaires.

**Fiche de lecture** **Marc Aurèle, *Pensées pour moi-même***
http://www.schoolmouv.fr/eleves/fiches-de-lecture/pensees-pour-moi-meme-marc-aurele/fiche-oeuvre

Tu trouveras ici les clés pour comprendre l'ouvrage : les notions principales, les concepts nouveaux forgés par l'auteur. Par exemple, le rapport harmonique que nous devons avoir avec la nature.

**Conseil**
Cette œuvre aborde de manière transversale plusieurs notions du programme : utilise-la pour établir des liens avec les autres cours et approfondir certaines problématiques !

## Tchat avec un prof

Pour poser toutes tes questions à un prof particulier, découvre l'abonnement tchat.
Tu peux le tester gratuitement pendant 7 jours : fini les questions sans réponses, tu vas devenir incollable.

http://focusbac.schoolmouv.fr/offre

VOIE GÉNÉRALE

# 3 La Conscience et l'Inconscient

Sébastien Thibault, illustration, 2020.

# Suis-je ce que j'ai conscience d'être ?

## UNE HISTOIRE POUR COMMENCER...

### L'homme qui ne vieillissait plus

Dans le livre *L'homme qui prenait sa femme pour un chapeau* (1985), le neurologue Oliver Sacks présente certains des cas psychologiques les plus insolites de sa carrière. Parmi ceux-ci, Jimmie, un ex-soldat de cinquante ans qu'il rencontre en 1975, est convaincu d'avoir vingt ans. Oliver Sacks constate que Jimmie n'est pas délirant et ses tests démontrent même un QI élevé et une bonne éducation. Mais l'ex-soldat est atteint depuis 1945 du syndrome de Korsakoff, une grave maladie neurodégénérative qui lui fait **perdre toute mémoire** de son vécu. Cela fait donc trente ans qu'il n'a pas pu conserver un seul souvenir. Ses derniers souvenirs datent de 1945 et de son engagement dans la Navy (la marine américaine) : il est persuadé qu'il vient de libérer la France. Son langage est désuet parce depuis trente ans il n'a ajouté aucun mot à son vocabulaire et à chaque rencontre avec Sacks, Jimmie est persuadé de le voir pour la première fois.

Le neurologue procède à deux expériences. Tout d'abord, il lui montre une photo de Neil Armstrong marchant sur la Lune en 1969. Jimmie juge immédiatement que la photo est un faux : pour lui, un tel exploit relève de la science-fiction ; ce jugement sur le monde est bien sûr cohérent pour un homme de 1945. Puis, Oliver Sacks lui tend un **miroir**, et le patient est complètement perdu en découvrant son reflet. D'un côté, il est impossible que ce soit lui dans le miroir : l'homme qui lui fait face a la cinquantaine, alors que lui n'a que vingt ans. De l'autre, il est impossible que ce ne soit pas lui : les traits caractéristiques du visage sont bien les siens. Tout se passe comme si Jimmie était **lui-même et un autre.** Comment donner du sens à cette absurdité ?

### ? Problématisation

→ Il semble donc que notre conscience de nous-mêmes soit étroitement liée à notre **mémoire**. Notre identité serait une construction reposant sur les expériences vécues qui définissent **qui nous sommes**. La pathologie mentale de Jimmie démontre que nous ne sommes pas nécessairement qui nous pensons être. Nous sommes **les seuls** à avoir accès à notre conscience : nous serions donc les mieux placés pour nous connaître. Pourtant nous oublions des événements de notre histoire personnelle et n'anticipons pas parfaitement nos réactions. N'est-ce pas le signe d'un écart entre ce que nous **sommes** et ce que nous **pensons être** ? Comment expliquer cet écart ?

# Pour bien comprendre

## Le sens du mot « conscience »

**La conscience** désigne l'attention et l'activité de l'esprit. Elle organise les représentations tant du monde extérieur (je vois un paysage) que de notre pensée (j'apprécie le paysage que je vois et le compare à d'autres). La conscience a toujours un contenu : elle est conscience de quelque chose.

La conscience est aussi la possibilité de se représenter la réalité dans sa succession temporelle, grâce aux souvenirs et à l'anticipation de l'avenir.

Cette conscience « psychologique » est la condition de la **conscience morale**, c'est-à-dire de notre capacité à nous représenter le bien et le mal.

## Le sens du mot « inconscient »

**L'inconscient** peut s'entendre de plusieurs manières. Dans un sens faible, l'inconscient est l'opposé de la conscience : ce à quoi je ne fais pas attention, par exemple un souvenir auquel je ne pense pas en ce moment. Dans un sens freudien, l'inconscient n'est pas l'absence de conscience mais **une opposition, un conflit actif avec la conscience** au sein de l'esprit : il est dynamique. Il agit directement sur la conscience, par exemple dans les lapsus.

Enfin, l'inconscient ne désigne pas l'endormi ou le comateux, ni l'insensé qui effectue des actes dangereux sans s'en rendre compte.

# LE COURS en 8 points

## 1 Les trois dimensions de la conscience

**EN BREF La conscience de soi et l'identité dépendent de la structure temporelle de la conscience : mémorisation du passé, attention au présent et anticipation de l'avenir.**

L'identité désigne à la fois **ce à quoi on s'identifie** (par exemple, je m'identifie en tant que lycéen(ne), Alsacien(ne), et végétarien(ne)) et **ce qui reste identique** à travers le temps. L'identité est ce qui demeure en deçà de tous les changements qui nous arrivent : par exemple, c'est bien moi, ce bébé sur la photo de famille, même si j'ai changé du tout au tout depuis. Parce que nous avons une identité, nous pouvons reconnaître nos passés et anticiper nos avenirs comme étant les nôtres : l'identité est ce qui fait la **liaison entre la conscience que j'avais dans le passé et celle que j'ai aujourd'hui.** C'est pourquoi l'identité de Jimmie est faussée. Sans mémoire, il est incapable de reconnaître son passé comme sien et anticipe mal l'avenir : ses attentes sont celles d'un homme de vingt ans en 1945.

Selon Henri Bergson (p. 275), la question de l'identité est inséparable de la **dimension temporelle de la conscience**. Si nous n'étions pas capables de garder en mémoire les événements, nous ne saurions avoir conscience de nous-mêmes. **L'attention au présent** permet au **souvenir** de se constituer : ainsi, nous **retenons (ou mémorisons) ce qui devient le passé**. Mais « l'attention est une attente », elle est aussi tournée vers l'avenir. Nous sommes soucieux de ce qui va arriver : nous **anticipons l'avenir**. La conscience permet donc au sujet de se situer dans le temps.

« Retenir ce qui n'est déjà plus, anticiper sur ce qui n'est pas encore, voilà donc la première fonction de la conscience [...]. Disons donc, si vous voulez, que la conscience est un trait d'union entre ce qui a été et ce qui sera, un pont jeté entre le passé et l'avenir. »

**Henri Bergson**, *La Conscience et la Vie* [1911].

L'exemple de la **mélodie** illustre bien cette idée. Pour apprécier un air, je dois **me souvenir** des notes juste passées, être attentif à celles que je perçois actuellement et anticiper celles à venir. Sans **anticipation**, je ne saurais voir mes attentes comblées ou déçues ; sans **attention**, je ne saurais avoir conscience de l'existence de la mélodie ; et sans **mémorisation**, je n'entendrais qu'une suite de notes sans aucun lien entre elles. Bergson en conclut que le présent de la conscience est un présent « épais » : plutôt qu'un instant sans durée, il concentre les trois dimensions du temps dans la conscience.

## 2 Quelle vérité la conscience nous livre-t-elle ?

**EN BREF Si la conscience nous ouvre un monde, elle nous conduit aussi à douter du réel. Notre seule certitude est notre conscience de nous-mêmes.**

Nous percevons le monde et tentons d'en élaborer les lois, de comprendre les événements qui s'y sont déroulés et de prévoir ceux qui surviendront. Tout ceci n'est rendu possible que par la conscience : c'est elle qui **nous ouvre le monde**. C'est là un problème : notre seul accès au **monde extérieur** est un accès **subjectif**. Nous sommes **limités par nos sens**, qui sont parfois trompeurs, par nos **facultés cognitives**, et par l'impossibilité dans laquelle nous sommes de **vérifier parfaitement et objectivement** toutes nos connaissances. Par conséquent, **comment être certain de ce dont nous avons conscience ?**

Cette interrogation est à la source de la démarche du **doute méthodique** entreprise par René Descartes dans les *Méditations Métaphysiques* (1641), appelée aussi **cogito** (« je pense » en latin). Constatant qu'il a reçu « quantité de fausses opinions pour véritables », c'est-à-dire qu'il a été convaincu d'un grand nombre de faussetés, il décide de douter scrupuleusement de tout. Son doute est **hyperbolique** : René Descartes cherche en toutes choses n'importe quelle raison de les remettre en cause, même la plus fantasque ou la plus absurde. **L'exagération et la rigueur de son doute** lui permettront, il l'espère, de trouver une vérité **absolument certaine et indubitable**.

René Descartes (1596-1650) est un philosophe et mathématicien français d'une importance majeure en philosophie. Rénovateur de la méthode scientifique, il ouvre l'ère de la « philosophie du sujet », ce qui en fera un « héros de la modernité » pour G.W.F. Hegel (p. 14).

### COUP DE POUCE

L'expression « je pense donc je suis » à laquelle on résume souvent l'expérience du cogito cartésien n'est pas présente dans les *Méditations Métaphysiques* (1641), où la démarche du doute méthodique est présentée avec le plus de détail. Elle est en revanche présente dès le *Discours de la méthode* (1637).

Peut-on se fier aux connaissances héritées du passé, à l'histoire par exemple ? Les sources les plus fiables se sont déjà trompées. Il en va de même pour les propos d'autrui. Peu importe l'autorité intellectuelle de mes interlocuteurs, ils peuvent faire erreur ou mentir ; je dois donc douter de tout ce qu'ils affirment. Et ce que je perçois par mes sens alors ? Mes sens m'ont déjà trompé (dans le cas d'une illusion d'optique par exemple), pourquoi ne le feraient-ils pas tout le temps ?

Même les **vérités mathématiques** n'échappent pas au doute. René Descartes le montre par une expérience de pensée : il fait l'hypothèse d'un **« mauvais génie »**, puissance divine malveillante déterminée à me faire commettre des erreurs. Son pouvoir de falsification et de tromperie serait tel qu'il pourrait même faire en sorte que deux et deux ne soit pas égal à quatre ! Mais si le mauvais génie trompe, c'est bien qu'il y a quelqu'un, un sujet, à tromper. Et, tant que je suis capable de douter de tout ce que je tiens pour vrai, je pense. Et tant que je pense, il est **certain qu'il existe bien un sujet pensant** :

> « Il n'y a donc point de doute que je suis, s'il [le mauvais génie] me trompe ; et qu'il me trompe tant qu'il voudra, il ne saurait jamais faire que je ne sois rien, tant que je penserai être quelque chose [...] enfin il faut conclure, et tenir pour constant que cette proposition, *Je suis, j'existe*, est nécessairement vraie, toutes les fois que je la prononce ou que je la conçois en mon esprit. »
>
> **René Descartes,** *Méditations Métaphysiques* [1641].

Ainsi, même si tout ce que nous pensons est faux, il y a une chose qui ne peut pas l'être : **le fait que nous pensons**. Le cogito montre que **la vérité première et la plus fondamentale est la conscience que nous avons de nous-mêmes.** René Descartes considère que nous connaissons de manière claire et évidente notre pensée, bien mieux que notre corps et que le monde extérieur.

## 3 De ma conscience à celle des autres

**EN BREF La conscience paraît impossible à observer concrètement, que ce soit par l'analyse des états cérébraux ou par celle du comportement. Je ne peux pas faire l'expérience de la conscience d'autrui mais je crois en son existence par analogie.**

**NOTION**

Le **solipsisme** est la théorie d'après laquelle il n'y aurait pas d'autre réalité que celle de notre conscience, et donc que nous serions seuls au monde.

Je suis absolument certain de mon existence en tant que conscience, mais tout le reste est sujet au doute. Dès lors, comment éviter le **solipsisme** ? Puisque **je n'ai accès qu'à ma conscience**, rien ne semble me permettre de juger avec une certitude absolue que d'autres consciences existent. Nous ne percevons pas la conscience chez les autres, mais nous pouvons raisonner **par analogie** **(voir Repères, p. 319)** et considérer comme hautement probable qu'ils en sont eux aussi dotés. N'y a-t-il pas des moyens d'avoir accès à la conscience d'autrui ?

La **théorie des états cérébraux** portée par des neurobiologistes tels que Jean-Pierre Changeux (né en 1936) ou Stanislas Dehaene (né en 1965) suppose qu'à chaque état mental correspond un cheminement neuronal déterminé. Par exemple, la douleur correspondrait à un certain circuit neuronal, et l'émerveillement à un autre, ce que pourraient révéler des scanners cérébraux. **En droit** **(voir Repères, p. 317)**, la conscience serait accessible de l'extérieur puisqu'elle se réduirait à un « code ». Cette théorie produit des résultats thérapeutiques encourageants en permettant à des paraplégiques de déplacer leur fauteuil par la pensée. Elle est pourtant **conceptuellement non-nécessaire** : rien n'invalide cette hypothèse, rien ne la valide non plus. Par exemple, on pourrait tout à fait imaginer qu'un chat ressente la douleur de la même façon que nous sans que cela ne corresponde au même cheminement neuronal.

Une autre piste est celle ouverte par le **behaviorisme « méthodologique »**. Constatant que l'accès direct à la conscience des autres est impossible, ce courant de pensée estime que le but de la psychologie n'est pas d'étudier l'esprit, mais le **comportement**. En effet, les comportements (*behavior* en anglais) seraient des **traductions fidèles des états psychologiques** : les étudier permettrait de connaître les états mentaux au sein de la conscience d'autrui. Par exemple, la rougeur et les balbutiements traduiraient la honte, et les vociférations l'énervement. Une étude détaillée des comportements donnerait donc accès à la conscience. Cependant, on peut tout à fait imaginer un comportement inattendu ou inadapté. Le béhaviorisme **ne nous assure donc pas** l'accès à la conscience d'autrui.

Pour autant, l'une des trouvailles behavioristes est que l'on peut **induire un certain type de comportement** chez les autres par le **conditionnement psychologique**. C'est ce que montre Ivan Pavlov (1849-1936) : en faisant sonner une cloche à chaque fois qu'il donne leur repas à ses chiens, il les conduit à associer le son au fait de se nourrir. Au bout d'un certain temps, un réflexe conditionné de salivation se met en place au simple retentissement de la cloche. Mais si nous pouvons conditionner les autres, alors nous pouvons l'être également sans nous en apercevoir. Si la conscience d'autrui est opaque, est-il si évident que nous soyons transparents à nous-mêmes ?

## 4 Le « moi » existe-t-il ?

**EN BREF Connaître le moi n'est pas aisé. Soit je le confonds avec ses qualités, soit il m'échappe sans cesse.**

Blaise Pascal (p. 38) insiste sur la distinction entre le moi, l'identité d'une personne, et ses **qualités**, au point de considérer que le moi est introuvable. Pour lui, on ne cesse de mélanger les **qualités** d'un individu et **qui il est** : nous nous définissons selon nos qualités personnelles, à savoir notre apparence physique, nos compétences intellectuelles, notre situation sociale. Mais est-ce **exact** ? Blaise Pascal utilise l'exemple du sentiment amoureux pour montrer le contraire. En effet, l'amour que je ressens pour une personne belle risque de disparaître si cette dernière est défigurée par une maladie ou un accident : « On n'aime jamais personne, mais seulement des qualités. »

**COUP DE POUCE**

On utilise le terme de **qualités** en philosophie non pas pour désigner les caractéristiques positives d'un individu, mais pour parler de **ses attributs**. Ainsi la taille, la forme, le tempérament ou l'odeur d'un objet ou d'un individu sont des qualités propres à celui-ci.

**David Hume (1711-1776)** est un philosophe écossais célèbre pour sa défense de l'empirisme. Il publie à vingt-trois ans le *Traité de la nature humaine* (1739-1740), qui contient déjà les idées majeures de sa philosophie.

Lorsque je vis des expériences spécifiques, cela ne m'assure pas non plus que j'ai accès à « moi ». Ma conscience renvoie à des sensations particulières dont je fais l'expérience, mais, pour **David Hume**, celles-ci ne sont pas identiques à mon identité. Par exemple, lorsque je constate une sensation de chaud ou de froid, que je ressens une douleur ou un plaisir, ces expériences ne se confondent pas avec mon identité. Je ne constate jamais autre chose que ces expériences ou **impressions** que David Hume nomme des « perceptions particulières », et les oppose à une introuvable « impression constante et invariable » du moi. Le problème ici est celui de la **permanence** (ou persistance) du moi : lorsque je me rapporte à moi, je ne fais jamais que renvoyer à une **idée particulière** et non à une identité stable. À ce titre, la première vérité de René Descartes n'en est pas vraiment une : David Hume considère que l'on accède seulement par la conscience à un **flux de perceptions constant** et non à un sujet qui les pense.

**NOTION**

Une **impression** renvoie chez David Hume à une perception vive dans mon esprit, à l'origine de toute connaissance. Je ne peux former des idées qu'à partir d'impressions. Par exemple, je vais d'abord avoir une impression de la couleur rouge lorsque je la vois, et c'est à partir de cette impression que je vais pouvoir ensuite formuler l'idée du rouge, telle une copie de cette impression.

## 5 L'activité mentale ne se réduit pas à la conscience

**EN BREF Il existe des réalités non conscientes qui ont un rôle dans ma perception du monde, d'autrui et de moi-même.**

Des **perceptions** indistinctes et confuses peuvent en effet coexister dans mon esprit avec ma conscience tout en lui échappant. Si je ne prête pas attention à une chose, cela ne signifie pas qu'elle n'a pas affecté mon esprit. Je peux ne pas être attentif au bruit d'une moto dans la rue, et pourtant si on m'interroge *a posteriori*, m'en souvenir. Il existe donc des **degrés de conscience** : lorsque je me concentre pour lire dans le train j'ai encore conscience de l'agitation qui m'entoure, mais à un degré moindre.

**COUP DE POUCE**

Le terme d'inconscient n'est pas présent dans l'œuvre de Leibniz parce qu'il n'a pas encore été inventé. Leibniz distingue la perception (inconsciente) de l'aperception qui est une forme de perception consciente.

**Gottfried W. Leibniz** défend que pour accéder à notre conscience, une perception doit être constituée de tout un ensemble de « **petites perceptions** ». Dans les *Nouveaux essais sur l'entendement humain* (posth. 1765), il illustre ainsi sa thèse : nous sommes incapables de distinguer les sons que chaque vague produit, pourtant, il faut bien que, même de manière inconsciente, nous ayons entendu chacune de ces vagues pour que l'ensemble du « mugissement de la mer » nous parvienne. Nous n'apercevons que la somme de ces « petites perceptions », et non chacune d'elles individuellement. De la même manière, des forces inconscientes se développent dans notre esprit en deçà de la conscience.

## 6 Nous souffrons de biais inconscients

**EN BREF Les biais cognitifs montrent l'irrationalité de nos décisions conscientes. Même dans nos réflexions les plus maîtrisées, l'inconscient est à l'œuvre.**

Dans *Système 1 / Système 2 : les deux vitesses de la pensée* (2011), le psychologue et prix Nobel d'économie Daniel Kahneman (né en 1934) étudie les **biais cognitifs**. Il s'agit de **modifications inconscientes** dans le traitement de l'information qui altèrent nos décisions. L'étude de tels biais est utile en économie parce qu'elle permet de prévoir des **comportements irrationnels** de consommateurs. De manière générale, ces biais montrent que nous prenons des décisions irrationnelles même en nous pensant maîtres de nos processus de décision.

Par exemple, l'**effet d'ancrage** désigne la tendance à être influencé par des nombres sans importance. Si je demande si Gandhi est mort avant ou après cent-quatorze ans, j'aurai ensuite, en demandant à quel âge il est mort, des réponses plus élevées que si j'avais d'abord demandé s'il est mort avant ou après trente-six ans.

Autre exemple, l'**effet de cadrage** désigne la tendance à décider différemment en fonction de la façon dont on nous présente une statistique : des patients atteints d'une maladie très grave ont davantage tendance à refuser l'opération lorsqu'on leur dit que le risque de mortalité est de 10 % et à l'accepter lorsqu'on leur dit que les chances de survie sont de 90 %.

Ces biais montrent que nous sommes travaillés par un ensemble de forces indépendantes de notre volonté qui excèdent le cadre de notre conscience. Plus encore, elles remettent en question la **souveraineté du sujet**, c'est-à-dire sa faculté à être pleinement maître de sa pensée.

## 7 Le « moi n'est pas maître en sa propre maison »

**EN BREF L'inconscient est une force active jouant un rôle dans la vie consciente. La psychanalyse donne accès aux phénomènes mentaux inconscients.**

Sigmund Freud étudie la vie psychique afin de comprendre l'origine de maladies dont les causes ne sont pas physiques. L'origine de la dépression par exemple se situe dans l'esprit. Sigmund Freud fonde alors une nouvelle discipline : **la psychanalyse.** Celle-ci est à la fois une théorie et une méthode **de soin**, et cherche à **identifier la signification** des troubles dans la conscience. Selon la théorie psychanalytique, **l'inconscient** est une réalité agissante : son activité a des conséquences sur la vie consciente, c'est en lui que se trouvent les causes de la plupart de nos actions et de mes pensées. Il faut donc enquêter pour identifier dans l'inconscient des patients les causes de certaines névroses.

**Sigmund Freud (1856-1939)** est un neurologue autrichien, fondateur de la psychanalyse. Sa théorie fait encore l'objet de nombreuses controverses, en particulier au sujet de sa scientificité.

Sigmund Freud établit en définissant l'inconscient que « le moi n'est pas maître dans sa propre maison ». Par cette expression, il affirme que connaître sa conscience ne signifie pas **se connaître**, mais n'avoir accès qu'à une partie de soi-même en grande partie **déterminée** par une force invisible : l'inconscient. Freud élabore une **critique radicale du cogito** cartésien. Le sujet n'est plus transparent à lui-même.

**NOTION**

**L'inconscient** freudien ne recouvre pas l'ensemble de l'activité non-consciente de l'esprit. Il est une **force agissant** sur la conscience. C'est pourquoi on le nomme **inconscient dynamique.**

Pour Freud, les troubles psychiques ont en effet leur origine dans des souvenirs inacceptables refoulés par la conscience qui **résiste** à leur retour. Le **refoulement** produit alors des conflits au sein du psychisme, qui causent des troubles. Pour les résoudre, il faut reconstituer des chaînes d'idées pour accéder à une connaissance de l'inconscient. Par exemple, mon hypocondrie peut s'expliquer par mon refus de me remémorer le décès soudain de mon père malade. Pour Sigmund Freud, une des clés de compréhension des **névroses** est située dans l'existence de la **libido**, c'est-à-dire l'énergie du désir, en particulier du désir sexuel. Ces pulsions sont pour lui au cœur du conflit entre mon inconscient qui cherche à les réaliser, et ma conscience qui les refoule.

**NOTION**

Les **névroses** sont des troubles affectifs ou émotionnels qui se manifestent par une exagération des expressions. Pour Freud, elles sont dues à des souvenirs « bloqués » dans l'inconscient. Par exemple, une phobie des araignées renvoie à une peur infantile oubliée.

NOTION

Une **instance** est une autorité ayant un pouvoir de décision. Le terme chez Sigmund Freud indique une concurrence dans l'esprit entre plusieurs composantes de la personnalité.

Une telle théorie repose sur un total **déterminisme psychique**, c'est-à-dire que pour la psychanalyse, les faits psychiques peuvent s'expliquer les uns par les autres. Le moi conscient ne constitue donc qu'une partie de l'esprit, concurrencée par d'autres **instances**. Il n'est ni seul ni tout puissant dans la vie psychique.

## 8 La psychanalyse, une possibilité de se connaître

**EN BREF La psychanalyse a une prétention scientifique : on peut mettre en place une thérapie même si le sujet n'est pas transparent à lui-même.**

Afin de soigner les névroses, la psychanalyse s'appuie sur un matériau inédit : **les rêves**. Par leur **interprétation**, le patient, guidé par le thérapeute, accède à ce qui échappe au sujet conscient par l'intermédiaire de « formes déguisées », déformées, de désirs refoulés. Le rêve possède un **contenu latent**, qu'il faut interpréter. La psychanalyse permet alors de comprendre et ainsi de soigner.

Au terme de sa construction théorique, Freud divise l'esprit en trois instances en concurrence : **le Ça, le Moi, et le Surmoi**. Nous n'avons au premier abord accès qu'au **Moi** : il correspond majoritairement à notre conscience et notre volonté. Celui-ci est cependant en partie régi par des mécanismes inconscients. Le **Ça** correspond à tout ce qui fait l'objet d'un refoulement. C'est l'instance des pulsions, des désirs débridés et souvent inadmissibles en société (par exemple sexuels). Le **Surmoi**, en partie conscient seulement, réunit les interdits que j'ai intériorisés. C'est l'instance de la censure : il provoque un sentiment de culpabilité lorsque l'on transgresse des interdits.

La vie psychique est donc **conflictuelle** : le Surmoi s'oppose au **principe de plaisir**, c'est-à-dire au Ça. Le Moi tend au même but que le Ça : réaliser nos plaisirs, mais prend en compte les interdits du Surmoi et les contraintes de la réalité. Arbitre entre le Ça et le Surmoi, **le Moi est le principe de réalité.** Le Moi admet que la réalité est **frustrante**, et qu'on ne peut pas satisfaire tous nos désirs. Par cette analyse, Freud fonde une critique du principe du libre-arbitre ; un **déterminisme** radical gouverne la conscience : **nos pensées sont conduites par des mécanismes inconscients**.

NOTION

Le **déterminisme** est une théorie qui défend que toute action est située nécessairement dans un enchaînement de causes et d'effets. Elle s'oppose classiquement à l'idée du libre-arbitre **(voir chapitre la Liberté, p. 167)**.

La sublimation désigne le report réussi de la frustration vers d'autres désirs, réalisables. Par exemple, je peux sublimer mon désir de devenir cinéaste en collectionnant des films. Lorsque la sublimation échoue, la névrose peut prendre une forme radicale et maladive : la **psychose**. Une manie bénigne de la propreté est une névrose, mais devient une psychose si je me douche vingt-cinq fois par jour. Le travail de la psychanalyse est alors de rééquilibrer les instances en faveur du principe de réalité : « là où était le Ça, le Moi doit advenir ».

## POUR TOUT RETENIR

→ Au premier abord, la méthode cartésienne permet de fonder une connaissance stable et certaine de mon existence consciente. Par l'opération du doute hyperbolique, René Descartes fonde **une philosophie du sujet**, où l'être humain a **conscience de soi et du monde**. Au-delà de ma propre conscience, rien ne m'assure cependant d'accéder à celle des autres. Mais surtout, ma propre identité ne semble pas si stable dans le temps.

Il faut donc reconnaître que **nous sommes plus que notre conscience**, car il y a une **réalité inconsciente à l'œuvre** dans notre esprit en conflit avec la conscience. Pour se connaître, l'objectif est alors de révéler ce qui est refoulé pour soigner ses névroses. Ainsi, comprendre le rôle de l'inconscient pourrait permettre de répondre au précepte socratique « **Connais-toi toi-même** ».

## VOCABULAIRE ESSENTIEL

**Behaviorisme :** de *behavior*, « comportement » en anglais. Courant de la psychologie qui considère que l'on ne peut accéder à la vie psychique d'autrui qu'en observant ses conduites.

**Cogito :** « je pense » en latin. Le cogito renvoie à la philosophie de Descartes, qui associe nécessairement la pensée et l'existence du sujet.

**Doute :** pour Descartes, méthode pour identifier une vérité première. En psychologie, sentiment d'incertitude face à des événements en conflit avec mes croyances.

**Empirisme :** courant philosophique qui affirme que toute connaissance est dérivée de l'expérience.

**Inconscient dynamique :** approche freudienne de l'inconscient comme force productrice dans mon esprit.

**Identité :** ce qui est identique et permanent dans le temps d'une part et ce qui permet de m'identifier de l'autre. Dans la philosophie classique : synonyme du « moi ».

**Moi :** une des trois instances définies par Freud avec le Ça et le Surmoi, qui arbitre le conflit qui les oppose. Il correspond en partie à la personne consciente d'elle-même. Cet usage est distinct du moi comme identité de la philosophie classique.

**Psychanalyse :** discipline à visée thérapeutique qui repose sur l'hypothèse de l'inconscient dynamique.

**Sujet :** de manière courante, contraire « d'objet ». Il désigne l'individu conscient qui fait l'expérience de lui-même et du monde.

FOCUS SUR...

# LES REPRÉSENTATIONS COLLECTIVES

Le monde qui nous entoure participe à notre identité, sans que nous en ayons nécessairement conscience. Les individus sont en effet perméables à leur **réalité sociale**. Leurs idées, leurs opinions politiques ou esthétiques sont en partie **déterminées** par le groupe auquel ils appartiennent. Karl Marx défend dans *L'Idéologie allemande* (1845-1846) que la conscience des individus est **constituée par le groupe et par les conditions sociales** dans lesquelles ils évoluent : « Ce n'est pas la conscience qui détermine la vie, mais la vie qui détermine la conscience. » Cela signifie que les conditions matérielles de notre existence produisent des **représentations collectives** qui déterminent la conscience individuelle. Ma conscience n'est pas une réalité autonome, elle est aussi celle de ma **classe sociale** **(voir chapitre le Travail et la Technique, p. 278-280)**.

***Visages accusateurs regardant un homme coupable*, illustration.**

Le sociologue Roger Bastide explique dans *Sociologie et Psychanalyse* (1950) qu'il faut prendre en compte d'autres propriétés de l'individu, au-delà même de la classe sociale, pour comprendre certains complexes et troubles formés par les individus, en les replaçant dans une **« culture »**. Par exemple, il remarque que Freud a formé sa théorie en n'étudiant que des patients provenant de la bourgeoisie autrichienne : sa théorie souffre de **biais sociologiques**. En effet, les individus héritent de représentations historiques et culturelles relatives à une époque et une société donnée, qu'il faut prendre en compte. C'est par ce travail que nous pouvons mettre en évidence des **structures communes** ou **représentations collectives partagées** par un groupe social donné.

EXPÉRIENCE DE PENSÉE

# MARY'S ROOM

Imaginons une brillante neuroscientifique du nom de Mary. Depuis toujours, elle vit dans une maison où tout est noir et blanc, lit des livres en noir et blanc et regarde une télévision en noir et blanc. Cependant, même si elle n'a jamais vu de couleurs, elle a lu et retenu tout ce qu'il y a à savoir sur la vision de la couleur. Frank Jackson, auteur en 1982 de l'expérience de pensée *Mary's room*, pose alors cette question : si on donnait à Mary une télévision en couleur, son savoir en serait-il modifié ? L'expérience directe et consciente enrichit-elle la connaissance théorique ?

D'après Frank Jackson, la vision de la couleur lui apprendrait quelque chose de nouveau : Mary ne pouvait pas vraiment savoir ce qu'est le rouge avant d'en avoir vu. Jackson estime donc qu'il y a des **connaissances qu'on ne peut acquérir que par l'expérience consciente**. L'expérience de pensée montre que la connaissance théorique ne peut pas remplacer l'expérience directe que nous faisons des objets. *Mary's room* est un argument contre le **physicalisme**, théorie selon laquelle toute la réalité - y compris les états mentaux - peut faire l'objet d'une connaissance indirecte de nature scientifique.

Frank Jackson en déduit que les individus conscients possèdent des **qualias**, qui sont des qualités subjectives uniques qu'aucun discours ne peut traduire fidèlement : par exemple l'odeur du safran, un torticolis, ou le sentiment d'ennui. Les faits physiques ne peuvent pas décrire les qualias.

Cette affirmation divise les philosophes contemporains (Frank Jackson lui-même n'est plus si sûr de ses conclusions), mais on peut en tirer la conséquence suivante : la **perception** n'est ni mémoire ni connaissance, et ne nous livre pas un monde objectif. Au contraire, elle **donne du sens** au monde environnant. Cela signifie que **deux perceptions objectivement identiques peuvent être l'objet d'expériences différentes**. Par exemple, imaginons que je me trouve devant la façade d'une maison : je n'en aurai pas la même expérience si je sais qu'il ne s'agit que d'un décor de cinéma ou si je soupçonne l'existence d'une réelle habitation. C'est donc que la conscience **transforme** le monde objectif.

→ Connaître le monde, est-ce alors en avoir nécessairement une expérience de fait, ou une connaissance théorique ?

→ Si ma connaissance sensorielle est nécessairement partielle et subjective, et ma connaissance théorique incomplète, laquelle est la plus « vraie » ?

→ Comment savoir ce qui est vrai quand mes sens et ma conscience entrent en conflit ?

# MÉMO VISUEL

## – La Conscience, l'Inconscient –

### *Le « moi »...*

- ... est la seule vérité qui résiste au doute. (Descartes)
- ... n'est rien qu'une suite de perceptions. (Hume)
- ... est une réalité introuvable, confondue avec des qualités. (Pascal)
- ... est le fondement du sujet conscient. (Descartes)

### *La structure de la conscience* (Bergson)

- Mémorisation du passé.
- Attention au présent.
- Anticipation de l'avenir.

### *Les instances de la personnalité* (Freud)

- **Le Moi** Principe de réalité, arbitre des conflits entre le Ça et le Surmoi.
- **Le Surmoi** Instance de censure, réunit les interdits intériorisés.
- **Le Ça** Principe de plaisir, pôle des pulsions refoulées.

QCM ?

# SE TESTER

**1. Quelles sont les trois dimensions de la conscience identifiées par Henri Bergson ?**

- **a** Inconscient, préconscient et conscient.
- **b** Petites perceptions, réflexion, et conscience de soi.
- **c** Mémorisation du passé, attention au présent, anticipation du futur.

**2. Pourquoi peut-on dire du doute de René Descartes qu'il est méthodique et hyperbolique ?**

- **a** Parce qu'il est exagérément rigoureux sur la méthode.
- **b** Parce qu'il doute de tout ce dont il est possible de douter, même ce qui paraît le plus certain.
- **c** Parce qu'il est radicalement sceptique : il montre qu'on ne peut rien savoir.

**3. Quelle est la première vérité découverte par René Descartes ?**

- **a** Que je peux être certain de mon existence dès que je pense.
- **b** Que les vérités mathématiques sont absolument certaines.
- **c** Que Dieu est à l'origine du monde.

**4. Qu'est-ce que le behaviorisme ?**

- **a** Une méthode de dressage pour les chiens inventée par Ivan Pavlov.
- **b** L'idée que la psychologie ne doit étudier que les comportements parce qu'elle n'a pas accès à la conscience d'autrui.
- **c** La théorie selon laquelle à chaque état mental correspond un chemin neuronal déterminé.

**5. Selon Blaise Pascal, qu'aime-t-on chez les autres ?**

- **a** Certaines qualités particulières.
- **b** L'essence de leur être.
- **c** Le fait que nous nous reconnaissons en eux.

**6. D'après David Hume, qu'observe-t-on lorsque nous descendons au plus profond de nous-mêmes ?**

- **a** La subsistance à travers le temps de notre identité.
- **b** L'aspect intéressé et insincère de nos actions.
- **c** Un flux de perceptions ou d'impressions.

**7. Qu'est-ce que l'effet de cadrage ?**

- **a** Un biais cognitif qui montre qu'il est impossible de saisir toutes les données d'une question.
- **b** Un biais cognitif qui montre qu'on réagit différemment à une statistique en fonction de la façon dont elle est présentée.
- **c** Un biais cognitif qui montre qu'on remet difficilement en question nos premières impressions.

**8. Qu'est-ce que la sublimation ?**

- **a** La transformation d'une pulsion en une forme socialement acceptable.
- **b** L'expérience d'une pensée mystique.
- **c** Une névrose qui se transforme en psychose.

**9. Qu'est-ce que le Surmoi ?**

- **a** Un principe de réalité.
- **b** Un principe de plaisir.
- **c** Une instance de censure.

**10. Que montre l'expérience de pensée *Mary's Room* ?**

- **a** Que nous arrangeons inconsciemment nos espaces de vie.
- **b** Que la description purement physique du monde est insuffisante.
- **c** Que les êtres humains n'ont pas de qualias.

→ Corrigés page 345

# S'ENTRAÎNER

## 1 Dans les exemples suivants, dis si le terme de « doute » renvoie au doute au sens usuel ou au doute cartésien.

**a.** J'ai des doutes sur la météo de demain matin.

**b.** Je doute de la certitude absolue de 2 + 2 = 4.

**c.** Je doute de l'amour que mon partenaire a pour moi.

**d.** Je doute de tout ce que me disent mes sens.

## 2 Comprends et exploite une citation philosophique.

« Par l'espace, l'univers me comprend et m'engloutit comme un point, par la pensée je le comprends. »

**Blaise Pascal**, *Pensées* [posth.1669], éd. Lafuma, fragment 113.

**a.** Pascal distingue dans ce fragment de ses *Pensées* deux sens du terme « comprendre ». Comment peut-on définir chacun d'entre eux ? Pourquoi est-ce que le second sens renvoie à la conscience de soi ?

**b.** Quelle puissance Pascal confère-t-il à ma conscience, pour qu'elle soit capable de « comprendre » tout l'univers ?

## 3 Comprends et exploite une citation philosophique.

« Une pensée se présente quand « elle » veut, et non pas quand « je » veux ; de sorte que c'est falsifier la réalité que de dire : le sujet « je » est la condition du prédicat[1] « pense ». Quelque chose pense, mais que ce quelque chose soit justement l'antique et fameux « je », voilà, pour nous exprimer avec modération, une simple hypothèse, une assertion, et en tout cas pas une « certitude immédiate ». »

**Friedrich Nietzsche**, *Par-delà le bien et le mal* [1886], § 17.

1. **Prédicat :** Ce qui est affirmé d'un sujet. Par exemple, dans la phrase « le cercle est rouge », « rouge » est le prédicat du sujet « cercle ».

**a.** Friedrich Nietzsche fait une critique acerbe d'un auteur ici lorsqu'il parle de « certitude immédiate » : à qui fait-il référence ?

**b.** Quel nom pourrais-tu donner au « quelque chose » dont parle Friedrich Nietzsche ?

**c.** En quoi ce texte permet-il de comprendre que Friedrich Nietzsche défend que notre vie psychique est en majorité inconsciente ?

SUJET GUIDÉ Dissertation

# SE PRÉPARER POUR LE BAC



**Rédiger l'introduction et la première partie du sujet suivant**

*Faut-il se méfier de sa conscience ?*

## Méthode et corrigé

### Étapes préparatoires

**1 Repérer les notions du cours et les définir.**

La notion centrale est la **conscience**, mais puisque le sujet invite à s'en méfier, on suppose qu'il mobilisera également la notion d'**inconscient** entendue soit comme ce qui est non-conscient (sens faible) soit comme une force active (sens fort).

**2 Chercher les exemples du sens commun.**

La conscience que j'ai du monde environnant me livre une réalité fidèle et adaptée à mes projets. Conscient du véhicule lancé à toute allure, je pourrai m'écarter de sa trajectoire à temps. Cependant, il y a des cas où ma conscience m'induit en erreur : par exemple lorsque je crois reconnaître quelqu'un dans la rue et me trompe.

**3 Analyser la forme de la question afin d'éviter le hors-sujet.**

Le « faut-il » de la question renvoie à un devoir. Il présuppose qu'on peut se méfier de la conscience mais demande si cette possibilité est à ériger au rang de principe. Pourquoi devrions-nous soupçonner notre propre conscience ? Et de quoi ?

**4 Trouver les difficultés et les enjeux de la question afin d'aboutir à un paradoxe.**

La conscience nous oriente dans le monde de manière réfléchie et prudente. **Il semble rationnel de s'y fier**. Mais les apparences sont parfois trompeuses. D'une part, notre inconscient agit sur elle, d'autre part, notre conscience est individuelle et nous livre donc un point de vue subjectif et non des vérités objectives. **N'est-il pas raisonnable de s'en méfier ?**

**5 Formuler une problématique.**

Devons-nous avoir confiance dans les données de la conscience ou au contraire appliquer un principe de précaution en abordant son contenu avec prudence ?

**6 Organisation du développement.**

**1.** Les évidences de la conscience sont fiables.

**2.** Pourtant, la conscience se révèle parfois trompeuse.

Pour dépasser l'alternative, on prolonge la réflexion menée dans le **2.** sans annuler le **1**. Deux types de confiance dans la conscience sont à distinguer : pratique et théorique.

**3.** Dans notre vie quotidienne nous nous fions à notre conscience, mais devons la questionner dans l'élaboration du savoir.

## Étapes de rédaction

### Introduction rédigée

**Accroche**
Sous l'effet de la passion, nous nous comportons d'une manière que, plus tard, revenus à la raison, nous désavouons parfois. Tel est cet ivrogne dont parle Spinoza dans sa *Lettre à Schuller* (1674), qui croit dire librement des choses que, revenu à la sobriété, il regrette. Ainsi, nous pouvons avoir conscience de nous-mêmes et penser agir rationnellement, alors qu'en réalité notre jugement est troublé.

**Analyse des termes du sujet**
Même lorsque notre esprit est attentif et capable de réflexion sur ce qu'il perçoit, nous ne sommes jamais assurés d'être parfaitement lucides. Un état psychologique particulier, une maladie, des préjugés ou encore notre milieu social peuvent affecter notre jugement et nos perceptions. Par conséquent, pour ne pas sombrer dans l'erreur, nous devons être attentifs à ces biais invisibles.

**Paradoxe**
Pourtant, dans la majorité des cas, notre conscience répond aux besoins d'actions et d'interactions de la vie quotidienne. Il semble donc absurde de remettre en question le contenu de notre conscience.

**Problématique**
Devons-nous avoir confiance dans les données de la conscience ou au contraire appliquer un principe de précaution en abordant son contenu avec prudence ?

**Annonce du plan**
Pour répondre à cette question, nous montrerons d'abord que la conscience est un instrument fiable pour agir au quotidien. Cependant, elle nous est opaque et subit l'influence de l'inconscient. Il faut donc distinguer le domaine de l'action, où la conscience est un guide efficace, du domaine du savoir, où ses acquis doivent être questionnés.

### Première partie rédigée

#### I. Les évidences de la conscience sont fiables.

**a La conscience de soi est la plus certaine de toutes les vérités.**

**Argument** Alors que tout le reste est douteux, la certitude de ma conscience est claire et évidente. En effet, quand bien même je me tromperais toujours, je peux au moins être certain de l'existence de ma propre conscience.

**Référence** L'expérience du doute hyperbolique de René Descartes dans les *Méditations métaphysiques* montre que l'on peut remettre en cause toutes nos connaissances sauf une : celle que nous avons d'être des sujets pensants et conscients.

**b La conscience est notre seul accès à la vérité.**

**Argument** Il n'y a pas de conscience sans contenu, au contraire, toute conscience est toujours conscience de quelque chose. Cela signifie que la conscience n'est pas présumée vraie mais constitue notre accès à la vérité. À ce titre, elle est fiable.

**Référence** Dans la *Phénoménologie de la Perception* (1945), Maurice Merleau-Ponty prend l'exemple d'une plage : alors qu'elle est en réalité composée de diverses couleurs, nous la percevons d'une couleur uniforme. C'est ainsi que notre conscience donne une unité à l'objet « plage ». L'objet ainsi constitué n'est peut-être pas fidèle à la vérité, mais au moins il existe dans notre conscience.

**c La réflexion améliore notre compréhension de la réalité.**

**Argument** La réflexion et la délibération permettent de formuler des jugements pondérés. La conscience humaine n'est donc pas une simple suite de moments d'attention, mais permet la transformation et l'amélioration par la réflexion.

**Référence** Dans la *Transcendance de l'ego* (1936), Jean-Paul Sartre distingue conscience préréflexive et conscience réfléchie. Dans la première, je ne suis pas en train de penser à ce que je fais pendant que je le fais – par exemple si je cours derrière le tramway, je ne réfléchis pas au fait que je suis en train de courir. En revanche, la conscience réfléchie nous permet d'adapter nos conduites et d'apprendre. Par exemple, si mon langage a blessé mon interlocuteur, je révise ma manière de m'exprimer.

**Transition**

La conscience, première évidence, nous assure l'accès à la vérité. Par la réflexion, elle nous permet aussi de progresser sur le chemin de la vérité. Ces pouvoirs invitent cependant à d'autant plus de précaution qu'ils sont prometteurs : et si la conscience était vectrice d'erreurs ?

## Proposition de plan détaillé

### II. La conscience se révèle parfois trompeuse.

**a** Mais la connaissance de soi est un processus difficile. Ni stables dans notre identité, ni transparents à nous-mêmes, la conscience des autres semblerait plus accessible.

**b** Nous ne sommes pas aussi rationnels que nous le croyons. Notre conscience, même lorsqu'elle pense maîtriser son contenu, est sous l'influence de forces inconscientes.

**c** L'inconscient est actif et modifie les contenus de la conscience sans que nous nous en apercevions.

### III. Nous devons nous fier à la conscience au quotidien mais la questionner dans l'élaboration du savoir.

**a** Notre conscience nous permet d'appréhender efficacement le monde : le savoir fourni par la conscience immédiate est suffisant.

**b** L'élaboration du savoir nécessite de questionner les phénomènes perçus : en effet, les discours rationnels, et notamment scientifiques, se construisent contre les évidences de la conscience.

**c** Même dans le domaine de l'action, ma conscience est parfois impuissante. L'expérience du remords, du regret, ou de la honte témoignent des failles de la conscience pour nous diriger.

## Les sujets qui peuvent tomber au Bac...

- La conscience de soi est-elle trompeuse ?
- L'inconscient me gouverne-t-il ?
- L'inconscient nous empêche-t-il d'être nous-mêmes ?
- Le sujet se définit-il par sa conscience ?

Chapitre 3

# La Conscience et l'Inconscient

**Tu viens de voir les notions à connaître sur la conscience et l'inconscient. Pour t'aider à retenir l'essentiel et t'entraîner pour le Bac, voici ton kit de révisions clé en mains conçu par SchoolMouv !**

## Fiche de révision

### Le Focus de SchoolMouv : L'inconscient psychique : une fiction ? (J.-P. Sartre)

Tous les philosophes n'ont pas été d'accord avec la théorie de Freud. Certains estiment que la liberté et la dignité du sujet pensant ne peuvent pas être faibles au point d'être soumises à son inconscient.

Au XXe siècle, Sartre affirme que « l'inconscient est une fiction ».

Selon lui, le refoulement est un leurre. Si on refoule un désir, il faut à un moment qu'on en prenne conscience, ne serait-ce que pour le refouler. Celui qui censure est supposé **conscient de ce qu'il réprouve.** À un moment, le sujet a donc eu le choix entre :

– admettre son désir sans pour autant le réaliser ;

– ou le refouler plutôt que de l'assumer.

Sartre n'affirme pas que nous sommes totalement clairvoyants concernant notre vie intérieure. Mais par un effort de volonté, nous pouvons y avoir accès. Par exemple, lorsque le sujet ne comprend pas la nature d'une angoisse, ce n'est pas parce qu'elle est nichée dans un endroit inaccessible de notre psychisme. En réalité, il **ne veut pas la comprendre** parce que la découverte des raisons de cette angoisse serait insupportable à affronter.

**Pour Sartre, la liberté l'emporte sur l'inconscient, et ce dernier n'explique pas le malaise ressenti envers certains de nos désirs.**

## Vidéos

Pour mieux comprendre et t'en souvenir à coup sûr, regarde les vidéos. C'est parfois bien plus clair en images.

**Vidéo 1** **La vision moderne de la conscience**

https://flashbelin.fr/focusbacschoolmouv/philo/3

**Vidéo 2** **Les implications philosophiques de la théorie de l'inconscient**

https://flashbelin.fr/focusbacschoolmouv/philo/4

## Contenu additionnel

Voici un bonus autour du même sujet. La curiosité n'est pas toujours un vilain défaut. Il suffit de créer ton compte pour avoir accès à plein de contenus supplémentaires.

**Fiche de lecture** **Sigmund Freud, *L'Inquiétante Étrangeté***

http://www.schoolmouv.fr/eleves/fiches-de-lecture/l-inquietante-etrangete-sigmund-freud/fiche-oeuvre

Tu trouveras ici les clés pour comprendre l'ouvrage : les notions principales, les concepts nouveaux forgés par l'auteur. Ici, la théorie des trois blessures narcissiques de l'homme.

**Conseil**

Cette œuvre aborde de manière transversale plusieurs notions du programme : utilise-la pour établir des liens avec les autres cours et approfondir certaines problématiques !

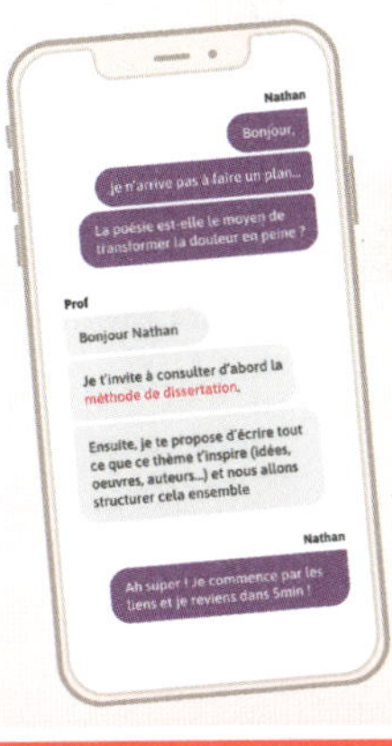


## Tchat avec un prof

Pour poser toutes tes questions à un prof particulier, découvre l'abonnement tchat.
Tu peux le tester gratuitement pendant 7 jours : fini les questions sans réponses, tu vas devenir incollable.

http://focusbac.schoolmouv.fr/offre

4

VOIE GÉNÉRALE

# Le Devoir

Sébastien Thibault, illustration, 2020.

# Qu'est-ce qu'agir moralement ?

UNE HISTOIRE POUR COMMENCER...

## Mentir par bonté

Le roman *Les Misérables* (1862) de Victor Hugo s'ouvre sur l'histoire de Monseigneur Myriel, évêque de Digne, présenté par l'auteur comme un **modèle de justice**. Alors que la plupart de ses collègues jouissent du luxe offert par leur condition, Mgr Myriel est humble, généreux et redistribue ses salaires aux plus pauvres. Sa confiance en la bonté humaine est telle qu'il ne ferme jamais sa porte. Comme souvent chez Victor Hugo, c'est un personnage peu nuancé, un archétype, qui **incarne la bonté**.

Lorsque Jean Valjean arrive à Digne au retour du bagne de Toulon, sa mauvaise réputation le précède. Toutes les portes se ferment devant lui, sauf une : celle de Mgr Myriel. Quand Jean Valjean se présente à lui, l'évêque l'assoit à sa table, dressée pour l'occasion avec des couverts d'argent, ses seuls biens précieux. Une fois tout le monde endormi, Jean Valjean en profite pour dérober l'argenterie et s'éclipser discrètement, trahissant ainsi la confiance accordée par Mgr Myriel.

Mais l'ancien bagnard est arrêté par les gendarmes avec son butin et amené chez l'évêque. Ce dernier le sauve en prononçant un **mensonge** :

« Ah ! Vous voilà ! s'écria-t-il en regardant Jean Valjean. Je suis aise de vous voir. Eh bien mais ! je vous avais donné les chandeliers aussi, qui sont en argent comme le reste, et dont vous pourrez bien avoir deux cent francs. »

**Victor Hugo**, *Les Misérables* [1862].

Mgr Myriel ment pour innocenter Jean Valjean ; il va jusqu'à lui donner le restant de sa richesse. Le voleur **échappe au châtiment** grâce au mensonge, et pourtant l'acte de l'évêque semble **pur et parfaitement bon**. Les principes moraux consistant à ne pas mentir et à punir le vol sont **bafoués**, et cependant le religieux démontre une véritable grandeur morale.

### Problématisation

→ Alors qu'on pense habituellement que bien se comporter consiste à suivre un **code moral** et à **respecter des principes**, ici le geste spontané et l'intuition morale conservent une valeur propre. Or, si nous n'avons pas de code strict pour différencier le bon du mauvais, comment distinguer les actes moraux de ceux qui ne le sont pas ?

# Pour bien comprendre

## La distinction à connaître

Les **devoirs moraux** sont un type d'obligations relatives au bien et au mal et se distinguent du **devoir légal**, qui traite de ce qui est conforme ou non à la loi. En philosophie, la notion de devoir est cependant intimement liée à la recherche de règles morales.

## Le sens et la distinction des mots « morale » et « éthique »

Éthique et morale **partagent la même étymologie :** *mos, mores* (qui a donné « morale ») est une traduction latine du grec *ethos* (qui a donné « éthique »). Les deux désignent les mœurs et coutumes, c'est-à-dire **les règles de bonne conduite et leurs justifications**.

Pourtant on peut distinguer la morale comme **un ensemble des règles et lois relatives au bien et au mal** et l'éthique comme **ce qui guide les arbitrages individuels** et promet **le bonheur par la vertu**. Émile Durkheim décrit la **morale** comme :

> « Un système de règles d'action qui prédéterminent la conduite. Elles disent comment il faut obéir dans des cas donnés : et bien agir c'est bien obéir. »

**Émile Durkheim**, *L'Éducation morale* [1903, publ. posth. 1925].

L'éthique désigne, elle, **le questionnement qui est à l'œuvre pour décider quelle règle établir et comment agir**.

La morale tente d'établir des **règles universelles** : par exemple la règle selon laquelle il faut préserver les vies humaines, ou condamner la maltraitance des enfants. L'éthique est, en revanche, **particulière** : elle s'applique à une situation donnée, par exemple la décision de divorcer, ou le choix de l'euthanasie.

# LE COURS *en 9 points*

## 1 La morale, une réalité sociale

**EN BREF Les devoirs moraux sont produits par le groupe social. Plus encore, une société est un groupe qui s'organise en fonction de règles morales. Seul, l'individu n'est lié par aucune de ces obligations.**

Il faut distinguer l'obligation juridique, à laquelle je me soumets pour ne pas subir de sanction, et le devoir moral, qui oblige « intérieurement ». Si je suis une règle morale, c'est parce que je m'y astreins. Mais pour le sociologue Émile Durkheim (p. 208), les **devoirs moraux** ont avant tout **une origine sociale**, souvent liée aux pratiques religieuses. Émile Durkheim défend ainsi dans *Sociologie et Philosophie* (1924) que « la société est la fin éminente de toute activité morale », c'est-à-dire que l'individu intègre des règles morales générales, qui rendent possible la vie en société et la coopération. Ce qu'Émile Durkheim nomme alors **civilisation** est « l'ensemble de tous les biens auxquels nous attachons le plus grand prix ». Cet attachement traduit les valeurs morales en cours – que le sociologue désigne ici sous le terme de « biens » – dans une société et à une époque données. La société est donc **un ensemble qui produit des obligations morales** auxquelles les individus adhèrent. On n'agit bien qu'au sein d'un groupe et non en tant qu'individu : nous n'avons pas de devoirs envers nous-mêmes.

**COUP DE POUCE**

Le thème littéraire de la « robinsonnade » est récurrent dans la littérature classique et moderne. Depuis *L'Éveillé*, écrit par Ibn Tufayl au XIIe siècle, ces récits interrogent la possibilité pour les hommes de vivre absolument isolés et d'accéder malgré tout à une humanité.

Dans *Vendredi ou les Limbes du Pacifique* (1967), l'écrivain et philosophe Michel Tournier revisite le mythe de **Robinson Crusoé**, un marin échoué sur Speranza, une île déserte du Pacifique. Robinson symbolise l'homme qui seul, malgré sa bonne éducation et ses principes, cesse de se conformer à tout devoir moral. Son personnage survivant en solitaire sur une île, toutes les valeurs auxquelles il était attaché dans la vie sociale deviennent inutiles et inapplicables. Le roman développe l'idée **qu'autrui** est la **condition nécessaire** à l'existence des devoirs et d'une morale. Robinson déclare lui-même qu'autrui est la « pièce maîtresse de mon univers ».

Lorsque je vis en groupe, j'arbitre donc en fonction de règles morales produites par le groupe et que j'ai intégrées. En psychanalyse, on nomme « Surmoi » **(voir chapitre la Conscience et l'Inconscient, p. 62)** l'instance morale qui censure mes pulsions pour limiter mes actes et me conformer aux règles du groupe.

## 2 La recherche de la vertu et la prudence

**EN BREF L'éthique consiste à développer ses vertus propres ou « excellences ». La plus haute des vertus est la prudence, capacité de délibérer justement et d'agir en suivant le bien et en fuyant le mal.**

Pour les philosophes de l'Antiquité, l'injonction sociale à la moralité signifie que les hommes doivent rechercher la **vertu**. D'après Aristote (p. 13) dans *Les Politiques* (IVe siècle av. J.-C.), les hommes s'assemblent **par nature** en groupes sociaux. Ils possèdent le langage et sont capables de distinguer le **bon** du **mauvais**, donc de s'organiser en société pour suivre le bien **(voir chapitre le Langage, explication de texte, p. 157-159)**. La morale est donc **naturelle**. Ainsi, si les hommes se comportent **conformément à leur nature**, ils pourront atteindre le bien.

Chez Aristote, cela signifie notamment que les êtres humains doivent poursuivre leurs « excellences propres » ou « **vertus** ». Le travail éthique consiste à **perfectionner son âme** afin qu'elle atteigne le plus haut degré d'excellence ; il faut cultiver ses vertus. Il s'agit de trouver en toutes circonstances la « juste mesure » et faire : « ce que l'on doit, pour quoi on le doit, à propos de qui on le doit, en vue de ce qu'on doit, comme on le doit » (Éthique à *Nicomaque*, IVe siècle av. J.-C.).

Dans l'*Éthique à Nicomaque*, Aristote définit la **vertu** comme le « milieu entre deux excès ». Par exemple, le courage est une vertu parce qu'il est le milieu entre deux **vices** : la lâcheté et la témérité. Aristote remarque ainsi que l'homme courageux a peur devant le danger, précisément parce qu'il est conscient des risques qu'il encourt.

La **vertu éthique** trouve son point culminant dans la **prudence** ou **sagesse pratique**. Le sage est parfaitement vertueux parce qu'en plus d'avoir perfectionné ses excellences particulières (la justice ou la générosité, par exemple), il est capable de **bien délibérer**, c'est-à-dire de trancher avec discernement et modération les débats qui animent sa conscience. Aristote définit alors la vertu comme :

> **NOTION**
>
> Originellement, le terme de **vertu** n'a pas de connotation morale, mais désigne l'excellence dans un domaine. C'est ainsi qu'un grand joueur de piano possède la *virtu* du piano : il est *virtuose*. Son antonyme, le **vice**, n'a pas non plus de connotation morale à l'origine. Ainsi, par exemple, un raisonnement comporte-t-il des « vices » s'il est défectueux.

« [Un] État vrai et accompagné de raison, qui nous rend capable d'agir en ce qui concerne ce qui est bon et ce qui est mauvais pour l'homme. »

**Aristote,** *Éthique à Nicomaque* [IVe siècle av. J.-C.], VI, 5, 1140b5.

Le bon jugement du **sage** permet de découvrir la règle **du bon et du mauvais :** il est nécessaire d'être **prudent** pour être moral, c'est-à-dire d'avoir identifié un équilibre dans nos actions. Cette position pose problème : ne faut-il pas ancrer la morale dans une faculté partagée, à laquelle chacun des êtres humains puisse se référer ? Si les humains ne sont pas tous capables de prudence, cela signifie-t-il qu'ils ne peuvent pas tous être moraux ?

## 3 L'empathie, fondement de la morale ?

**EN BREF La morale trouve son origine dans la pitié présente dans la nature même de l'homme. C'est l'entrée en société qui corrompt cette morale originelle. L'empathie permet de fonder une morale sur l'échange et la responsabilité.**

Chez Jean-Jacques Rousseau (p. 105), la **pitié** (ou empathie) est le sentiment naturel à l'origine de la morale. Il défend dans le *Discours sur l'origine et les fondements de l'inégalité parmi les hommes* (1755) qu'elle est « d'autant plus utile à l'homme qu'elle précède en lui l'usage de toute réflexion ». Cette évidence de la pitié est un atout : puisqu'**elle est naturelle**, on peut la retrouver chez les individus les plus immoraux, eux aussi capables de l'éprouver. Ainsi, confrontés à la souffrance chez autrui, on s'identifie à sa peine. Les autres qualités morales sont la **conséquence logique** de l'existence de ce sentiment : si je suis généreux ou solidaire c'est parce que j'ai en premier lieu éprouvé de la pitié.

Pour Jean-Jacques Rousseau, **le sentiment moral est même menacé par la rationalité :** la raison conduit les hommes à développer ce qu'il nomme l'**amour-propre**, et à privilégier la sécurité personnelle à la pitié. La pitié est ainsi davantage présente à l'État de nature que dans la société civilisée **(voir chapitre l'État, p. 106)** : c'est la règle morale originelle. Le philosophe n'est donc pas le mieux placé pour faire l'expérience du sentiment moral.

Dans l'éthique contemporaine, les théories du ***care*** fondent également le devoir sur le sentiment d'empathie. Le *care* renvoie en anglais au fait de « se soucier de », de « prendre soin ». L'éthique du *care* repose sur **l'attention et le soin que j'apporte à autrui** : la vulnérabilité des individus doit être reconnue et prise en compte pour décider comment bien me comporter vis-à-vis d'eux. Cette théorie, développée entre autres par la philosophe américaine **Carol Gilligan**, cherche à **organiser la vie autour du soin** plus que du travail. Aussi

**Carol Gilligan (née en 1936)**, est une philosophe, psychologue et féministe américaine connue pour ses travaux fondateurs en éthique du ***care***. Elle mène des recherches sur le positionnement moral des filles et les différences de jugement moral selon le genre.

appelée « éthique de la sollicitude », la théorie du care est aujourd'hui mobilisée par les théories féministes afin de **revaloriser des métiers considérés comme subalternes** et majoritairement occupés par des femmes tels que le travail domestique, les soins de santé à la personne, l'éducation des jeunes enfants et l'accompagnement des personnes âgées. **La moralité repose alors sur un sens de l'échange et de la responsabilité envers autrui.**

## 4 Le relativisme moral

**EN BREF Si les valeurs dépendent de sociétés et d'époques données, alors le bien et le mal sont des notions relatives. Cette hypothèse peut tout autant amener à hiérarchiser les cultures qu'à reconnaître leur diversité.**

Si on accepte le lien existant entre une société donnée et des règles morales, remarque l'anthropologue et philosophe Claude Lévi-Strauss dans *Race et Histoire* (1952), alors nous héritons, selon la société où l'on naît, d'un « système complexe de références consistant en jugements de valeur, motivations, centres d'intérêt ». De ce constat, on peut tirer l'hypothèse que **les règles morales sont relatives à une culture et à une société donnée**. C'est ce que l'on appelle **le relativisme moral descriptif :** je constate, par la comparaison, que les règles morales diffèrent selon les groupes et les époques.

> **NOTION**
>
> L'**ethnocentrisme** est une théorie développée en anthropologie. Elle désigne le privilège accordé au groupe social, national ou ethnique auquel on appartient et la dévalorisation des autres groupes et de leurs valeurs. Chez Claude Lévi-Strauss, elle comporte le risque de déshumaniser les groupes qui nous sont étrangers.

Le danger selon Lévi-Strauss est de conclure de l'existence de règles différentes à une hiérarchie entre les sociétés. Le constat des différences de mœurs et de règles morales conduit alors chaque individu à valoriser ses propres règles et à rejeter celles des autres groupes en les considérant « inférieures » et « non-civilisées ». Cette position est pour Claude Lévi-Strauss typique d'une réflexion **ethnocentriste** qui privilégie, parfois de manière inconsciente, le groupe social et ethnique auquel on appartient.

> « L'attitude la plus ancienne [...] consiste à répudier purement et simplement les formes culturelles, morales, religieuses, sociales, esthétiques, qui sont les plus éloignées de celles auxquelles nous nous identifions. "Habitudes de sauvages", "cela n'est pas de chez nous", "on ne devrait pas permettre cela", etc., autant de réactions grossières qui traduisent ce même frisson, cette même répulsion en présence de manières de vivre, de croire ou de penser qui nous sont étrangères. [...] on refuse d'admettre le fait même de la diversité culturelle ; on préfère rejeter hors de la culture, dans la nature, tout ce qui ne se conforme pas à la norme sous laquelle on vit. »
>
> **Claude Lévi-Strauss**, *Race et Histoire* [1952].

Le relativisme moral s'oppose donc à l'idée qu'il existerait des **principes moraux universels** : la vérité morale devient alors relative à une communauté. Mais ce relativisme n'est pas nécessairement ethnocentriste. Si on en conclut qu'il ne faut pas juger les morales différentes de la nôtre, on succombe au **relativisme normatif** : on estime que différentes règles morales peuvent coexister sans hiérarchie. La première critique formulée à cette position morale est qu'elle semble faire disparaître tout principe moral commun aux hommes, au risque de justifier certains actes odieux au nom de la diversité culturelle : faut-il, par exemple, accepter l'excision au motif qu'elle est « culturellement » instituée dans certains pays ?

## 5 Une morale par principes, le « déontologisme »

**EN BREF On distingue les actions effectuées par devoir de celles qui sont simplement conformes au devoir. Le déontologisme consiste à suivre des principes ou lois absolues afin d'agir moralement.**

Emmanuel Kant (p. 15) remarque que les philosophies, jusqu'à ses *Fondements de la métaphysique des mœurs* (1785), n'ont livré que des éthiques, c'est-à-dire des questionnements sur la **vie réussie**. Celles-ci font de l'action morale un simple **moyen** articulé à une **fin** : obtenir le bonheur. Or, la morale doit avoir **son but en elle-même** : autrement, elle est intéressée. Emmanuel Kant différencie ainsi les actions **conformes au devoir** des actions effectuées **par devoir**. Si je sauve un homme de la noyade parce que j'estime que j'en retirerai des honneurs, mon action n'est pas morale, elle est intéressée, bien que conforme au devoir. Inversement, si je le sauve parce que je juge que c'est bien, **mon intention elle-même** sera morale : j'effectuerai une action désintéressée par devoir. Pourtant la moralité d'une action ne saurait dépendre de sa réussite ou de son échec, qui sont **contingents** **(voir Repères, p.316)**. Si je sauve l'homme pour des motifs non-nobles, mon action n'aura pas de valeur morale ; alors que si j'échoue tout en agissant d'après des principes moraux, mon action conservera une valeur morale.

Par conséquent, le critère de la moralité ne réside pas dans la réussite de l'action mais dans la **volonté ou intention** qui y préside :

> « Il n'y a qu'une seule chose qu'on puisse tenir pour bonne sans restriction : c'est une volonté bonne. »
>
> **Emmanuel Kant**, *Critique de la raison pratique* [1788].

Pour qu'une action soit morale, il faut donc que le bien soit recherché **pour lui-même** et non pour les conséquences favorables qui pourraient en résulter : on ne saurait attendre de gratifications de nos comportements moraux. C'est pourquoi, d'après Emmanuel Kant, on se trompe en pensant que le bonheur est la récompense de la vertu. Au contraire, le devoir doit être « inconditionné », c'est-à-dire ne dépendre d'aucune condition extérieure : nous devons être moraux même si les conséquences sont désagréables.

Face à l'instabilité des désirs humains, le meilleur moyen de s'en assurer est l'établissement d'un **code**, c'est-à-dire de **principes invariables**, d'après lesquels diriger notre vie. Dans *Vers la paix perpétuelle* (1795), Emmanuel Kant définit ainsi la morale comme « l'ensemble des **lois absolues** d'après lesquelles nous devons agir. »

Ce type de conception de la morale est appelé **déontologisme**. Inspiré des codes professionnels (par exemple, les journalistes ou les médecins suivent un code de déontologie), il évalue la moralité des actes en fonction d'un ensemble de principes **établis *a priori*,** c'est-à-dire avant que la situation réelle ne se présente. Par exemple, la déontologie journalistique demande de vérifier scrupuleusement les faits : un bon journaliste le fera, même si cela lui fait perdre un scoop au profit de ses concurrents.

## 6 L'impératif catégorique

**EN BREF Il faut donner des fondements rationnels à la morale afin d'établir des principes universels. Ceux-ci sont inconditionnés et prennent la forme de l'impératif catégorique.**

Comment établir de tels principes ? Jean-Jacques Rousseau logeait l'origine de la morale dans le **sentiment de la pitié** : touché par la condition de nos semblables, je serais enclin à me comporter moralement à leur égard. Mais pour Emmanuel Kant, cette solution est insatisfaisante. Le sentiment étant **variable**, ma disposition morale dépendrait de mon humeur. En outre, le sentiment est subjectif : on ne saurait attendre de chacun qu'il ressente la même chose. Je peux être touché par la condition d'un sans domicile fixe dormant dehors l'hiver, mais mon voisin y rester insensible. La solution consiste donc à fonder ces principes dans la **raison**, parce qu'elle est identique pour tous. La valeur d'une action provient d'un **principe rationnel universel**.

En effet, la **raison** se manifeste à la conscience sous la forme d'un **« tu dois »**, c'est-à-dire d'un **impératif**. Cela n'est pas exclusif au domaine moral : la proposition « si tu veux être en forme demain, tu dois te coucher tôt » est rationnelle mais n'a pas d'implication morale. Ce « tu dois » démontre notre liberté : il **oblige**, mais ne **contraint pas**, puisque par exemple, nous pouvons tout à fait décider de nous coucher tard malgré tout ou de ne pas suivre un commandement moral.

**COUP DE POUCE**

L'idée que tous les hommes sont rationnels est un lieu commun de la philosophie moderne. Il s'enracine dans la phrase d'ouverture du *Discours de la méthode* (1637) de René Descartesd (p. 56) : « Le bon sens est la chose du monde la mieux partagée ».

Les **impératifs** que formule la raison sont de trois types, dont seul le dernier est spécifiquement moral. On distingue :

→ Les **impératifs techniques**, qui mettent en adéquation la fin et les moyens. Ce ne sont des règles que pour ceux qui se fixent de tels objectifs (par exemple « Si tu veux devenir peintre, tu dois apprendre à dessiner »). Ils n'ont aucune implication morale.

→ Les **impératifs pragmatiques**, ensemble de conseils pour atteindre le bonheur (par exemple « tu dois accomplir tes rêves pour ne pas être frustré »). Il y a là une dimension éthique, parce que ces impératifs visent la vie réussie.

→ Les **impératifs catégoriques**, ou **devoirs inconditionnés**, à appliquer en toutes circonstances. C'est là la dimension proprement morale.

Dans les *Fondements de la métaphysique des mœurs* (1785), Emmanuel Kant donne trois formulations successives de l'impératif catégorique (dont les deux premières sont les plus importantes), qui ne livrent **aucun contenu**, mais une **forme** de l'action morale, c'est-à-dire un **guide** applicable en toutes circonstance. La première formulation l'illustre : « Agis uniquement d'après la **maxime** qui fait que tu peux vouloir en même temps qu'elle devienne une loi universelle »

NOTION

Une **maxime** est un précepte moral ou une règle de conduite. Dans la philosophie d'Emmanuel Kant, elle est choisie librement.

Le philosophe ne donne pas de devoir précis à suivre, mais il faut que la loi que l'on suit puisse devenir **universelle**, c'est-à-dire applicable par tous en toutes circonstances. Ainsi, « dîne en famille le dimanche » n'est pas un impératif catégorique ; en revanche « Ne tue jamais personne par plaisir » l'est.

La deuxième formulation de l'impératif catégorique avance l'idée que **la fin ne justifie jamais les moyens**, si les moyens consistent à « utiliser » une personne humaine : « Agis de telle sorte que tu traites l'humanité aussi bien dans ta personne que dans celle de tout autre toujours en même temps comme une fin et jamais simplement comme un moyen. » Ainsi, il faut avoir la même estime pour soi que pour les autres êtres humains. À la manière dont on ne ferait pas de nous-mêmes un moyen en vue d'une fin, on ne saurait réduire autrui à un instrument au service de nos intérêts. Si, par exemple, je deviens l'ami d'une personne parce que je veux me faire inviter dans sa résidence aux Bahamas, je me comporte immoralement : je me sers d'elle.

## 7 La morale kantienne, une morale impuissante ?

**EN BREF La morale déontologique, trop absolue, échoue à prendre en compte la complexité du réel. Elle semble donc impuissante et inadaptée pour guider l'action morale.**

Dans certaines circonstances, cependant, il semble nécessaire et justifié de se servir d'autrui en vue d'obtenir un **bien supérieur**. Si, par exemple, j'ai capturé le confident d'un tyran génocidaire, n'ai-je pas le droit de me servir de lui en lui mentant ou en l'intimidant, afin d'obtenir de précieuses informations et de sauver des vies ? Emmanuel Kant reconnaît dans *Vers la paix perpétuelle* (1795) que la recherche de la **pureté morale** de chacune de nos actions peut avoir de fâcheuses conséquences. Pour autant, selon lui, cela ne peut en aucun cas remettre en cause l'impératif catégorique : « Que justice soit faite, dusse le monde en périr. »

On retrouve sous la plume de l'écrivain français Charles Péguy une expression célèbre de l'**impuissance de la morale kantienne** :

> « Le kantisme a les mains pures ; mais il n'a pas de mains. Et nous nos mains calleuses, nos mains noueuses, nos mains pécheresses nous avons quelquefois les mains pleines. »
>
> **Charles Péguy**, *Victor-Marie, Comte Hugo* [1910].

Charles Péguy insiste sur l'idée qu'une morale pure est une fiction : elle est incapable de répondre aux situations morales qui se présentent à nous. En effet, la quête du bien exige parfois de se « salir les mains », c'est-à-dire d'avoir les « mains pécheresses » en vue d'un bien supérieur, ce qu'Emmanuel Kant ne saurait accepter. Au philosophe français Benjamin Constant pour qui le mensonge est tolérable sous certaines circonstances, il répond en effet dans l'opuscule *D'un prétendu devoir de mentir par humanité* (1797) que le **devoir de véracité est absolu**. Ainsi, si je donne l'asile à un ami qui fuit des brigands, et que ces derniers frappent à ma porte en me demandant si je l'héberge, j'ai le devoir de leur dire la vérité, au risque de la vie de mon ami. Pour le philosophe allemand, la malhonnêteté trahit le fondement même de la société en détruisant le lien de confiance qui unit ses membres, si bien que je dois dire la vérité en toutes circonstances. Pourtant, j'ai également le devoir de sauver la vie de mon ami innocent : les **impératifs catégoriques sont donc en conflit**. Quel principe, de l'interdiction du mensonge ou du devoir d'assistance à autrui, doit primer ? Le déontologisme d'Emmanuel Kant est incapable de trancher. Pourtant, il semble que nous ayons besoin de guides moraux précisément dans ces cas où la meilleure voie n'est pas évidente, c'est-à-dire lorsque les impératifs catégoriques entrent en contradiction.

La morale par principes rencontre donc des limites : appliquée strictement, elle semble à la fois **impuissante** et **inadaptée**. La morale déontologiste est aveugle à la complexité des situations réelles. G.W.F. Hegel (p. 14) ne le formulera pas autrement : « ce qui manque, c'est l'articulation avec la réalité ».

## 8 Une morale des conséquences : l'utilitarisme

**EN BREF Pour savoir si une action est bonne, il faut s'interroger sur le bien-être produit et non sur ses principes. Une telle morale permet de juger une action bonne en fonction des conséquences.**

Afin de dépasser certaines impasses du déontologisme, le philosophe Jeremy Bentham formule au début du xixe siècle une théorie qui propose une règle morale simple : **est bonne l'action qui maximise le bien-être**. Cette théorie repose sur un **calcul** de conséquences : il s'agit de se demander si l'action effectuée va apporter au moins autant de bien-être que toute autre alternative possible. Il existe donc pour les utilitaristes des actions qui sont bonnes au regard de leurs conséquences, même si elles ne respectent pas certains principes moraux. Par exemple, dans certains cas, il peut être bon de mentir si cela maximise le bien-être du groupe. La règle de vérité « peut comporter des exceptions : ainsi – et c'est la principale – dans le cas où, pour préserver quelqu'un (et surtout un autre que soi-même) d'un grand malheur immérité, il faudrait dissimuler un fait (par exemple une information à un malfaiteur ou de mauvaises nouvelles à une personne dangereusement malade) et qu'on ne pût le faire qu'en niant le fait. » (John Stuart Mill, *L'Utilitarisme*, 1863).

**Jeremy Bentham (1748-1832)** est un philosophe et théoricien du droit britannique, célèbre pour avoir fondé avant **John Stuart Mill** la **doctrine utilitariste**. Il a pris position en faveur d'un grand nombre de libertés individuelles, de la séparation de l'Église et de l'État, et de l'abolition de l'esclavage et de la peine de mort.

La philosophe américaine **Elizabeth Anscombe** a forgé en 1958 dans *Modern Moral Philosophy* le terme de **conséquentialisme**. Il permet d'englober toutes les théories qui calculent si une action est bonne en fonction de ses conséquences. L'**utilitarisme** en est la version la plus répandue.

**Elizabeth Anscombe (1919-2001)** est une philosophe et théologienne anglaise, spécialiste de Wittgenstein (p. 149). Elle a forgé le terme de conséquentialisme pour en faire la critique et militait activement, au nom de la « dignité humaine », contre l'avortement et l'euthanasie.

L'utilitarisme n'est pas pour autant une théorie égoïste, puisqu'il conduit à la recherche du **bien-être de tous**, et ne repose pas uniquement sur un arbitrage individuel et un calcul des intérêts personnels. L'objectif moral de maximiser le **bonheur commun** ne doit par ailleurs pas conduire à agir aveuglément en utilitariste. Nous manquons souvent d'informations pour établir un arbitrage moral parfaitement étayé : certains paramètres nous échappent. L'utilitarisme doit donc guider nos décisions, et non substituer un calcul aveugle à toute délibération. Pour cela, il est nécessaire de **rechercher des règles communes qui maximisent le bonheur**. L'utilitarisme pose alors la question de la définition du « bien-être » : celui-ci correspond-il uniquement à **la maximisation des plaisirs** (perspective hédoniste – **voir chapitre le Bonheur, p. 35-36**), ou d'autres paramètres sont-ils à considérer ?

Le philosophe australien Peter Singer (p. 95) a rendu célèbre la logique utilitariste en l'appliquant à des problèmes éthiques relatifs aux conditions de vie des animaux. Dans *Questions d'éthique pratique* (1979), il remarque qu'on ne prend pas assez en compte la souffrance des animaux qui peuvent pourtant ressentir des émotions et font l'expérience du plaisir et de la douleur. Les conditions d'élevage, les conséquences environnementales et les vies abrégées des animaux tués pour notre consommation sont en contradiction complète avec la logique de maximisation du bonheur global (à partir du moment où l'on considère que les animaux sont des individus). Il faudrait donc, au nom de la prise en compte de leur bien-être, cesser d'exploiter et d'élever des animaux.

## 9 La critique de la morale

**EN BREF La morale a une fonction sociale d'oppression. Par elle, les « faibles » se vengent en tentant de faire culpabiliser les « forts ». Il faut apprendre à dépasser le dualisme entre bien et mal.**

D'après Friedrich Nietzsche (p. 17), la morale est un instrument de contrôle social, destiné à ramener dans la norme tous ceux qui s'en écartent. Elle est « moralisatrice » et « fait la morale », c'est-à-dire qu'elle infantilise ceux à qui elle s'impose. **Elle bride les instincts** et **réprime la liberté** :

> « L'homme libre est immoral, puisque, en toutes choses, il *veut* dépendre de lui-même et non d'un usage établi : dans tous les états primitifs de l'humanité "mal" est équivalent d'"intellectuel", de "libre", d'"arbitraire", d'"inaccoutumé", d'"imprévu", d'"incalculable" ».
>
> **Friedrich Nietzsche**, *Aurore* [1881], I, §9.

L'auteur comprend la morale comme une stratégie destinée à faire **culpabiliser** ceux qui l'enfreignent. Par exemple, la morale chrétienne recommande la chasteté avant le mariage ; selon Friedrich Nietzsche, un tel commandement exprime le désir de **vengeance** de ceux qui n'ont pas le courage de vivre libres. L'auteur appelle **« forts »** ces hommes libres qui ont réussi à surpasser la souffrance, la tristesse, la haine, et les autres « instincts réactifs » qui les amoindrissent. Il les oppose aux **« faibles »**, qui se servent de la morale comme d'un outil pour briser le bonheur des forts, en tentant de leur donner **« mauvaise conscience »**.

> **NOTION**
>
> **Attention :** les **forts** ne désignent pas ceux qui possèdent la force physique, mais ceux qui ont réussi à dépasser la souffrance et le « déchirement » intérieur. Cela correspond chez F. Nietzsche à tous ceux qui sont réconciliés avec la réalité et l'aiment pour ce qu'elle est **(voir chapitre le Bonheur, p. 40-41)**.

Dans la *Généalogie de la morale* (1887), Friedrich Nietzsche défend que la morale des faibles – qu'il compare à une maladie – a fini par triompher dans la société en réprimant notamment les créateurs, qui sont les plus forts parmi les forts. Ce succès s'explique par un renversement logique, dont le **sophisme de l'aigle et de l'agneau** est l'illustration :

> « Les aigles sont méchants
> or nous sommes le contraire des aigles
> donc nous sommes bons, dit l'agneau logicien. »
>
> **Friedrich Nietzsche**, *Généalogie de la morale* [1887] I, §7.

L'agneau aimerait faire croire que l'aigle est méchant parce qu'il ne se retient pas de le manger ; et que lui-même est bon parce qu'il se dispense de manger des aigles. Mais en réalité, il ne mange pas d'aigles parce qu'il est **impuissant** à le faire : cela ne dit strictement rien de sa qualité morale. Pour dissimuler sa faiblesse, il se drape dans des sentiments moraux. Pour Friedrich Nietzsche, par conséquent, **la morale est l'instrument des faibles**, qui l'emploient pour **blesser les forts**. C'est pourquoi l'auteur s'oppose à la **« moraline »**, qui est la tendance à faire triompher les considérations morales en toutes circonstances.

## POUR TOUT RETENIR

→ La réponse définitive à la question « comment bien agir ? » reste ouverte. Les philosophes de l'Antiquité grecque et certains modernes, comme Jean-Jacques Rousseau, ont tenté d'**identifier dans la nature humaine** des sentiments ou des vertus à même de guider nos actions. À cette éthique des vertus répondent aujourd'hui deux grandes théories morales en conflit : **le déontologisme**, qui s'appuie sur l'intention et des principes invariables, et **l'utilitarisme**, qui formule une morale des conséquences et repose sur un calcul du bien-être final des agents. Si la morale semble indispensable à l'harmonie sociale, n'est-elle pas, également, une oppression ?

## VOCABULAIRE ESSENTIEL

**Conséquentialisme :** désigne l'ensemble des doctrines éthiques qui jugent que l'action morale doit être évaluée avant tout en fonction des conséquences qu'elle produit.

**Intention :** volonté qui préside à l'action morale. Pour Emmanuel Kant, rien d'autre n'est bon qu'une bonne intention.

**Déontologisme :** désigne l'ensemble des doctrines qui jugent que l'action morale doit procéder d'un ensemble de principes invariables et inflexibles.

**Impératif catégorique :** dans le vocabulaire d'Emmanuel Kant, devoir inconditionné à suivre en toutes circonstances.

**Utilitarisme :** doctrine qui cherche à maximiser le bien-être collectif avant tout autre principe moral.

Pour prolonger la réflexion

FOCUS SUR...

## LE MINIMALISME MORAL

Le philosophe français contemporain **Ruwen Ogien** défend **le minimalisme moral,** une théorie qui cherche à **réduire la morale à un minimum de principes**, et **laisser la plus grande liberté possible aux individus** ; elle repose sur trois principes :

→ Avoir **un jugement neutre par rapport aux considérations personnelles sur ce qu'est une vie bonne** : il ne m'appartient pas de juger entre la vie en concubinage, le mariage religieux quelle est la meilleure alternative pour autrui. Je n'ai pas à contrôler la sphère privée d'autrui.

→ **Éviter de causer des dommages à autrui** : on ne peut contraindre un individu que lorsque son action va causer du tort à d'autres. Il faut limiter au maximum l'intervention d'une autorité.

→ **Mettre à égalité les intérêts de chacun,** et donner la même valeur aux voix qui s'expriment. Il est en effet impossible de s'accorder sur ce qu'on nomme une vie « bonne », il faut donc donner autant de crédit à chaque proposition.

Le minimalisme moral aspire à pallier l'incapacité de construire une théorie morale contemporaine fonctionnelle. L'auteur le conçoit comme une réaction à **la panique morale**, l'angoisse de certains face à des comportements jugés déviants. Il s'appuie sur le concept de **« crime sans victime »** qui désigne des comportements qui sont ou ont été des infractions, alors qu'ils n'ont pas fait de victimes : ce sont des **activités sans risque moral pour autrui**. Par exemple, la condamnation morale de l'homosexualité interfère avec la liberté privée d'adultes consentants : elle est donc **oppressive et échoue à produire des règles morales communes**.

Pour Ruwen Ogien il faut donc **être indifférent aux modes de vie des individus**, et suivre le principe minimal consistant à **ne pas nuire aux autres et mener sa vie comme on l'entend**. Aujourd'hui, les implications du minimalisme moral sont nombreuses : il autorise à défendre la dépénalisation des stupéfiants, l'aide active à mourir, l'absolue liberté sexuelle, et même le clonage des êtres humains.

EXPÉRIENCE DE PENSÉE

## LE DILEMME DU TRAMWAY

La plus célèbre des expériences de pensée de philosophie morale est le « dilemme du tramway ». Introduit par Philippa Foot, il a été développé par la philosophe américaine **Judith Jarvis Thomson** dans un article paru en 1976.

Imaginons un tramway lancé à toute allure vers cinq personnes attachées aux rails. Notre seul pouvoir d'action est d'aiguiller le tramway via un levier, mais cela l'enverra écraser une autre personne. Le choix qui nous est donné est donc :

- Ne rien faire et laisser le tramway tuer les cinq personnes.
- Actionner le levier et faire dévier le tramway qui tuera une personne.

La question est alors de savoir quelle est l'option éthique. Notre intuition morale est le plus souvent **conséquentialiste** : un simple calcul nous invite à préférer la mort d'une seule personne à celle de cinq. Mais, sera-t-on capables, d'assumer la responsabilité d'une **intervention directe** ayant provoqué une mort ? A-t-on moralement le droit d'intervenir sur le déroulement d'une situation dans laquelle nous n'avons pas de responsabilité si cela implique de causer de nouveaux décès ?

Trevor Spaulding, *Le petit engin qui doit affronter un difficile dilemme moral*, illustration pour le *New Yorker*.

Judith Jarvis Thomson montre que nos **intuitions morales sont plus complexes qu'il n'y paraît**. Afin de le démontrer, elle modifie le cas de figure initial. Le tramway se dirige toujours vers cinq personnes attachées qu'il s'apprête à écraser. On ne peut pas le faire dévier, mais un très gros homme est penché sur le parapet d'un pont surplombant les voies (Judith J. Thomson nomme ce cas de figure « *fat man* »). Nous pouvons le pousser, auquel cas sa chute freinera suffisamment le tramway pour sauver les cinq autres personnes.

La philosophe remarque que **du point de vue utilitariste**, le cas de figure est le même : il s'agit toujours de préférer la mort d'une personne à celle de cinq. Pourtant, nous sommes bien plus réticents à pousser cet homme que nous l'étions à détourner le tramway. Un **biais psychologique** entre en conflit avec nos intuitions morales. La philosophe radicalise encore l'expérience de pensée : dans le cas de figure « *transplant* », elle imagine cette fois un chirurgien dont cinq patients vont mourir s'ils ne reçoivent pas immédiatement de greffe d'organe. Se présente alors une personne en parfaite santé pouvant les sauver. Le chirurgien doit-il lui prendre ses organes contre son gré pour sauver les cinq autres personnes ? Selon une perspective **strictement utilitariste** ces deux cas de figure, l'expérience du tramway et « *transplant* », sont identiques ; pourtant nous répugnons bien plus à prélever de force les organes qu'à actionner le levier. Comment l'expliquer ?

→ La morale conséquentialiste est-elle un mauvais guide pour se comporter de manière parfaitement bonne ?

→ Pourquoi est-il plus choquant de sauver cinq vies dans les cas de figure *transplant* et *fat man* que dans la version initiale du dilemme ?

→ Sommes-nous condamnés à suivre notre intuition plutôt que des règles en matière de morale ?

# MÉMO VISUEL

## – Le Devoir –

**La morale repose sur…**

| | | | | |
|---|---|---|---|---|
| **… des principes à suivre.** | **… ses vertus propres et le perfectionnement de son âme.** | **… des valeurs relatives à une époque et une société.** | **… un calcul pour maximiser le bien-être.** | **… le sentiment naturel de pitié et d'empathie.** |
| Agir moralement, c'est avoir une volonté bonne et désintéressée. **(Morale déontologiste, Kant)** | Agir moralement, c'est rechercher le juste milieu entre deux excès, être prudent. **(Éthique de la vertu, Aristote)** | Agir moralement, c'est se conformer aux règles du groupe. **(Relativisme moral, Levi- Strauss)** | Agir moralement, c'est rechercher des règles communes qui optimisent les conséquences des actions. **(Conséquentialisme et utilitarisme de Mill)** | Agir moralement, c'est faire passer autrui avant soir. **(Empathie, Rousseau, et théorie du *care*)** |

QCM

# SE TESTER

**1. La morale est une réalité sociale, c'est-à-dire que :**

- **a** L'État impose une morale dans un groupe social.
- **b** La société produit nécessairement des règles morales.
- **c** Les individus isolés manquent de sens moral.

**2. Pour Aristote, la plus haute des vertus est :**

- **a** La justice.
- **b** La prudence.
- **c** Le courage.

**3. La pitié :**

- **a** est un sentiment naturel d'empathie envers autrui.
- **b** est particulièrement développé par la pratique de la philosophie.
- **c** naît du développement d'autres vertus morales.

**4. Le relativisme moral normatif :**

- **a** Hiérarchise nécessairement les sociétés selon leurs valeurs.
- **b** Reconnaît que des valeurs morales conflictuelles peuvent coexister.
- **c** Considère que chaque individu a des valeurs différentes.

**5. D'après Emmanuel Kant, mon action est morale si elle est effectuée :**

- **a** Par devoir.
- **b** Conformément au devoir.
- **c** Contrairement au devoir.

**6. L'impératif catégorique :**

- **a** Donne les règles de la vie réussie.
- **b** Donne les moyens d'actions adéquats pour atteindre une fin donnée.
- **c** S'applique de manière inconditionnée et commande absolument.

**7. La morale kantienne est incomplète parce que :**

- **a** Elle ne traite pas d'éthique.
- **b** Elle est impuissante à agir dans la réalité.
- **c** L'impératif catégorique n'a pas de contenu.

**8. La théorie utilitariste cherche à maximiser :**

- **a** Le bien-être.
- **b** Les vertus.
- **c** Les conséquences.

**9. D'après Friedrich Nietzsche, la morale est un instrument d'oppression parce que :**

- **a** Elle favorise ceux qui connaissent bien la loi, donc les agents de l'État.
- **b** Elle cherche à faire culpabiliser les forts et à réprimer la liberté.
- **c** On ne sait jamais si nos intentions sont parfaitement pures.

**10. Défendre une éthique minimale revient à :**

- **a** Chercher à maximiser les libertés individuelles.
- **b** Refuser toute autorité morale en toute situation.
- **c** Considérer que tant que des actes ne me nuisent pas ils sont bons.

→ Corrigés page 345

# S'ENTRAÎNER

## 1 Comprends le sens philosophique des notions suivantes.

**a.** Distingue **agir conformément au devoir** et **agir par devoir**.

**b.** Explique ce que Friedrich Nietzsche entend lorsqu'il défend que la conscience morale est nécessairement **« mauvaise conscience »**.

## 2 Maîtrise les références philosophiques.

**a.** Explique pourquoi, dans les *Fondements de la métaphysique des mœurs* (1785), Emmanuel Kant défend que c'est l'intention d'une action et non sa réussite qui la rend morale.
Par conséquent, pourquoi seule la volonté est-elle parfaitement bonne ?

**b.** Pourquoi Jean-Jacques Rousseau considère-t-il que le philosophe n'est pas le mieux placé pour agir moralement ?

## 3 Exploite une référence philosophique.

Dans *L'Influence de l'odeur des croissants chauds sur la bonté humaine* (2012), Ruwen Ogien relate une expérience de psychologie sociale qui montre que le comportement moral des individus dépend grandement de leur bonne ou mauvaise humeur. Ainsi, R. Ogien rapporte que les personnes ayant profité de la bonne odeur d'une boulangerie consentent beaucoup plus volontiers à aider un inconnu que des personnes dans un environnement neutre !

**a.** Pourquoi le fait que des éléments aussi futiles qu'une bonne odeur remettent en cause la plupart des théories morales vues dans le cours ?

**b.** Ce type de justification des comportements altruistes vous convainc-t-il ?

SUJET GUIDÉ Dissertation

# SE PRÉPARER POUR LE BAC

## Traiter un sujet de dissertation complet

> *A-t-on le devoir de respecter le vivant ?*



## Méthode et corrigé

### Étapes préparatoires

**1 Repérer les notions du cours et les définir.**

Le sujet comprend évidemment la notion de **devoir** reliée à deux termes communs qu'il va falloir définir précisément : **le respect** et **le vivant**.

Le devoir est entendu d'abord dans son sens **moral** et interroge **l'obligation de respecter le vivant**.

**Le respect** engage une **responsabilité envers un tiers que je considère comme un égal** doué de dignité.

**Le vivant** peut englober tout ce qui est organique, mais il renvoie ici à des êtres avec qui nous pouvons avoir une interaction minimale, donc aux règnes végétal et animal.

**2 Chercher les exemples du sens commun.**

On partage *a priori* l'idée de devoir respecter les êtres vivants et en tout premier lieu les êtres humains. Les mobilisations régulières en faveur des **droits des animaux** montrent qu'à l'évidence, un devoir moral s'étend aussi à la considération du bien-être animal.

Par ailleurs, le réchauffement climatique et certains enjeux environnementaux tels que **la déforestation** posent la question de notre rapport aux espaces naturels.

**3 Analyser la forme de la question afin d'éviter le hors-sujet.**

La question pose **le problème de la nature de l'obligation** dans notre rapport au vivant. C'est la responsabilité éthique qui est engagée : **que devons-nous faire et selon quelles règles morales ?**

**4 Trouver les difficultés et les enjeux de la question afin d'aboutir à un paradoxe.**

La difficulté tient dans **la forme du devoir** : que signifie respecter les êtres vivants ? Tuer un animal sans le faire souffrir, est-ce le respecter ? Ou le respecter implique-t-il un interdit absolu de lui nuire ? La difficulté est celle de **l'extension de ce devoir** : s'il m'apparaît évident que je suis obligé de respecter autrui en tant qu'il est un être vivant qui peut souffrir et possède des intérêts, est-ce valable pour toutes les formes du vivant ?

**5 Formuler une problématique.**

La question est de savoir comment mes devoirs varient en fonction des formes du vivant. **Faut-il limiter le respect aux hommes, ou dois-je étendre cette obligation à l'ensemble du vivant ?**

## Étapes de rédaction

### Introduction rédigée

**Accroche**

En Inde, la communauté Bishnoï vit selon des principes qui prônent notamment le végétarisme et le respect strict de toute forme de vie. Ses membres portent des voiles pour éviter d'avaler des insectes et refusent de manger des légumes racines pour ne pas arracher les plantes.

**Analyse des termes du sujet**

Le devoir moral envers le vivant pose la question des obligations qui s'imposent dans nos interactions avec les autres. Le respect renvoie alors à la considération et à la reconnaissance de la dignité des autres individus, mais pose aussi le problème de la nature éthique de nos relations avec l'ensemble de la nature.

**Paradoxe**

On est tenté de considérer que nous devons le respect au vivant. Nous avons des obligations morales envers autrui ; mais cela signifie-t-il que nous avons le devoir de le respecter ? Est-il seulement possible de se conformer à un strict respect de l'intégralité du vivant ?

**Problématique**

Le problème concerne non pas le fait d'avoir des devoirs, mais **quel type de devoir** nous lie au vivant. **Faut-il limiter le respect aux hommes, ou dois-je étendre cette obligation à l'ensemble du vivant ?**

**Annonce du plan**

Dans un premier temps, nous verrons qu'il est possible de strictement séparer l'exigence morale qui nous lie aux êtres humains de nos devoirs envers le reste du vivant. Il faudra donc définir la forme de cet engagement éthique envers la nature et le monde animal et voir si, dans une stricte logique utilitariste, il est possible d'étendre les exigences morales de respect à l'ensemble du vivant.

## Plan détaillé

### Première partie

#### I. On ne doit le respect qu'aux hommes.

**a On ne doit pas le respect aux animaux.**

**Argument** Les animaux ne sont pas reconnus comme possédant une dignité propre suffisante impliquant les mêmes devoirs moraux vis-à-vis d'eux qu'envers les hommes. On peut dans certains cas les réduire à des **choses** et défendre le droit de **mener des expérimentations sur eux** au nom du progrès scientifique en faveur du bien-être des hommes.

**Référence** « Il est essentiellement moral de faire sur un animal des expériences, quoique douloureuses et dangereuses pour lui, dès qu'elles peuvent être utiles pour l'homme. » (Claude Bernard, *Introduction à l'étude de la médecine expérimentale*, 1865).

**b Respecter autrui, c'est le considérer comme une personne.**

**Argument** La deuxième formulation de l'impératif catégorique kantien invite à toujours considérer autrui comme une fin et non comme un moyen. Parce que l'homme possède une volonté et une conscience, il faut lui porter **un respect spécifique : la dignité**. J'ai donc un devoir absolu de respecter autrui par principe.

### Deuxième partie

#### II. Il faut distinguer préservation et respect du vivant.

**a Tous les êtres humains ont-ils le même droit au respect ?**

**Argument** Dans un calcul **utilitariste**, il semble justifié d'employer autrui comme un moyen en vue d'une fin. Au nom de la **préservation** du groupe, je peux ne pas toujours respecter la dignité de certains.

**Référence** « De quelque manière qu'on considère la mort d'un méchant, elle serait bien autant utile à la société au milieu d'un amphithéâtre [de médecine] que sur un échafaud ; et ce supplice serait tout au moins aussi redoutable qu'un autre. » (Denis Diderot, article « Anatomie », *Encyclopédie*, 1751).

### b Préserver l'environnement par intérêt.

**Argument** Le respect de l'environnement se distingue du respect porté aux hommes. La question de la **préservation** des espèces, des parcs naturels, repose sur une préoccupation globale quant à la pérennité de notre environnement et de notre survie. Il s'agit d'**un calcul intéressé** plus que d'une extension de la dignité à l'ensemble du vivant.

## Troisième partie

### III. J'ai une obligation à respecter aussi le vivant non-humain.

### a La possibilité de la souffrance animale nous oblige au respect.

**Argument** La thèse utilitariste permet de défendre les droits à accorder aux animaux, et insiste sur l'obligation qu'ont les hommes de prendre en compte la souffrance animale dans le calcul des conséquences d'une action.

**Référence** « Quelle que soit la nature d'un être, le principe d'égalité exige que sa souffrance soit prise en compte de façon égale avec toute souffrance semblable [...] de n'importe quel autre être. » (Peter Singer, *Libération animale*, 1975).

**Peter Singer (né en 1946)** est un philosophe australien, célèbre pour ses travaux fondateurs sur les droits des animaux.

### b Le respect étendu à toute entité vivante.

**Argument** La personnalité juridique des entités naturelles nous oblige légalement et moralement à les respecter. Certains fleuves et entités naturelles sont aujourd'hui reconnus comme des « personnalités morales » dans le droit. La possibilité du respect s'étend à l'ensemble du vivant animal et végétal, et la rupture entre les hommes et le reste de la nature est à repenser.

**Exemple** Le livre sacré des Bishnoïs affirme : « Si un arbre peut être sauvé, même au prix de la tête de quelqu'un, cela en vaut la peine ».

## Conclusion

La question de l'extension de la définition du vivant oblige à diversifier les devoirs qui s'imposent aux hommes. Le devoir moral régule les relations inter-humaines en priorité, et d'autres formes d'obligations s'imposent envers les animaux. Les théories morales les plus exigeantes remettent en cause la rupture entre l'homme et le reste du vivant. À partir d'une éthique de la sensibilité, elles étendent les mêmes exigences morales à l'intégralité du vivant.

### ? Les sujets qui peuvent tomber au Bac...

- Se conformer à la loi est-ce agir par devoir ?
- Qu'avons-nous à gagner à faire notre devoir ?
- Peut-on ignorer son devoir ?
- Reconnaître ses devoirs, est-ce renoncer à sa liberté ?

# Chapitre 4 Le Devoir

Tu viens de voir les notions à connaître sur le devoir. Pour t'aider à retenir l'essentiel et t'entraîner pour le Bac, voici ton kit de révisions clé en mains conçu par SchoolMouv !

## Fiche de révision

### Le Focus de SchoolMouv : La loi morale est une loi de la raison

Faire son devoir, c'est agir moralement, en s'orientant vers le bien.
Selon Kant, le critère pour déterminer la valeur morale d'une action est sa prétention à l'universalité : « Agis comme si la maxime de tes actions devait être érigée par ta volonté en loi universelle. »
Cela signifie que lorsque nous agissons, nous devons toujours nous demander : « est-ce que je peux souhaiter que tout le monde accomplisse cette action ? »
Le raisonnement de Kant est logique, mais radical : il ne souffre aucune exception. Ainsi, si dans certaines circonstances particulières un acte immoral peut sembler justifié car utile et ayant des conséquences bonnes, Kant rétorque que rien, jamais, ne doit nous empêcher d'appliquer le **critère moral d'universalité**. Autrement, la morale s'effondrerait puisque nous agirions toujours au nom d'intérêts particuliers.
Le devoir nous oblige à mettre à distance nos inclinations personnelles. Pour cela, il suffit d'user de raison, une faculté commune à tous, pour faire le choix **raisonnable**. On s'oblige alors à bien agir, on s'impose soi-même une soumission à un effort que l'on juge digne d'être réalisé.

**Le devoir n'est donc pas une simple conformité extérieure à une règle ou une loi. Dans son sens moral, le devoir suppose un esprit animé par la volonté d'agir bien, par respect de ce qui est moralement valable.**

## Vidéo

Pour mieux comprendre et t'en souvenir à coup sûr, regarde la vidéo.
C'est parfois bien plus clair en images.

**Vidéo** **Le devoir : pas seulement un idéal**

https://flashbelin.fr/focusbacschoolmouv/philo/5

## Contenu additionnel

Voici un bonus autour du même sujet. La curiosité n'est pas toujours un vilain défaut. Il suffit de créer ton compte pour avoir accès à plein de contenus supplémentaires.

**Fiche de lecture** **Henri Bergson, *Les Deux Sources de la morale et de la religion***

http://www.schoolmouv.fr/eleves/fiches-de-lecture/les-deux-sources-de-la-morale-et-de-la-religion-henri-bergson/fiche-oeuvre

Tu trouveras ici les clés pour comprendre l'ouvrage : les notions principales, les concepts nouveaux forgés par l'auteur. En particulier, la distinction entre morale close et morale ouverte.

**Conseil**
Cette œuvre aborde de manière transversale plusieurs notions du programme : utilise-la pour établir des liens avec les autres cours et approfondir certaines problématiques !

## Tchat avec un prof

Pour poser toutes tes questions à un prof particulier, découvre l'abonnement tchat.
Tu peux le tester gratuitement pendant 7 jours : fini les questions sans réponses, tu vas devenir incollable.

http://focusbac.schoolmouv.fr/offre

# 5

VOIE GÉNÉRALE

# L'État

Sébastien Thibault, illustration, 2020.

# L'État est-il une organisation nécessaire aux hommes ?

UNE HISTOIRE POUR COMMENCER...

### Comment organiser le pouvoir dans une communauté ?

Dans le roman *Sa Majesté des mouches* (1954) de William Golding, un avion s'écrase sur une île déserte. Seuls survivent quinze jeunes garçons issus de la bourgeoisie anglaise. **Ils s'organisent pour recréer une société** et ils élisent un chef : Ralph. Considéré comme l'enfant le plus intelligent de l'île, il dirige le groupe. Il devient **l'unique autorité** sur l'île et cherche à faire respecter certaines **valeurs et intérêts communs**, en particulier l'ordre, la sécurité et l'égalité.

Après une courte période de joie liée à la liberté totale régnant sur l'île, **des conflits naissent et divisent le groupe**. L'autorité de Ralph n'est pas reconnue par tous. Un autre garçon, Jack, prend la tête d'une bande qui fait sécession. Les tâches ne sont alors plus correctement réparties, et les enfants se laissent guider par leur caractère et leurs désirs plutôt que par **l'intérêt général**. Le groupe de Jack réunit les plus grands jusqu'alors chargés de la chasse. Ils deviennent **une autorité concurrente** qui maîtrise l'accès à une ressource fondamentale : la nourriture. Le conflit entre les enfants devient de plus en plus violent. Finalement, ils s'entretuent et détruisent leur camp.

Les adolescents, bien qu'éduqués et en nombre restreint, ont échoué à s'organiser politiquement et ont laissé libre court à leur agressivité jusqu'à l'autodestruction. L'autorité donnée à un chef n'a pas suffi à représenter et défendre les intérêts de chacun, ni à assurer la sécurité du groupe. On attend pourtant d'un pouvoir politique organisé qu'il **offre des garanties aux individus en contrepartie de leur reconnaissance de son autorité**. Il ne suffit donc pas de désigner un chef pour avoir un État : il faut des institutions, un gouvernement, et des règles de fonctionnement indépendantes des individus qui remplissent ces fonctions.

## Problématisation

→ Les hommes réunis en société mettent en place des **structures de pouvoir**, qui organisent leur communauté. Dans cette perspective, l'État est **une forme d'organisation politique** considérée comme **nécessaire** afin d'assurer que la société soit pérenne et dans la sécurité. L'existence de l'État semble être une **condition** *a priori* de l'existence des communautés humaines. D'où vient cette structure si particulière ? Ne pourrait-on vivre sans cette autorité ? Et comment s'assurer que ce pouvoir soit légitime ?

# Pour bien comprendre

### Le sens du mot « État »

Le mot « État » vient du latin *status* qui signifie littéralement se tenir debout, être installé. Il correspond à **une forme d'organisation politique et juridique de la société**. Il est à la fois **une institution politique**, c'est-à-dire un cadre pour l'action politique, et **un idéal politique**, car il poursuit **l'intérêt général**. L'une des fonctions de l'État est de rassembler les volontés particulières des individus réunies dans **une volonté générale** dont il est théoriquement l'expression : même dans une monarchie, la volonté du roi est censée être l'expression de la volonté du peuple.

### Le pouvoir de l'État

Son pouvoir est supérieur aux autres pouvoirs existant au sein du groupe social. Le **pouvoir étatique** s'impose aux **personnes physiques** mais aussi aux **personnes morales** (comme les entreprises et les associations), qui doivent respecter ses **lois**. L'État organise les affaires communes mais reste à l'écart des relations privées entre les individus, sauf à devenir **despotique**.

### La distinction entre État, gouvernement et régime

On distingue l'État du **gouvernement**, qui renvoie à l'exercice du pouvoir politique par un individu ou un groupe. Il est aussi différent de **la république**, qui est **un type de régime**, c'est-à-dire une manière d'organiser l'État où le pouvoir est exercé par des **représentants** de la population.

# LE COURS *en 8 points*

## 1 L'homme est-il naturellement sociable ?

**EN BREF La nature de l'homme ne se réalise que dans une organisation politique. Celle-ci prend une forme particulière chez les Grecs, la Cité. On distingue l'État de la société qu'il administre.**

En définissant l'homme comme un « animal naturellement politique », Aristote (p. 13) estime que la nature humaine ne peut se réaliser que dans un groupe organisé **(voir extrait des *Politiques*, p. 157)**. Chez les Grecs, cette organisation politique prend la forme de la Cité, nommée *polis*, dont est issu le terme de politique. Elle est cependant assez éloignée de l'État moderne. Mais il s'agit déjà d'un espace partagé avec d'autres hommes, membres du groupe et donc considérés comme ses citoyens. Ils partagent des valeurs et une langue commune. Dans l'Antiquité, les hommes d'une même Cité se conçoivent d'abord comme un groupe destiné par nature à s'organiser, et seulement ensuite comme individus : **la sociabilité est considérée comme naturelle**.

> **NOTION**
>
> On parle aujourd'hui de **« société civile »** pour désigner toutes les organisations qui débattent et se mobilisent autour des valeurs et des projets communs dans la société, sans être des professionnels de la politique. Cela renvoie au monde associatif et à l'ensemble des acteurs qui cherchent à peser sur les décisions politiques.

L'État se distingue pourtant de la société, et toute organisation sociale ne prend pas une forme étatique. La **société civile** est par exemple à distinguer de l'État. Dans les démocraties modernes, l'État **représente la population**, et cette dernière le dirige autant que celui-ci lui impose son autorité. Les représentants de l'État sont ainsi élus par la population, qui à ce titre contrôle leur activité politique, et ces élus prennent des décisions qui s'imposent aux membres de la société.

## 2 L'État de nature et la nécessité du contrat

**EN BREF La nature des hommes détermine la forme prise par l'État. Il faut organiser les hommes selon un contrat pour créer un collectif.**

On désigne la situation de l'homme avant qu'il ne s'organise en société par l'expression d'**état de nature**. Il s'agit **d'une fiction, non d'un moment** de l'histoire. Cette idée permet de penser ce que pourrait être la condition humaine avant toute organisation politique, si les hommes étaient livrés à eux-mêmes. L'état de nature représente à la fois l'**origine** (point de départ chronologique) et le **fondement** (point de départ logique) du pouvoir politique. On pense d'abord l'homme dans un état naturel, hors de toute société, afin de justifier l'autorité politique. Ainsi, si on imagine que l'homme est naturellement bon, ou au contraire qu'il est à l'origine animé de passions violentes, on en tire des conclusions différentes sur le rôle à assigner au pouvoir politique. L'État est donc une **réponse politique à la nature humaine** pour organiser la vie en commun de manière optimale. La façon dont est conçu l'état de nature permet de déterminer comment le pouvoir doit agir pour structurer la société.

### COUP DE POUCE

L'état de nature comme fiction signifie que cet état n'a pas véritablement existé dans l'histoire : c'est une expérience de pensée qui aide à imaginer comment organiser les groupes humains.

Les philosophes adhérant à cette hypothèse sont appelés « théoriciens du contrat » ou « contractualistes ». Pour établir le pouvoir politique, il faut selon eux établir un **« contrat social »**. Les individus s'engagent alors dans un accord par lequel ils abandonnent leur totale indépendance au profit d'une loi commune. Le contrat permet donc de **passer de l'individuel au collectif** et de **la multitude à l'unité**. L'État institué par un contrat modifie en profondeur le groupe social.

On abandonne alors la recherche exclusive de notre intérêt personnel, qui est la règle de l'État de nature, pour **une préoccupation collective**, qui repose sur la recherche de **l'intérêt de tous**. Pour exister, le contrat doit être **reconnu et approuvé** par ceux sur qui il s'exerce. Si je refuse le contrat, je ne peux pas bénéficier des droits qu'il octroie et n'ai pas à m'acquitter des devoirs qu'il implique, et demandés par l'autorité en place. La **multitude** des hommes non organisés prend la forme d'**une unité**, celle du corps politique. Dans l'état de nature les volontés individuelles sont en conflit les unes avec les autres ; désormais les hommes s'unissent. Ils recherchent un consensus, forment un corps politique et désignent un souverain (un homme ou un groupe) pour les représenter. Le contrat social se définit donc par **la recherche de l'intérêt collectif et l'appartenance à une unité politique**.

### NOTION

Il faut distinguer force et autorité. La force renvoie uniquement à une **puissance qui s'impose** à une autre, et qui crée ou non un équilibre. L'autorité est un **pouvoir de commander**. Elle est liée à la légitimité, et appartient à celui qui commande un groupe. Attention à un faux-ami : la personne « autoritaire » n'a pas suffisamment d'autorité, donc elle essaye d'imposer sa volonté par la force.

## 3 La guerre de tous contre tous

**EN BREF Les hommes sont naturellement en rivalité permanente, et ne sont jamais assurés de leur sécurité. Aucune autorité n'assure leurs droits.**

En exil en France en 1641, le philosophe anglais **Thomas Hobbes** observe son pays sombrer dans la guerre civile. Il écrit la même année un essai, *Du citoyen*, où on trouve la formule devenue célèbre « l'homme est un loup pour l'homme ».

Thomas Hobbes décrit l'état de nature comme une réalité où chacun est en situation d'égalité naturelle avec tous les hommes et agresse dès lors les autres en prévention de la menace potentielle qu'ils représentent. Cet état de guerre vient selon lui du fait que l'homme possède un désir illimité de puissance, et qu'il possède un **droit naturel** sur chaque chose. Dans cette situation, rien ne garantit à chacun ses possessions puisque la force seule fait droit : la **loi du plus fort** règne. Dans la mesure où **aucune autorité ne garantit quoi que ce soit** et que chacun est à la merci de tous, chacun possède un **droit naturel** illimité qui comprend celui de spolier et de tuer les autres. L'état de nature est donc caractérisé par la violence, et la domination de la force.

Thomas Hobbes décrit cette condition naturelle de l'homme où « tous les hommes ont un droit sur toute chose et même un droit sur les autres » comme misérable et cruelle. Les belligérants sont certes à égalité, mais cela rend toute victoire précaire, et toute domination incertaine. L'État naît donc de la **nécessité pour l'homme de vivre en sécurité**. Pour cela, il doit renoncer au droit de disposer de son pouvoir librement et se soumettre à un pouvoir politique.

**Thomas Hobbes (1588-1679)** est un philosophe anglais. Son œuvre principale, *Le Léviathan* (1651), pose les bases des réflexions modernes sur la souveraineté. Sa définition de l'État a été critiquée pour son conservatisme.

**NOTION**

Le **droit naturel** correspond aux principes fondamentaux attachés à l'individu. On considère dans la *Déclaration des droits de l'homme et du citoyen* que les Hommes ont un droit naturel à la liberté et à l'égalité par exemple. Dans un second sens, et ici particulièrement, il désigne le droit de faire tout ce qui est possible pour rester en vie, y compris en recourant à la violence ou à la dépossession.

## 4 Le contrat, convention d'abandon de la souveraineté

**EN BREF Si l'homme est incapable d'assurer sa sécurité seul, l'État doit être instauré comme pouvoir absolu qui assure la protection de chacun**

Pour Thomas Hobbes, le pouvoir politique qui permet de sortir de l'état de nature est **absolu**. Cela signifie que **tout le monde** doit accepter de perdre une partie de **sa souveraineté, c'est-à-dire de sa capacité à décider seul**, au profit d'un pouvoir commun. Les hommes abandonnent alors leur « droit de se gouverner » eux-mêmes. L'État est une force **toute puissante** mais révocable (je peux renverser le pouvoir s'il n'assure pas ma sécurité) qui assure **la paix et la protection** à celles et ceux qui s'y soumettent.

Cependant, l'État ne peut exister que si **l'ensemble d'un groupe** accepte de déléguer son pouvoir, sa **souveraineté**. Les formes contemporaines d'État ont parfois réuni des communautés aux origines différentes, et l'abandon de leur pouvoir au profit d'un État commun n'est pas toujours évident. Les conflits et revendications d'indépendance existant au sujet de la Catalogne, de la Nouvelle-Calédonie ou du Sahara Occidental en témoignent encore aujourd'hui.

Les hommes qui s'engagent à renoncer au droit qu'ils ont par nature de se gouverner eux mêmes le font **au bénéfice d'un seul ou d'une assemblée**. Ne pouvant établir la paix par eux-mêmes, ils doivent céder à un tiers leurs forces respectives. En les abandonnant, ils attribuent au pouvoir le rôle de faire régner le droit. **Le contrat** pour Thomas Hobbes constitue donc **une perte de pouvoir des individus, au nom de la sécurité, de la paix** et de la possibilité de la prospérité.

Dans le *Léviathan* (1651) Thomas Hobbes déclare que « la multitude ainsi unie en une seule personne est appelée une **république** » (du latin *res publica*, la chose publique). L'État est une « chose publique » puisque ses institutions, ses règles, ses biens sont communs et n'appartiennent qu'à l'État.

> **NOTION**
>
> La **république** est une forme de régime politique. Elle repose sur l'exercice du pouvoir par des représentants élus et s'oppose au régime monarchique. Elle n'est pas nécessairement une démocratie (de nombreux anciens États non démocratiques de l'ex-URSS se désignent comme des républiques par exemple), mais le gouvernement est censé y rechercher l'intérêt général.

## 5 L'État de droit, contraire du droit du plus fort

**EN BREF La force ne fonde pas le droit. Pour que l'État soit légitime, il doit poursuivre un intérêt commun. Les citoyens passent ainsi de l'obéissance au pouvoir politique au devoir envers l'État.**

Il existe un risque qu'un pouvoir total confié à l'État devienne tyrannique. Thomas Hobbes parle même de l'État comme d'un « dieu mortel », tout-puissant mais qui peut être destitué. **Jean-Jacques Rousseau** défend une approche contractualiste très éloignée dans *Du contrat social* (1762). Pour lui, **les notions de droit et de force sont antinomiques**. Son intuition de départ est donc que le droit du plus fort est une contradiction. Le plus fort pense que du fait qu'il est le plus fort, il a le droit de régner, et que sa force est **légitime** sous prétexte qu'elle s'exerce. Jean-Jacques Rousseau veut dépasser ce raisonnement, infondé selon lui.

Dans *Du contrat social*, il part de l'affirmation apparemment contradictoire que « la force est faiblesse ». Un homme qui fonde son pouvoir sur la force l'autorise en effet contre lui en retour : au nom du droit du plus fort, quiconque serait plus fort que lui prendrait légitimement sa place.

> « Supposons un moment ce prétendu droit [du plus fort]. Je dis qu'il n'en résulte qu'un galimatias[1] inexplicable. Car sitôt que c'est la force qui fait le droit, l'effet change avec la cause ; toute force qui surmonte la première succède à son droit. Sitôt qu'on peut désobéir impunément on le peut légitimement, et puisque le plus fort a toujours raison, il ne s'agit que de faire en sorte qu'on soit le plus fort. »
>
> **Jean-Jacques Rousseau**, *Du contrat social* [1762].
>
> **1. Galimatias :** discours confus qui paraît dire quelque chose mais ne signifie rien.

La force n'instaure donc pour Jean-Jacques Rousseau rien d'autre que la violence et la soumission ; elle n'est jamais légitime **(voir Repères, p. 318)**. Un pouvoir est légitime au contraire quand il relève du **consentement** de tous ceux qu'il administre et **quand il légifère en vue du bien commun**. Pour durer, la force, quand elle est installée, doit donc **se transformer en droit**, et elle doit cesser de régner par la contrainte.

**Jean-Jacques Rousseau (1712-1778)** est un écrivain et philosophe suisse. Sa philosophie politique repose sur l'idée que l'homme est naturellement bon. Il a fortement influencé les révolutionnaires français et le mouvement républicain au XIXe siècle.

La force ne peut pas se maintenir au pouvoir car elle n'entraîne aucune obligation. L'obligation est la règle que je m'impose à moi-même par la raison et l'exercice de ma volonté. Par exemple, je m'oblige à céder la place aux poussettes dans l'espace public et à rembourser les dettes que j'ai contractées. En revanche, la force est une menace constante, on y obéit par prudence pour se maintenir en vie. On peut voir une confirmation de l'intuition de Jean-Jacques Rousseau dans le dysfonctionnement des mafias par exemple. Alors qu'elles exercent un pouvoir total fondé sur la peur et l'intimidation, ce pouvoir s'effondre dès que les individus peuvent s'en émanciper.

**NOTION**

L'**État de droit** correspond à une situation où **l'État lui-même se soumet aux lois**, c'est-à-dire que le droit s'impose à tous, même à ceux en charge de gouverner. Le pouvoir politique n'échappe pas aux lois communes. Il suppose la séparation des pouvoirs.

Le pouvoir politique de l'État doit donc au contraire être fondé sur le **droit** pour être légitime. Pour Jean-Jacques Rousseau, l'objectif est de faire naître un **rapport moral à la loi**, c'est-à-dire que les citoyens se sentent obligés de respecter le droit mis en place par l'État. **Un pouvoir légitime** est alors un pouvoir où les citoyens reconnaissent le bien fondé de l'autorité, et dans lequel ils sont en accord avec les lois auxquelles ils sont soumis car elles visent l'intérêt commun. Une telle organisation politique qui respecte la loi et garantit les droits de chacun de ses membres se nomme **État de droit**.

## 6 Le contrat social est un pacte d'association

**EN BREF On ne peut pas demander à l'homme de renoncer à sa liberté dans l'ordre politique. La politique doit concilier l'utilité, la liberté et la justice.**

Le contrat social doit prendre **une forme d'association** qui n'aliène pas la liberté de l'individu et où celui-ci ne renonce pas à son humanité. C'est d'ailleurs le sens de l'interrogation de Jean-Jacques Rousseau sur le passage de l'état de nature à l'organisation politique. Pour lui, l'homme n'est pas naturellement violent. Il peut certes se laisser aller à des passions mauvaises et il n'est pas naturellement raisonnable ou sociable, mais **on peut fonder une organisation politique sur son humanité** et sur la responsabilité qu'il aura en tant que citoyen. Jean-Jacques Rousseau fait coexister **une organisation collective et la conservation de la liberté.** Il constate en effet que « l'homme est né libre, mais partout il est dans les fers ». L'origine de l'organisation politique ne se trouve donc pas dans une guerre de tous contre tous. Au contraire, d'après Jean-Jacques Rousseau, **plus les hommes se sont réunis en communautés politiques, plus la violence et les inégalités se sont développées**. La naissance de la propriété privée, et la rivalité économique sont des accélérateurs d'inégalités, et donc de violence au sein des sociétés humaines. Il faut donc penser un contrat qui permet d'assurer aussi l'égalité.

> « Renoncer à sa liberté, c'est renoncer à sa qualité d'homme, au droit de l'humanité même à ses devoirs. Il n'y a nul dédommagement possible pour qui renonce à tout. Une telle renonciation est incompatible avec la nature de l'homme, et c'est ôter toute moralité à ses actions que d'ôter toute liberté à sa volonté. »
>
> **Jean-Jacques Rousseau**, *Du contrat social* [1762].

Jean-Jacques Rousseau considère que le peuple formé dans un État doit être **souverain et autonome**, c'est-à-dire qu'il est lui-même **l'auteur des droits auxquels il se soumet**. Le contrat social s'appuie alors sur deux principes : d'une part, il n'existe **pas de pouvoir au-dessus du peuple**, d'autre part, le peuple **ne peut pas échouer dans sa volonté** : il ne peut vouloir que son propre bien. Le contrat réunit donc un pouvoir absolu, celui du peuple, et une liberté absolue, celle des citoyens.

**NOTION**

La **volonté générale** désigne chez Rousseau **l'expression de la volonté commune en vue du bien commun.** Il ne s'agit pas uniquement de la somme des intérêts particuliers, qui sont souvent opposés.

Pour Jean-Jacques Rousseau, le peuple auteur de la loi exprime une **volonté générale** : ainsi le contrat assure l'égalité et la liberté. Seul un peuple de fous établirait des lois qui iraient contre son intérêt. L'homme se donne des lois, et celles-ci le préservent de la tyrannie d'un maître. Le contrat établit donc que la volonté générale dirige. Accepter de taire sa volonté particulière au profit d'une volonté commune, voilà ce que Jean-Jacques Rousseau appelle la « citoyenneté ».

## 7 L'État, un instrument de domination : la critique communiste et anarchiste

**EN BREF L'État concentre la souveraineté et on lui doit obéissance, ce qui en fait un instrument au service de quelques-uns. Il ne sert pas l'intérêt général mais renforce un système économique inégalitaire.**

L'État est soupçonné de ne pas être ce qu'il prétend incarner. Il pourrait ne pas être véritablement au service de l'intérêt général et de la société qu'il organise. Ce soupçon est formulé par Karl Marx (p. 276) et Friedrich Engels dans leur critique du système économique capitaliste. Leur hypothèse repose sur le constat que dans une société divisée en classes sociales, **l'État n'est pas impartial**. Au contraire, il serait **un instrument qui sert les intérêts d'un groupe social particulier**, qu'ils nomment la bourgeoisie. En effet, le pouvoir politique servirait à maintenir une organisation économique profitant essentiellement à la classe des capitalistes. L'objectif est donc de dépasser une telle organisation qui ne peut qu'être source d'oppression. Le prolétariat doit s'emparer du pouvoir politique pour, à terme, le faire disparaître **(voir chapitre le Travail et la Technique, p. 278-280)**.

**La critique socialiste est également portée au XIXe siècle par une théorie concurrente au marxisme : l'anarchisme**. Mikhaïl Bakounine considère aussi que l'État est un mal car il entre en concurrence radicale avec les droits de l'individu. L'État exerce une domination sur l'individu, et exige qu'il abandonne ses droits au profit du pouvoir étatique. La théorie anarchiste (du grec *an-arkhè* ; absence de principe) constate que l'État crée des privilèges et divise la société. Cette situation d'asservissement prive l'homme de sa dignité. Il faut donc abattre l'État par la révolution. Le projet politique qui s'y substitue est celui de **l'autogestion**, c'est-à-dire de la délégation de la prise de décision à l'ensemble des membres, sans passer par une **autorité supérieure** telle qu'un gouvernement. Pour les anarchistes, l'homme possède la capacité de se conduire rationnellement et moralement de manière **autonome**.

**Mikhaïl Bakounine (1814-1876)** est un théoricien de l'anarchisme et révolutionnaire russe. Il représente le courant socialiste qui s'oppose au marxisme dans la seconde moitié du XIXe siècle.

> « Nous pensons que la politique nécessairement révolutionnaire du prolétariat doit avoir pour objet immédiat et unique la destruction des États. L'État veut dire domination, toute domination suppose l'assujettissement des masses et par conséquent leur exploitation au profit d'une minorité gouvernante. »
>
> **Mikhaïl Bakounine**, *État et Anarchie* [1873].

## 8 L'État totalitaire, risque inhérent à l'organisation politique ?

**EN BREF L'État est nécessairement oppresseur, puisqu'il se veut omniprésent, assimilant en lui chaque individu.**

Les menaces oppressives et totalitaires interrogent la nature même de l'autorité étatique. Si ces craintes sont fondées, des régimes spécifiques sont-ils en cause, ou toute forme d'État contiendrait-elle en son sein un mal ? Pour Friedrich Nietzsche (p. 17), l'État est un « monstre », qui dévore la force vive de l'individu et ses libertés. Il **transforme les individus en une masse sans force de création et amorphe**. Cette critique est surtout celle de l'obéissance qui est due à l'État par les individus qui s'y soumettent. Friedrich Nietzsche considère **cette nécessaire obéissance** comme l'origine de la perte d'une possibilité de vie digne et libre. Il anticipe les formes totalitaires de l'État à venir au XXe siècle, en particulier l'idéologie fasciste. Ainsi le dictateur Benito Mussolini déclare que le fascisme peut se résumer ainsi : « tout dans l'État, rien contre l'État, rien en dehors de l'État. » L'État totalitaire est donc celui qui veut faire **fusionner le peuple et l'État**, si bien que l'État serait absolument partout.

> « L'État, c'est le plus froid de tous les monstres froids. Il ment froidement, et voici le mensonge qui s'écoule de sa bouche : "Moi, l'État, je suis le peuple." »
>
> **Friedrich Nietzsche**, *Ainsi parlait Zarathoustra* [1883-1885].

L'État totalitaire suppose **une suppression de tout ce qui singularise et particularise les individus** et conduit donc à des pratiques d'épuration. L'individu dont rêve le **totalitarisme** se fond dans un groupe homogène, il doit être l'incarnation du projet politique de son État. L'uniforme, l'omniprésence des appareils d'État ou la répression féroce de la dissidence sont des signes de l'homogénéisation dans les régimes totalitaires. L'individu doit renoncer à tout ce qui le différencie et l'ancre en tant que personne singulière : il ne vient plus de nulle part et renonce à sa mémoire, sa famille, sa religion. L'État impose un conformisme absolu. Les identités marquées par l'orientation sexuelle, l'appartenance ethnique ou toute caractéristique minoritaire doivent disparaître dans l'État totalitaire. L'individu « sans qualité » n'est plus humain mais conforme au type dont il n'est plus qu'un exemplaire.

**NOTION**

Le totalitarisme est un système politique, qui repose sur **un parti unique et n'accepte aucune opposition politique interne**. Ce n'est pas seulement une dictature car l'État y régit également l'ensemble des activités des hommes, même dans la sphère privée.

## POUR TOUT RETENIR

→ **L'État apparaît souvent comme un « mal nécessaire ».** Dès les premières **théories du contrat**, il est présenté comme la réponse à **l'insécurité** des hommes dans l'État de nature. La nature de l'homme telle qu'elle est théorisée par les philosophes contractualistes a de grandes répercussions sur la **forme idéale** qu'ils souhaitent donner à l'État, mais aucun ne pense que la société humaine serait mieux administrée sans lui. Pourtant, les États modernes ont montré les dangers inhérents à cette forme d'organisation politique. D'abord par une trahison de sa mission d'**intérêt général**, lorsque l'État se met au service d'un petit groupe, mais aussi dans sa forme **totalitaire**, qui conduit à nier l'individu qui devrait pouvoir s'épanouir en son sein. L'État comprend donc dans sa nature même un danger : comme il est la forme du pouvoir qui organise la vie des hommes en société, ces derniers doivent toujours contrôler qu'il s'acquitte bien de cet objectif et ne se transforme pas en un outil d'**oppression**.

## VOCABULAIRE ESSENTIEL

**Contractualisme :** théorie qui considère que l'origine de l'État provient d'un accord entre les individus d'une société pour établir le pouvoir politique. Cet accord est appelé « contrat » ou « convention ».

**Institution :** ensemble des structures élémentaires qui assurent les responsabilités publiques de l'État (l'école, l'administration, la justice, etc.).

**Gouvernement :** désigne les institutions permettant au groupe d'hommes souverains, élus ou non, d'exercer leur autorité.

**Nation :** groupe déterminé par des conditions naturelles (le territoire, l'origine commune), et une communauté de valeurs, de langue, d'histoire. On associe la nation au peuple, souverain dans les démocraties.

**Représentation :** pratique par laquelle le pouvoir souverain provient de ceux qu'il dirige. Une assemblée représente le peuple qui l'a élu, même si elle n'est pas identique à lui.

**République :** du latin *res publica*, la chose publique, qui n'appartient à aucun individu privé mais à tous. Cette forme de régime politique suppose des représentants élus œuvrant à l'intérêt général.

**Souveraineté :** le pouvoir que possède une personne ou un groupe, et qui rend légitime le commandement.

FOCUS SUR...

# LE MONOPOLE DE LA VIOLENCE LÉGITIME

Mathias Zwick, *Les cavaliers de l'apocalypse*, Manifestation de Gilets jaunes, rue Roy, Paris, 1er décembre 2018.

Les États concentrent le pouvoir politique et l'exercent sur la population de la société qu'ils administrent. La société étant marquée par des conflits et des violences, on attend de l'État qu'il réponde à cette violence et la maîtrise. Si je subis un cambriolage ou une agression dans la rue, je dépose une plainte et l'État met en œuvre la force nécessaire pour réparer la peine que j'ai subie, puis la justice punit l'auteur de la faute. Le sociologue Max Weber explique dans *Le Savant et le Politique* (1919) que les États entretiennent un rapport particulier à la violence. Elle est un « moyen spécifique » pour maintenir leur autorité : **l'État est autorisé à utiliser la violence, et il est le seul dans cette situation.** La **force publique** est ainsi un recours autorisé uniquement pour les membres d'un service public dont le rôle est d'assurer la sécurité : la police. Max Weber désigne cette situation où aucun autre groupe ou individu n'est autorisé à utiliser la violence physique comme « **le monopole de la violence physique légitime** » de l'État.

La relation entre État et violence est « intime » : elle est dans la nature de l'État, seul autorisé à l'utiliser au nom de la sécurité. Cette violence est en outre **légitime,** car il est évident que les individus acceptent de ne pas employer la violence et de reconnaître légitime celle de la police uniquement si cette violence sert à garantir leurs droits. **La violence de l'État ne peut donc être exercée qu'au nom de l'intérêt du groupe, elle est encadrée par la loi, et doit être proportionnée**. Ces conditions ouvrent la voie aux critiques. La violence exercée par la police est parfois dénoncée par des citoyens. Ce faisant, **ils ne remettent pas en cause le droit de l'État à recourir à la violence, mais la légitimité de celle-ci** dans des cas bien particuliers. Lors des mobilisations des Gilets Jaunes en 2018 et 2019, l'usage de la force par la police dans les manifestations a causé plusieurs centaines de blessés dont certains ont été mutilés. Ces violences ont conduit à l'émergence d'un débat public encore en cours sur l'existence de violences policières.



EXPÉRIENCE DE PENSÉE

## QUI PEUT AVOIR LE POUVOIR ET REPRÉSENTER LA SOCIÉTÉ ?

Dans le premier de ses *Trois discours sur la condition des grands* (posth. 1670), Blaise Pascal raconte l'histoire d'un homme qui, à la suite d'une tempête en mer, accoste sur une île inconnue. Les habitants de ce pays sont à la recherche de leur roi disparu. Le voyageur égaré « ayant beaucoup de ressemblance de corps et de visage avec ce roi » est alors pris pour celui-ci. S'il accepte d'abord ce nouveau rôle, le voyageur s'interroge vite sur **la légitimité** qu'il a à endosser ce statut. Après tout, il n'est en rien ce roi, et ce royaume ne lui appartient pas. Pascal le décrit comme ayant :

> « Une double pensée, l'une par laquelle il agissait en roi, l'autre par laquelle il reconnaissait son état véritable et que ce n'était que le hasard qui l'avait mis en la place où il était. Il cachait cette dernière pensée, et il découvrait l'autre. C'était par la première qu'il traitait avec le peuple, et par la dernière qu'il traitait avec soi-même. »
>
> **Blaise Pascal**, *Trois discours sur la condition des grands* [vers 1660].

L'expérience de pensée menée par Blaise Pascal interroge l'origine du pouvoir politique et les conditions qui font d'un individu ou d'un groupe les détenteurs de la souveraineté sur une société. On retrouve dans les théories du contrat social ce même problème : **qui peut prétendre à l'exercice du pouvoir sur le groupe, et comment ?** Pascal se sert par la suite de cette expérience pour dénoncer le pouvoir hérité par la lignée, des rois ou des ducs, qui ne repose sur aucun mérite ou qualité particulière. Pour Blaise Pascal seule l'élection divine distingue les rois de l'étranger de son récit. Il en conclut qu'il existe une égalité naturelle entre les hommes, et que le pouvoir de l'État ne doit pas nier cette égalité. Les dépositaires du pouvoir public doivent donc garder à l'esprit leur égalité avec les individus qu'ils administrent.

→ Mais alors existe-t-il des facultés naturelles particulières (par exemple l'intelligence ou l'autorité), qui justifient que certains accèdent au pouvoir plutôt que d'autres ?

→ Est-il légitime qu'un petit groupe d'experts gouverne plutôt que la volonté populaire ?

→ Pourquoi ne suffit-il pas qu'il y ait des élections libres pour que l'accès au pouvoir soit plus égalitaire ?

# MÉMO VISUEL

## – L'État –

### Le contrat social…

**… est une perte de pouvoir des individus au nom de la sécurité.**

L'État est une toute puissance gouvernée par un seul ou une assemblée. (Leviathan, **Hobbes**)

**… est un pouvoir légitime qui repose sur le consentement de tous et non sur la force.**

L'État respecte la loi et garantit les droits de chacun. (L'État de droit, **Rousseau**)

### L'État est une menace…

**… car il porte le risque d'un pouvoir totalitaire.**

Le fascisme crée une obéissance totale à l'État et supprime toute singularité.

**… car au service de la bourgeoisie et non de l'intérêt général.**

Il faut prendre le contrôle de l'État par la révolution, pour ensuite parvenir à le faire disparaître. **(Marx)**

**… car il nie les droits des individus et les asservit.**

Il faut détruire l'État ; les hommes peuvent fonder un ordre harmonieux sans autorité centrale. **(Bakounine)**

### La fiction de « l'état de nature »…

**… est une situation de guerre de tous contre tous. (Hobbes)**

L'organisation politique provient de la nécessité pour l'homme de vivre en sécurité.

**… est paisible ; les inégalités sont historiques et liées à la propriété privée. (Rousseau)**

L'organisation politique doit être issue d'une convention entre les hommes et assurer la liberté des citoyens.

QCM

# SE TESTER

**1. L'État c'est :**

- **a** L'organisation politique et juridique d'une société.
- **b** Le président et son gouvernement.
- **c** L'ensemble des lois d'un pays.

**2. On imagine que les hommes sont naturellement sociables c'est-à-dire :**

- **a** Qu'ils sont naturellement capables de communiquer.
- **b** Qu'ils vivent en groupe pour être en sécurité.
- **c** Que les hommes sont destinés par leur nature à vivre en communauté.

**3. L'État de nature sert à :**

- **a** Imaginer la nature parfaite des hommes.
- **b** Penser les interactions des hommes avant l'organisation politique.
- **c** Comprendre comment fonctionnent les sociétés primitives.

**4. Pour Thomas Hobbes « l'homme est un loup pour l'homme » car :**

- **a** Il vit en meute à l'État de nature.
- **b** Il partage les mêmes pulsions que les animaux prédateurs.
- **c** Il est en rivalité permanente dans l'État de nature.

**5. Selon Thomas Hobbes l'homme doit abandonner sa souveraineté :**

- **a** Car il n'est pas compétent pour exercer le pouvoir.
- **b** Car c'est le seul moyen d'atteindre la paix et la prospérité.
- **c** Car il s'agit d'un symbole pour arrêter la guerre.

**6. Selon Jean-Jacques Rousseau, l'homme est en guerre :**

- **a** À cause de sa nature violente.
- **b** À cause de sa recherche du pouvoir politique.
- **c** À cause de l'histoire et des inégalités sociales.

**7. Selon Karl Marx, l'État est source d'oppression car :**

- **a** Il est au service d'un groupe particulier dans la société.
- **b** Il décide de tout à notre place et diminue notre libre-arbitre.
- **c** Il contrôle notre vie privée.

**8. Le totalitarisme c'est :**

- **a** Une dictature moderne.
- **b** Un régime où une seule personne a tout le pouvoir.
- **c** Un régime avec un parti unique qui contrôle toutes les activités des hommes.

**9. L'État possède le monopole de la violence physique légitime c'est-à-dire qu'il :**

- **a** Peut recourir à la violence en toute situation.
- **b** Est le seul à avoir un « droit » à la violence.
- **c** Décide comment chacun a le droit d'utiliser la violence.

**10. D'après Blaise Pascal, la domination politique est justifiée par :**

- **a** Une supériorité naturelle.
- **b** Des avantages de naissance.
- **c** Des mérites éminents.

→ Corrigés page 346

# S'ENTRAÎNER

## 1 Comprends le sens philosophique des notions en gras.

**a.** Explique pourquoi **l'état de nature** n'est pas une vérité historique mais une fiction. Pourquoi cette idée est-elle utile malgré tout ?

**b.** Le **contrat** est un type d'accord à l'origine de l'État : à quel besoin répond-il ?

**c.** Distinguez l'**État** de la **société**.

## 2 Analyse philosophiquement un exemple.

Pourquoi le totalitarisme, pour exister, nie-t-il l'individu et ses particularités ? Cherche plusieurs exemples de régimes totalitaires au XXe siècle. Qu'est-ce que ces régimes avaient en commun ?

## 3 Explicite une thèse philosophique.

**a.** Jean-Jacques Rousseau défend que le peuple a toujours raison, et que c'est sur ce pari qu'il faut fonder le contrat social entre les individus. Que veut-il dire selon toi ?

**b.** Karl Marx reconnaît que, pour détruire la société capitaliste dont il dénonce les inégalités, il faut que la classe ouvrière prenne le pouvoir, et donc le contrôle de l'État. Pourtant, cette phase ne doit être selon lui que transitoire si on veut aboutir à une société égalitaire. Pourquoi le prolétariat, dans sa théorie, ne pourrait-il pas conserver le pouvoir politique sous la forme étatique ?

## 4 Défends une thèse.

À partir d'un exemple contemporain de pouvoir politique fondé sur la force, défendez dans un paragraphe argumenté la thèse de Jean-Jacques Rousseau selon laquelle « la force est faiblesse ».

SUJET GUIDÉ Dissertation

# SE PRÉPARER POUR LE BAC

## Rédiger l'introduction, la première partie et la conclusion

*Le but de l'État est-il de limiter la violence ?*

## Méthode et corrigé

### Étapes préparatoires

**1 Repérer les notions du cours et les définir.**

L'État est au centre du sujet, donc on s'interroge ici sur **le rôle de cette forme d'organisation sociale moderne**. La violence est au cœur des interrogations sur la fonction de l'État et relie alors nécessairement le sujet à deux autres notions : **la justice et la liberté**.

**2 Chercher les exemples du sens commun.**

Si je suis victime d'une forme de violence, je sollicite l'État pour me protéger et demander réparation. En portant plainte, je demande à ce que la police publique assure ma sécurité. De même, si je projette de commettre des actes violents, j'encours des poursuites susceptibles de me dissuader d'agir ainsi. Enfin, la police est elle-même une force qui peut user de la violence de manière ponctuelle et exceptionnelle. La limitation ou au moins le contrôle de la violence semble être au cœur de l'action de l'État.

**3 Analyser la forme de la question afin d'éviter le hors-sujet.**

La forme du sujet interroge la fin de cette organisation sociale spécifique. On se demande donc **en vue de quel résultat** l'État est créé. Il s'agit d'un questionnement collectif, et on ne peut pas limiter le sujet à une réflexion sur la violence individuelle. L'État a nécessairement un but pour le groupe.

**4 Trouver les difficultés et les enjeux de la question afin d'aboutir à un paradoxe.**

La difficulté tient ici à l'apparente réponse évidente à la question. On se représente classiquement l'État comme un moyen nécessaire pour limiter la violence, on présuppose qu'il est plus protecteur que menaçant, d'où la tendance des hommes à se regrouper sous cette forme d'organisation sociale. Mais est-ce le cas de tout État ? En effet, l'État limite la violence en s'en arrogeant l'exclusivité : comment faire pour qu'il n'en fasse pas un usage abusif ?

**5 Formuler une problématique.**

L'État poursuit-t-il le but de limiter la violence, ou au contraire la concentre-t-il au point de ne jamais pouvoir totalement la limiter et la contrôler ?

## Étapes de rédaction

### Introduction rédigée

#### Accroche

Face à une agression, un individu en appellera à la force publique pour assurer sa sécurité. Ainsi, si nous sommes victimes d'un vol, notre plainte témoigne de l'exigence que nous avons envers un service de l'État à garantir la sécurité de nos biens, et à empêcher que la violence que nous avons subie ne se reproduise.

#### Analyse des termes du sujet

L'État moderne est une instance produite par l'abandon par chacun de ses droits naturels au nom d'un intérêt commun. L'idée de « contrat social » repose sur cette attente : l'État doit concourir à notre sécurité, et nous protéger des agressions extérieures. Il est à la fois une **autorité verticale**, qui concentre les pouvoirs, et une **garantie de notre sécurité**. Pourtant, l'action de l'État est intrinsèquement violente. Au nom de la protection contre la violence, l'État **concentre les ressources pour réagir violemment** à une agression : il administre les forces de police (sécurité intérieure) ainsi que la puissance militaire (sécurité extérieure). De la même manière, la limitation de la violence interpersonnelle ne semble possible que si l'État **réprime et contrôle** celles et ceux qui agissent violemment. Face à une agression, on attend donc de l'État qu'il manifeste sa force et sa capacité coercitive.

#### Paradoxe

On semble donc face à une contradiction : c'est au nom de la limitation de la violence que l'État impose une force violente sur ses citoyens. Par exemple, les émeutes sont des formes de manifestation qui utilisent la violence et elles sont réprimées dans la violence. Les forces de police doivent alors obéir à un impératif de mesure dans l'usage de la violence. Toute la difficulté est d'établir ce qui permet d'identifier une violence proportionnée. Comment concilier ces exigences ?

#### Problématique

L'État poursuit-t-il le but de limiter la violence, ou au contraire la concentre-t-il au point de ne jamais pouvoir totalement la limiter et la contrôler ?

#### Annonce du plan

Dans un premier temps, on verra que l'État concentre la violence pour la limiter, et qu'il s'agit bien ici de sa fin. Mais tout État ne cherche pas à limiter la violence, seul l'État de droit poursuit un tel objectif. On peut se demander en quoi l'État cherche à limiter certaines violences et non la violence en elle-même afin d'assurer sa conservation.

### Première partie rédigée

#### I. L'État concentre la violence pour la limiter.

**a Le rôle de l'État est de limiter les guerres.**

Dans *Le Prince* (posth. 1532), Nicolas Machiavel considère nécessaire un État fort, capable d'assurer la sécurité de ses citoyens. Pour Machiavel, **la politique est en soi une question de gestion de la violence**. L'État a pour finalité de limiter la violence extérieure qui menace un peuple ou une cité. À ce titre, il peut lui-même recourir à la violence, même de façon immorale, mais seulement comme un **moyen**. Nicolas Machiavel développe le concept de *virtu*, qui désigne l'habileté des dirigeants à agir pour préserver les intérêts communs. Le but de l'État n'est pas seulement de limiter la violence, mais avant tout d'assurer la sécurité, même au prix de l'action politique violente.

**b Il faut transférer ses pouvoirs à l'État au nom de la sécurité de chacun.**

Pour Thomas Hobbes, l'État naît de l'incapacité des hommes à vivre en paix. Il est donc une organisation nécessaire. L'État existe à condition que chacun abandonne sa souveraineté, son droit à utiliser la violence pour sa propre sécurité, et confie ce droit à **un pouvoir absolu**. Le but de l'État est alors la limitation de la violence interpersonnelle, par un pouvoir tout puissant. Le Léviathan est à la fois la figure de la force destructrice et de la protection des individus qui cessent d'être isolés.

## Proposition de plan détaillé

### II. Tout État ne cherche pas à limiter la violence.

**a** **Argument** L'État possède le monopole de la violence physique légitime pour assurer la sécurité des citoyens mais aussi la sienne.

**Référence** Max Weber parle de « raison d'État » pour justifier l'emploi de la violence physique légitime et le non-respect du droit.

**b** **Argument** Seul l'État de droit cherche à limiter la violence en se soumettant lui-même aux lois.

**Référence** Montesquieu montre dans *L'Esprit des lois* (1748) que la séparation des pouvoirs est nécessaire pour limiter l'arbitraire du pouvoir.

### III. L'État n'est pas *en soi* pensé pour limiter la violence.

**a** **Argument** L'État poursuit les intérêts d'un groupe particulier.

[Référence] Selon Karl Marx, l'État est au service de la bourgeoisie, et ne protège donc que celle-ci.

**b** **Argument** L'État-Providence préserve de la violence économique ; la limitation de la violence est aussi pensée sous l'angle de la situation sociale, économique et psychologique de chacun.

**Exemple** L'État-Providence se développe principalement en France après la Seconde Guerre mondiale, il vise à garantir chacun contre les risques de la santé, de la vieillesse et du chômage.

## Conclusion rédigée

Si l'État est garant de la sécurité, il ne l'assure pas nécessairement par la limitation de la violence, un État pouvant tout à fait assurer la sécurité par un comportement autoritaire et despotique, au détriment des droits et libertés de ses membres. De fait, l'État concentre la force et la violence physique légitimes. Il faut alors s'assurer que le pouvoir est lui-même limité par des lois qui le contrôlent. Il existe toujours le risque que la puissance étatique soit dévoyée au profit d'un groupe particulier ou du pouvoir lui-même.

## Les sujets qui peuvent tomber au Bac...

- L'État peut-il être impartial ?
- L'autorité de l'État s'oppose-t-elle à la liberté des individus ?
- Pourquoi respecter l'autorité de l'État ?
- L'État doit-il viser le bonheur des individus ?

# Chapitre 5 L'État

**Tu viens de voir les notions à connaître sur l'État. Pour t'aider à retenir l'essentiel et t'entraîner pour le Bac, voici ton kit de révisions clé en mains conçu par SchoolMouv !**

## Fiche de révision

### Le Focus de SchoolMouv : La finalité de l'État selon J.-J. Rousseau

Rousseau s'oppose à la vision de Hobbes. Si les hommes s'assemblent sous une autorité et lui obéissent, ce n'est pas parce qu'ils ont peur d'être tués, volés ou de vivre dans la précarité. Selon Rousseau, le **contrat social** devient nécessaire lorsque les besoins de chacun sont supérieurs à ce que l'homme peut faire pour y subvenir par lui-même.

Lorsque la nature ne produit plus suffisamment pour subvenir à nos besoins, il faut cultiver la terre. Les êtres humains se sont donc approprié des terres : ainsi est née la notion de **propriété privée**. Puisqu'ils ne peuvent pas la travailler seuls, ils doivent nouer des contrats de travail, s'unir et agir ensemble : les premiers liens sociaux se construisent. Afin de réguler les titres de propriété et les rapports entre les propriétaires terriens et les travailleurs, la nécessité de créer un État et des lois s'impose.

**Pour Rousseau, l'État qui se met en place n'est en aucun cas un pouvoir absolu qui limite voire abolit toutes les libertés de l'homme. Au contraire, l'État n'est juste et légitime que s'il préserve au maximum les libertés de l'homme.**

## Vidéo

Pour mieux comprendre et t'en souvenir à coup sûr, regarde la vidéo.
C'est parfois bien plus clair en images.

**Vidéo** **Finalités et fonctionnement de l'État**
https://flashbelin.fr/focusbacschoolmouv/philo/6

## Contenu additionnel

Voici un bonus autour du même sujet. La curiosité n'est pas toujours un vilain défaut. Il suffit de créer ton compte pour avoir accès à plein de contenus supplémentaires.

**Fiche de lecture** **Nicolas Machiavel, *Le Prince***
http://www.schoolmouv.fr/eleves/fiches-de-lecture/le-prince-nicolas-machiavel/fiche-oeuvre

Tu trouveras ici les clés pour comprendre l'ouvrage : les notions principales, les concepts nouveaux forgés par l'auteur. Utile pour comprendre ce que signifie le terme « machiavélique ».

**Conseil**
Cette œuvre aborde de manière transversale plusieurs notions du programme : utilise-la pour établir des liens avec les autres cours et approfondir certaines problématiques !

## Tchat avec un prof

Pour poser toutes tes questions à un prof particulier, découvre l'abonnement tchat.
Tu peux le tester gratuitement pendant 7 jours : fini les questions sans réponses, tu vas devenir incollable.
http://focusbac.schoolmouv.fr/offre

6

VOIE GÉNÉRALE

VOIE TECHNOLOGIQUE

# La Justice

Sébastien Thibault, illustration, 2020.

# Comment savoir ce qui est juste ?

UNE HISTOIRE POUR COMMENCER…

### Le bagne de Cayenne : le droit peut-il être injuste ?

En 1852, **un bagne** est établi en Guyane française afin d'éloigner de la métropole criminels et opposants politiques. À partir de 1885, une loi sur la dite « délinquance d'habitude » permet d'enfermer et de déporter au bagne des petits délinquants.

Le journaliste Albert Londres obtient en 1923 l'autorisation de visiter le bagne. Il décrit à son retour des conditions de vie désastreuses et invente l'expression de « guillotine verte », pour décrire la condamnation qui pèse sur les bagnards dont un grand nombre succombe aux fièvres tropicales. Dans ses articles, Albert Londres s'élève contre **une institution judiciaire qui condamne à une mort certaine des hommes qui n'ont pas été condamnés à mort,** et appelle à la fermeture d'un lieu qui viole « la plus élémentaire dignité ».

« Le bagne n'est pas une machine à châtiment bien définie, réglée, invariable. C'est une usine à malheur qui travaille sans plan ni matrice. On y chercherait vainement le gabarit qui sert à façonner le forçat. Elle les broie, c'est tout. »

**Albert Londres**, *Au bagne*, 1923.

À la suite de son engagement, la société civile française se mobilise afin que le bagne soit abandonné. L'opinion publique dénonce un lieu **injuste, partial, arbitraire et contraire aux droits fondamentaux** des détenus. Dès 1924, on cesse d'y envoyer des condamnés, mais sans rapatrier ceux déjà sur place. En 1943, on estime à plus de 40 % le taux de mortalité annuel dans les bagnes guyanais.

## Problématisation

→ On peut considérer qu'une **décision émanant d'une institution judiciaire** démocratique est **injuste** : c'est en effet un tribunal de la République qui envoie les condamnés au bagne. Parfois, le droit échoue à atteindre son but : rendre justice, c'est-à-dire littéralement **rendre à chacun ce qui lui est dû**. Le droit n'est donc que l'instrument dont se dotent les démocraties pour rendre justice. Pourquoi, dès lors, échoue-t-il parfois à remplir ce rôle ?
Comme en témoigne la balance qui la symbolise, la justice renvoie à l'idée d'un équilibre, à une recherche d'égalité entre un acte et une peine. Comment punir et réparer ?
**Comment peut-on savoir ce qui est juste ?**

# Pour bien comprendre

## → La racine du mot « justice »

Le terme de justice est issu de *jus* qui en latin renvoie à **la rectitude, à l'absence de courbure**, autrement dit à ce qui est **droit.**

## → La distinction à connaître

La **justice comme valeur** renvoie à ce que l'on exprime lorsqu'un acte ou une situation est **perçue comme juste ou injuste. Elle se réfère à l'intention**, au fait que l'action soit vertueuse ou non. Face au vol d'un pain par un homme affamé, le vol peut ainsi apparaître **légitime**, et la peine énoncée par la loi injuste.

La justice se conçoit aussi comme **institution** lorsqu'elle renvoie aux tribunaux, aux magistrats et aux textes juridiques qui sont appliqués dans un territoire donné pour une population. Le **droit** est alors son outil. On parle dans le droit d'une **conduite** : le droit juge la conformité d'un **comportement à la loi**. Il se prononce sur ce qui est **légal** et non sur ce qui est **légitime** **(voir Repères, p. 318)** : il ne juge pas selon des **critères moraux**.

# LE COURS
# *en 7 points*



## 1 La justice recherche l'égalité et l'équité

**EN BREF La justice réside dans l'égalité. Celle-ci peut être stricte (donner à chacun la même chose) ou proportionnelle (distribuer selon les besoins et mérites).**

La justice se définit comme un **rapport d'égalité**, comme en témoigne la balance et l'équilibre qu'elle prend comme symbole. La recherche d'égalité peut prendre deux formes, qui correspondent à deux conceptions de la justice. Aristote (p. 13) distingue dans l'*Éthique à Nicomaque* (IVe siècle av. J.-C.) **la justice arithmétique, ou commutative** et **la justice géométrique, ou distributive**.

> « Les contestations naissent quand, étant égales, les personnes possèdent ou se voient attribuer des parts non égales ou quand les personnes n'étant pas égales, leurs parts sont égales. »
>
> **Aristote,** *Éthique à Nicomaque* [IVe siècle av. J.-C.], chap. V, § 6.

Si par justice on entend l'idée d'une stricte distribution, on **donne à chacun la même chose**, on parle alors de justice arithmétique. C'est ce que l'on entend lorsque l'on parle du « juste prix » d'un bien par exemple, puisque l'échange est jugé égal au titre que le bien « vaut » le montant proposé. Ce principe s'applique aussi à la règle de **l'isonomie** : chaque voix compte à égalité dans une élection. Certaines taxes obéissent à cette forme d'égalité : quels que soient mes revenus, je paie la même taxe sur la valeur ajoutée (TVA) sur les biens de consommation que j'achète.

Aristote distingue ensuite la justice géométrique, ou distributive. Celle-ci repose sur l'idée de **proportionnalité**. Ici, la justice **juge en fonction des mérites ou des besoins**, et distribue de manière proportionnelle à ces derniers. On peut remarquer que dans la *Déclaration des droits de l'homme et du citoyen*, l'article 6 précise que les citoyens « sont également admissibles à toutes dignités, places et emplois selon leurs capacités et **sans autre distinction que celle de leurs vertus et de leurs talents** ». Aujourd'hui, c'est selon cette logique qu'on attribue des aides sociales visant à rééquilibrer des situations inégalitaires. Ainsi les bourses sur critères sociaux, ou les dispositifs favorisant l'accès à l'emploi des personnes en situation de handicap visent à **corriger une inégalité de fait**, que l'égalité arithmétique ne règle pas. La justice distributive recherche **l'équitable** et non la **stricte égalité**.

## 2 La justice a une fonction d'arbitrage

**EN BREF Lorsque la justice est « rendue », elle rééquilibre une situation et se prononce sur une faute d'après une règle commune. Elle ne produit pas le droit, mais arbitre selon le droit.**

La justice est une **relation**. On dit d'une chose ou d'un acte qu'il est juste par rapport à autre chose : le juste n'existe pas isolément, mais désigne un rapport entre des hommes et des choses, des qualités ou des droits qui leur sont attribués. Dire que quelque chose est injuste, c'est donc désigner un certain rapport entre deux éléments. Alexis de Tocqueville constate dans De la démocratie en Amérique (1835-1840) que **« le premier caractère de la puissance judiciaire, chez tous les peuples, est de servir d'arbitre »**. Alors que le pouvoir législatif fait la loi, la justice a pour rôle de l'appliquer.

La justice n'entre en action que lorsqu'on fait appel à elle, autrement dit lorsqu'elle est « saisie ». Alexis de Tocqueville précise ainsi : « De sa nature, le pouvoir judiciaire est sans action ; il faut le mettre en mouvement pour qu'il se remue. » Le pouvoir judiciaire ne poursuit pas de lui-même les criminels, mais attend une dénonciation et les conclusions de l'enquête de police.

> **Alexis de Tocqueville (1805-1859)** est un philosophe et homme politique français. Député républicain, il devient célèbre pour sa grande œuvre, *De la démocratie en Amérique* (1835-1840) où il analyse le système américain et s'interroge sur les dérives possibles d'un projet politique égalitaire.

Cette fonction **d'arbitrage** est déjà celle de la figure mythique du juge, sage et impartial. Le roi-juge Salomon, dans la Torah, ou la Bible hébraïque, en offre l'illustration. Il doit décider à qui confier un bébé que deux prostituées revendiquent comme leur progéniture. Ne disposant pas d'assez d'éléments, il prononce comme jugement de couper l'enfant en deux et de le partager également entre les deux femmes. La décision paraît cruelle mais symbolise la fonction d'arbitrage de la justice : elle doit « **tranche**r **»**. Cette sentence annoncée, l'une des deux plaignantes s'en accommode, mais l'autre se jette aux pieds du roi et renonce à son droit afin de sauver le bébé. Le roi Salomon annonce alors qu'il s'agit de la véritable mère, et lui confie l'enfant. Il représente **l'impartialité**, vertu qu'on prête à la justice indépendante.

## 3 L'homme n'obéit pas naturellement aux lois

**EN BREF La justice s'exerce comme une contrainte et une force sur les hommes qui s'y soumettent. L'obéissance à la loi n'est pas seulement une question de volonté.**

Dans *La République* (IVe siècle av. J.-C.), Platon (p. 35) relate l'histoire du berger Gygès par la voix de Glaucon, avec qui l'auteur est en désaccord. Dans ce **mythe**, un jeune berger découvre, après une tempête et un séisme, un anneau d'or sur un cadavre, dans une crevasse où il s'est aventuré pour chercher ses bêtes. Peu de temps après, lors d'une assemblée des bergers, Gygès s'aperçoit que cet anneau, une fois porté, a le pouvoir de le rendre invisible, sans que personne ne s'étonne de sa disparition. Grâce à son nouveau pouvoir il parvient à se faire désigner émissaire des bergers auprès du roi, il séduit la reine, la convainc de faire assassiner son mari, et prend le pouvoir.

**COUP DE POUCE**

Le mythe sert à éclairer le réel. Il est purement fictif mais, à la différence de la légende, il entretient un rapport avec la vérité et la connaissance. C'est une manière figurée de répondre à certaines questions fondamentales, qui sinon resteraient inaccessibles.

Ce **mythe** illustre l'idée que ce n'est pas sur la bonté des hommes qu'on peut faire reposer la justice. En situation d'**impunité**, il n'y a aucune règle qui nous limite. Sans contrainte sociale, les hommes cessent de respecter les règles. Gygès, bien que modeste, n'est présenté ni comme un nécessiteux ni comme assoiffé de pouvoir avant sa découverte miraculeuse. C'est bien **la possibilité de demeurer impuni** qui l'a mené à commettre le régicide. On ne peut pas non plus en déduire que les hommes ne connaissent pas **naturellement** la justice : Gygès **sait** qu'il agit de manière répréhensible. D'après Glaucon, l'homme n'est pas ignorant du bien et du mal, mais incapable de suivre le bien de lui-même.

**NOTION**

L'impunité n'est pas le fait de ne pas avoir été puni alors qu'on a commis une faute mais de **ne pas risquer** de punition. Il s'agit d'une situation où un individu enfreint la loi commune sans conséquence car elle ne s'applique pas à lui, soit en raison de son statut (un privilège lié à la fonction ou au pouvoir), soit de sa nature (non humaine).

Partant de cette thèse, Emmanuel Kant (p. 15) en tire les conséquences et insiste sur le fait que la loi repose non pas sur l'auto-persuasion et sur la capacité des individus à suivre la morale, mais sur le **droit**, public et contraignant. Dans le *Traité pour une paix perpétuelle* (1795), il défend l'idée que **même un « peuple de démons » pourrait vivre de manière civilisée si des règles contenaient leurs « passions personnelles »**. Le désir intense pour l'argent, ou le pouvoir par exemple, doit être maîtrisé par des **règles communes**. En même temps, ces règles doivent recevoir **l'approbation** de ceux qui s'y conforment. L'objectif de la justice est donc de s'assurer que les individus puissent vivre ensemble et se soumettre **volontairement** aux lois **(voir chapitre l'État, p. 102-106)**, peu importe leur moralité individuelle. La justice a donc une **fin politique et sociale**.

## 4 Le droit permet de quitter le monde de la vengeance

**EN BREF Le droit dépasse la vengeance et rétablit le juste — ce qui est dû à chacun — selon un principe d'équivalence. Il ne peut jamais réparer toutes les offenses, mais produit des symboles et reconnaît les torts subis par les victimes.**

Dans son essai *Difficile liberté* (1963), le philosophe **Emmanuel Levinas** s'interroge sur le sens de la loi du Talion. Ce texte de l'Ancien Testament formule le célèbre principe de justice « œil pour œil, dent pour dent » qui ne serait pas une apologie de la **vengeance**, mais au contraire **le fondement d'une justice réparatrice**. Selon Emmanuel Levinas, cette expression témoigne d'un droit qui **devient le même pour tous** : à une époque où l'humanité s'organise en clans, Emmanuel Levinas considère que ce message ne parle pas de vengeance. Il ne s'agirait pas **d'une froide punition** dénuée d'affects : au contraire avec une telle règle, on **échappe à la cruauté**, la disproportion et au déchaînement de violence présents dans la vengeance. La loi du Talion propose un **principe d'équivalence** : la réparation est proportionnée à l'offense. Le juge qui recherche l'égalité de traitement ne se fonde pas sur la colère qui anime les victimes, mais examine le tort subi en le rapportant à la **loi**.

**NOTION**

La **vengeance** se distingue de l'exercice de la justice : elle est individuelle, n'est pas proportionnée, n'est pas réglée, puisqu'on ne peut anticiper son contenu en fonction de la faute réalisée, et elle ne **cesse jamais**. Toute vengeance est une tentative de se faire justice qui échoue puisqu'elle est dans l'incapacité de rétablir un équilibre.

Le principe biblique défend aussi que **personne n'est habilité à rendre justice soi-même**. La justice n'advient que lorsqu'elle est confiée à **une institution neutre** qui a établi les lois et peut les appliquer. La **confrontation entre le coupable et la loi** se substitue au **face à face entre particuliers.** La victime devient alors le témoin de l'infraction.

Pour Emmanuel Lévinas les méfaits ont un prix : on juge ce que vaut la réparation d'une faute par une **peine** d'argent ou d'enfermement. Un système de réparation par l'argent avantage donc les riches. Par ailleurs, certains préjudices causés ou crimes sont irréparables. Je ne peux pas retrouver la personne assassinée en tuant son meurtrier. « Un œil pour un œil » renvoie avant tout à une **recherche d'équivalence** et n'est pas selon Emmanuel Lévinas un appel à rendre strictement le même. La justice a alors un pouvoir, celui de **rétablir la victime dans son droit** et, à travers la punition, de **restaurer aussi la condition de citoyen du criminel**.

**Emmanuel Lévinas (1906-1995)** est un philosophe lituanien naturalisé français, connu pour ses travaux en éthique et en métaphysique. Il a notamment travaillé à définir en quoi consistait l'expérience que nous faisons d'autrui.

## 5 La thèse du droit naturel

**EN BREF Le droit trouverait son fondement dans la nature des hommes. Il est à ce titre universel et inaliénable.**

Afin de rendre justice, il faut comprendre sur quoi fonder le droit. Se trouve-t-il dans la nature, ou est-ce une invention artificielle des hommes ? L'idée d'un droit naturel renvoie à des **principes moraux universels**, qui pourraient s'appliquer à tous et poser les bases d'une justice naturelle. Aujourd'hui, le droit naturel est associé aux Droits de l'homme. On en retrouve l'expression dans les déclarations, telles que la **Déclaration des droits de l'homme et du citoyen de 1789** ou la Déclaration universelle des droits de l'homme de 1948. Ils assurent une certaine protection de l'individu qui, en leur nom, peut désobéir à des lois injustes, et combattre l'oppression d'un pouvoir. La Déclaration des droits de l'homme et du citoyen se réfère explicitement à l'idée d'un droit naturel, dès son préambule :

> « Les représentants du peuple français, constitués en Assemblée nationale [...] ont résolu d'exposer, dans une Déclaration solennelle, les droits **naturels**, **inaliénables** et **sacrés** de l'homme [...]. En conséquence, l'Assemblée nationale reconnaît et déclare, en présence et sous les auspices de l'Être suprême, les droits suivants de l'homme et du citoyen. »
>
> **Déclaration des droits de l'homme et du citoyen, 1789.**

Le texte est frappant par le caractère absolu qu'il attribue aux droits de l'homme : ils sont « sacrés », « naturels », et déclarés « sous les auspices de l'Être suprême », c'est-à-dire de Dieu. Le droit naturel est donc, par définition : **universel**, **absolu**, et... **naturel**. De fait, les déclarations ne créent pas le droit. Elles déclarent qu'il est un devoir de l'honorer, mais **le droit naturel des hommes existe avant d'être énoncé par un texte de loi**. Cela signifie qu'il est « abstrait » : il s'applique à toutes et tous abstraction faite de leurs qualités individuelles, c'est-à-dire de leur appartenance à un groupe national, ethnique ou religieux. La Déclaration des droits de l'homme et du citoyen a donc pour ambition de s'appliquer à **tout le monde sans distinction**, d'après le principe que tous les hommes « naissent et demeurent libres et égaux en droits et en devoirs ».

**NOTION**

La **Déclaration des droits de l'homme et du citoyen** est rédigée en 1789 par l'Assemblée constituante. Elle est aujourd'hui intégrée au préambule de la Constitution de la Ve République. Sa position en fait le texte de loi auquel tous les autres doivent se conformer.

## 6 La critique relativiste

**EN BREF La justice serait relative aux lieux et aux époques. Cela signifierait qu'il n'y a pas de droits humains universels et intemporels.**

Pour autant, la naturalité du droit pose plusieurs problèmes. En particulier, la référence à une autorité naturelle (Dieu, ou la nature) pour justifier de certains droits des hommes est polémique.

Le juste et l'injuste sont par ailleurs, **en pratique**, des valeurs qui dépendent d'une culture et d'une époque. Elles sont **relatives** à un contexte et à une époque donnée : c'est **le relativisme juridique**. L'argument central de cette thèse repose sur **une observation de fait :** selon les sociétés, ce ne sont pas les mêmes actes qui sont considérés comme justes ou injustes. Nous semblons donc manquer de critères pour savoir avec certitude quelle société possède une définition universelle de la justice.

Blaise Pascal (p. 38) énonce ce paradoxe dans une formulation célèbre des *Pensées* (posth. 1669) : « Plaisante justice qu'une rivière borne ! Vérité en-deçà des Pyrénées, erreur au-delà. » Il suffit de traverser une frontière pour que les règles soient modifiées. Certains droits nous semblent universels, mais dépendraient en réalité de notre perception culturelle. Même aujourd'hui, les différences entre le droit français et espagnol donnent raison à Blaise Pascal sur un certain nombre de points. Ainsi le droit à l'avortement, légal en France depuis 1974, n'a été obtenu qu'en 2010 en Espagne, et demeure controversé.

La thèse relativiste comporte plusieurs **dangers**, en particulier celui de **justifier des comportements d'oppression** ou de domination. Ainsi il apparaît confortable de rejeter les Droits de l'homme comme étrangers à une culture pour justifier certaines exactions commises sur une population. Selon quel autre critère peut-on alors identifier ce qui relève du juste ou de l'injuste ?

## 7 La critique marxiste des Droits de l'homme

**EN BREF Il faut créer les conditions politiques pour que chacun ait accès aux droits fondamentaux, et ne pas se limiter à les déclarer.**

Pour Karl Marx (p. 276), la justice est produite par et destinée aux **membres de la société bourgeoise seulement.** Le philosophe et économiste allemand critique en effet **la prétention à l'universalité des Droits de l'homme**. Déclarer les Droits de l'homme signifie qu'on reconnaît et qu'on officialise des droits *déjà légitimes*. Mais pour Karl Marx, seule une partie de la population, la classe bourgeoise, peut en pratique jouir de ces droits. Les premiers droits fondamentaux identifiés par la constitution française par exemple sont **le droit à la sûreté, à la liberté de conscience et le droit de propriété**. Mais comment jouir du droit de propriété si on n'a aucun moyen d'y accéder ? Ou du droit à l'éducation si on doit travailler pour subvenir à ses besoins

> **NOTION**
>
> L'**État-Providence** désigne une société où les pouvoirs publics interviennent de manière à rééquilibrer les inégalités par des dispositifs de protection sociale.

dès l'adolescence ? Ces droits, si les conditions pour en jouir ne sont pas assurées, sont **vides de tout contenu** et hypocrites. Karl Marx écrit au XIXe siècle, au cours duquel les inégalités sociales explosent et les revendications pour des droits sociaux se multiplient.

Le droit du travail, le droit à la santé, le droit à l'éducation par exemple, assurent aujourd'hui l'accès à certaines prestations. Ils participent à l'idée d'une **justice distributive** en vue d'une **égalité réelle**. À ce titre, ils compensent en partie les inégalités de fait qui n'ont pour autant pas disparu. L'organisation politique qui intervient pour rééquilibrer les ressources et les redistribuer prend au milieu du XXe siècle le nom d'**État-Providence**.

## POUR TOUT RETENIR

→ La justice ne se confond pas avec le droit, qui peut en être l'expression mais peut aussi trahir **l'exigence d'égalité** au cœur de l'idée de justice. Pour autant la justice ne se réalise pas sans contraintes : il s'agit d'**un projet politique**, qui repose sur différentes **autorités institutionnelles** et défend plusieurs conceptions du droit. On fonde la justice dans les sociétés modernes sur un **droit naturel**, qui serait dû à tout être humain en tant qu'il est humain. Ce droit est enrichi par des **lois** écrites propres à chaque société, et qui évoluent sans cesse.
Peut-être inatteignable, la justice demeure un idéal **(voir Repères, p. 317)**, un horizon qui permet d'orienter l'humanité vers le **bien commun**. Abandonner la recherche de justice sous prétexte qu'elle est inatteignable n'a pas de sens, puisque la seule société qui n'ait plus besoin de justice est celle où l'égalité est déjà réalisée.

## VOCABULAIRE ESSENTIEL

**Droit :** ensemble des règles qui organisent la vie en société ; instrument de la justice censé assurer l'égalité et la sécurité.

**Droit positif :** ensemble des lois en vigueur. On dit qu'il est **relatif** car il dépend des pays et des époques.

**Droit naturel :** ensemble de règles qui désignent ce à quoi tout homme a droit dans l'idéal universellement. Il est exprimé dans la Déclaration universelle des droits de l'homme.

**Égalité :** se comprend de deux manières. **Stricte**, elle renvoie à un rapport où il n'existe pas de différence quantitative, c'est-à-dire où chacun reçoit la même chose ; **proportionnelle**, elle est alors synonyme d'équité.

**Équité :** partage où l'on attribue à chacun selon ses besoins ou son mérite. Elle correspond à une égalité dite géométrique, ou proportionnelle.

**Impartialité :** comportement de celui qui arbitre sans prendre parti. On attend de la justice qu'elle respecte cette condition.

**Vengeance :** action individuelle qui vise à punir une personne pour répondre à un outrage, à une peine subie. Elle suppose presque toujours l'usage de la violence.

## FOCUS SUR… LA COMMON LAW

Dans le système judiciaire britannique, une tradition juridique rare en France s'applique : **la *common law*.** Cette expression, qu'on utilise sans la traduire, désigne un système où la source **principale du droit est située dans des décisions judiciaires antérieures**. En France au contraire, le **droit dit codifié**, inscrit dans les différents Codes pénaux, est **premier** : les juges ne prennent pas appui sur des décisions déjà prises par leurs collègues. Dans un pays où prédomine la *common law*, les juges ont un rôle de premier plan : **leurs décisions fondent le droit**. Ce système fonctionne donc en se référant à un précédent, c'est-à-dire à une décision ayant été prise auparavant par une cour de justice au sujet d'un différend analogue. Un juge décide si une plainte est recevable non seulement en s'appuyant sur la loi établie par les parlementaires, mais aussi au regard de l'histoire judiciaire. Par exemple, au États-Unis, **l'arrêt Roe V. Wade de 1973** a confirmé la constitutionnalité de lois en faveur de l'avortement au nom de la protection des femmes et du droit à la vie privée. Cet arrêt est depuis fréquemment invoqué pour s'opposer à des lois tentant de restreindre l'accès à l'avortement. L'un des principes de justice existant dans les pays de ***common law*** consiste aussi à ne pas sans cesse remettre en question un arrêt, afin que le droit demeure stable et cohérent dans le temps. On dit que les juges respectent **la règle du précédent**, et que **la décision antérieure fait jurisprudence**. La *common law* est donc un système judiciaire qui donne une forte légitimité aux décisions prises par le passé.

La *common law* et le droit civil tel qu'il existe en France cohabitent. Lorsqu'un jugement est rendu en utilisant un texte de loi nouveau par un tribunal, le jugement aussi est scruté avec attention car l'interprétation des juges fait jurisprudence.

**Max Ernst, *Justice ou boucherie*, 1919, huile sur toile, 55,7 × 42,6 cm, collection particulière.**

EXPÉRIENCE DE PENSÉE

# LE VOILE D'IGNORANCE

Dans son ouvrage *Théorie de la justice* (1971), **John Rawls** cherche à identifier **un principe de justice qui respecterait le droit des individus, et en même temps amènerait à une situation d'égalité**. Pour construire sa théorie, John Rawls, à la manière des philosophes contractualistes **(voir chapitre l'État, p. 102-106)** imagine l'homme dans un État de nature, avant la socialisation.

Il se demande comment les individus établiraient des principes de justice s'ils n'avaient aucune idée de leurs conditions d'existence individuelle et collective concrètes. Imaginons donc **un « voile d'ignorance »**, qui recouvrirait les conditions de vie des individus en société : ils ne sauraient rien de leur genre, niveau de revenu, d'éducation, taille, âge, etc. Ils ne pourraient donc pas savoir ce qui les avantagerait ou non s'ils feront partie d'un groupe privilégié économiquement ou défavorisé par exemple. Dans un tel état, toute personne **choisit rationnellement en ignorant ses différences** avec les autres. **Quels seront les premiers principes de justice ?**

John Rawls établit que ne sachant rien de leur position sociale, les individus opteront pour une législation offrant des garanties minimales à tous les groupes sociaux. Il défend que **le premier principe serait le principe d'égalité** : la distribution des droits serait, avant tout, égalitaire. Tous les groupes auraient accès aux droits politiques, à la liberté de pensée, au droit à la sécurité, ou au droit de propriété : en effet, personne ne voudrait prendre le risque de s'en voir exclu une fois le voile levé. Ensuite, viendrait **un principe de différence**. Les inégalités économiques et sociales ne sont en effet acceptables que si les plus défavorisés obtiennent plus de soutien de la part de l'État pour corriger les inégalités qu'ils subissent, par exemple en leur facilitant l'accès à l'éducation, et si les « positions » ou « fonctions » sont « ouvertes à tous ». « S'il y a des inégalités de revenus et de fortune, des différences d'autorité et des degrés de responsabilité qui tendent à améliorer la situation de tous par rapport à la situation d'égalité, pourquoi ne pas les autoriser ? » écrit John Rawls.

Il assure ainsi que placés dans des conditions où il leur serait **impossible d'être égoïstes**, les individus choisiraient des principes de justice équitables, privilégiant la **liberté** et **l'égalité des chances**. Ne pouvant risquer de privilégier personne, ils visent au contraire le **bien commun**.

→ Dans de telles conditions, peut-on envisager d'autres principes de justice que ceux proposés par John Rawls ?

→ Comment pourrait-on critiquer la défense du maintien de certaines inégalités dans les principes de justice ?

→ Seriez vous prêts à parier sur des principes de justice inégalitaires, mais qui offrent plus de possibilités de bénéficier d'une situation très privilégiée ?

**John Rawls (1921-2002)** est un philosophe américain. Son ouvrage *Théorie de la justice* (1971) est l'un des textes de philosophie politique les plus discutés du XXe siècle.

# MÉMO VISUEL

## – La Justice –

**La justice...**

- **... comme institution renvoie aux tribunaux et aux textes de lois dans un territoire donné.**
  - Son outil est le droit, et elle juge d'une conformité à la loi.
- **... comme valeur renvoie à ce qui est perçu comme juste ou injuste.**
  - Elle se réfère à l'intention, à la qualité morale de l'action.

**L'origine de la justice...**

- **... repose dans le droit naturel, universel et inaliénable.**
  - Il existe, valables avant tout texte, des principes moraux universels.
  - La Déclaration des droits de l'homme énonce des principes du droit naturel.
- **... est relative à une époque et à un contexte donné.**
  - Selon les sociétés, les mêmes actes ne sont pas considérés de la même manière.

QCM

# SE TESTER

**1. Pour Albert Londres, le bagne est :**

- **a** Une prison adaptée seulement aux pires criminels.
- **b** Un problème sanitaire.
- **c** Un lieu injuste où on ne purge pas la peine à laquelle on a été condamné.

**2. La justice a pour étymologie *jus* qui signifie :**

- **a** L'absence de courbure.
- **b** La sévérité.
- **c** L'équilibre et la balance.

**3. La justice comme institution juge une conduite c'est à-dire :**

- **a** La conformité à la loi.
- **b** Le respect de la morale.
- **c** La sagesse des hommes.

**4. L'égalité géométrique :**

- **a** Divise en parts strictement égales.
- **b** Est proportionnelle.
- **c** Fonctionne mieux que l'égalité arithmétique.

**5. Les hommes sont, selon le mythe de Gygès, incapables d'être justes sans contrainte sociale :**

- **a** Car ils ne connaissent pas le bien et le mal.
- **b** Car ils ne savent pas comment faire.
- **c** Car ils ressentent un sentiment d'impunité.

**6. Le droit naturel :**

- **a** Est apparu avec la Déclaration des droits de l'homme de 1789.
- **b** Est attaché à la nature de l'homme.
- **c** N'existe que s'il est inscrit dans la Constitution.

**7. Dire que le droit est relatif :**

- **a** C'est dire qu'il ne s'applique pas à tous et en tout temps.
- **b** C'est dire qu'il y a plusieurs manières de l'interpréter.
- **c** C'est dire qu'il est moins fiable que le droit naturel.

**8. Karl Marx critique les Droits de l'homme car :**

- **a** Ils sont vides de contenus dans une société inégalitaire.
- **b** Ils ne concernent pas les femmes.
- **c** Ils s'opposent à son projet politique.

**9. Pour John Rawls, le voile d'ignorance :**

- **a** Permet de penser les premiers principes de justice.
- **b** Permet de préparer un monde où tout le monde est à égalité.
- **c** Assure des jugements équitables.

**10. Dans le cadre de la *common law*, la jurisprudence :**

- **a** Donne légitimité aux jugements passés pour juger certains cas.
- **b** Oblige les magistrats à juger avec prudence.
- **c** Annule les lois antérieures.

→ Corrigés page 346

# S'ENTRAÎNER

## 1 Maîtrise le sens philosophique des mots.

Les Droits de l'homme sont-ils bien universels et pas seulement généraux, alors qu'ils ont été rédigés pour un groupe particulier, à une époque donnée ?

## 2 Exploite philosophiquement les citations.

« Qu'est-ce que le droit ? C'est l'égalité. Dès qu'un contrat enferme quelque inégalité, vous soupçonnez aussitôt que ce contrat viole le droit… Le droit règne là où le petit enfant qui tient son sou dans sa main et regarde avidement les objets étalés, se trouve l'égal de la plus rusée des ménagères. »

**Alain,** *Propos sur les pouvoirs* [1925].

**a.** Distingue cette égalité de l'égalité géométrique.

**b.** Pourquoi l'équité est-elle souvent un principe de justice meilleur que l'égalité stricte ?

« L'office de la loi est de fixer par des grandes vues les maximes générales du droit, d'établir des grands principes et non de descendre dans le détail des questions qui peuvent naître de chaque matière. »

**Jean-Étienne-Marie Portalis,** rédacteur du Code Napoléon, dans *Discours préliminaire au projet de Code civil.*

**a.** Montre que la loi est générale mais s'applique à des cas particuliers.

**b.** Le juge doit parfois interpréter la loi : il ne suffit pas de l'appliquer froidement. Doit-il parfois aller contre ce que dit la loi au nom de la justice ?

## 3 Maîtrise un concept.

**a. La vengeance est-elle un droit**, une forme de justice, ou n'en a-t-elle que l'apparence ? Justifie ta réponse à partir de l'exemple de la loi du Talion **(voir p. 126)**.

**b.** Quels sont les premiers droits fondamentaux qui composent le droit naturel ? Pourquoi est-il évident qu'il s'agit avant tout de ces droits-ci ?

## 4 Exploite philosophiquement un exemple.

Dans *Les Misérables*, alors que l'inspecteur Javert recherche l'ancien forçat Jean Valjean, accusé de vol, ce dernier lui sauve la vie. Javert est tiraillé entre deux ordres : il doit arrêter Valjean au nom de la loi, mais il a le devoir moral de le laisser libre au nom de sa dette à son égard. Finalement, il décide de démissionner, puis se suicide.

> Comment peux-tu expliquer le conflit intérieur de Javert ? En quoi cet exemple illustre-t-il bien l'écart qui existe entre le droit et la justice ? Appuie-toi sur les deux sens de justice donnés en introduction, **p. 122**.

SUJET GUIDÉ Dissertation

# SE PRÉPARER POUR LE BAC

## Rédiger l'introduction et la troisième partie

(Sujet des annales du bac 2015, voies technologiques.)

> ***Peut-on se faire justice soi-même ?***



## Méthode et corrigé

### Étapes préparatoires

**1 Repérer les notions du cours et les définir.**

La notion évidente est ici **la justice.** Il ne faut pas oublier qu'elle mobilise nécessairement deux autres concepts : **le droit, et l'égalité**. Même s'ils ne sont pas présents dans l'intitulé, on en aura besoin pour poser le problème et argumenter.

**2 Chercher les exemples du sens commun.**

On peut penser à l'expression **« justice est faite »**, qui renvoie à la satisfaction exprimée par une personne voyant un coupable châtié. On pense aussi à l'expression classique dite de la **« légitime défense »**, qui renverrait à un droit à se faire justice personnellement, dans certaines situations. Mais lesquelles ? Et est-ce vraiment un droit ?

**3 Analyser la forme de la question afin d'éviter le hors-sujet.**

Le sujet prend la forme d'une question qui commence par **« peut-on »** : l'interrogation **porte donc sur la possibilité d'agir ainsi** et non sur le devoir. Pourtant, on peut déjà s'étonner de cette formulation : ***a priori* on peut se faire justice soi-même**, si on le veut et qu'on en a les moyens ! Par conséquent, une question qui interrogerait la légitimité de cet acte paraîtrait plus cohérente. Cet étonnement doit aider à trouver le paradoxe.

**4 Trouver les difficultés et les enjeux de la question afin d'aboutir à un paradoxe.**

Le paradoxe réside ici dans **un conflit entre ce que je peux faire en fait, et ce qui m'est autorisé en droit.** Le **repère** du programme **(voir Repères, p. 317)** qui distingue ces deux formes de décision est ici indispensable pour poser le problème. Dans les faits, il semble bien que je puisse me faire justice moi-même. Mais en droit, la loi me l'interdit. Si je vole le criminel qui m'a cambriolé, ce dernier peut porter plainte contre moi : la vengeance n'est pas légitime en droit.

**5 Formuler une problématique.**

Le problème est lié à la définition même de justice. **Je peux agir par moi-même pour « faire payer » son dû, selon moi, à un tiers qui m'a causé un préjudice. Mais cette action peut-elle véritablement être juste ?** La justice a pourtant comme principe d'être impartiale et générale. Existe-t-il une situation où je puisse à la fois me faire justice moi-même et me conformer aux principes de justice ?

**6 Organisation du développement.**

**I. Je peux me rendre justice moi-même.**

**a** Si j'en ai les moyens, par un pur acte libre de vengeance.

Mais dans ce cas je me substitue à l'institution, pourquoi ? Comment le justifier ?

**b** Si je suis dans mon droit : dans un cas de légitime défense.

Mais est ce que ces actes correspondent vraiment à rendre justice ?

**II. Il est contradictoire avec la définition de la justice de me rendre justice moi-même.**

**a** La justice recherche l'égalité, la vengeance cherche la pure punition.

**b** La justice répare et cherche l'impartialité et la paix.

Une autorité tierce est la condition de possibilité d'une justice égalitaire. Mais s'il n'existe pas d'autre choix, par exemple lorsqu'une telle autorité rendant une justice équitable est absente ?

**III. Que faire s'il n'existe pas d'institution pour rendre justice à ma place ?**

**a** La révolte contre un pouvoir injuste.

**b** La désobéissance civile.

## Étapes de rédaction

### Introduction rédigée

**Accroche**

Il arrive que face à un préjudice subi, on s'exclame qu'un tel va « nous le payer ! » On entend résoudre de nous-même le conflit qui nous oppose à un tiers, et décider seul selon quelles modalités. On souhaite par soi-même rééquilibrer une situation, et se faire justice renvoie ici à punir et/ou obtenir une réparation de sa propre initiative.

**Analyse des termes du sujet**

**La notion de justice s'entend** à la fois comme valeur, si elle fait écho au **jugement moral** qui considère une situation comme juste ou injuste, et comme **institution** si le terme désigne la structure qui rend la justice selon le droit. Se rendre justice soi-même, c'est donc ici se passer de l'institution, et agir en suivant son **jugement personnel**.

**Paradoxe**

Cela pose un problème : dans quel sens est-il possible de se rendre justice soi-même ? Il est évident que je peux, en fait, me faire justice. C'est ce qui apparaît dans la vengeance. Mais pourtant en droit, je n'y suis pas autorisé, sauf à bénéficier d'une situation d'impunité.

**Problématique**

Je peux agir par moi-même pour « faire payer » son dû, selon moi, à un tiers qui m'a fait subir un préjudice. **Mais est-ce qu'une action individuelle est vraiment un acte de justice ? La justice n'a-t-elle pas comme principe d'être impartiale et générale ?** Existe-t-il une situation où je puisse être à la fois juge et partie, me faire justice moi-même tout en me conformant aux principes de justice ?

**Annonce du plan**

On verra dans un premier temps que la justice est, dans les faits, tout à fait réalisable en personne, à deux conditions : en avoir les moyens pratiques, ou y être autorisé selon un cas spécifique, qu'on appelle la légitime défense. Mais le problème est bien de savoir si cela correspond à rendre la justice. L'action individuelle ne remplit en effet pas de nombreuses conditions nécessaires à l'existence de la justice, en particulier l'impartialité, l'équité et la régularité du jugement. Reste qu'il existe des situations où aucune autorité ou institution n'est présente pour rendre justice pour moi : dans ce cas limite, puis-je me rendre justice moi-même ?

## Troisième partie rédigée
### III. Que faire s'il n'existe pas d'institution pour rendre justice ?

**COUP DE POUCE**

La troisième partie d'une dissertation est indispensable car elle propose une solution, elle dépasse l'opposition des arguments précédents. Il s'agit donc de dépasser l'opposition. Ici, on se demandera s'il existe des situations où agir par soi-même ET respecter les principes de justice est possible.

#### a La révolte contre un pouvoir injuste.

Dans le roman *Michael Kohlhaas* (1810), de Heinrich von Kleist, un marchand de chevaux demande réparation d'une injustice : un baron a volontairement blessé deux de ses plus belles bêtes qu'il s'apprêtait à vendre. Toutes les tentatives de Michael Kohlhaas d'obtenir justice devant les autorités échouent : les institutions protègent le baron. Après la mort de sa femme blessée alors qu'elle allait plaider son cas à la cour, Kohlhaas décide de se venger : il lève une armée de paysans, et fait régner la terreur sur les terres du baron. Il obtient ainsi un accord : ses troupes rendent les armes, et en contrepartie son préjudice est remboursé et le baron puni.

Dans ce récit, la vengeance par la violence est mise en œuvre comme un dernier recours face à l'injustice de l'institution féodale. La proportionnalité et impartialité ne sont plus respectées : l'ensemble des sujets du baron sont victimes de la répression. La justice individuelle est menée alors que toutes les tentatives réglementaires ont échoué. C'est donc **l'injustice de l'institution qui légitime** ici **l'initiative de justice personnelle**. Dans le récit, l'institution gagne tout de même, car le marchand est condamné à mort pour rébellion. Bien que l'injustice première ait été réparée, il paie de sa vie sa revendication d'égalité.

#### b La désobéissance civile.

Il existe un moyen de chercher à obtenir justice contre une décision politique et juridique, sans passer par l'action violente : **la désobéissance civile.** Dans son ouvrage du même nom, publié en 1849, le philosophe américain Henry David Thoreau s'interroge : que faire face aux lois injustes ? Doit-on attendre que la majorité s'y oppose, ou pouvons-nous agir en minorité pour les contrer ? Henry David Thoreau revendique l'usage légitime d'actions illégales, au nom d'un principe de justice. La désobéissance civile exprime un rapport de force sans utiliser la violence physique, afin de contraindre un pouvoir politique à abandonner une législation néfaste. Aujourd'hui, de nombreuses mobilisations de lutte contre le réchauffement climatique revendiquent ce principe. En minorité, des activistes dénoncent l'injustice du droit, au nom des intérêts du plus grand nombre. Henry David Thoreau identifie donc un devoir moral à ne pas respecter la loi. Faire justice soi-même revient alors à « ne pas me prêter au mal que je condamne. »

**?**

**Les sujets qui peuvent tomber au Bac…**

- A-t-on le droit de se révolter ?
- Faut-il préférer une injustice au désordre ?
- À quelles conditions une autorité est-elle juste ?
- La paix peut-elle s'accommoder de l'injustice ?

# Chapitre 6 La Justice

Tu viens de voir les notions à connaître sur la justice. Pour t'aider à retenir l'essentiel et t'entraîner pour le Bac, voici ton kit de révisions clé en mains conçu par SchoolMouv !

## Fiche de révision

### Le Focus de SchoolMouv : L'injustice : être juste, est-ce respecter la loi ? Hanna Arendt et la banalité du mal

Parfois, l'être humain se détourne de la loi au nom de valeurs qu'il juge moralement plus dignes: ce qui est légalement souhaitable devient secondaire.

Hannah Arendt, philosophe et politologue allemande spécialiste du totalitarisme, assista au procès de Nuremberg en 1945-1946. Ce qui la choqua alors, outre l'horreur des chefs d'accusation, fut le discours tenu par les criminels jugés. Elle ne vit pas en eux les monstres auxquels elle s'attendait mais des fonctionnaires, des personnes banales qui, selon eux, ne faisaient que suivre les ordres. Elle comprit alors que le mal n'était pas tant à chercher dans leur intention, mais dans leur capacité à stopper tout jugement critique, à arrêter de penser. Ils s'étaient pliés aux lois sans réfléchir aux conséquences.

Selon Hannah Arendt, cela montre l'importance de la **pensée critique** vis-à-vis des pouvoirs en place. Le propre du totalitarisme est de chercher à développer une **pensée unique** et de rendre les citoyens incapables de critiquer le gouvernement.

Comment faire lorsque l'État n'assume plus ses fonctions de gardien de la paix social et de protection de ses concitoyens ?

**Les droits de l'homme ne semblent être que des mots si personne n'est là pour les protéger. Ainsi est né la notion de droit d'avoir des droits, notamment théorisée par Hannah Arendt.**

## Vidéo

Pour mieux comprendre et t'en souvenir à coup sûr, regarde la vidéo. C'est parfois bien plus clair en images.

**Vidéo** **L'injustice de la loi**

https://flashbelin.fr/focusbacschoolmouv/philo/7

## Contenu additionnel

Voici un bonus autour du même sujet. La curiosité n'est pas toujours un vilain défaut. Il suffit de créer ton compte pour avoir accès à plein de contenus supplémentaires.

**Fiche de lecture** **Platon, *La République***

http://www.schoolmouv.fr/eleves/fiches-de-lecture/la-republique-platon/fiche-oeuvre

Tu trouveras ici les clés pour comprendre l'ouvrage : les notions principales, les concepts nouveaux forgés par l'auteur. Par exemple, les quatre vertus qui composent la justice.

**Conseil**

Cette œuvre aborde de manière transversale plusieurs notions du programme : utilise-la pour établir des liens avec les autres cours et approfondir certaines problématiques !

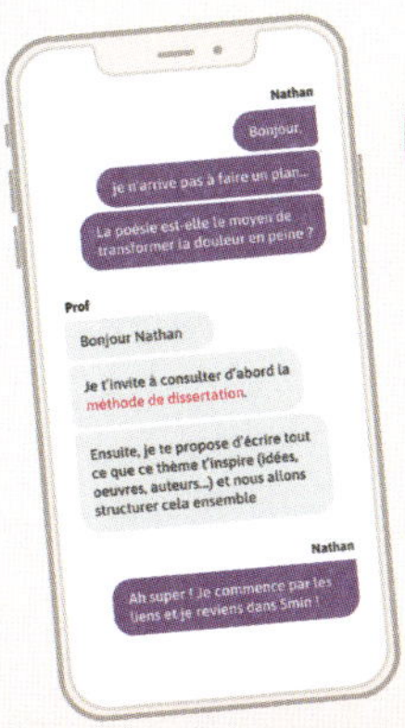


## Tchat avec un prof

Pour poser toutes tes questions à un prof particulier, découvre l'abonnement tchat.
Tu peux le tester gratuitement pendant 7 jours : fini les questions sans réponses, tu vas devenir incollable.

http://focusbac.schoolmouv.fr/offre

7

VOIE GÉNÉRALE

# Le Langage

Sébastien Thibault, illustration, 2020.

# Le langage trahit-il la pensée ?

## UNE HISTOIRE POUR COMMENCER…

### L'ara d'Arras

Le 23 avril 1794 se tient au Tribunal Révolutionnaire d'Arras le dernier procès animal de France. Un perroquet comparaît avec ses maîtres devant la cour. Son crime ? Il a prononcé des mots proscrits en période révolutionnaire : « Vive l'empereur ! Vive le roi ! Vivent les prêtres ! Vivent les nobles ! » Si les maîtres sont condamnés à mort, le cas du perroquet divise : faut-il qu'il subisse le même châtiment ? Après délibération, la cour tranche finalement que non, et confie le perroquet à une citoyenne pour qu'elle le rééduque en lui apprenant à dire « Vive la République ! ».

L'histoire paraît loufoque à nos yeux de modernes. Elle s'inscrit néanmoins dans une longue tradition de procès animaux, elle-même moins cruelle qu'on pourrait le croire. Les animaux étaient jugés parce qu'on leur reconnaissait la capacité de discerner le bien du mal : ils étaient considérés **raisonnables** et donc **responsables** de leurs actions. Le cas du perroquet d'Arras acte d'une rupture avec cette perception des animaux. Le volatile échappe à la mort parce que le tribunal juge que **ses paroles ne révèlent aucune pensée**.

Ses paroles ont du sens pour nous. Cependant, elles n'en ont sans doute pas pour l'oiseau. Peut-on dire que le perroquet possède le langage ? René Descartes juge que non : dans sa *Lettre au Marquis de Newcastle* (1646), il estime que lorsque la pie dit « bonjour » à sa maîtresse, elle ne comprend pas ce qu'elle dit. Les sons qu'elle émet ne sont pas le signe de la pensée mais ne traduisent que « l'espérance qu'elle a de manger » si on l'a récompensée par une friandise à chaque fois qu'elle a dit « bonjour ». René Descartes en conclut que **la pie ne parle pas parce qu'elle ne pense pas**. Au contraire, elle réagit de manière mécanique, comme conditionnée par un réflexe.

### ? Problématisation

→ À la différence du perroquet d'Arras, nous sommes responsables des paroles que nous prononçons, parce qu'elles attestent de ce que nous pensons : le langage témoigne de **l'existence de la pensée**, et tente de la **traduire**. Cependant il arrive fréquemment que nos mots dépassent notre pensée ou que l'on se trouve « sans voix » face à une situation particulière. Dès lors peut-on faire confiance au langage pour transcrire notre pensée ?
Ne devrions-nous pas manier le langage avec prudence, en vérifiant le sens des mots que nous utilisons et en « tournant sept fois sa langue dans sa bouche » avant de parler ?

# Pour bien comprendre

On peut distinguer la parole, la langue et le langage grâce aux définitions établies par Ferdinand de Saussure, inventeur de la linguistique au début du XXe siècle.

## → Le sens du mot « langage »

**Le langage** est « la faculté humaine de parler, c'est-à-dire la capacité à **produire et à interpréter des messages** linguistiques ». L'interprétation des messages permet de distinguer le langage de la communication. Selon cette définition, les personnes utilisant la langue des signes ont bien un langage, même muet. La possession du langage est **universelle** et **innée** chez l'homme. Par extension, le **langage** désigne tout système de communication par signes : c'est pourquoi on peut parler de langage informatique ou de langage mathématique.

## → Le sens du mot « langue »

**La langue** correspond à un ensemble de signes articulés permettant la communication dans une communauté humaine déterminée. Cet ensemble est structuré, et les relations entre ses éléments obéissent à des lois (grammaire et syntaxe). La langue est donc **un système de signes particulier** : l'italien ou l'arabe par exemple. Je peux **l'apprendre** : c'est un **instrument**, non une capacité de l'esprit.

## → Le sens du mot « parole »

**La parole** est « **la forme individuelle** de l'usage de la langue » ; c'est l'acte par lequel nous exerçons le langage. Les locuteurs d'une même langue ne possèdent pas la même capacité à la parole : par exemple, l'accent, l'intonation ou le registre de langage les distingue.

# LE COURS *en 8 points*



## 1 Le signe, condition de la communication

**EN BREF On ne peut pas considérer toute forme de communication comme du langage, mais le signe en est la condition minimale.**

Il est évident que les animaux communiquent. Un chat domestique signale par des miaulements sa faim, et une marmotte siffle pour signaler la présence d'un danger à ses congénères. Les animaux et les hommes partagent donc des systèmes de **signes** complexes. On entend par signe **une chose qui renvoie à une autre**.

Le lien établi entre le signe et ce qu'il signale peut provenir d'un rapport **naturel.** Ainsi le nuage est le signe de la pluie imminente, et la fumée, du feu. Certains signes sont à l'inverse **conventionnels**, et créés par l'homme afin de communiquer : par exemple, les mots.

Pour autant, la présence de signes ne suffit pas à faire de toute communication un langage, et donc la marque de la pensée**.** Une expérience célèbre menée en 1948 par l'éthologue **Karl von Frisch** sur la communication entre les abeilles éclaire cette différence. Le scientifique observe le comportement des abeilles à leur retour à la ruche après qu'elles ont découvert des fleurs dans les environs. Elles effectuent une danse afin de **communiquer** à l'ensemble du groupe deux informations : la direction et la distance entre la ruche et les fleurs. Cette danse ne prend que **deux formes**. Soit l'abeille réalise un cercle, si le nectar se situe à moins de 100 mètres de la ruche. Soit elle danse en « huit », si sa découverte est située au-delà. L'inclinaison avec l'axe du soleil, la fréquence du battement de ses ailes et l'odeur de l'abeille précisent la direction, la distance et l'espèce des fleurs en question. **Les abeilles communiquent donc bien entre elles.**

> **Karl Von Frisch (1886-1982)** est un éthologue autrichien, prix Nobel de médecine en 1973. Ses travaux sur les danses et les perceptions sensorielles des abeilles sont au cœur des progrès dans la compréhension des comportements sociaux des animaux au XXe siècle.

Pourtant, cette communication ne peut pas être qualifiée de langage. En effet, une abeille est dans l'incapacité de **transmettre** le message à une abeille qui n'aurait pas assisté à la danse. De même, l'information n'est jamais cachée ou déformée (l'abeille ne ment pas, ou ne fait pas de blagues au groupe en modifiant le sens de l'information). On dirait donc que les abeilles produisent des signes sous forme de **réactions**, sans compréhension du contenu. Selon cette approche, les communications animales sont **limitées à des signaux**, qui peuvent être appris. Les hommes utilisent aussi des signaux au quotidien, par exemple le minuteur du four pour la fin de la cuisson, et le feu rouge pour arrêter son véhicule. Mais leur langage est plus qu'une accumulation de signes : il est la capacité de les **articuler** pour construire des sens complexes.

## 2 Les deux faces du signe

**EN BREF La langue est un système de signes. Dans un signe, on distingue le signifiant (le mot) et le signifié (la chose).**

Ferdinand de Saussure défend l'idée qu'une langue est **un système de signes**. Une langue est **un ensemble structuré**, dont les éléments sont reliés entre eux par des lois grammaticales. Il distingue deux « faces » du **signe** : le **signifiant** et le **signifié**. Le signifiant est la face « vocale » d'un signe, donc le son et le mot. Il renvoie à un signifié qui lui est associé. Par exemple, le son et le mot « chat » renvoient au concept d'un petit félin parfois domestique. Un même signifiant peut d'ailleurs avoir plusieurs signifiés : par exemple, « livre » peut désigner à la fois une unité de mesure de la masse et un ouvrage imprimé. De la même manière, un même signifié peut avoir plusieurs signifiants. Par exemple, les mots « navire » et « bateau » renvoient au même signifié.

Le signifié et l'association avec un signifiant supposent **une capacité d'abstraction** de l'esprit. Lorsque j'associe un signifiant et un signifié, je suis capable de renvoyer une chose à un **signe arbitraire** qui la désigne. Par exemple, en apercevant un petit félin parfois domestique, je peux le renvoyer à un signe englobant : « chat ».

**L'abstraction** est ainsi l'opération de l'esprit consistant **à ne retenir que les caractéristiques principales d'une chose, commune à tous les exemplaires de cette chose**. Par exemple, faire une abstraction de l'idée d'arbre, c'est ne conserver que les traits caractéristiques à tous les arbres : un végétal fait d'un tronc et de branches. L'effort

**Ferdinand de Saussure (1857-1913)** est considéré comme le fondateur de la linguistique moderne. Il étudie la langue comme un système de signes et établit la distinction signifiant-signifié. Les concepts qu'il a forgés ont fortement influencé les sciences humaines et la psychanalyse.

**COUP DE POUCE**

L'abstraction ne désigne pas ce qui est obscur ou difficile à comprendre, comme on l'utilise souvent dans le langage commun, mais ce qui est produit par la pensée, donc une idée.

d'abstraction est à l'origine de la construction d'un **concept**. Le concept est donc un instrument intellectuel qui relie entre elles des réalités sensibles différentes. Le concept est toujours une idée et non un objet physique : on chercherait en vain dans une forêt le concept d'arbre, et on ne risque pas de croiser le concept de liberté au coin de la rue. Le **signe** est donc un **concept** : il est en partie **signifiant** (le son ou le mot) et en partie **signifié** (la chose réelle à laquelle ce son ou ce mot renvoie).

## 3 L'origine des mots est-elle naturelle ?

**EN BREF Le lien entre le mot et la chose qu'il désigne est arbitraire. Il n'est pas naturel et ne dépend pas seulement du locuteur.**

Dans le dialogue de Platon (p. 35) *Cratyle* (IVe siècle av. J.-C.), un personnage nommé Hermogène défend que chacun est **libre de nommer chaque chose**. Pourtant, si on laisse une latitude totale à chacun pour nommer les objets qui nous entourent, les hommes ne pourront plus communiquer. Si certains nomment « bureau » ce que d'autres nomment « chaise », plus personne ne se comprend. C'est pourquoi Cratyle défend que chaque chose entretient **un lien naturel** avec sa dénomination. Il suffirait donc de bien comprendre les noms pour savoir à quoi ils renvoient. Par exemple, « Occident » vient du latin *occidere* qui signifie décliner et désigne donc les régions du monde à l'ouest parce que le soleil se couche (il décline) à l'ouest. Le mot dérive alors d'un mouvement physique observable dans la nature. Inversement « Orient » vient d'*orior* qui signifie naître et croître. Les mots auraient donc une origine naturelle.

Pour Ferdinand de Saussure, au contraire, il existe **un arbitraire total** dans le lien entre le signifiant et le signifié. Il n'y a pas de signifiant « naturel » pour un signifié. Par exemple, on pourrait appeler un chat en utilisant les signifiants « chien » ou « formulaire » pourvu que ce soit cette convention qui ait été admise par la communauté linguistique. L'individu ne peut donc pas décider librement et de sa seule initiative d'attribuer un signifiant à un signifié.

Les **symboles font exception**. Ces derniers relient en effet la représentation sensible et le concept de manière évidente : ils trouvent leur origine dans la nature des choses. Ainsi on utilise le symbole de la balance pour représenter la justice, car la balance permet de peser équitablement et d'atteindre un équilibre comme l'explique Georg Wilhelm Friedrich Hegel (p. 14) :

> « Le lion, par exemple, sera employé comme symbole de la magnanimité ; le renard, de la ruse ; le cercle, de l'éternité. Mais le lion, le renard et le cercle possèdent en eux-mêmes les qualités dont ils doivent exprimer le sens [...]. Ainsi, dans ces sortes de symboles, l'objet extérieur renferme déjà en lui-même le sens à la représentation duquel il est employé. »
>
> **G.W.F. Hegel**, *Esthétique* [posth. 1835-1837]

## 4 Le pouvoir de conceptualisation du langage

**EN BREF Le signe est mobile et non pas fixé à une chose. C'est la condition pour passer du langage à la pensée.**

Un signe linguistique n'est pas limité à une seule signification. Bien qu'il possède un **nombre limité de signes**, le langage humain est capable d'exprimer une infinité de choses et d'idées. Henri Bergson (p. 275) montre dans *L'Évolution créatrice* (1907) que les signes sont « extensibles » et qu'ils peuvent « se transporter d'un objet à un autre ». Cela suppose bien qu'il n'y a pas de lien naturel entre signifiant et signifié. Henri Bergson fait à ce titre une distinction entre le langage animal, qui est fait de signes **adhérents**, et le langage humain où les signes sont **mobiles**. Le signe sous forme de signal de l'abeille ne peut pas renvoyer à autre chose, il est fixe et renvoie à une unique opération. Selon Henri Bergson, c'est parce que les signes humains sont mobiles qu'ils peuvent « s'étendre des choses aux idées », c'est-à-dire être liés à des concepts et pas seulement renvoyer à choses particulières.

C'est cette idée que traduit la « **double articulation** » propre au langage humain. Nous sommes capables d'articuler et de différencier des **phonèmes, c'est-à-dire les unités minimales de son**, entre eux. À la différence des animaux, nous savons que « avocat » (le fruit) et « avocat » (l'homme de loi) ont des sens différents en fonction du contexte d'énonciation. De la même manière, avec des connaissances minimales nous savons attribuer un son à une langue donnée : nous reconnaissons « *kotodama* » comme un son issu du japonais. Nous pouvons également articuler entre eux les **morphèmes, c'est-à-dire les unités minimales de sens**. Si « tab- » n'est pas un morphème, parce que dépourvu de sens, « table » en est un. Or, nous pouvons utiliser le morphème « table » dans différentes configurations : je monte sur la table, je mets la table, j'écris sur la table, etc. La double articulation permet donc aux êtres humains de **combiner à l'infini** les signes afin de créer des sens complexes et innovants.

L'écrivain **Michel Leiris** associe la **mobilité du signe** et **sa capacité à produire du sens** dans *Biffures* (1948), en relatant un souvenir d'enfance. Soulagé qu'un de ses jouets ne se soit pas cassé à la suite d'une chute, il manifeste sa joie en s'écriant « Reusement ! ». Mais son frère aîné le corrige en lui indiquant que le mot adapté est « Heureusement ». Michel Leiris témoigne alors d'un double choc. D'une part, l'enfant qui utilisait un mot personnel pour qualifier quelque chose l'abandonne dès qu'il maîtrise le mot **commun** à tous pour renvoyer à cette chose particulière. Il quitte le langage privé qu'il avait formé, que seul lui et ses proches pouvaient partager, et intègre un langage partagé. Mais surtout il attache dès lors **un sens** au terme, et le mot renvoie alors à une idée, celle de la joie. Il ne s'agit plus seulement d'une exclamation, mais il s'intègre à un ensemble qui fait sens. Puisqu'il contient le terme « heureux », il est associé à un plaisir précis. Le mot « se trouve inséré soudain dans toute une séquence de significations précises ».

**Michel Leiris (1901-1990)** est un écrivain et ethnologue français. Auteur de *L'Âge d'homme* (1939), il a marqué l'ethnologie par ses engagements anticolonialistes.

## 5 La pensée est du langage

**EN BREF Une pensée n'est précise qu'une fois qu'elle est mise en mots. Il est absurde de vouloir penser sans mots ; c'est pourquoi l'inexprimé et l'inexprimable sont de la pensée confuse.**

Dans *L'Art poétique* (1674), le poète Nicolas Boileau affirme que « ce que l'on conçoit bien s'énonce clairement, et les mots pour le dire arrivent aisément ». À toute pensée claire correspondrait une transcription linguistique accessible ; et inversement la confusion du langage ne ferait que traduire la confusion de la pensée. Contrairement à un préjugé répandu, il n'y aurait pas de pensée si haute et si complexe que le langage ne pourrait l'exprimer : blâmer l'impuissance du langage signifierait simplement avouer son échec ou son refus de penser clairement.

G.W.F. Hegel en explique la raison : **en dehors du langage**, nos pensées **sont indéterminées, c'est-à-dire vagues**. Nous ne pouvons avoir clairement conscience de nos pensées que si elles prennent une forme objective : celle des mots. Il arrive que nous ayons des trous de mémoire ou que nous manquions de vocabulaire : nous utilisons alors des **substituts** moins précis que les termes adéquats. Par exemple, si je ne connais pas le mot « derrick », la formule « truc pour le pétrole » peut le remplacer. Mais l'emploi de substituts trahit notre méconnaissance du concept en question, et donc notre difficulté à le penser : si j'utilise « truc pour le pétrole » pour « derrick », il y a fort à parier que je ne sache pas comment fonctionne un derrick, ni que j'en possède une idée claire. G. W. F. Hegel estime donc, contrairement à l'opinion courante, que **« vouloir penser sans les mots est une entreprise insensée »**.

« On croit ordinairement, il est vrai, que ce qu'il y a de plus haut, c'est l'ineffable[1]. Mais c'est là une opinion superficielle et sans fondement ; car en réalité, l'ineffable, c'est la pensée obscure, la pensée à l'état de fermentation, et qui ne devient claire que lorsqu'elle trouve le mot. Ainsi le mot donne à la pensée son existence la plus haute et la plus vraie. »

**G.W.F. Hegel**, « Philosophie de l'esprit », dans *Encyclopédie des sciences philosophiques* [1817-1830].

**1. Ineffable :** ce qui ne peut pas être exprimé par des mots.

La **pensée existe par les mots : elle est du langage**. Mais cela ne nous donne pas l'assurance que le langage corresponde parfaitement à la pensée. Comment un instrument collectif pourrait-il correspondre à une pensée personnelle ?

## 6 La pensée est trahie par les limites du langage

**EN BREF Les mots du langage sont trop généraux pour transcrire la réalité dans toute sa finesse. Il y a donc un écart entre la richesse de notre pensée et l'impersonnalité du langage.**

La pensée est individuelle et le langage commun, compréhensible par tous : il doit donc être **plus général** que la pensée qui s'y exprime. En désignant des objets et des actions, le langage nous fournit un vocabulaire **pratique mais limité** pour penser la réalité. Cette dernière semble toujours plus complexe que ce que le langage peut en dire. L'invention de mots nouveaux, les **néologismes**, tente de combler l'écart entre la réalité et le discours que l'on tient sur elle : par exemple, les mots « biodiversité », « avion » ou « logiciel » furent **inventés pour répondre à des besoins** de la pensée. On peut convenir que l'aéronautique serait plus difficile à concevoir sans le mot « avion ». Le langage permet donc à des réalités d'être **saisissables par la pensée**.

La **limitation du vocabulaire** traduit donc l'imprécision du langage : la pensée ne peut s'exprimer dans toute sa richesse avec un vocabulaire limité. Ce problème est amplifié par **la différence entre les langues**. Les **intraduisibles**, c'est-à-dire les mots qui n'existent que dans une langue déterminée, montrent la difficulté des langues à penser toute la diversité de la réalité : par exemple, aucune traduction ne correspond à l'anglais « *to scroll* », au français « dépaysement », ou au portugais « *saudade* ». Soit on exprime mal la pensée associée, soit on utilise par défaut le mot étranger pour le faire.

Henri Bergson adresse une critique de cette nature au langage. Les mots seraient comme des **« étiquettes »** collées sur les choses. Puisque ces étiquettes servent à s'exprimer et à communiquer, elles doivent demeurer au niveau de généralité suffisant pour que tout le monde les comprenne. Si de nombreuses personnes ont déjà ressenti de l'amour, peut-on dire qu'il s'agit chez tout le monde du même sentiment ? Ainsi Henri Bergson constate que :

> « Nous ne saisissons de nos sentiments que leur aspect impersonnel, celui que le langage a pu noter une fois pour toutes parce qu'il est à peu près le même dans les mêmes conditions, pour tous les hommes. »
>
> **Henri Bergson**, *Le Rire* [1900].

Le langage, en ramenant le particulier au général, manque ainsi « les mille nuances fugitives et les mille résonances profondes qui en font quelque chose d'absolument nôtre », autrement dit, tout ce qui fait **la spécificité de notre vie consciente**. La solution pour échapper à cette limite se loge dans l'expression artistique : dans la poésie et le roman, nous pouvons dépasser l'impuissance du langage. Par exemple, Louis Aragon exprime ainsi son amour pour Elsa :

> « Ô mon jardin d'eau fraîche et d'ombre
> Ma danse d'être mon cœur sombre
> Mon ciel des étoiles sans nombre
> Ma barque au loin douce à ramer »
>
> **L. Aragon**, *Le Fou d'Elsa* [1963].

## 7 Les limites du langage sont celles de la pensée

**EN BREF Le monde est l'ensemble des états de fait que le langage peut décrire. Ce qui est au-delà des faits est indescriptible, donc impensable : à ce sujet, il faut se taire.**

Lorsque nous tentons de penser des choses qui dépassent le domaine de ce que l'on peut concevoir clairement, et notamment le domaine religieux, nous sommes cette fois confrontés à l'impuissance du langage. **L'ineffable** désigne le domaine de vérités supérieures et inaccessibles au discours. On retrouve cette idée dans l'interdiction que le judaïsme fait peser sur la prononciation du « tétragramme » YHWH, véritable nom de Dieu. Le divin est également impensable chez les chrétiens : dans son Épître aux Romains, Saint-Paul écrit « Ses décisions sont insondables, ses chemins sont impénétrables ! ». Il y aurait donc un **inexprimable** : le domaine de l'ineffable ou de l'innommable. Cette frontière du langage est-elle également celle de la pensée ?

Dans le *Tractatus logico-philosophicus* (1921), **Ludwig Wittgenstein** avance l'idée que **les bornes du langage sont également les bornes de notre pensée** : « les limites du langage sont les limites de mon monde ». Notre monde est constitué de « faits », c'est-à-dire d'états des choses descriptibles, par exemple « les chiens aboient » ou « le sirop est sucré ». Les faits s'opposent à l'ineffable, qui ne correspond à aucun état des choses descriptible, par exemple « l'Absolu est l'Un » ou « les chemins du Seigneur sont impénétrables ». L'ineffable ne fait pas partie de notre monde : il est donc en dehors du champ du langage. Comment s'exprimer sur ce qui n'appartient pas au monde et qu'aucun langage ne peut précisément décrire ? La solution de Ludwig Wittgenstein, qui constitue la proposition finale du *Tractatus*, est la suivante : « Sur ce dont on ne peut parler, il faut se taire ». Le langage ne saurait tout dire ; et il faut avoir l'humilité de le reconnaître.

**NOTION**

**L'ineffable (ou « mystique »)** prend chez Ludwig Wittgenstein un sens plus large que celui se rapportant au domaine des vérités divines. Il s'agit de tout ce qui ne peut pas faire l'objet d'un jugement de fait : le philosophe y inclut l'éthique et l'esthétique. C'est un usage rare du mot « mystique ».

**Ludwig Wittgenstein (1889-1951)** est un philosophe autrichien et l'un des fondateurs du courant de la **philosophie analytique**, majoritaire dans les pays anglo-saxons. Les aphorismes de son *Tractatus logico-philosophicus* (1921) sont centraux en philosophie du langage.

## 8 Le pouvoir tyrannique du langage menace la vérité

**EN BREF Les maîtres de la rhétorique utilisent le langage comme un instrument de pouvoir trompeur. Le langage peut devenir un moyen de domination.**

L'expression poétique et les usages non-descriptifs du langage élargissent le champ du discours, mais cela se fait au prix de la rigueur. Dès lors, on peut se servir du langage comme d'un **instrument de pouvoir** pour **séduire et persuader**, au détriment de la vérité. La plaidoirie de l'avocat, la formule du politicien ou les flatteries du beau parleur utilisent le langage pour **promouvoir des intérêts** plutôt que pour rechercher la vérité.

> Les **sophistes** sont des maîtres de l'antiquité grecque en rhétorique et art oratoire. Parmi eux, Protagoras se vantait de pouvoir faire triompher n'importe quelle cause, même injuste, par le discours. Les sophistes désignent aussi ceux qui utilisent des raisonnements incorrects (ou « sophismes ») dans le but de persuader.

C'est précisément ce que reproche Platon aux **sophistes**. En usant du langage comme d'un art rhétorique, ils cherchent à donner **l'apparence du vrai** à des propos fallacieux, et emploient pour cela des **termes ambigus** et des **sentences éloquentes** et frappantes. Habilement utilisé par ceux qui savent jongler avec les mots, le langage devient, selon une formule de Gorgias, l'un des plus célèbres sophistes, « un tyran très puissant [...] qui arrive à imprimer dans l'âme tout ce qu'il désire ». C'est ainsi que dans son *Éloge d'Hélène*, il assimile le langage à une drogue. De la même manière que la drogue peut triompher de la volonté du sujet, les **artifices rhétoriques** peuvent triompher de son jugement éclairé. On adhère plus aisément au **charisme** des chefs tenant des discours faux qu'à l'expression maladroite de la vérité.

Les pouvoirs du langage sont tels qu'on peut l'utiliser afin d'intentionnellement induire en erreur. On en trouve l'illustration dans la société dystopique décrite par George Orwell dans le roman *1984* (1949). Le pouvoir politique décrit par l'auteur assène des formules contradictoires telles que « la guerre, c'est la paix » ou « l'esclavage, c'est la liberté » et **appauvrit volontairement le langage** en éliminant les nuances et en réduisant le champ du vocabulaire. Par exemple, le terme « compliqué » devient l'unique mot pour désigner tout ce qui relève de la difficulté et de l'incertitude : obscur, ténébreux, sibyllin, nébuleux, pénible, difficile, etc. sont condensés dans cet unique mot. Une langue nouvelle aux mains du pouvoir, au vocabulaire et à la grammaire simplifiés, apparaît : la **novlangue**. En réduisant l'étendue de la pensée, la novlangue renforce la **domination de l'État** sur ses sujets.

Les imaginations d'Orwell trouvent des échos dans l'appauvrissement du langage contemporain. Par exemple, on ne parle plus d'« employés » mais de « collaborateurs » ; or ce terme **efface les rapports de pouvoir** en taisant la hiérarchie entre l'employeur et l'employé. En **simulant l'horizontalité**, le langage agit comme une de domination : il rend plus difficile la revendication d'une égalité réelle.

## POUR TOUT RETENIR

→ Le langage est dans son essence même **indissociable de la pensée**, pourtant l'existence d'une **communication** entre individus ne suffit pas à conclure à la présence du langage. Celui-ci correspond à un **système de signes** complexes et régit par des lois, et permet ainsi de former des **concepts**. C'est à ce titre que le langage et la pensée entretiennent un rapport de coexistence. Mais cela ne signifie pas que le langage soit toujours fidèle à la pensée. Cette dernière peut déborder le domaine de l'exprimable, et, à l'inverse, le langage peut s'avérer trop général pour témoigner de mon expérience intime. Il n'y a donc pas d'adéquation parfaite entre l'un et l'autre. Malgré ce hiatus, la maîtrise du langage est une condition de l'existence d'un **groupe social ordonné**, et son usage est intimement lié à l'exercice du **pouvoir politique**.

## VOCABULAIRE ESSENTIEL

**Double articulation :** capacité propre aux êtres humains de combiner des phonèmes et des morphèmes afin de créer des sens complexes et variables.

**Morphème :** unité minimale de sens. *Ch-* n'est pas un morphème, mais *char* l'est. Nous pouvons combiner des morphèmes entre eux afin de créer des sens complexes (« arrête ton char » par exemple).

**Phonème :** unité minimale de son. Nous pouvons distinguer les phonèmes en fonction du contexte (son / sont) ou de la langue (« *nein* » est allemand, « *blette* » français).

**Rhétorique :** art de s'exprimer avec savoir-faire afin de persuader. La rhétorique confère aux sophistes un grand pouvoir sur leur public.

**Signe :** dans le vocabulaire de Ferdinand de Saussure, il s'agit de l'ensemble formé par le signifiant et le signifié, c'est-à-dire entre le mot et la chose désignée.

**Signifiant :** mot ou son qui renvoie à un signifié. Le signifiant est conventionnel, il pourrait désigner une autre chose. La synonymie (par exemple bateau / navire) montre qu'il peut y avoir plusieurs signifiants pour un même signifié.

**Signifié :** chose réelle à laquelle le signifiant renvoie. L'homonymie montre qu'il peut y avoir plusieurs signifiés pour un seul signifiant. Par exemple, le signifiant « carte » peut désigner un moyen de paiement, un outil géographique ou un jeu.

**Sophisme :** désigne à la fois les raisonnements fallacieux, qui ont l'apparence du vrai mais sont conçus pour tromper, et l'art rhétorique des sophistes.

**Symbole :** type spécifique de signe, dans lequel la liaison entre le signifiant et le signifié paraît sinon évidente, au moins métaphorique. Par exemple, le symbole du drapeau pirate annonce des intentions belliqueuses ; la justice est symbolisée par une balance.

FOCUS SUR...

# LES PERFORMATIFS

Willy Ronis, *Rose Zehner, déléguée syndicale, pendant une grève chez Citroën*, 1936, Javel, Paris.

Dans un recueil de conférences prononcées en 1955 et intitulé *Quand dire, c'est faire* (posth. 1962), le philosophe anglais John L. Austin propose de scinder en deux groupes les énoncés du langage. Tout d'abord, les **énoncés constatifs** (ou descriptifs). Ceux-ci décrivent un état de fait passé, présent ou futur : ils énoncent des constats, qui peuvent être vrais ou faux. Par exemple « la somme des angles d'un triangle est égale à 180° » est un constatif vrai et « le Soleil tourne autour de la Terre » est un constatif faux. Mais le langage **ne se réduit pas à des propositions descriptives**.

Ainsi, il existe des cas de figure où le langage ne décrit rien : il **agit**. John L. Austin parle alors d'énoncés performatifs : ils « effectuent » (*perform* en anglais) des actions. Ce genre d'emploi est plus fréquent qu'on ne le pense. Un ordre (« Sortez ! »), une prière, une promesse ou une injure sont des performatifs. De la même manière, lorsqu'un juge prononce une condamnation, un maire un mariage ou un prêtre un baptême, le langage remplit une fonction performative : **il accomplit une action**. À la différence des énoncés constatifs, les énoncés performatifs ne sont pas vrais ou faux ; mais ils peuvent être **réussis** ou **ratés**. Si je déclare mariés deux personnes alors que je ne possède pas d'autorité légale pour le faire ou que j'injurie quelqu'un sans qu'il ne m'entende, mes performatifs auront échoué. Le **contexte**, mais aussi l'**intonation** expliquent le succès ou l'échec des performatifs.

L'idée du langage agissant n'est pas nouvelle. Les religions monothéistes partagent l'idée que la « Parole » ou le « Verbe » de Dieu a créé le monde : « Par la parole de Yahvé les cieux ont été faits, et toute leur armée par le souffle de sa bouche » (*Psaumes* 33:6). Dans le christianisme, le Verbe de Dieu féconde Marie et s'incarne en Jésus-Christ. Créateur et agissant, le verbe divin est le plus puissant des performatifs.

Mais la distinction entre constatifs et performatifs n'est pas aussi rigide en toute situation. Hannah Arendt montre ainsi dans *Condition de l'homme moderne* (1958) que **prendre la parole dans l'espace public, c'est agir**. Face à un public, le discours produit des effets : par exemple, si un cancérologue affirme que la cigarette est moins dangereuse qu'on le pensait, il peut modifier le comportement des consommateurs de tabac. C'est pourquoi les personnes qui possèdent une notoriété publique, et notamment les politiques, sont particulièrement responsables de leurs propos : leurs énoncés constatifs sont aussi des performatifs.

EXPÉRIENCE DE PENSÉE

# SAVOIR PARLER, EST-CE AVOIR UNE CONSCIENCE ?

Imaginons une personne enfermée dans une chambre, sans accès à l'extérieur. En dehors de la pièce, un locuteur s'exprimant en chinois lui adresse des questions sous forme de phrases écrites. Dans la chambre, la personne isolée ne parle pas le chinois mais dispose d'un manuel de règles lui permettant de répondre aux phrases qui lui sont adressées. Ces règles reposent uniquement sur la forme de la phrase, c'est-à-dire sur la **syntaxe** mais ne donnent aucune indication sur le **sens** de ces énoncés. La personne enfermée formule des réponses aux questions, qui apparaissent conformes pour le locuteur chinois à l'extérieur. Pourtant, l'une des deux personnes ne comprend rien au sens de ce qu'elle exprime et des énoncés qu'elle reçoit.

Le philosophe américain John Searle (née en 1932) formule cette expérience de pensée afin de montrer que **le langage ne se réduit pas à un ensemble de règles applicables mécaniquement, mais suppose une conscience du sens de l'énoncé**. Si un interlocuteur est capable de répondre correctement à mes questions, cela ne m'assure pas qu'il possède une conscience, mais juste qu'il **agit** de la même manière que moi. Son **comportement extérieur** est conforme mais il pourrait s'agir d'un automate particulièrement perfectionné. Il faut donc distinguer la syntaxe de la **sémantique**, c'est-à-dire **du sens de ce que l'on a l'intention de transmettre** par un énoncé.

Cette critique s'adresse directement au **test de Turing** établi par l'un des fondateurs de l'informatique, Alan Turing, dans les années 1950. Une machine passe le test si elle parvient à faire croire qu'elle est un être humain en répondant à des questions posées par un interlocuteur humain. Le test de Turing a servi à défendre les premières hypothèses en faveur de l'existence d'une intelligence artificielle.

On retrouve cette problématique dans la culture populaire, en particulier dans le cinéma de science-fiction. Dans *Blade Runner* (1982) de Ridley Scott, un policier chargé de démasquer des androïdes utilise un test de cet ordre pour identifier ses cibles, appelés des « réplicants », d'apparence humaine et possédant une capacité avancée à répondre à des questions complexes **comme s'ils avaient une conscience**. Les réplicants étant capables de répondre comme des humains aux questions, leur maîtrise du langage ne suffit donc pas à les démasquer. Le test cherche donc à identifier l'absence de **réactions émotionnelles**, qui trahit les intelligences artificielles. Comme dans l'hypothèse de John Searle, le langage humain est alors conçu comme s'accompagnant nécessairement d'une **conscience**, et pas seulement d'une capacité technique.

→ Pourquoi est-il pour le moment évident que les « robots intelligents » ne sont que des apparences de conscience ?

→ Notre pensée ne pourrait-elle pas fonctionner comme un manuel extraordinairement détaillé ? Et par conséquent, comprend-on toujours ce que l'on dit ?

→ Pourquoi nous apparaît-il plus complexe de simuler des émotions humaines que la forme du langage humain ?

# MÉMO VISUEL

## – Le Langage –

### La pensée et le langage

**Une pensée n'est précise qu'une fois mise en mots.**
→ La pensée est du langage. **(Hegel)**

**Le langage est trop général pour décrire la réalité.**
→ Le langage est imprécis et échoue à décrire les expériences particulières. **(Bergson)**

**Le langage est limité par la pensée.**
→ Il existe de l'inexprimable, que l'on ne peut nommer : tout ce qui n'est pas jugement de fait. **(Wittgenstein)**

### Les mots du langage sont composés...

**... d'un signifiant, le mot et le son qui renvoient à une chose.**
→ Il est conventionnel et pourrait désigner autre chose.
→ Il peut avoir plusieurs signifiés. (homonymes)

**... d'un signifié, la chose à laquelle le signifiant renvoie.**
→ Plusieurs signifiants peuvent renvoyer à un même signifié. (navire et bateau, etc.)

### Le signe est...

**Naturel**
la fumée, la pluie ou quelques rares mots tels que plouf ou cocorico

**Conventionnel**
les mots, inventés par l'homme et abstraits

**Les deux**
les symboles, tels que la balance pour la justice

# SE TESTER

**1. Que montre la pie qui dit « bonjour » à sa maîtresse ?**

- **a** Que les rapports entre hommes et animaux peuvent être des rapports de politesse.
- **b** La capacité, même rudimentaire, de formuler des pensées.
- **c** Un simple conditionnement traduisant son désir de manger.

**2. La communication des abeilles observées par Karl von Frisch :**

- **a** correspond à un ensemble de signaux complexes.
- **b** Correspond à un langage propre à cette espèce.
- **c** Correspond à un code comme le langage informatique.

**3. Le signifiant et le signifié qui forment « les deux faces » du signe c'est :**

- **a** Le mot et la chose.
- **b** L'unité de son et l'unité de sens.
- **c** Le sens propre et le sens figuré.

**4. La double articulation propre au langage humain c'est :**

- **a** La capacité à lier à l'infini morphèmes et phonèmes pour créer du sens.
- **b** La possibilité de donner des ordres contradictoires par le langage.
- **c** La capacité à donner plusieurs sens à un même mot.

**5. « Ce que l'on conçoit bien s'énonce clairement ». Quelles sont les conséquences de cette affirmation ?**

- **a** Qu'on ne pense précisément que dans le langage.
- **b** Qu'on ne pense correctement que l'ineffable.
- **c** Que les beaux parleurs sont les personnes les plus réfléchies.

**6. Que signifie le fait que « les limites du langage sont les limites de mon monde » ?**

- **a** Que plus nous avons d'ouverture d'esprit, plus notre langage est riche.
- **b** Que l'on ne peut pas penser au-delà du langage.
- **c** Que nous avons des mondes différents en fonction de notre langue natale.

**7. Quelle critique Henri Bergson adresse-t-il au langage ?**

- **a** Il est trop général et impersonnel pour exprimer la subtilité de notre pensée.
- **b** Il ne parvient pas à prendre en charge les intraduisibles, et donc il est incomplet.
- **c** Il est incapable d'exprimer les vérités les plus élevées.

**8. Les sophistes ont une conception particulière du langage. Pour eux, il sert à :**

- **a** Trouver la vérité.
- **b** Inventer des mondes de fiction, introuvables dans la réalité.
- **c** Persuader et séduire.

**9. En fonction du contexte, un performatif peut être :**

- **a** Réussi ou raté.
- **b** Vrai ou faux.
- **c** Intense ou faible.

**10. L'expérience de la chambre chinoise montre que :**

- **a** Le chinois est une langue difficile à maîtriser.
- **b** L'on peut communiquer sans comprendre une langue.
- **c** Le langage est un instrument de domination tyrannique.

→ Corrigés page 347

# S'ENTRAÎNER

## 1 Comprendre le sens philosophique des notions.

> Pour chacun des mots suivants, justifie si le lien entre signifiant et signifié te semble naturel ou arbitraire : croquer, jeune, cocorico, surprise, maman, crisser, toquer.

## 2 Parmi les énoncés suivants, repérez les performatifs.

**a.** En Nouvelle-Zélande il y a huit fois plus de moutons que d'habitants.

**b.** Maudits ! Vous serez tous maudits jusqu'à la treizième génération !

**c.** Je jure de dire la vérité, toute la vérité, rien que la vérité.

**d.** À la fin des temps, la lune et le soleil ne feront plus qu'un.

## 3 Exploite philosophiquement un exemple.

Dans *Les Rois Maudits* (1959), Maurice Druon relate l'histoire (peut-être inventée) de la Reine Isabelle qui aurait mis à mort son époux Édouard II Plantegenêt en 1327 à cause d'une **erreur de virgule**. Elle aurait écrit « *Eduardum occidere nolite timere, bonum est* » (« Ne craignez pas de tuer Édouard, cela est bon ») au lieu de « *Eduardum occidere nolite, timere bonum est* » (« Ne tuez pas Édouard, il est bon de le craindre. »).

**a.** À l'aide de cet exemple, montre pourquoi le langage est un système qui doit nécessairement obéir à des règles.

**b.** Mets en lien cette anecdote avec l'expression de Nicolas Boileau selon laquelle « Ce que l'on conçoit bien s'énonce clairement ». En quoi l'erreur de la Reine Isabelle en est-elle la démonstration ?

## 4 Analyse une citation philosophique.

“ Beaucoup plus qu'un moyen, le langage est quelque chose comme un être et c'est pourquoi il peut si bien nous rendre présent quelqu'un : la parole d'un ami au téléphone nous le donne lui-même comme s'il était tout dans cette manière d'interpeller et de prendre congé, de commencer et de finir ses phrases, de cheminer à travers les choses non dites. Le sens est le mouvement total de la parole, c'est pourquoi notre pensée trame dans le langage ”

**Maurcie Merleau-Ponty**, *Signes* [1960].

**a.** Justifie l'argument selon lequel le langage est plus qu'un outil de la pensée.

**b.** Pourquoi le sens du langage se situe-t-il, en partie, en dehors du langage lui-même ?

# SE PRÉPARER POUR LE BAC

## Rédiger l'introduction et la troisième partie

### ARISTOTE, *Les Politiques*

« La Cité fait partie des choses naturelles, et l'homme est par nature un animal politique et celui qui est hors Cité, naturellement bien sûr et non par le hasard des circonstances, est soit un être dégradé[1] soit un être surhumain, et il est comme celui qui est injurié en ces termes par Homère : « sans lignage, sans foi, sans foyer ». [...] C'est pourquoi il est évident que l'homme est un animal politique plus que n'importe quelle abeille et n'importe quel animal grégaire[2]. Car, comme nous le disons, la Nature ne fait rien en vain : or seul parmi les animaux, l'homme a un langage. Certes la voix est le signe du douloureux et de l'agréable, aussi la rencontre-t-on chez les animaux ; leur nature, en effet, est parvenue jusqu'au point d'éprouver la sensation du douloureux et de l'agréable et de se les signifier mutuellement. Mais le langage existe en vue de concevoir et d'exprimer l'avantageux et le nuisible, et par suite aussi le juste et l'injuste. Il n'y a en effet qu'une chose qui soit propre aux hommes par rapport aux autres animaux : le fait que seuls ils aient la perception du bien, du mal, du juste, de l'injuste et des autres notions de ce genre. Or avoir de telles notions en commun c'est ce qui fait une famille et une Cité. »

**Aristote**, *Les Politiques* [IVe siècle av. J.-C.], chap. I, 2, trad. du grec ancien par P. Pellegrin, © Flammarion, coll. « GF », 1990 (2e édition revue et corrigée, 1993), p. 90-93.

1. **Être dégradé :** qui a perdu en grade : il a été déchu en-deçà de son humanité initiale.
2. **Grégaire :** désigne qui vit en communauté, et particulièrement en troupeau.

## Méthode et corrigé

### Étapes de repérage

#### Thème

Le lexique du **langage** (voix, signe, exprimer) semble placer ce dernier au cœur de l'interrogation. Il en va de même pour la **politique** puisqu'elle est la source d'une définition de l'homme.

#### Objet

C'est-à-dire ce sur quoi le texte porte : Aristote s'interroge sur le lien entre le langage et la politique, tous deux étant propres aux êtres humains. Il cherche à montrer le rôle du langage dans la constitution de la communauté politique (« la Cité »).

**Thèse**

C'est-à-dire **l'argument principal** du texte : on pourrait croire que la thèse se trouve dans la formule « l'homme est par nature un animal politique », mais ce serait réducteur. En effet, le texte montre que l'homme est un animal politique **seulement** parce que, **par nature**, il possède **le langage**. Pour Aristote, il s'agit donc plutôt de montrer qu'un **don naturel, la maîtrise du langage, amène les êtres humains à s'organiser naturellement en communauté politique**.

À partir de là, nous pouvons en **déduire une problématique** : Pourquoi, seul parmi les animaux, les hommes s'assemblent-ils en Cités, c'est-à-dire en sociétés politiques ?

## Étapes de rédaction

### Introduction rédigée

**Situation du texte**

Dans les *Politiques*, Aristote s'interroge sur le rapport entre politique et langage afin d'expliciter l'idée que l'homme est « par nature un animal politique ».

**Objet**

Le philosophe remarque que si l'être humain est le seul animal à se réunir naturellement en groupes sociaux, il possède un autre trait qui le distingue : la maîtrise du langage. Certes, les animaux peuvent dans une certaine mesure communiquer par signes afin de manifester leur douleur et leur plaisir. Mais ils possèdent la « voix », et non le « langage ». En effet, ce dernier fait davantage qu'exprimer la sensibilité des individus, il permet de « concevoir ». Parce qu'ils possèdent naturellement le langage, les êtres humains sont capables d'abstractions et de discours élaborés nécessaires à la vie en société. Les individus peuvent ainsi se communiquer l'« utile », le « nuisible », le « juste » et l'« injuste ».

**Thèse**

L'objectif d'une communauté politique serait d'organiser la vie humaine pour que l'utilité et la justice soient au centre des préoccupations. La thèse d'Aristote montre que c'est un don naturel, la maîtrise du langage, qui amène les êtres humains à s'organiser naturellement ainsi.

**Problématique**

Pourquoi, seul parmi les animaux, les hommes s'assemblent-ils en sociétés politiques ? Par sa réponse, Aristote détermine plus précisément la place de l'homme dans la nature.

### Proposition de plan détaillé

**I. L'homme est naturellement un animal politique…**

- **a** La société politique est naturelle.
- **b** Il est contre-nature pour l'homme de vivre à l'écart de la Cité.
- **c** Aucun autre animal, même social, n'est politique.

**II. … Parce qu'il est naturellement doué de langage.**

- **a** La Nature a réservé le langage aux êtres humains.
- **b** Les animaux possèdent la voix, pour exprimer peine et plaisir…
- **c** … Et sont capables de communiquer ces sensations.

**III. Il peut donc mettre en commun des idées abstraites.**

- **a** Les êtres humains sont capables d'exprimer des conceptions.
- **b** En particulier, ils peuvent partager des conceptions morales…
- **c** … donc s'unir en communautés politiques autour de représentations communes

## Troisième partie rédigée

Mais le langage fait plus que simplement exprimer des sensations, il traduit des conceptions, c'est-à-dire des pensées formées par un esprit capable d'abstraction. C'est pourquoi l'existence du langage a un but (« il existe en vue de ») : faire en sorte que les hommes puissent se signifier ce qui est conforme ou contraire à leurs objectifs (« ce qui est avantageux et ce qui est nuisible »). Pour ce faire, il est nécessaire de se projeter au-delà du présent immédiat. Par exemple, si j'estime que faire des stocks de blé est avantageux parce que cela permettra d'endurer un hiver rude, je fais davantage qu'exprimer une sensation : je conçois et suis capable d'abstraction en imaginant un hiver en sécurité. C'est là la différence entre les animaux et les êtres humains qui explique pourquoi les seconds seulement possèdent le langage.

La capacité de se signifier l'avantageux et le nuisible a une conséquence immédiate : nous pouvons également concevoir le « juste » et l'« injuste ». Autrement dit, le langage ouvre la possibilité de jugements normatifs, c'est-à-dire moraux. Ceux-ci, à leur tour, permettent aux êtres humains de s'accorder sur des conceptions du bien. Par exemple, si l'on manifeste que le vol est injuste, on pourra organiser la société politique de telle sorte que le vol en soit proscrit. La morale est donc une conséquence du langage, parce qu'elle n'est possible qu'en maîtrisant des conceptions abstraites telles que le bien et le mal. Elle est donc « propre aux hommes » et permet d'établir des consensus autour de valeurs partagées.

Ainsi, un enchaînement naturel en trois étapes fait de l'homme un animal politique. Seul pourvu de langage, il est aussi le seul à pouvoir concevoir et exprimer des notions morales. Or, « avoir de telles notions en commun » invite les êtres humains à se regrouper naturellement autour de représentations communes du juste, de l'injuste, du bon et du mauvais, d'abord en petits groupes (« la famille »), puis en sociétés politiques (« la Cité »). À la manière dont les abeilles forment naturellement des ruches ou les poissons des bancs, les hommes forment naturellement des groupes politiques soudés par un langage commun. On remarquera qu'une telle conception est à l'opposé de celle que développe Thomas Hobbes dans son *Léviathan*. Pour ce dernier, l'« état de nature » est un état de « guerre de tous contre tous et de chacun contre chacun », si bien que les êtres humains doivent passer un contrat pour sortir de cette configuration de menace constante **(voir chapitre l'État, p. 102-103)**. Rien de tel chez Aristote : du fait du langage, l'état de nature est déjà un état social.

?

### Les sujets qui peuvent tomber au Bac...

- Le langage est-il le propre de l'homme ?
- Le langage ne fait-il que dire les choses ?
- Pourrait-on penser sans le langage ?
- Le langage est-il un instrument de pouvoir ?
- Le langage nous éloigne-t-il du réel ?

# Chapitre 7 Le Langage

Tu viens de voir les notions à connaître sur le langage. Pour t'aider à retenir l'essentiel et t'entraîner pour le Bac, voici ton kit de révisions clé en mains conçu par SchoolMouv !

## Fiche de révision

### Le Focus de SchoolMouv : L'origine du langage selon J.-J. Rousseau

Dans son œuvre inachevée, *Essai sur l'origine des langues* (1781), Rousseau écrit à propos de l'origine du langage humain : « La parole, étant la première institution sociale, ne doit sa forme qu'à des causes naturelles. »

C'est par la parole que les êtres humains ont pu se réunir et s'organiser pour la première fois.

La parole est une expression orale individuelle. Elle s'oppose au langage qui est un **fait social**.

Pour Rousseau, les premiers humains se reconnaissent comme êtres sensibles : un humain voit son semblable souffrir et ressent naturellement sa douleur, l'expression de sa douleur provoque l'empathie. Il ne s'agit pas encore de langage mais d'une première forme d'expression chez l'homme.

Le langage, pour Rousseau, est une manière d'exprimer ses sentiments. C'est la condition nécessaire à la création du lien social. Les besoins éloignent tandis que le langage rapproche. C'est pour **exprimer ses sentiments** que le langage est né, et non pour répondre à un besoin rationnel.

**Ainsi, par le langage, l'homme crée du lien et commence à « faire société ». C'est pourquoi, selon Rousseau, le langage précède originairement la société : il est en ce sens « la première institution sociale ».**

## Vidéo

Pour mieux comprendre et t'en souvenir à coup sûr, regarde la vidéo. C'est parfois bien plus clair en images.

**Vidéo** **Le langage**
https://flashbelin.fr/focusbacschoolmouv/philo/8

## Contenu additionnel

Voici un bonus autour du même sujet. La curiosité n'est pas toujours un vilain défaut. Il suffit de créer ton compte pour avoir accès à plein de contenus supplémentaires.

**Fiche de lecture** **Georges Orwell, *1984***
http://www.schoolmouv.fr/eleves/fiches-de-lecture/1984-george-orwell/fiche-de-lecture

Tu trouveras ici les clés pour comprendre l'ouvrage : les notions principales, les concepts nouveaux forgés par l'auteur. Ici, un célèbre exemple de renversement du sens des mots.

**Conseil**
Cette œuvre aborde de manière transversale plusieurs notions du programme : utilise-la pour établir des liens avec les autres cours et approfondir certaines problématiques !

## Tchat avec un prof

Pour poser toutes tes questions à un prof particulier, découvre l'abonnement tchat.
Tu peux le tester gratuitement pendant 7 jours : fini les questions sans réponses, tu vas devenir incollable.

http://focusbac.schoolmouv.fr/offre

8

VOIE GÉNÉRALE

VOIE TECHNOLOGIQUE

# La Liberté

Sébastien Thibault, illustration, 2020.

# → La liberté est-elle une illusion ?

**UNE HISTOIRE POUR COMMENCER...**

### Macbeth, le règne du sang et des larmes

La tragédie *Macbeth* (1605) de William Shakespeare s'ouvre sur le retour héroïque de Macbeth et Banquo, deux nobles écossais, qui viennent de repousser les armées norvégiennes et irlandaises d'Écosse. Ils rencontrent sur leur route trois sorcières qui annoncent à Macbeth qu'il deviendra thane de Cawdor (l'équivalent écossais de duc) puis roi d'Écosse. Quant à Banquo, il verra ses descendants accéder au trône. Alors qu'ils s'interrogent sur la réalité de cette apparition, Macbeth apprend que le roi Duncan l'a nommé thane de Cawdor.

Lady Macbeth, mise au fait de la prophétie, incite son mari à assassiner le roi. À la suite de l'odieux régicide, les proches du roi Duncan, et notamment son héritier Malcolm, fuient l'Écosse, faisant ainsi peser sur eux la suspicion du crime. Macbeth accède au trône. Mais le présage le tourmente : les sorcières ont aussi prédit que les descendants de Banquo seront rois. Macbeth commandite donc l'assassinat de Banquo et de son fils, mais ce dernier survit.

Les sorcières interviennent alors de nouveau pour annoncer son sort à Macbeth : aucun homme né de femme ne le blessera, et il n'aura rien à craindre tant que la forêt de Birnam ne se sera pas mise en mouvement. Ces prédictions rassurent Macbeth tant elles semblent fantasques et irréalisables. Mais dans le dernier acte, les exilés reviennent à la tête d'une armée, couverts des branchages de la forêt de Birnam. Lors de l'ultime combat qu'il livre, Macbeth apprend que son adversaire est né par césarienne ; il n'est ainsi techniquement pas « né de femme » et se trouve en mesure de vaincre Macbeth. La véracité de la prophétie ne faisait pas de doute pour le public de William Shakespeare, puisqu'il était réputé que le roi Jacques VI d'Écosse (1566-1625) descendait de Banquo.

### ? Problématisation

→ La tragédie est évidemment fictive mais elle pose la question de la liberté humaine. Les actions de Macbeth semblent écrites à l'avance, si bien que les sorcières en ont une prémonition. Pourtant, il est bien **l'auteur de ses actes**, et est donc **responsable**. La pièce de William Shakespeare illustre l'ambiguïté du rapport humain à la liberté. Bien que convaincus d'être pleinement les maîtres de nos choix et de nos actions, nous ne pouvons écarter le soupçon qu'une force extérieure les contraint et les oriente. Sommes-nous entièrement les auteurs de nos actes, ou au contraire, existe-t-il un **déterminisme** indépendant de notre volonté ?

## Pour bien comprendre

### → La distinction à connaître

Il faut d'abord distinguer le **libre-arbitre** ou **liberté métaphysique** de la **liberté politique**.

### → Le sens de l'expression « libre arbitre »

Le **libre-arbitre** désigne la faculté propre aux êtres humains de choisir une chose plutôt qu'une autre **sans cause apparente et par leur seule volonté**. C'est donc un **pouvoir d'autodétermination naturel** grâce auquel nous pouvons agir sans subir de contraintes d'une force extérieure.

### → Le sens de l'expression « liberté politique »

La **liberté politique** désigne l'**ensemble des droits** dont jouissent les citoyens au sein d'une société donnée. Elle n'est donc pas naturelle mais dépend des lois de la communauté politique : c'est en ce sens que l'on parle de liberté d'expression, de liberté de circulation ou de liberté de la presse. On peut être privé de liberté politique (comme l'esclave par exemple) sans être privé de libre-arbitre.

### → Le sens du mot « déterminisme »

Le **déterminisme** est la doctrine selon laquelle tous les événements sont le résultat de causes qui, dans des conditions identiques, **produisent nécessairement les mêmes effets**. Appliqué à l'action humaine, le déterminisme entre en conflit avec le libre-arbitre, car il estime qu'il **ne peut pas exister d'actions causées librement**, c'est-à-dire d'actions sans causes extérieures à la volonté.

# LE COURS en 7 points

## 1 L'action libre dépend de notre connaissance

**EN BREF Une action est libre lorsqu'elle est effectuée volontairement. Pour cela, elle doit obéir à la série « délibération-choix-action ». La délibération s'effectue en connaissance de cause : c'est pourquoi agir librement, c'est savoir ce que l'on fait.**

La capacité à agir n'est pas propre à l'homme, les animaux agissent également. Comme eux, nous pouvons ne pas avoir une pleine conscience de ce que nous faisons : dans ce cas, nous agissons involontairement. Mais à la différence d'eux, nous pouvons avoir **connaissance** de nos actions. Aristote (p. 13) soutient dans l'Éthique à Nicomaque (ive siècle av. J.-C.) qu'un acte est **libre** lorsqu'il est effectué **volontairement**. En revanche, lorsque nous agissons « malgré nous », nos actes ne sont pas libres, comme le montre l'exemple de l'homme qui laisse partir accidentellement une catapulte :

« L'ignorance peut porter sur l'acte, comme, par exemple, quand on dit : cela leur a échappé en parlant, ou ils ne savaient pas qu'il s'agissait de choses secrètes [...] ou voulant seulement faire une démonstration, il a lâché le trait, comme le disait l'homme à la catapulte. »

**Aristote**, *Éthique à Nicomaque* [IVe siècle av. J.-C.], III, 2.

Pour qu'un acte soit libre, il faut qu'il obéisse à la séquence suivante : **délibération, choix, action**. La première étape est la plus décisive : la délibération est le processus rationnel de mise en concurrence des choix qui se présentent à moi. Quand je délibère, je **pèse le pour et le contre**, j'évalue les **tenants et les aboutissants** du choix que je dois faire. Une fois étudiées les différentes options, je peux choisir la plus avantageuse et agir en conséquence. Par exemple, vais-je plutôt regarder un film ou m'avancer sur mon travail ce soir ? J'étudie les options et mets en concurrence les avantages et les inconvénients de chacune avant de choisir.

Pour que ma délibération soit aussi adéquate que possible, je dois **connaître** la situation sur laquelle je m'interroge. Ainsi, lorsqu'un jury délibère sur la peine à infliger à un criminel, il doit considérer tout autant la loi que le dossier du prévenu et celui de l'affaire afin d'aboutir à une décision juste et informée. Par conséquent, **agir librement, c'est connaître** le monde qui m'entoure afin d'évaluer correctement les conséquences de mes choix et de mes actes. C'est pourquoi, d'après Aristote, le **sage est le plus libre des hommes**. Doté d'une qualité, la **prudence**, il n'est jamais emporté par son instinct ou par des raisonnements hâtifs. Ses actes ne sont jamais inconséquents : **il agit librement**.

NOTION

La **prudence** est pour Aristote la **vertu intellectuelle** du sage : elle est la qualité qui lui permet de délibérer rationnellement entre le juste et l'injuste pour choisir la meilleure option dans une situation contingente **(voir Repères, p. 316)**.

## 2 L'existence du libre-arbitre est une évidence

**EN BREF La liberté de la volonté est une évidence dont nous faisons sans cesse l'expérience. Sa puissance est infinie, alors que nous-mêmes sommes des êtres finis.**

L'acte libre correspond à une opération de la volonté. Nous mettons en œuvre une capacité, un pouvoir, qui semble dépasser la nature humaine. Tout en l'homme est fini, puisque notre vie est limitée dans le temps et notre corps dans l'espace. Mais notre volonté, elle, ne semble pas avoir de limites. Pour René Descartes (p. 56), dans ses *Méditations métaphysiques* (1641), la liberté témoigne de l'**infinitude de notre volonté**, à l'image de celle de Dieu. Pour lui, **être libre, c'est exercer cette volonté sans aucune contrainte extérieure.** Si nous sommes contraints, par exemple par une autre autorité, alors notre acte n'est à l'évidence pas libre. S'il est la conséquence d'une délibération indépendante, si nous pouvons « poursuivre ou fuir ce que l'entendement nous propose », inversement l'acte est libre.

> « [La volonté] consiste seulement en ce que nous pouvons faire une chose, ou ne la faire pas (c'est à dire affirmer ou nier, poursuivre ou fuir) ou plutôt en ce que pour affirmer ou nier, poursuivre ou fuir les choses que l'entendement nous propose, nous agissons en telle sorte que nous ne sentons point qu'aucune force extérieure nous y contraigne. »
>
> **René Descartes**, *Méditations métaphysiques* [1641], IV.

Nous ne disposons par ailleurs pas d'autre preuve de l'existence de notre liberté que son exercice. C'est lorsque nous faisons l'**expérience de notre liberté** que nous découvrons cette faculté en nous. Nul besoin de preuve, à chaque fois que nous agissons, nous sommes libres de le faire. Par exemple, lorsque je lève la main pour répondre à une question, je n'ai pas à apporter de démonstration au caractère libre de cet acte. Il y a donc une connaissance évidente de notre liberté : elle « se connaît sans preuve ».

## 3 L'homme n'est pas un empire dans un empire

**EN BREF Le libre-arbitre est une illusion, qui repose sur une confusion quant à l'origine des désirs des hommes. Il faut remonter aux causes de nos actions pour comprendre pourquoi nous agissons, et ne pas se limiter à constater l'existence d'une volonté.**

Cependant, nous n'avons du libre-arbitre aucune autre preuve que le **sentiment subjectif** de le posséder. À ce compte, il pourrait n'être qu'une illusion. C'est pourquoi Baruch Spinoza (p. 36) critique le libre-arbitre théorisé par René Descartes : la capacité à s'affranchir de ses instincts et à agir selon ses désirs n'est pas suffisante pour conclure à l'existence d'une volonté libre. Au contraire, le philosophe hollandais **qualifie la volonté cartésienne d'« illusion »**. Pour Baruch Spinoza, il faut chercher à remonter aux causes de chacun de nos actes. Car si l'homme a conscience de ce qu'il fait, **il ne sait pas pourquoi il le fait**. Ainsi on peut tout à fait désirer devenir aviateur ou avocate, sans avoir connaissance de l'origine de ce désir. Baruch Spinoza dénonce donc **une illusion qui fait de la volonté la cause de tout acte**. Nous prenons notre volonté pour origine de nos actes parce que nous sommes incapables d'identifier le désir qui en est la véritable source.

Imaginons une jeune étudiante qui désire vivement devenir avocate. Baruch Spinoza remarque que ce désir, s'il lui est à l'évidence propre, trouve son origine ailleurs que dans sa seule volonté. Il faut remonter aux causes extérieures qui ont produit ce désir chez la jeune femme pour comprendre ce qui la **détermine** à agir ainsi. Son désir n'est pas l'œuvre de sa volonté indépendante de toute contrainte extérieure.

L'illusion de la libre volonté est par ailleurs irrationnelle : les hommes sont soumis aux lois de la nature dans tous les domaines. **La volonté n'y échappe pas.** Comme le corps, elle est **déterminée**. Elle n'est pas transcendante **(voir Repères, p. 319)**, contrairement à ce que soutenait René Descartes. La seule chose qui soit infinie en l'homme pour Baruch Spinoza est la possibilité d'accéder à une connaissance rationnelle du monde. Sa théorie de la liberté fait donc l'éloge de la connaissance. Notre volonté est toujours l'expression d'une cause et notre tâche consiste à l'identifier. Pour Baruch Spinoza, la liberté réside donc dans la **compréhension des causes qui nous déterminent**. Ainsi, il appelle paradoxalement « **libre nécessité** » la liberté. En ce sens, **être libre, c'est avoir la connaissance de ce qui me détermine**.

**COUP DE POUCE**

Il ne faut pas mélanger ce qu'on nomme en philosophie la théorie déterministe et le fait d'être déterminé, qui renvoie dans le langage courant à une motivation intense pour atteindre un but.

> « Chacun a le pouvoir de se comprendre lui-même et de comprendre ses affects de façon claire et distincte, sinon totalement, du moins en partie, et il a par conséquent le pouvoir de faire en sorte d'avoir moins à les subir. »
>
> **Baruch Spinoza**, *Éthique* [1677], V, 4.

## 4 Le droit, garant des libertés

**EN BREF La seule liberté démontrable est celle du droit. Il faut alors en distinguer deux conceptions : les droits-liberté et les droits-créance. Toutes deux participent à leur manière à la liberté.**

L'esclave, le prisonnier ou l'otage peuvent connaître les causes qui les déterminent mais il semble évident qu'ils ne sont pas libres puisqu'ils ne jouissent pas de leurs droits. Les lois et le droit circonscrivent l'espace de la liberté humaine. Par exemple, la *Déclaration universelle des droits de l'homme* (1948) garantit des **droits imprescriptibles** ou **libertés inaliénables** propres à chaque être humain. Mais elle ne contient aucune thèse métaphysique et ne tranche pas le débat entre libre-arbitre et déterminisme : elle insiste sur ce que **le droit devrait être** afin de garantir la liberté humaine. On peut donc estimer que la liberté est **d'abord politique** :

> « En dépit de la grande influence que le concept d'une liberté intérieure non politique a exercée sur la tradition de la pensée, il semble qu'on puisse affirmer que l'homme ne saurait rien de la liberté intérieure s'il n'avait d'abord expérimenté une liberté qui soit une réalité tangible dans le monde [...]. La liberté comme **fait démontrable** et la politique coïncident et sont relatives l'une à l'autre comme deux côtés d'une même chose. »
>
> **Hannah Arendt**, *Qu'est-ce que la liberté ?* [1954].

Selon Hannah Arendt, nous n'aurions aucune idée du libre-arbitre (la « liberté intérieure ») si nous n'évoluions pas au préalable dans un espace nous permettant d'exercer nos libertés. L'**étendue du droit** traduit donc l'état de la liberté humaine. Les droits et les devoirs nous lient, nous nous obligeons à les suivre. Cependant, nous avons toujours la liberté physique de les transgresser. Par exemple, nous **avons l'obligation** de ne pas dépasser 130 km/h sur l'autoroute, mais avons pourtant la possibilité de le faire. Si nous nous obligeons à respecter les droits et devoirs, c'est parce que nous en **comprenons la légitimité**. En ce sens, nous obéissons librement à la loi. Le respect de la règle bien comprise n'est pas une soumission. Mais nous pouvons également respecter la loi par peur de la

> NOTION
>
> Les **droits imprescriptibles et inaliénables** sont les droits qui ne peuvent être restreints dans le temps. La *Déclaration des droits de l'homme et du citoyen* de 1789 en nomme quatre : la liberté, la propriété, la sûreté, et la résistance à l'oppression.

**contrainte**, c'est-à-dire d'une force physique s'imposant à nous. Ainsi, le prisonnier qui n'a pas respecté la loi est dans une situation de **contrainte** : il n'a pas la possibilité matérielle de sortir de sa cellule.

Il faut être attentif à distinguer **deux conceptions du droit**. La conception traditionnelle du droit ne reconnaît que les **droits-liberté**, c'est-à-dire l'ensemble de ce qui est autorisé et interdit au sein d'une société donnée. Par exemple, si un gouvernement décide d'un couvre-feu, ses citoyens voient leur liberté de déplacement limitée. Mais ces libertés n'ont aucune portée sans les **moyens** de les pratiquer : peu importe que j'aie le droit de conduire un 4×4 en ville si je n'ai de toute manière pas l'argent pour m'en offrir un.

C'est pourquoi les sociétés se dotent également de **droits-créance**, qui désignent l'ensemble des **services** exigibles de l'État par ses citoyens : droit à l'éducation, droit au logement, ou droit à l'environnement par exemple. Ils ne délimitent donc pas le domaine de l'interdit et de l'autorisé, mais de ce qu'on peut **légitimement attendre des pouvoirs publics.** Or ces droits participent bien de la liberté politique : par exemple, le droit à la santé assure aux citoyens que l'accès aux soins est garanti par l'État.

## 5 Liberté positive et liberté négative

**EN BREF La liberté négative insiste sur le pluralisme des valeurs et l'autonomie des individus mais comporte un risque d'exploitation. La liberté positive valorise l'autodétermination mais comporte le risque d'une conception unique du bien humain.**

La distinction entre **droits-liberté** et **droits-créance** recoupe la célèbre distinction du philosophe anglais Isaiah Berlin entre **liberté négative** et **liberté positive**. Ces dénominations ne contiennent **pas de jugement de valeur** : Isaiah Berlin est lui-même un partisan de la liberté négative. Pour l'auteur, la société est un ensemble complexe et fractionné, traversé par des conflits. Les individus en son sein ont des intérêts divergents, il y coexiste donc différentes conceptions morales et sociales. Il faut ainsi **garantir le pluralisme** et l'**autonomie des individus**, c'est-à-dire leur capacité à décider librement d'obéir à la loi et aux règles qu'ils s'imposent. Isaiah Berlin nomme cela la « liberté négative ». L'État intervient aussi peu que possible dans la vie de ses citoyens ; il valorise les « **libertés de** » : liberté de penser, de circuler, de culte, d'expression… Cette conception domine aux États-Unis où les sectes, par exemple, jouissent d'une liberté religieuse plus importante qu'en France.

> **Isaiah Berlin (1909-1997)** est un philosophe politique anglais théoricien du libéralisme. Il est notamment célèbre pour sa conception de la liberté politique.

Inversement, la **liberté positive** promeut la réalisation d'un projet collectif au nom des libertés individuelles. L'**État se prononce sur le bien humain** : il valorise certaines conceptions morales et sociales émancipatrices au détriment d'autres néfastes. D'après Isaiah Berlin, le droit français est ainsi constitué : par exemple, la loi Gayssot de 1990 limite la liberté d'expression en punissant les propos négationnistes. De la même manière, l'arrêt de Morsang-sur-Orge rendu en 1995 par le Conseil d'État proscrit une activité en vogue, le « lancer de nain », bien que toutes les parties soient consentantes. On privilégie ici **l'autodétermination** et la **dignité de la personne humaine :** au nom d'une conception du bien, l'État décide de ce qui réalise la liberté et de ce qui lui fait obstacle.

La liberté négative comporte un risque : en se retirant, l'État expose ses citoyens à l'exploitation. Par exemple, l'absence de législation sociale expose les travailleurs au risque de salaires et de conditions de travail précaires. Isaiah Berlin juge néanmoins ce risque moins important que celui présent dans la liberté positive : une conception unique de la liberté donnerait naissance au despotisme et à l'**oubli de l'individu derrière le citoyen**. Mais l'homme qui oublie ses intérêts devant ceux de son État ne peut-il se transformer en exécutant fidèle des crimes commis par son État ou en idéologue dangereux ? C'est ainsi que les théoriciens nazis justifiaient l'épuration ethnique et l'expansion territoriale au nom de la « liberté germanique » : il s'agissait pour eux de conditions sans lesquelles le citoyen allemand ne pouvait s'épanouir. Dès lors, s'abandonnant au **projet collectif**, le citoyen fuit la **responsabilité de ses actions**, comme s'il n'était pas pourvu de libre-arbitre.

## 6 Jean-Paul Sartre : l'homme est condamné à être libre

**EN BREF L'essence précède l'existence en ce qui concerne les objets techniques et les animaux. Inversement, les êtres humains doivent inventer leur nature parce qu'ils sont radicalement libres. Ils doivent donc toujours assumer ce qu'ils font.**

Quelle est la différence entre un objet technique et un être humain ? Prenons, par exemple, un coupe-papier. Lorsque je conçois cet objet, j'ai d'abord l'idée de son utilité et de sa forme, je peux ensuite l'amener à l'existence par mon travail. C'est pourquoi, estime Jean-Paul Sartre dans *L'Existentialisme est un humanisme* (1946), son **essence précède son existence** : nous avons une idée du coupe-papier avant qu'il devienne un objet dans la réalité. De la même manière, lorsqu'un architecte construit une maison, il le fait selon le plan qu'il a conçu.

Mais pour les êtres humains en revanche, **l'existence précède l'essence**. Nous ne sommes rien de déterminés mais devenons quelqu'un par la série de nos actes : **nous inventons notre nature**. Cela signifie que les êtres humains sont caractérisés par une **radicale liberté**. Les projets que nous élaborons dépendent entièrement de nous. Il n'est pas inscrit dans ma nature que je deviendrai berger, violoniste, ou que j'émigrerai en Islande pour vivre en solitaire. Alors que l'objet technique et l'animal n'ont pas le choix de devenir autre que ce qu'ils sont, **nous pouvons devenir ce que nous voulons**.

Jean-Paul Sartre formule cette spécificité de manière paradoxale puisqu'il en déduit que nous sommes « **condamnés à la liberté** ». Pourtant, la condamnation désigne habituellement la privation de liberté, à la manière dont le coupable est condamné à la prison par la justice. Mais ce terme s'explique par le **poids** que la liberté fait peser sur nous. En effet, si nous sommes radicalement libres, nous devons **assumer tous nos actes** : puisque nous sommes toujours les auteurs de nos actes, nous sommes toujours responsables de ce que nous faisons et devenons. Dès lors, il est malhonnête de se chercher des excuses, en particulier dans notre nature. Par exemple, expliquer qu'on a brisé de la vaisselle parce qu'on est « colérique » ou qu'on est arrivé en retard à notre rendez-vous parce qu'on est « fâché avec l'heure », c'est attribuer à une prétendue nature un acte libre. On est alors de **mauvaise foi**, parce qu'on prétend exister comme une chose ou un animal : on fait **comme si notre essence précédait notre existence**, alors qu'en réalité, c'est le contraire. La condamnation à la liberté nous interdit de recourir à l'excuse de notre impuissance, par exemple face à nos passions. Au contraire, nous pouvons y résister.

## 7 La liberté s'éprouve dans la résistance à nos passions

**EN BREF Je suis libre de m'opposer même aux passions que je juge irrésistibles. Dans le duel, je montre que je suis libre parce que capable de résister à ma passion la plus puissante : rester en vie.**

Emmanuel Kant (p. 15) avait déjà pris note de la mauvaise foi dont nous sommes capables dans l'évaluation des motifs de nos actions. Lorsque je soutiens que je ne peux pas résister à un plaisir, j'attribue ma faiblesse à une **force indépendante de ma volonté**. Par exemple, comment expliquer que je continue de manger du chocolat, alors que je me suis promis de me priver pour entamer un régime ? J'estime alors que le désir est si fort que je ne peux pas y résister. Cependant, c'est là un argument fallacieux, qui ignore ma liberté, ainsi que le montre **l'exemple de la potence**. Nous sommes en fait **libres de résister à nos passions** :

« Supposons que quelqu'un affirme, en parlant de son penchant pour le plaisir, qu'il lui est tout à fait impossible d'y résister quand se présente l'objet aimé et l'occasion : si, devant la maison où il rencontre cette occasion, une potence[1] était dressée pour l'y attacher aussitôt qu'il aurait satisfait sa passion, ne triompherait-il pas alors de sa passion ? On ne doit pas chercher longtemps ce qu'il répondrait. »

**Emmanuel Kant**, *Critique de la Raison Pratique* [1788].

**1. Potence :** gibet, instrument destiné à pendre les criminels condamnés à mort.

C'est d'autant plus évident lorsque l'on considère la **loi morale (voir chapitre le Devoir, p. 81-83)**. Admettons que l'on me demande de mentir pour condamner un innocent, sans quoi je mettrais ma propre vie en péril. Sans peut-être oser assurer que je ne mentirais pas, je reconnais qu'il est possible que je préfère perdre ma vie plutôt que de faire perdre la sienne à un innocent. Emmanuel

Kant soutient que nous découvrons la liberté en nous **par la résistance morale à nos désirs**, y compris au plus fort d'entre eux : celui de rester en vie.

Ces remarques forment le terreau de l'analyse du **duel d'honneur** de G.W.F. Hegel (p. 14) dans la *Phénoménologie de l'esprit* (1807). À l'époque, lorsqu'un noble se voyait offensé (la pratique n'a heureusement plus cours), il pouvait exiger une « réparation » par le duel. Par exemple, ridiculisé à la Cour du roi, un homme pouvait demander justice par les armes. Or, dans le duel il acceptait **librement la possibilité de sa mort** : il montrait qu'il tenait certaines valeurs – l'honneur notamment – pour plus importantes que sa vie. Il renonçait donc à sa sécurité, c'est-à-dire au désir de vie, le plus puissant de tous. Par là, il signifiait qu'il était **plus qu'un être d'instinct** ou de désir, comme le sont les animaux. Par la résistance au plus fort de ses instincts, il **tentait de faire reconnaître la primauté de sa liberté.**

### COUP DE POUCE

Cette lutte pour la reconnaissance échoue en fait puisqu'elle se termine habituellement soit par la mort de l'offensé, qui veut faire reconnaître sa liberté, soit par celle de l'offenseur, qui est celui auprès de qui l'offensé veut la faire reconnaître.

## POUR TOUT RETENIR

→ Il semble que les humains possèdent une faculté spécifique, le libre-arbitre, qui leur permet de **choisir en l'absence de toute contrainte extérieure**. Ce pouvoir est issu de la volonté, qui est **infinie**. Un acte est parfaitement libre lorsqu'il est effectué en connaissance de cause, après **délibération**. Cependant, rien ne permet de démontrer l'existence du **libre-arbitre** en dehors de l'impression que nous en avons : il se pourrait, au contraire, que nous soyons déterminés, comme le reste de la nature. Dans ce cas, le libre-arbitre est une **illusion**. Mais la **liberté politique**, elle, est bien démontrable : le droit la rend possible. Obéir à la loi n'est alors plus en contradiction avec l'exercice de notre liberté. Notre condition d'êtres libres nous rend responsables de suivre ou non les règles. Certes, nous avons des passions puissantes, mais nous pouvons en dernier recours y **résister**. Par-là, nous découvrons notre liberté.

## VOCABULAIRE ESSENTIEL

**Autodétermination :** pouvoir de fixer par nous-mêmes les actes et les choix que nous entreprenons de telle sorte que nous en assumons la responsabilité.

**Autonomie :** faculté de l'individu à suivre des règles qu'il s'est lui-même imposées.

**Contingent :** ce qui pourrait être autrement qu'il est. Par exemple, quand je lance un dé, il est contingent que le résultat soit cinq.

**Contrainte :** force extérieure à ma volonté qui s'impose à moi contre mon gré. Par exemple, l'otage est contraint par ses ravisseurs de rester en captivité.

**Nécessaire :** ce qui ne pourrait pas être autrement qu'il est. Par exemple, quand je lance un dé, il est nécessaire qu'il y ait un résultat compris entre un et six.

**Obligation :** devoir auquel nous avons toujours la possibilité de ne pas nous soumettre. Par exemple, nous sommes obligés de nous rendre à une convocation de justice, mais nous pouvons décider de ne pas le faire.

**Responsabilité :** capacité d'un sujet de se reconnaître comme l'auteur de ses choix et donc d'en répondre, c'est-à-dire de les assumer. Elle présuppose le libre-arbitre.

**Volonté :** faculté propre à l'esprit humain à choisir rationnellement des objectifs et à les poursuivre. D'après René Descartes, elle est infinie. Il faut la distinguer du désir, qui est une impulsion : je veux arrêter de fumer, mais je désire cette cigarette.

# Pour prolonger la réflexion

## FOCUS SUR... L'HABITUS

Boris Taslitsky, *Les Grèves de juin 1936*, huile sur bois, 40 × 60 cm, collection particulière.

Dans *La Distinction* (1979), le sociologue et philosophe Pierre Bourdieu définit **l'habitus**, comme l'ensemble des **manières d'être partagées par les individus d'un même groupe social**. Ces habitudes sont acquises par l'éducation et **intériorisées**, c'est-à-dire que les membres du groupe ne se rendent pas compte qu'ils les partagent et les reproduisent. L'habitus englobe les goûts, les choix professionnels, les références culturelles, et les activités qui conditionnent **notre position dans un groupe social spécifique**. Ces caractéristiques sont héritées de notre classe sociale, d'où l'expression chez Pierre Bourdieu d'un « habitus de classe ». Il ne s'agit pas d'un déterminisme strict, puisque nous pouvons changer de classe sociale, et donc faire évoluer nos goûts. Pierre Bourdieu montre ainsi que les bourgeois ont tendance à privilégier la « forme » physique, alors que les ouvriers recherchent la « force » ; ces différences se traduisent aussi dans leurs choix alimentaires. Ce phénomène accompagne **la reproduction sociale**, c'est-à-dire la tendance à reproduire la trajectoire de nos parents ou du groupe dont on provient.

Les orientations sociales des individus peuvent leur apparaître comme des choix (c'est bien moi qui choisis de faire médecine ou de m'engager dans l'armée), alors qu'elles sont en fait déterminées par la structure sociale dans laquelle ils évoluent. Dans *Retour à Reims* (2009), le philosophe Didier Eribon remarque ainsi que dans le milieu ouvrier où il a grandi, les études très courtes était valorisées. On considérait cependant qu'il s'agissait d'une « absence de goût » pour l'école et donc bien d'un choix libre des individus.

« L'élimination scolaire passe souvent par l'auto-élimination, et par la revendication de celle-ci comme s'il s'agissait d'un choix : la scolarité longue, c'est pour les autres, ceux "qui ont les moyens" et qui se trouvent être les mêmes que ceux à qui "ça plaît". Le champ des possibles – et même celui des possibles simplement envisageables, sans parler de celui des possibles réalisables – est étroitement circonscrit par la position de classe. »

**Didier Eribon**, *Retour à Reims* [2009].

Ici, on voit donc que ce qui apparaît comme une libre décision individuelle **est aussi produit par l'environnement social dans lequel nous sommes éduqués**, et ne dépend ni de notre seule volonté, ni du seul mérite.



EXPÉRIENCE DE PENSÉE

## AURAIS-JE ÉTÉ RÉSISTANT OU BOURREAU ?

En 1971, le film *Lacombe Lucien* du réalisateur Louis Malle fait scandale. L'histoire se déroule dans un petit village du sud-ouest de la France, pendant la Seconde Guerre mondiale. Un jeune homme, Lucien, revient dans son village d'enfance alors que l'offensive des Alliés contre l'occupation allemande en Europe commence. Il retrouve son ancien instituteur, à qui il voue une grande admiration, et lui confie son souhait de s'engager dans la Résistance. Mais l'enseignant considère que son ancien élève est trop jeune, et refuse à plusieurs reprises de le laisser rejoindre le maquis où luttent les résistants. Peu de temps après, Lucien est arrêté lors d'un contrôle de routine par la police française qui collabore avec l'armée d'occupation. Interrogé sur ses liens avec les réseaux de la Résistance, il dénonce son instituteur, puis rejoint la Gestapo. À la fin de la guerre, Lucien tombe amoureux d'une jeune fille juive, et finit par s'enfuir avec elle et sa grand-mère.

Ce récit témoigne pour la première fois, vingt-cinq ans après la fin de la guerre, que la Résistance n'a pas été un choix massif chez les Français. Il pose ainsi la question du degré de liberté des individus dans un contexte de guerre. Qu'est-ce qui motive un homme ou une femme à mettre sa vie en danger au nom de valeurs morales ? L'idée que la règle morale guide l'action libre est fortement remise en question avec le personnage de Lucien. Alors que tout semble prédisposer Lucien à rejoindre un camp, c'est l'autre bord politique qu'il choisit finalement. On peut aussi y voir une interrogation sur l'arbitraire des engagements, et sur les liens entre autorité et décision libre. L'action de Lucien semble davantage guidée par la recherche d'une autorité référente que par son libre-arbitre indépendant de contraintes extérieures.

→ Et si nos convictions les plus fermes ne tenaient, finalement, qu'à quelques rencontres plutôt qu'à nous-mêmes ?

→ Sommes-nous maîtres de nos décisions, ou le jouet des événements ?

# MÉMO VISUEL

## – La Liberté –

### Types de liberté

#### Le libre-arbitre

- Capacité à agir sans motif apparent grâce à notre volonté infinie. **(Descartes)**
- Faculté naturelle à se déterminer vers un objet de son choix.
- « Condamnation » humaine : nous devons assumer tous nos actes. **(Sartre)**
- Mis en question par le déterminisme.

#### La liberté politique

- Ensemble des droits acquis dans une société donnée.
- Variable d'une société à l'autre, ce n'est pas une faculté naturelle.
- Liberté négative : possibilité de poursuivre les objectifs de son choix dans une société donnée.
- Liberté positive : autoréalisation collective des individus.

### Trouver la liberté

#### Dans la résistance à nos passions

- Nous différencier du règne animal en plaçant l'honneur au-dessus de la préservation de notre vie. **(Hegel)**
- La liberté se trouve dans notre capacité à suivre la loi morale plutôt que nos passions. **(Kant)**

#### Dans la connaissance

- L'acte libre correspond à la séquence : délibération – choix – action. **(Aristote)**
- Être libre, c'est connaître les causes qui nous déterminent. **(Spinoza)**

QCM

# SE TESTER

**1. Pourquoi Macbeth commet-il le crime de régicide ?**

- **a** Parce qu'il se sent spolié par le roi Duncan.
- **b** Parce qu'il veut précipiter la prophétie des sorcières qui le fera roi.
- **c** Pour prouver à Banquo qu'il est meilleur que lui.

**2. Pour Aristote, à quelle séquence l'acte libre correspond-il ?**

- **a** Délibération-choix-action.
- **b** Choix-délibération-action.
- **c** Choix-action-délibération.

**3. Selon R. Descartes, la liberté correspond à l'exercice de la volonté :**

- **a** Partagée par un groupe après délibération.
- **b** Des plus sages et des plus modérés.
- **c** Sans contrainte d'aucune force extérieure.

**4. L'obéissance à la loi morale, c'est :**

- **a** Le respect de l'autorité pour guider son action.
- **b** Le respect de la morale comme signe de la liberté.
- **c** Le respect de la liberté d'autrui.

**5. L'obligation se distingue de la contrainte car :**

- **a** La première consiste dans une règle que je me donne à moi-même.
- **b** La contrainte c'est une obligation mal comprise.
- **c** L'obligation est formulée par les autorités et la contrainte par la nature.

**6. L'homme n'est pas un empire dans un empire, c'est-à-dire :**

- **a** Qu'il ne peut pas toujours décider sans obéir.
- **b** Qu'il doit chercher à vaincre ses passions plutôt que l'ordre du monde.
- **c** Qu'il n'est pas une puissance qui s'impose à la puissance de la nature.

**7. Les valeurs principales de la liberté positive sont :**

- **a** Le pluralisme des valeurs et l'autonomie des individus.
- **b** Le retrait de l'État et l'extension maximale des droits-liberté.
- **c** L'autoréalisation et l'émancipation de l'individu dans un projet collectif.

**8. D'après J.-P. Sartre, l'homme est :**

- **a** Prisonnier de la liberté.
- **b** Enchaîné à la liberté.
- **c** Condamné à la liberté.

**9. Pourquoi le duel d'honneur devrait-il révéler notre liberté ?**

- **a** Parce qu'il montre que nous sommes capables de résister à notre instinct naturel le plus puissant.
- **b** Parce que nous pouvons choisir librement notre opposant.
- **c** Parce que nous choisissons de transgresser la loi qui seule devrait régler les conflits.

**10. L'habitus selon Pierre Bourdieu c'est :**

- **a** L'expression de la contingence de mes choix individuels.
- **b** Un ensemble de préférences héritées de mon groupe social.
- **c** L'habitude de la liberté dans les peuples démocratiques.

→ Corrigés page 347

# S'ENTRAÎNER

## 1 Comprends le sens philosophique des notions.

**a.** Définis le terme de « déterminisme ». Quelle différence de sens prend le mot « déterminé » dans les deux expressions suivantes : « être déterminé à obtenir une mention au bac », « être déterminé par son milieu social ».

**b.** Pourquoi le terme de « nécessaire » s'oppose-t-il à l'idée de liberté métaphysique ? Qu'entend Baruch Spinoza par l'expression « libre nécessité » ?

## 2 Analyse philosophiquement un exemple.

Le deuxième amendement de la Constitution des États-Unis – « Une milice bien organisée étant nécessaire à la sécurité d'un État libre, le droit du peuple de détenir et de porter des armes ne doit pas être transgressé. » – est souvent invoqué pour justifier le port d'armes en toute situation, malgré le grand nombre de morts et blessés par armes à feu sur le territoire américain.

**a.** Ce droit est-il un droit-liberté ou un droit de créance ?

**b.** En suivant la distinction établie par Isaiah Berlin, cela correspond-t-il selon vous à une formulation de la liberté négative ou positive ?

## 3 Interprète une citation.

« Le libre arbitre consiste à faire une chose ou à ne la faire pas sans qu'aucune force extérieure ne nous y contraigne. »

**René Descartes**, *Méditations métaphysiques* [1641].

**a.** Pourquoi Descartes parle-t-il ici de force extérieure ?

**b.** À quoi renvoie cette notion ? Pour répondre, appuie-toi sur les définitions des **Repères « obligation/contrainte », p. 318**.

## 4 Lis le texte suivant et réponds aux questions.

« La théorie des volontés a été essentiellement inventée à des fins de châtiment, c'est-à-dire par le « désir de trouver coupable ». [...] les prêtres qui étaient à la tête des anciennes communautés, voulaient se donner un droit d'infliger des punitions, ou donner à Dieu un tel droit... Si l'on a conçu les hommes libres, c'est à seule fin qu'il puissent être jugés et condamnés, afin qu'ils puissent devenir coupables. »

**Friedrich Nietzsche**, *Le Crépuscule des idoles* [1888].

**a.** Quelle critique Nietzsche fait-il de l'idée de libre-arbitre ?

**b.** Pour lui, quel intérêt la morale et la religion ont-elles dans la croyance en son existence ?

SUJET GUIDÉ

Explication de texte

# SE PRÉPARER POUR LE BAC

## Rédiger l'introduction et la première partie

### Baruch SPINOZA, *Lettre à Schuller*

« Mais descendons aux choses créées qui sont toutes déterminées par des causes extérieures à exister et à agir d'une certaine façon déterminée. Pour rendre cela clair et intelligible, concevons une chose très simple : une pierre par exemple reçoit d'une cause extérieure qui la pousse, une certaine quantité de mouvement, l'impulsion de la cause extérieure venant à cesser, elle continuera à se mouvoir nécessairement. [...]

Concevez maintenant, si vous le voulez bien, que la pierre, tandis qu'elle continue de se mouvoir, sache et pense qu'elle fait effort, autant qu'elle peut, pour se mouvoir. Cette pierre, assurément, puisqu'elle a conscience de son effort seulement, et qu'elle n'est en aucune façon indifférente, croira qu'elle est très libre et qu'elle ne persévère dans son mouvement que parce qu'elle le veut. Telle est cette liberté humaine que tous se vantent de posséder et qui consiste en cela seul que les hommes ont conscience de leurs désirs et ignorent les causes qui les déterminent. Un enfant croit librement désirer le lait, et un jeune garçon irrité vouloir se venger et, s'il est poltron, vouloir fuir. Un ivrogne croit dire par un libre décret de son âme ce qu'ensuite, revenu à la sobriété, il aurait voulu taire. De même un délirant, un bavard et de nombreux cas de ce genre croient agir par un libre décret de l'âme et non se laisser contraindre. »

**Baruch Spinoza**, *Lettre à Schuller* [1674], lettre LVIII, trad. du latin par Ch. Appuhn, dans *Œuvres*, vol. IV, © Flammarion, coll. « GF », 1966, p. 304.

## Méthode et corrigé

### Étapes de repérage

**Thème**

Le texte mobilise de nombreux exemples, qui s'articulent autour d'une phrase centrale (« telle est cette liberté humaine... »). La lettre traite ici de **la liberté** dans son sens métaphysique, de la possibilité qu'ont les hommes d'agir selon leur libre-arbitre.

**COUP DE POUCE**

Faites ce travail préparatoire au brouillon. Si vous ne parvenez pas à comprendre le texte aux premières lectures, listez les exemples. Ici il y en a un central (la pierre qui pense), et trois autres. Les analyser vous aidera à comprendre la thèse.

**Objet**

Spinoza s'interroge ici sur la certitude qu'ont les hommes de posséder une telle liberté. Il s'agit donc d'une réflexion sur la croyance partagée **de l'existence du libre arbitre**.

**Thèse**

**L'argument principal** du texte est ici provocateur : Spinoza cherche à montrer que **la liberté humaine est une illusion**. Nous possédons en effet tous un sentiment de liberté, mais celui-ci n'est pas fiable. Il existe en effet **des causes extérieures, qui nous échappent, et qui déterminent nos actes**. Cette lettre est donc **une démonstration de la thèse déterministe**, et une critique radicale du libre-arbitre. À partir de là, nous pouvons en **déduire une problématique**.

**Problématique**

La liberté des hommes existe-t-elle véritablement ? Suffit-il d'avoir l'impression de faire ce que l'on veut pour en conclure que nous sommes libres ?

## Étapes de rédaction

### Introduction rédigée

**Situation du texte**

Le texte est une lettre de Baruch Spinoza où l'auteur s'interroge sur l'existence du libre-arbitre. Il mène une réflexion sur la liberté **métaphysique**.

**Objet**

Spinoza remarque en effet que les hommes prennent pour une évidence l'existence de leur propre liberté d'action, et c'est **cette impression de liberté** qu'il interroge. Lorsque nous voulons acheter un bien, ou nous engager dans des études, nous n'avons pas de doute sur le fait que **c'est nous même qui le voulons**. L'auteur s'interroge ici sur ce passage que nous faisons entre **désirer un objet, et en conclure qu'il s'agit d'un choix libre.** Comment cela se fait-il que l'intégralité du monde physique soit soumis au **déterminisme**, c'est-à-dire à l'enchaînement nécessaire de mêmes causes produisant les mêmes effets, mais que notre volonté puisse, elle, s'y soustraire ? Sommes-nous si certains que notre volonté échappe à ce même principe ?

**Thèse**

L'argument central de Spinoza est contre-intuitif : selon lui, **la liberté telle qu'on la décrit est une illusion.** Plus précisément, cette illusion est due à l'**ignorance des causes qui nous déterminent**. Nos actions trouvent leur cause en-dehors de notre volonté : dans nos désirs et en particulier dans **nos passions**. Les êtres humains ne sont donc pas directement gouvernés par leur volonté et leur raison.

**Problématique**

La liberté des hommes existe-t-elle véritablement ? Suffit-il d'avoir l'impression de faire ce que l'on veut pour en conclure que nous sommes libres ?

**Annonce de plan**

La première moitié du texte correspond à la description d'une expérience de pensée. Celle-ci apparaît incongrue (il s'agit d'imaginer une pierre douée de pensée) et oriente vers l'interrogation générale. Par la suite, Spinoza annonce son argument central de la méconnaissance des causes qui nous déterminent, et l'applique à la liberté humaine à travers trois exemples.

### Première partie rédigée

#### I. L'expérience de l'ignorance des causes.

**a Le monde physique est un monde déterminé.**

Le texte s'ouvre sur une phrase ardue, qui traite des « choses créées ». Par ce terme, l'auteur désigne **l'ensemble du monde physique**, ce que l'on pourrait appeler de manière générique **la nature**. Celle-ci inclut les êtres humains, puisque nous sommes nous aussi des réalités naturelles soumises aux lois physiques.

Spinoza constate que l'existence de ces choses obéit à une règle : **les lois qui régissent la nature s'appliquent de manière nécessaire**. Grâce à la connaissance des lois naturelles, on peut alors prédire les phénomènes. Si j'ai la connaissance de la règle de la chute des corps, je peux prédire le mouvement d'un corps. C'est pourquoi les choses existent et agissent « selon une manière précise et déterminée ».

**b Une pierre en mouvement obéit à des règles nécessaires.**

Il faut conserver cette **approche déterministe de la nature** pour aborder l'expérience de pensée de « la pierre qui pense ». Spinoza décrit d'abord une pierre en mouvement après l'impulsion d'une « cause extérieure qui la pousse ». La pierre se déplace dans une direction donnée. **Ce mouvement est nécessaire** puisqu'il n'a pas de source interne : le principe de mouvement de la pierre est hors d'elle-même, il obéit à des lois naturelles.

**c Si cette pierre n'a conscience que de son mouvement, elle pensera en être la cause.**

L'expérience de pensée devient originale lorsque l'auteur nous demande d'attribuer à la pierre une qualité humaine, la pensée. Imaginons que la pierre s'éveille à la conscience une fois qu'elle est déjà en mouvement, après que l'impulsion ait été donnée. Elle pensera alors qu'elle « fait tout l'effort possible pour continuer à se mouvoir », ce qui signifie qu'elle désirera continuer à se déplacer **et croira être la cause de son mouvement.** Là est le cœur de l'idée spinoziste : la pierre a une croyance fausse sur la cause de son mouvement. N'ayant conscience « que de son effort », elle croit en être la cause. L'expérience de la pierre est donc l'expérience d'une confusion sur les causes, due à l'ignorance. Reste à transposer un tel constat à l'expérience humaine...

## Proposition de plan détaillé

### II. Cette expérience met à jour l'illusion du libre-arbitre.

**a** Les hommes ignorent les causes de leurs désirs. Ils relient leur action à une cause immédiate, située dans leurs désirs, et manquent la cause extérieure qui les anime.

**b** La liberté du nourrisson, du jeune garçon et de l'ivrogne est une illusion : on confond la liberté avec le besoin (la soif), le sentiment passionné (la colère), voire une substance extérieure (l'alcool).

**c** L'ignorance de l'impulsion est donc bien ignorance des causes. Il faut sortir de ce qui n'est qu'une forme de croyance.

## Les sujets qui peuvent tomber au Bac...

→ L'idée d'une liberté totale a-t-elle un sens ?

→ Puis-je renoncer à ma liberté ?

→ S'habituer à la liberté, est-ce risquer de la perdre ?

→ S'engager, est-ce perdre sa liberté ?

→ Le respect de la morale est-il une preuve de liberté ?

# Chapitre 8 La Liberté

**Tu viens de voir les notions à connaître sur la liberté. Pour t'aider à retenir l'essentiel et t'entraîner pour le Bac, voici ton kit de révisions clé en mains conçu par SchoolMouv !**

## Fiche de révision

### Le Focus de SchoolMouv : La citoyenneté dans « la liberté politique »

En Grèce antique et plus précisément à Athènes, tous les individus de la cité n'étaient pas **citoyens**. Parmi eux il y avait les esclaves, les barbares (les étrangers), et les femmes qui n'avaient pas accès à la citoyenneté. Le statut de citoyen octroyait un **droit privilégié** à participer aux décisions de la cité, et notamment à la création, la suppression ou la modification des lois. Le **pouvoir décisionnel** était alors réservé à une élite. Bien qu'il s'agisse d'un des premiers modèles de démocratie, Athènes fonctionnait au travers d'un système inégalitaire. Depuis la Déclaration universelle des droits de l'Homme et du citoyen a fait de la citoyenneté un droit universel, qui, encore aujourd'hui, n'est pas nécessairement respecté partout. La liberté politique reste avant tout un **privilège** qu'il s'agit de défendre pour toutes et tous. C'est ce qu'Hannah Arendt, philosophe et politologue du XXᵉ siècle, a désigné comme étant un « droit d'avoir des droits ».

**La citoyenneté est donc une condition nécessaire de la liberté politique.**

## Vidéo

Pour mieux comprendre et t'en souvenir à coup sûr, regarde la vidéo.
C'est parfois bien plus clair en images.

**Vidéo** **La liberté de choisir**
https://flashbelin.fr/focusbacschoolmouv/philo/9

## Contenu additionnel

Voici un bonus autour du même sujet. La curiosité n'est pas toujours un vilain défaut. Il suffit de créer ton compte pour avoir accès à plein de contenus supplémentaires.

**Fiche de lecture** **John Locke, *Lettre sur la tolérance***
http://www.schoolmouv.fr/eleves/fiches-de-lecture/lettre-sur-la-tolerance-john-locke/fiche-oeuvre

Tu trouveras ici les clés pour comprendre l'ouvrage : les notions principales, les concepts nouveaux forgés par l'auteur. Ici, en particulier, le rôle de la tolérance dans la liberté politique.

**Conseil**
Cette œuvre aborde de manière transversale plusieurs notions du programme : utilise-la pour établir des liens avec les autres cours et approfondir certaines problématiques !

## Tchat avec un prof

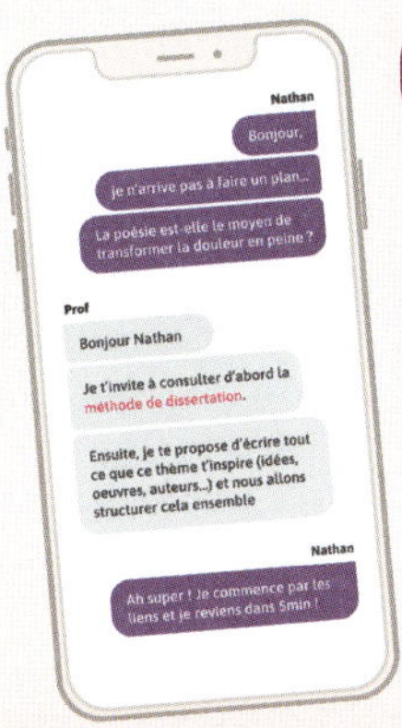


Pour poser toutes tes questions à un prof particulier, découvre l'abonnement tchat.
Tu peux le tester gratuitement pendant 7 jours : fini les questions sans réponses, tu vas devenir incollable.

http://focusbac.schoolmouv.fr/offre

9

VOIE GÉNÉRALE

VOIE TECHNOLOGIQUE

# La Nature

Sébastien Thibault, illustration, 2020.

# L'homme et la nature sont-ils étrangers l'un à l'autre ?

## UNE HISTOIRE POUR COMMENCER...

### Le voile d'Isis

Dans *Le Voile d'Isis – Essai sur l'histoire de l'idée de nature* (2004), l'historien de la philosophie Pierre Hadot enquête sur la représentation récurrente de la nature par des allégories voilées, ou cachées, insistant sur sa pudeur. Il observe qu'aux origines de la philosophie grecque, la nature est déjà **associée au secret**, et désignée comme inaccessible ou masquée. Son enquête débute par le célèbre aphorisme du philosophe Héraclite selon lequel **« la nature aime à se voiler »**, ou « à se cacher ». Bien sûr, la nature entendue comme l'ensemble des **réalités du monde**, y compris les hommes, est bien **perceptible**. Mais on ne peut comprendre « la nature de la nature » que par le dévoilement et l'enquête méthodique.

Pierre Hadot constate ainsi que la la représentation de la nature à la fois nourricière et cachée perdure même à l'époque moderne. Grâce aux **connaissances scientifiques** qui augmentent son **emprise** sur le réel et à l'influence de la doctrine humaniste qui le place au centre de la création, l'homme cherche à prendre le contrôle de la nature. Pourtant, on continue jusqu'au XIXe siècle à sculpter des allégories de la nature sous la forme d'une femme voilée, dont l'identité demeure **mystérieuse**.

« Les secrets de la nature sont cachés ; quoiqu'elle agisse toujours, on ne découvre pas toujours ses effets : le temps les révèle d'âge en âge. »

**Blaise Pascal**, *Préface sur le Traité du vide* [vers 1647].

On donne aussi un second sens à l'aphorisme d'Héraclite : la nature désigne **l'ensemble des phénomènes qui sont soumis à la génération** (ce qui croit) **et à la corruption** (ce qui décroît, et se décompose). Est donc naturel ce qui tend à disparaître avec le temps, c'est-à-dire qui n'est pas éternel. Ce qui se voile, c'est alors la nature elle-même dont la forme n'est pas fixe mais **perpétuellement changeante**.

### Problématisation

→ L'homme est **à la fois une partie de la nature et une puissance qui cherche à la connaître et la maîtriser**. Qu'il tende à en arracher les secrets ou à l'admirer et à s'y soumettre, l'homme entretient envers la nature une attitude ambivalente. Comment connaître cette nature qui nous enveloppe et dont nous faisons partie ? Les êtres humains sont-ils des réalités naturelles au même titre que les autres objets de la nature ? Ou bien **l'homme et la nature sont-ils étrangers l'un à l'autre** ?

# Pour bien comprendre

## → Le premier sens du mot « nature »

On peut donner deux sens principaux au mot de nature. La nature est d'abord **le milieu** ou l'**environnement** au sein duquel nous évoluons. C'est donc le cadre **minéral, végétal et animal** de notre existence. On distingue alors la nature de l'**artifice**, c'est-à-dire de tout ce qui résulte d'une intervention humaine et appartient à ce titre à la **culture**.

## → Le deuxième sens du mot « nature »

Dans un deuxième sens, la **nature est synonyme d'essence** : elle désigne alors les caractéristiques essentielles ou propriétés fondamentales d'une chose. Celles-ci sont **innées** et communes à tous les individus appartenant à un même genre. C'est dans ce sens qu'on parle de nature humaine, par exemple pour rechercher les propriétés fondamentales communes à tous les êtres humains, ou que l'on dit que la nature des ciseaux est de couper.

# LE COURS *en 8 points*

## 1 La conception antique de la nature

**EN BREF Le finalisme consiste à croire que les phénomènes naturels ont un but et que la nature produit de l'ordre et de l'harmonie. Il convient alors de conformer sa conduite aux principes naturels.**

Dans l'Antiquité, la conception dominante de la nature est **finaliste**, c'est-à-dire que l'on pense que les objets naturels **remplissent un objectif, un dessein**. Par exemple, la vigne est faite pour produire du raisin et la pluie pour arroser la vigne. La nature est alors conçue comme une **providence**, c'est-à-dire qu'elle gouverne le monde et veille au destin de chacun en fournissant à chaque être exactement ce dont il a besoin pour exister.

Pour les Grecs, la nature est la **source intelligente** de tout ce qui existe : elle est donc parfois identifiée à Dieu ou au monde. En produisant les choses existantes selon des règles, elle construit un **ordre parfaitement harmonieux**, si bien que tout est **exactement tel qu'il doit être**. Il n'y a alors, conformément au précepte de sagesse gravé sur le fronton du temple de Delphes, « rien de trop » dans la nature : infiniment supérieure aux hommes, elle pourvoit aux besoins de chacun de manière parfaitement proportionnée. C'est ainsi qu'Aristote (p. 13) affirme que « la nature ne fait rien en vain ». Cette conception de la nature est dite encore **téléologique** (du grec *telos*, la fin) : chaque objet dans la nature a une fonction spécifique, articulée aux autres, si bien que les **qualités naturelles** se compensent pour créer un ensemble harmonieux. Par exemple, la chauve-souris n'a pas de vision, mais elle a un sonar qui lui permet de se déplacer la nuit ; la tortue est lente, mais elle a une carapace solide pour se défendre des prédateurs.

Puisque la nature **gouverne** le monde et qu'elle **produit de l'ordre**, elle est elle-même **sage**. Si les êtres humains veulent à leur tour être sages, il convient de suivre le modèle suprême de la nature. C'est pourquoi le **respect de la nature** est l'un des thèmes majeurs de la philosophie antique. Les stoïciens notamment pensent que la sagesse consiste à se **conformer à la nature**. Le meilleur moyen d'y parvenir est de **reproduire en nous** son ordre en cultivant ce qui nous caractérise, c'est-à-dire notre essence, **la raison** :

« Car nos natures sont des parties de celle de l'Univers. C'est pourquoi la fin devient : vivre en suivant la nature, c'est-à-dire à la fois la sienne propre et celle de l'univers, en ne faisant dans nos actions rien de ce qu'a coutume d'interdire la Loi [...], à savoir la Raison droite qui parcourt toutes choses [...] Et c'est en cela que consiste la vertu et la facilité de la vie heureuse, quand tout est accompli selon [...] la volonté du gouverneur de l'Univers. »

**Diogène Laërce**, *Vie et doctrine des philosophes illustres* [IIIe siècle], VII, 88.

Une **attitude éthique** découle de la manière dont le monde est organisé. Il s'agit d'une part de respecter les desseins de la Providence en suivant notre nature propre, d'autre part, de reproduire partout l'harmonie naturelle en chassant les passions (telles que la colère ou la tristesse), qui nous empêchent de faire le meilleur usage de ce qui est propre à l'homme : la **raison**.

## 2 La conception moderne de la nature

**EN BREF Le mécanisme conçoit la nature comme un ensemble de lois aveugles produisant automatiquement des effets. Il est alors légitime d'apprendre de ces lois pour exploiter la nature.**

À cette conception valorisante de la nature, qui la place au-dessus des hommes en tant que **fin en soi**, s'oppose une compréhension moderne. Celle-ci est **mécaniste** : il n'y a dans la nature que des **causes** produisant **mécaniquement des effets** selon des lois déterminées **(voir chapitre la Liberté, p. 167)**. Ces lois sont **aveugles** : elles n'ont donc pas de dessein, de but, et ne cherchent pas à accomplir quoique ce soit. Par exemple, la vigne existe au terme de processus adaptatifs de sélection naturelle et la pluie est le résultat d'une condensation dans les nuages : il n'y a aucune providence à l'œuvre.

Par conséquent, il ne s'agit plus de se conformer à la nature, mais de découvrir ses lois pour l'exploiter. Ainsi, René Descartes (p. 56) associe cette conception à une « **ambition prométhéenne** » **(voir chapitre le Travail et la Technique, p. 273)**, consistant à comprendre la nature selon « l'ordre et la mesure », c'est-à-dire scientifiquement, afin d'en devenir « comme maître et possesseur ». La nature est dès lors comprise comme un réservoir de **ressources** potentiellement **utiles** aux projets humains. Le **rapport de domination se renverse** donc avec la modernité : la nature, susceptible d'être comprise rationnellement et maîtrisée, est désormais soumise aux intérêts humains.

Il faut être attentif lorsque nous émettons des jugements de valeur sur ce renversement : si cette attitude est **destructrice** pour l'environnement, elle peut également être **bénéfique** aux êtres humains. Cependant, la déstabilisation globale du système climatique montre que la domination des hommes sur la nature peut se retourner contre eux : elle les invite donc à **adopter une approche éthique de l'environnement**.

## 3 L'éthique contemporaine de la nature

**EN BREF Les végétaux ont des intérêts, ce qui justifie qu'on les considère moralement : la nature a donc une valeur intrinsèque. Mais elle a également une valeur extrinsèque, dans le sens où nous avons la responsabilité de la préserver pour les générations futures.**

Le modèle mécaniste justifie la domination de l'homme sur la nature par un **critère moral :** la séparation entre le domaine des êtres humains et le domaine des choses qui seraient des **purs moyens** que nous pouvons utiliser à notre guise. Cette conception de la nature a notamment été remise en cause à partir des années 1970 par les **philosophes de l'écologie** qui ont tenté de montrer que les objets de la nature avaient une valeur morale. Il est vite apparu que **la vie animale** était digne de respect selon le critère de la **capacité à souffrir**. Cette position a été par la suite généralisée pour défendre la valeur de la nature **en elle-même**, en tant qu'elle vit et tend à demeurer en vie.

La nature serait donc plus qu'un ensemble de choses dont l'homme pourrait librement disposer: elle aurait des **intérêts** qui lui fourniraient une **valeur intrinsèque**, c'est-à-dire une valeur propre. Puisque nos intérêts entrent en contradiction avec ceux de la nature – par exemple si nous voulons exploiter un gisement minéral, nous devons défricher des terres – notre action a des **implications morales** et doit donc être soumise à des règles éthiques.

**Hans Jonas (1903-1993)** est un philosophe allemand qui continue d'avoir une influence majeure sur le développement de la théorie bioéthique. *Le Principe responsabilité* (1979) est son livre le plus connu.

En plus de sa valeur intrinsèque, la nature a également une **valeur extrinsèque**, c'est-à-dire non pas en elle-même **mais par rapport à nous**. Dans *Le Principe responsabilité* (1979), le philosophe allemand Hans Jonas montre que le développement démesuré de la technique moderne nous oblige à un **devoir de précaution** à la hauteur de notre nouvelle puissance. En effet, l'humanité a acquis au XX^e^ siècle la capacité de s'autodétruire et de détruire la nature. À cette capacité s'articule une **incertitude majeure** vis-à-vis des conséquences environnementales de nos actions pour le présent et le futur. De là découle une **responsabilité** des générations présentes, qui doivent garantir la qualité de la vie humaine à venir. Celle-ci se formule sous la forme d'un nouvel impératif :

> « Agis de façon que les effets de ton action soient compatibles avec la permanence d'une vie authentiquement humaine sur Terre. »
>
> **Hans Jonas**, *Le Principe responsabilité* [1979].

De la sorte, deux incitations éthiques nous invitent à ne plus considérer la nature comme un simple moyen : d'une part, elle doit être respectée **pour elle-même**, parce qu'elle comporte de la vie ; de l'autre, nous avons une **obligation** envers les générations futures de leur garantir des conditions de vie acceptables.

## 4 Repenser notre rapport au vivant ?

**EN BREF L'activité humaine oblige à identifier une nouvelle « ère de l'humain ». Elle appelle à redéfinir les frontières entre les hommes et le vivant non-humain.**

L'impact qu'exerce l'activité humaine sur Terre conduit certains scientifiques contemporains à parler d'une **« ère de l'homme »**, ou **« anthropocène »**. Ce terme désigne **une époque de remise en cause des équilibres biologiques sur Terre**, et de déstabilisation profonde de la biosphère qui débute avec les révolutions industrielles. On oppose l'anthropocène à l'**holocène**, période qui désigne les 12 000 années terrestres précédentes caractérisées par un climat tempéré propice au développement de formes de vie telles que nous les connaissons aujourd'hui.

**COUP DE POUCE**

On nomme aussi l'effondrement des formes de vie dans l'anthropocène « sixième extinction de masse », les cinq précédentes disparitions massives du vivant ayant servi à identifier le passage à un autre « âge » terrestre.

Le signe le plus flagrant de ce passage à un autre âge de la Terre est l'accélération constante de la disparition des espèces naturelles animales et végétales non-humaines depuis les années 1950. Face à ce constat, des philosophies tentent de repenser le rapport au vivant et de dépasser la distinction morale classique entre choses et êtres humains par la **reconnaissance d'une communauté d'intérêts**.

Pour le philosophe contemporain Baptiste Morizot, il est nécessaire de redéfinir le sens même de « nature ». Cela passe par une remise en cause fondamentale de la distinction entre l'homme et le reste du vivant. Dans *Manières d'être vivant – Enquête sur la vie à travers nous* (2020), il défend que **l'inattention** de l'être humain aux autres espèces animales rend **invivable** un monde qui est pourtant partagé. Baptiste Morizot repère un paradoxe : la recherche de confort des hommes passe par une ignorance ou une destruction des autres formes de vies qui occupent l'espace.

**NOTION**

La **biosphère** est la couche de la planète où se développe la matière organique et l'ensemble des formes du vivant, par opposition par exemple à la lithosphère qui est la couche rocheuse de la croûte terrestre.

Sans chercher à retrouver **un état de nature** **(voir chapitre l'État, p. 102)** imaginaire ni condamner les progrès techniques, Baptiste Morizot invite à cesser de considérer l'homme comme étant **absolument seul** au sein d'une réalité réduite à de la pure matière. Il constate en effet que les hommes vivent une tragédie : ils sont devenus incapables de communiquer avec les autres espèces avec lesquelles ils partagent la Terre.

## 5 Nature et culture

**EN BREF La nature désigne aussi ce qui est inné, c'est-à-dire biologique, universel et spontané. Inversement, la culture désigne ce qui est acquis, c'est-à-dire transmis au terme d'un enseignement, et donc particulier.**

Chez les êtres vivants, la nature désigne ce qui est **inné** par opposition à la **culture** qui définit ce qui est **acquis**, **transmis**, et fait donc l'objet d'un apprentissage. Cet apprentissage est différencié selon les appartenances sociales et les choix individuels. Par exemple, il appartient à la **nature humaine** de respirer ; mais la respiration yogique (technique respiratoire employée dans la pratique du yoga) est **culturelle** parce qu'elle fait l'objet d'une transmission et d'un apprentissage. Ce qui appartient à la nature est donc **essentiel et nécessaire** : un être vivant sans respirer ne serait pas un homme. Par opposition, la culture désigne le domaine **accidentel et contingent** **(voir Repères, p. 316)**, c'est-à-dire ce qui pourrait être autrement : par exemple, les cravates sont perçues comme des accessoires vestimentaires élégants, mais pourraient aussi bien être des accessoires de cirque ou ne pas exister. Bien sûr, la distinction entre nature et culture est parfois trop binaire : il n'est pas toujours aisé de séparer les deux domaines (par exemple, l'attirance sexuelle est-elle toujours naturelle ? Et l'amour pour sa famille ?).

Quel critère permettrait de faire cette distinction ? L'anthropologue Claude Lévi-Strauss propose d'identifier les processus culturels par la **présence de règles** qui organisent le chaos de la nature.

> Partout où la règle se manifeste, nous savons avec certitude être à l'étage de la culture. Symétriquement, il est aisé de reconnaître dans l'universel le critérium de la nature. [...] Supposons donc que tout ce qui est universel chez l'homme relève de la nature et se caractérise par sa spontanéité, que tout ce qui est astreint à une norme appartient à la culture et présente les attributs du relatif et du particulier.
>
> **Claude Lévi-Strauss**, *Les Structures élémentaires de la parenté* [1948].

Les règles n'existent que parce qu'il est possible de les transgresser : nous n'aurions pas besoin de règles si nous les respections spontanément. La nature renvoie à la **pure universalité** : respirer, se reproduire, communiquer. La culture renvoie en revanche à un ensemble de **normes socialement acceptées** : se serrer la main pour saluer, ôter son chapeau en entrant dans un lieu saint, respecter la syntaxe d'une langue, etc. Ces normes étant **apprises** et **instituées**, elles témoignent de constructions culturelles.

## 6 L'invariant culturel : le passage de la nature à la culture

**EN BREF La prohibition de l'inceste présente à la fois les traits de la nature et de la culture. Elle est donc l'invariant culturel qui fait le pont entre les deux états.**

À partir du critère de la règle, Claude Lévi-Strauss suppose que l'on peut trouver l'élément qui correspond chez les êtres humains au passage entre nature et culture. Il suffirait pour cela de trouver **une règle** qui soit **universelle** : par son caractère de norme sociale, elle appartiendrait à la culture, et par son universalité, à la nature. Une telle règle serait un **« invariant culturel »**, ce qui semble une **contradiction dans les termes**. En effet, la culture possède les attributs du « relatif et du particulier » : elle est donc **variable** par définition.

Claude Lévi-Strauss remarque que **la prohibition de l'inceste** possède ces caractéristiques. En effet, **toutes les sociétés** interdisent l'inceste, même si **cette règle peut prendre des formes variables**. Par exemple, dans l'Égypte antique, le mariage entre frères et sœurs est recommandé afin de préserver la pureté de la lignée royale, mais l'union entre parents et enfants est interdite. Claude Lévi-Strauss s'oppose à l'explication biologique et naturelle de cette règle : certains soutiennent en effet que le **dégoût** la justifie. Mais si tel était le cas, juge-t-il, **nous n'aurions pas besoin d'un interdit** ; or l'inceste est parfois pratiqué, ce qui montre que l'explication biologique échoue et que la règle peut être **transgressée**. Pour qu'il y ait prohibition, il faut qu'il y ait possibilité. Inversement, il n'y a aucun moyen de transgresser une loi naturelle.

En fait, la prohibition de l'inceste a bien une fonction sociale : obliger les groupes humains à ne pas se renfermer sur eux-mêmes et à engager des rapports de **réciprocité** en s'échangeant des femmes et des hommes. Universelle et particulière, la prohibition de l'inceste opère ainsi le **passage de la nature à la culture**. Mais ce **fait social universel** demeure problématique : n'est-il pas dans la nature des hommes de s'organiser en groupes sociaux particuliers qui établissent des règles ?

## 7 Par-delà nature et culture

**EN BREF L'opposition entre nature et culture est héritée d'un biais ethnocentriste. On peut décrire les interactions entre l'homme et le reste de la nature sans passer par cette distinction stricte.**

**Philippe Descola (né en 1949)** est un anthropologue français, professeur au Collège de France. Il est célèbre pour sa critique du couple nature / culture et propose de penser plutôt une « écologie des relations ».

Pour l'anthropologue **Philippe Descola**, l'opposition entre nature et culture est une distinction moderne peu justifiée. Il faut **repenser la place des hommes et leurs relations avec le vivant** en la dépassant. Il existe bien sûr des écarts entre les êtres humains organisés en société et le reste des animaux et végétaux, mais l'anthropologue montre que cette frontière stricte est une grille de lecture occidentale. En s'appuyant sur ses études auprès des Achuar (un peuple autochtone d'Amérique du Sud), il remet en cause l'idée que les hommes séparent l'espace domestique et l'espace sauvage naturel de manière imperméable.

Philippe Descola montre dans *Par delà nature et culture* (2005) que plusieurs modèles d'interprétation du monde et des relations entre humains et non humains font l'économie de cette distinction. Ainsi, le modèle **animiste** attribue des âmes aux êtres vivants non-humains : en cela, il établit **une communauté d'intériorité,** c'est-à-dire que les vies intérieures des hommes et des animaux sont semblables. La mémoire, la conscience de soi, la capacité à communiquer sont partagées avec les autres espèces vivantes, et cette continuité remet en cause la frontière entre réalités naturelles et culturelles. Des formes de vies physiquement différentes (je ne partage presque rien en termes d'expérience physique avec la mouche ou le requin), font ainsi partie du même ensemble en termes d'expérience intérieure.

Notre envie de distinguer nature et culture est en fait **anthropocentrique** : elle vient du fait que nous jugeons d'un point de vue humain en nous prenant pour **référence**. En effet, l'homme est un animal produit par la sélection naturelle au terme de processus d'évolutions complexes et indépendants de lui : c'est donc un **être naturel**. Trois facteurs concourent à nous juger pour autant supérieurs au reste du vivant :
- la production de règles non-biologiques ;
- la construction d'artefacts, c'est-à-dire d'objets techniques ;
- l'ampleur et l'irrégularité de nos modifications de la nature.

On peut répondre à chacun de ces trois critères. Certains groupes de bonobos, par exemple, **établissent des règles non-biologiques** : ils n'ont pas de lois strictement identiques d'un groupe à l'autre pour régir les comportements des individus. Mais surtout, pourquoi considérer qu'un bâtiment dans une ville ou une voiture sont des artefacts plus que le nid de l'oiseau ou le barrage du castor : les animaux produisent eux aussi des objets que la nature ne produit pas d'elle-même, et modifient son agencement **(voir chapitre le Travail et la Technique, p. 276)**. Si l'être humain est un animal naturel, pourquoi ses productions seraient-elles artificielles plus que les productions des autres espèces animales ? Enfin, le dernier critère semble subjectif : à partir de quand juge-t-on qu'une modification de la nature est suffisante pour appartenir au domaine de la culture ? Lorsqu'une ville comme Las Vegas émerge du désert ? Ou lorsque nous empilons des pierres pour construire un mur à la limite d'un champ ?

## 8 Existe-t-il une nature humaine ? « On ne naît pas femme on le devient. »

**EN BREF Si notre seule existence détermine notre vie, alors la nature humaine n'existe pas. Les femmes ne naissent pas non plus femmes, mais leur condition est produite par un système de domination masculine.**

On ne saurait réduire toute l'espèce humaine à une « nature » : ce serait nier la diversité des conditions et le rôle que joue la société dans la construction de notre identité. Ainsi, si « tout le monde s'accorde à reconnaître qu'il y a dans l'espèce humaine des femelles », la philosophe Simone de Beauvoir a remis en cause dans *Le Deuxième Sexe* (1949) le fait qu'**être une femme** soit une disposition naturelle. Sa réflexion s'inscrit dans **le courant existentialiste**, qui défend l'idée que **l'être humain n'a pas d'essence**, c'est-à-dire que l'homme existe sans qu'il n'y ait de raison naturelle, historique ou divine à cela. Il n'y a **pas de sens préétabli à l'existence humaine**, et c'est l'homme lui-même qui doit donner du sens à son existence. De là la célèbre formule de Jean-Paul Sartre dans *L'existentialisme est un humanisme* (1946) selon laquelle **« l'existence précède l'essence »**. Je me définis non par ce que je suis, mais par la suite de mes actions libres : la seule nature humaine qui soit est donc celle créée par l'homme lui-même. À strictement parler, il n'y a pas de nature mais une **condition** humaine.

**COUP DE POUCE**

En distinguant les femelles des femmes, Simone de Beauvoir introduit une distinction entre le sexe à la naissance (féminin par exemple), et le genre des individus, c'est à dire les caractéristiques sociales, construites, qui les rattachent à une catégorie sexuelle (ici, « les femmes »).

> « L'homme n'est rien d'autre que son projet, il n'existe que dans la mesure où il se réalise, il n'est donc rien d'autre que l'ensemble de ses actes, rien d'autre que sa vie. [...] Un homme s'engage dans sa vie, dessine sa figure, et en dehors de cette figure il n'y a rien ».
>
> **Jean-Paul Sartre**, *L'existentialisme est un humanisme* [1946].

**Simone de Beauvoir** enrichit cette réflexion en s'interrogeant sur la condition des femmes dans les sociétés contemporaines. Elle remarque que ce qu'on désigne comme une femme est **un ensemble de caractéristiques produites par une culture et une histoire donnée**, dans des sociétés dominées par les hommes. Elle montre que dans l'histoire occidentale au moins, « l'humanité est mâle et l'homme définit la femme non en soi mais relativement à lui ». Ainsi, les femmes sont définies comme les « autres » des hommes : non pas leurs égales ou l'autre partie d'un tout, mais ce qui est différent de la **référence naturelle** : le mâle. Par exemple, dans la théologie chrétienne, Ève, la première femme, n'est pas l'égale du premier homme, Adam, mais émerge à partir de sa côte, ce qui sous-entend son infériorité. C'est dans ce cadre que Simone de Beauvoir considère que **la féminité est une construction sociale**. Simone de Beauvoir insiste sur le fait que cette construction n'est pas le fait des femmes mais d'une **structure aliénante** où les hommes contrôlent les destinées féminines et les oppriment. La nature féminine n'existe pas mais est **construite** de manière aliénante.

**Simone de Beauvoir (1908-1986)** est une philosophe et romancière française. Elle est reconnue comme une des théoriciennes centrales du féminisme, et a développé une philosophie existentialiste.

La philosophe considère que cette prise de conscience, par les femmes, d'être réduites à « l'autre que l'homme » est la condition de leur libération. Dans la continuité de la théorie existentialiste, les femmes demeurent libres d'agir pour se libérer mais c'est seulement **en identifiant les origines de cette aliénation** qu'une libération est possible. La thèse de Simone de Beauvoir a eu une grande postérité dans les théories féministes et est encore aujourd'hui une référence pour construire une critique du patriarcat.

## POUR TOUT RETENIR

→ Les hommes entretiennent un rapport ambivalent à la nature, oscillant entre le **respect** pour sa puissance et sa beauté et l'**exploitation** de ses ressources en vue de favoriser leurs propres projets. Le développement technologique contemporain, la nouvelle éthique de l'environnement et l'entrée dans une nouvelle ère, l'**anthropocène**, exigent cependant des hommes qu'ils sortent du rapport d'adversité avec la nature. Respecter la nature ne signifie ni revenir à un état « primitif » ni nier les apports de la **culture**. En elle-même, la nature n'est ni bonne ni mauvaise et ne commande aucune attitude morale : plutôt que de suivre une supposée nature, nous devons inventer la nôtre. En revanche, pour nous-mêmes comme pour elle, nous avons tout intérêt à entretenir avec elle un rapport de **complicité** et de **réciprocité**.

## VOCABULAIRE ESSENTIEL

**Anthropocène :** ère de la Terre qui commence au XIXe siècle, caractérisée par une déstabilisation globale des équilibres biologiques en raison de l'activité humaine.

**Artefact :** par opposition à nature, objet produit par l'humanité au moyen de techniques.

**Culture :** ensemble très vaste regroupant des croyances, pratiques, traditions et usages appris et faisant l'objet d'une transmission.

**Essence :** ensemble des propriétés fondamentales caractéristiques et indissociables d'un être, propres à sa nature.

**Finalisme :** système de pensée qui juge que les phénomènes naturels sont organisés en vue d'une fin. Par exemple, la pluie existe pour arroser les plantes.

**Inné :** par opposition à acquis, désigne ce qui appartient par nature à un individu, c'est-à-dire ce qui est biologique, universel et spontané.

**Mécanisme :** système de pensée qui juge que les phénomènes naturels n'obéissent à aucun but, mais à des lois aveugles qui régissent les enchaînements de cause à effets.

FOCUS SUR...

# LE SUBLIME DE LA NATURE

Joseph Mallord William Turner, *Le Téméraire remorqué à son dernier mouillage pour y être détruit*, 1839, huile sur toile, 90,7 × 121,6 cm, National Gallery, Londres (Angleterre).

**Le sublime de la nature** désigne, en esthétique, une certaine émotion face au spectacle de la nature qui **dépasse l'expérience du beau**. Il renvoie à une idée d'élévation, à un état suspendu qui est atteint dans la contemplation, et qui paradoxalement demeure incompréhensible. Lorsque je m'exclame que « c'est sublime » face au massif du Mont Blanc par exemple, je détermine ainsi que ce que je contemple entretient un certain rapport à la beauté, et cependant me **dépasse totalement**. Le sublime est un concept mobilisé pour qualifier une certaine relation avec la nature **dont la richesse et la grandeur sont infinies et nous restent inaccessibles**. Il ne s'agit pas pour autant d'un superlatif, qui exprimerait un degré supérieur de beauté. Par exemple, lorsque je dis qu'un tableau ou un visage est **magnifique**, je cherche à le qualifier comme supérieurement beau. Le sublime désigne, lui, non pas une différence de degré, mais de nature : on dit donc qu'**il transcende le beau**, qu'il renvoie à un autre état.

Dans la littérature romantique, le sublime exprime **le dépassement absolu du spectateur** face à la nature qu'il contemple. Le terme apparaît aussi chez Emmanuel Kant dans la *Critique de la faculté de juger* (1790) afin de qualifier un type de goût particulier, plus recherché encore que le beau. Emmanuel Kant fait du goût du sublime l'expérience esthétique de l'absolue grandeur de la nature. Il correspond alors à **un sentiment de crainte et de respect inspiré par la contemplation de la nature**. Il permet de distinguer plaisir esthétique du beau face à une œuvre d'art **(voir chapitre l'Art, p. 15-16)** et expérience du sublime de la nature, que l'art est incapable de reproduire. Le sublime est éprouvé de deux manières devant **l'infiniment grand**. La grandeur est de deux types : **mathématique**, lorsqu'elle renvoie à l'immensité (par exemple lorsque je frémis devant l'infinité de la voûte céleste) ou **dynamique** lorsqu'elle se rapporte aux **forces colossales** à l'œuvre dans la nature (par exemple, lorsque le tonnerre gronde au-dessus de chez moi et que les murs en tremblent).



EXPÉRIENCE DE PENSÉE

## QUE VAUT LA RESTAURATION DE LA NATURE ?

La généralisation de la conscience écologique pousse de nombreuses entreprises à s'engager dans des démarches de restauration de la nature. Pour contrebalancer les conséquences écologiques de leur activité, certaines se lancent dans des initiatives telles que « un produit acheté, un arbre planté ». Ces entreprises partent du principe qu'on peut **réparer** les dommages que l'on cause à la nature et qu'on peut **détruire la nature tant qu'on la restaure**.

Mais cela ne va pas de soi. Dans l'article *Contrefaire la nature* (1982), le philosophe Robert Elliot pose la question suivante : même si nous étions en mesure de **restaurer parfaitement** un espace naturel, l'espace restauré **aurait-il autant de valeur** que sa version originelle ? *A priori*, nous sommes tentés de répondre positivement : dans le cadre de cette expérience de pensée, la zone naturelle parfaitement restaurée est **indiscernable** de la zone originelle. Pourtant, pour Robert Elliot, la zone restaurée est au fond **analogue à une contrefaçon et a donc moins de valeur** que l'original : une copie de faussaire, même parfaite, a moins de valeur que la toile qu'elle imite. L'auteur montre ainsi que la valeur que nous donnons à une zone naturelle vient d'une « continuité d'un genre particulier qui la lie au passé », c'est-à-dire de son **authenticité historique**. L'évaluation d'une œuvre artistique nécessite une expertise interrogeant le contexte et la période de création ou l'intention de l'artiste ; semblablement, on confère à un paysage de la valeur en ayant la conscience des **processus écologiques** qui s'y jouent. Prendre la copie pour l'original, c'est donc montrer son ignorance en se laissant berner.

L'argument de Robert Elliot vise à montrer que la **conservation des espaces naturels** a plus de valeur que leur restauration ; cette dernière visant souvent « à fragiliser les arguments des partisans de la conservation » et donc à justifier que l'on endommage la nature au nom de la garantie de sa réparation future. La restauration est alors une manière de s'**exonérer des dommages** que l'on cause en soulignant notre devoir de réparation. Le fait que cette façon de procéder soit devenue la norme en matière de politique environnementale repose sur une continuité de la considération de la nature comme un espace à dominer et exploiter, malgré l'urgence écologique actuelle.

→ L'hypothèse d'une restauration parfaite de la zone naturelle endommagée est-elle crédible ?

→ Doit-on s'interdire toute exploitation de la nature ?

→ Avons-nous le devoir de connaître la nature ?

# MÉMO VISUEL

## – La Nature –

### Conceptions de la nature

- **Finaliste**
  - Les objets de la nature sont produits selon un but.
  - La nature est harmonieuse et providentielle, il faut la respecter. **(Stoïcisme)**
- **Mécaniste**
  - Il n'y a aucun but dans la nature, seulement des effets et des causes.
  - Il n'y a pas d'ordre naturel, seulement des ressources à exploiter.

### Éthique de la nature

- **Il faut respecter la nature car elle a une valeur intrinsèque.**
  - Parce que les animaux peuvent souffrir.
  - Parce que le vivant a des intérêts.
- **Il faut respecter la nature car elle a une valeur extrinsèque.**
  - Parce que les êtres humains déstabilisent les écosystèmes. (anthropocène)
  - Pour garantir des conditions de vie dignes aux générations futures. **(Jonas)**
  - Parce que l'humanité pourrait s'autodétruire.

# SE TESTER

**1. La nature aime à se cacher peut signifier :**

- **a** Qu'elle est une entité vivante qui nous échappe.
- **b** Quelle doit être dévoilée et maîtrisée par l'homme.
- **c** Qu'elle est une divinité parmi d'autres.

**2. D'après les stoïciens, se conformer à la nature, c'est :**

- **a** Reproduire en nous l'ordre naturel.
- **b** Vivre en respectant le rythme des saisons.
- **c** Retourner à un mode de vie primitif.

**3. Selon Kenneth Goodpaster, on justifie la préservation de la nature au nom :**

- **a** De la souffrance éprouvée par les animaux lorsqu'on les utilise comme des choses.
- **b** Des bénéfices humains tirés de la préservation des équilibres écosystémiques.
- **c** Des intérêts que peuvent avoir les animaux et végétaux à se maintenir en vie.

**4. Hans Jonas estime que nous avons un devoir vis-à-vis de la nature parce que :**

- **a** La beauté de la nature doit être préservée.
- **b** Nous devons garantir aux générations futures les conditions d'une vie authentiquement humaine.
- **c** Dieu a créé un ordre suprême qu'il ne faut pas dénaturer.

**5. L'anthropocène c'est :**

- **a** L'âge qui correspond à la présence des hommes sur Terre.
- **b** L'âge qui désigne la période d'influence de l'homme modifiant les équilibres biologiques terrestres.
- **c** L'âge où les hommes maîtrisent complètement la nature.

**6. Restaurer la nature après l'avoir détruite :**

- **a** a moins de valeur que sa pure conservation.
- **b** permet de retrouver la même nature à l'identique.
- **c** a encore plus de valeur que la nature d'origine.

**7. Par opposition à la nature, la culture désigne :**

- **a** La tentative de rationaliser la nature pour qu'elle produise des denrées agricoles.
- **b** Ce qui est inné, spontané, universel et biologique.
- **c** Ce qui est acquis, transmis, relatif et particulier.

**8. D'après Claude Lévi-Strauss, la prohibition de l'inceste :**

- **a** Opère le passage de nature à culture.
- **b** Est le signe de la bonne santé d'une société.
- **c** Est un phénomène biologique et naturel, inspiré par le dégoût.

**9. Simone de Beauvoir montre que :**

- **a** Il n'y a pas de différence entre les hommes et les femmes.
- **b** Les caractéristiques féminines sont une construction sociale.
- **c** Les femmes sont libres de choisir leur avenir.

**10. Le sublime de la nature :**

- **a** Est un degré très élevé du beau.
- **b** Inspire la crainte et le respect.
- **c** N'est accessible qu'aux artistes.

→ Corrigés page 348

# S'ENTRAÎNER

## 1 Distingue le sens philosophique des propositions.

Distingue les conceptions mécanistes et finalistes de la nature :

**a.** La main est faite pour attraper des objets.
**b.** La main humaine est le résultat du processus de sélection naturelle.
**c.** Le melon a huit stries afin d'être facilement coupé en parts.
**d.** L'attraction lunaire explique le phénomène des marées.

Distingue les propositions qui renvoient à la nature et à la culture :

**a.** Les êtres humains sont des animaux sociaux.
**b.** Nous sommes respectueux des ancêtres lorsqu'ils prennent la parole.
**c.** Nous ôtons nos chapeaux en entrant dans les lieux saints.
**d.** Nous sommes dotés d'un instinct de survie.

## 2 Exploite philosophiquement un exemple.

Jusqu'au 6 septembre 2018, l'article 377 du code pénal indien criminalisait l'homosexualité au motif qu'il s'agissait de « sexe contre nature ». Or Michel de Montaigne remarque dans les *Essais* (1580-1588) que « Nous appelons contre nature, ce qui advient contre la coutume. »

**a.** À l'aide de cet exemple, défends l'idée que nous employons le plus souvent l'expression « contre nature » pour désigner ce qui est en fait contre la culture.
**b.** Dans un paragraphe argumenté, réponds à la question : Peut-on dire que tout ce qui est culturel au sens large est contre nature ?

## 3 Exploite philosophiquement une citation.

« Il nous est maintenant permis d'affirmer que les traits de caractère que nous qualifions de masculins ou de féminins sont pour un grand nombre d'entre eux, sinon en totalité, déterminés par le sexe d'une façon aussi superficielle que le sont les vêtements, les manières, ou la coiffure qu'une époque assigne à l'un ou l'autre sexe. [...] Nous sommes obligés de conclure que la nature humaine est éminemment malléable, obéit fidèlement aux impulsions que lui communique le corps social. »

**Margaret Mead,** *Mœurs et sexualités en Océanie* [1928-1935].

> Montre en quoi les observations de terrain de l'anthropologue Margaret Mead rejoignent les arguments que Simone De Beauvoir défendra dans *Le Deuxième Sexe* quinze ans plus tard.

SUJET GUIDÉ

Explication de texte

# SE PRÉPARER POUR LE BAC

## Préparer les questions des trois étapes du sujet d'explication de texte type pour les voies technologiques

### John Stuart MILL, *La Nature*

Si le cours naturel des choses était parfaitement bon et satisfaisant, toute action serait une ingérence[1] inutile qui, ne pouvant améliorer les choses, ne pourrait que les empirer. [...] Tout le monde déclare approuver et admirer nombre de grandes victoires de l'art sur la nature : joindre par des ponts des rives que la nature avait séparées, assécher des marais naturels, creuser des puits [...]. Mais louer ces exploits et d'autres similaires, c'est admettre qu'il faut soumettre les voies de la nature et non pas leur obéir ; c'est reconnaître que les puissances de la nature sont souvent en position d'ennemi face à l'homme, qui doit user de force et d'ingéniosité afin de lui arracher pour son propre usage le peu dont il est capable, et c'est avouer que l'homme mérite d'être applaudi quand ce peu qu'il obtient dépasse ce qu'on pouvait espérer de sa faiblesse physique comparée à ces forces gigantesques. Tout éloge de la civilisation, de l'art ou de l'invention revient à critiquer la nature, à admettre qu'elle comporte des imperfections, et que la tâche et le mérite de l'homme sont de chercher en permanence à les corriger ou les atténuer.

1. **Ingérence :** intervention dans les affaires d'autrui.

**John Stuart Mill**, *La Nature* [posth. 1874], trad. de l'anglais par E. Reus, © La Découverte, 1998, p. 61-62.

## Méthode et corrigé

Dans l'épreuve du baccalauréat d'explication de texte, vous avez le choix entre deux manières de traiter le sujet. L'option 1, en trois étapes (analyse – synthèse – commentaire) vous guide par étapes fixes pour expliquer le texte proposé. L'option 2 correspond à un commentaire classique sous la forme d'une introduction, d'un développement qui obéit à la logique du texte, et d'une conclusion **(voir Méthode, p. 326)**.

**COUP DE POUCE**

Pour l'option 2, suis les consignes données pour l'explication de texte en voie générale. Le corrigé suit ici le parcours proposé par l'option n° 1. Attention à bien indiquer sur ta copie si tu choisis l'option n° 1 ou n° 2.

## Option n°1

### A – Éléments d'analyse

**1 Pourquoi J.S. Mill pense-t-il que « toute action serait une ingérence inutile » si « le cours naturel des choses était parfaitement bon et satisfaisant » (l. 1-3) ?**

L'ingérence renvoie ici à l'intervention de l'homme dans des affaires extérieures, par exemple lorsqu'un gouvernement intervient dans les décisions d'un pays étranger. L'**analogie** suggère donc que l'intervention des hommes serait abusive vis-à-vis d'un « cours des choses », l'ensemble des phénomènes de la nature, qui serait « parfaitement bon et satisfaisant ». Si la nature était parfaitement organisée et sans défaut, alors nécessairement, **intervenir dessus ne pourrait avoir comme conséquence que de la dégrader.** Il faut donc conclure que la nature n'est pas parfaite.

**2 À quoi renvoie le terme « art » dans l'expression « Tout le monde déclare approuver et admirer nombre de grandes victoires de l'art sur la nature » (l. 3-4) ?**

Ne pas confondre ici « art » avec l'activité de création artistique. J.S. Mill **renvoie à la technique**, expressément mise en œuvre pour maîtriser la nature et l'adapter à nos besoins. Ainsi, lorsqu'il parle de la capacité à construire des ponts ou des puits, c'est bien de l'art de l'ingénieur dont il s'agit.

**3 Que signifie J.S. Mill lorsqu'il pense que « les puissances de la nature sont souvent en position d'ennemi face à l'homme » (l. 7-8) ?**

J.S. Mill identifie un conflit entre l'homme et la nature, dans lequel **les forces sont *a priori* inégales**. Les puissances de la nature (par exemple, l'ouragan) dominent infiniment l'homme. Nous sommes donc dans **une position d'impuissance** face à certains phénomènes, en raison de leur démesure. Ainsi le tsunami qui a submergé la centrale nucléaire de Fukushima en 2011 au Japon montre que le développement technologique n'empêche pas ces forces naturelles de provoquer des ravages. Mais c'est aussi **l'ignorance des hommes quant aux causes** de ces phénomènes qui les pousse à les identifier comme des ennemis.

**4 Pourquoi tout éloge de l'activité humaine revient-elle à « critiquer la nature » (l. 12-13) ?**

L'homme entretient **un rapport de concurrence et de domination avec la nature**, l'activité humaine est donc nécessairement une activité de critique dans le sens où **elle s'oppose au libre cours** des phénomènes. Si des hommes décident de canaliser une rivière pour pouvoir irriguer leurs cultures mais aussi se prémunir des crues, alors ils « critiquent » la forme précédente de la nature sauvage car elle est à leur désavantage. Dans cette perspective, **la nature est toujours à la fois autosuffisante sans l'homme, et inadaptée à ce dernier.**

### B – Éléments de synthèse

**1 Quelle est, selon vous, la question à laquelle le texte de J.S. Mill tente d'apporter ici une réponse ?**

J.S. Mill s'interroge sur les rapports entre l'homme et la nature, leur démesure et leur déséquilibre. Son questionnement porte sur ce que fait l'homme lorsqu'il intervient pour modifier son environnement. On peut donc dire que la question qui motive ce texte est la suivante : **Pourquoi l'homme qui modifie son environnement se place-t-il nécessairement dans une position de conflit avec la nature ?**

**2 Comment cette réponse est-elle organisée ? Dégagez les différents moments de l'argumentation présente dans ce texte de J.S. Mill, et montrez comme ils s'articulent les uns aux autres.**

J.S. Mill divise sa réponse en deux temps inégaux.
Dans une première partie, du début du texte à « creuser des puits », il précise

plusieurs sous-entendus nécessaires à l'explicitation de sa thèse. Il commence par suggérer que la nature n'est pas un ensemble parfait et inaltérable, et lui oppose les actions techniques des hommes qui améliorent leur quotidien et leur vie.

Dans une seconde partie, J. S. Mill annonce sa thèse : **il y a nécessairement une position de conflit entre l'homme et la nature** car il doit la plier à ses besoins et ses désirs pour vivre en sécurité, et non s'y soumettre. Il montre que c'est là la condition même de l'homme, en tant qu'il est physiquement inférieur, qui l'amène à contrecarrer la nature par la technique.

### 3 Dégagez l'idée principale du texte.

La phrase finale du texte est à la fois un résumé de sa thèse et des conclusions qu'il tire de son étude. J.S. Mill insiste sur le fait qu'il faut défendre l'intervention de l'homme sur la nature comme **nécessaire et bonne**, afin de **maîtriser la nature et d'assurer la sécurité des hommes**.

## C – Commentaire

### 1 Faut-il suivre le cours de la nature ou s'y opposer ?

J. S. Mill défend clairement qu'il faut s'opposer au cours de la nature, et que **les hommes en retirent un « mérite »** car **il n'existe pas de nature providentielle**. Au contraire, l'homme doit organiser son environnement, ce qui implique qu'il le domine. Cette opposition place l'homme dans une position ambiguë : il est à la fois un être naturel et une force interne qui transforme la nature.

Pour J.S. Mill, l'homme accède à son humanité justement en s'employant à maîtriser la nature. Cette action remet en question l'hypothèse de perfection première de cette dernière. Si la nature était parfaite nous nous efforcerions d'avoir le moins d'influence possible sur elle.

Au contraire, J.S. Mill défend que la nature comporte des « imperfections ». Ces dernières légitiment l'intervention humaine car elles constituent une menace permanente pour la sécurité de l'homme dans la nature. Attention, cette menace ne signifie pas que la nature soit volontairement hostile à l'homme : elle est aveugle et le terme d'« ennemi » désigne donc plutôt le danger permanent des éléments naturels qu'une menace volontaire.

Par conséquent, c'est en son intérêt propre que l'homme doit s'opposer au cours de la nature.

### 2 La domination de la nature par l'homme est-elle souhaitable ?

L'urgence écologique actuelle conduit à des impasses, qui nous obligent à réinterroger cette évidente domination.

On peut défendre que la domination de la nature n'est **pas souhaitable en pratique**, car elle produit une destruction à moyen terme de l'environnement et nous met finalement en danger. L'extraction de matières premières et le réchauffement climatique sont désormais identifiés comme les causes premières qui risquent de rendre notre monde invivable.

On peut aussi soutenir l'idée que cette domination n'est **pas souhaitable en soi**, car elle entre en conflit avec d'autres intérêts propres : ceux du vivant animal et végétal. La domination de la nature contredit certains impératifs moraux, en particulier celui qui invite à ne pas agir sans assurer la continuation d'une vie « authentiquement humaine » sur Terre. À ce titre, le paradoxe de la domination de la nature est le suivant : à force de chercher à maîtriser la nature au nom de notre confort, **nous produisons un monde inhumain**, indigne.

En définitive, le propos de J.S. Mill confirme la théorie d'une extériorité de l'homme à la nature. C'est cette position qui justifie que la gloire de l'homme est atteinte par la domination des éléments naturels pour son intérêt et sa sécurité. A posteriori, on voit bien qu'une telle frontière entre l'homme et le reste du monde physique est difficilement tenable.

# Chapitre 9 La Nature

**Tu viens de voir les notions à connaître sur la nature. Pour t'aider à retenir l'essentiel et t'entraîner pour le Bac, voici ton kit de révisions clé en mains conçu par SchoolMouv !**

## Fiche de révision

### Le Focus de SchoolMouv : Nature et physique

Aristote propose de distinguer les choses qui existent par la nature de celles qui existent par d'autres causes, auxquelles il donne le nom d'« art ».

Pourtant, contrairement à Calliclès, Aristote ne fait pas de la nature le domaine de la pure liberté, mais un univers régi par des lois au même titre que la société, comme celles du mouvement, de la naissance et de la mort, que l'observation peut déceler.

Si la nature peut nous apparaître comme sauvage et dépourvue de rationalité humaine, elle est pourtant un monde avant tout physique, c'est-à-dire régi par les **lois de la physique**. Par rapport au monde artificiel des créations humaines, la nature est justement ce qui peut être compris à travers des lois scientifiques.

Au XVIIIe siècle, en appui de cette théorie, Kant définira la nature ainsi :

« La *nature*, c'est l'*existence* des choses, en tant qu'elle est déterminée selon des lois universelles. » (*Prolégomènes*, 1783.)

**On peut donc comprendre la nature comme un tout, mais un tout régi par un ensemble cohérent de lois.**

## Vidéo

Pour mieux comprendre et t'en souvenir à coup sûr, regarde la vidéo.
C'est parfois bien plus clair en images.

**Vidéo** **La nature**
https://flashbelin.fr/focusbacschoolmouv/philo/10

## Contenu additionnel

Voici un bonus autour du même sujet. La curiosité n'est pas toujours un vilain défaut. Il suffit de créer ton compte pour avoir accès à plein de contenus supplémentaires.

**Fiche de lecture** **Charles Darwin, *L'Origine des espèces***
http://www.schoolmouv.fr/eleves/fiches-de-lecture/l-origine-des-especes-charles-darwin/fiche-oeuvre

Tu trouveras ici les clés pour comprendre l'ouvrage : les notions principales, les concepts nouveaux forgés par l'auteur. En particulier, le concept de sélection naturelle.

**Conseil**
Cette œuvre aborde de manière transversale plusieurs notions du programme : utilise-la pour établir des liens avec les autres cours et approfondir certaines problématiques !

## Tchat avec un prof

Pour poser toutes tes questions à un prof particulier, découvre l'abonnement tchat.
Tu peux le tester gratuitement pendant 7 jours : fini les questions sans réponses, tu vas devenir incollable.

http://focusbac.schoolmouv.fr/offre

10

VOIE GÉNÉRALE

VOIE TECHNOLOGIQUE

# La Religion

Sébastien Thibault, illustration, 2020.

# → La croyance religieuse est-elle raisonnable ?

## UNE HISTOIRE POUR COMMENCER...

### Le sacrifice d'Isaac

Dans la Genèse, premier livre de la Bible, Dieu demande à Abraham de lui sacrifier son fils, Isaac, au sommet du mont Sinaï. Alors qu'Abraham est sur le point d'obéir, l'archange Gabriel interrompt son geste. Désormais, Dieu sait que Abraham lui obéit absolument. À la place d'Isaac, il sacrifie finalement un bélier.

On retrouve ce même épisode dans le judaïsme, qui commémore le sacrifice d'Isaac au Nouvel An ; ainsi que dans le rite musulman où la plus importante fête religieuse, l'Aïd el-Kebir, est une célébration de la force de la foi de ce même Abraham appelé « Ibrahim ». Dans les mythes grecs, un récit analogue met en scène le roi de Béotie, Athamas, arrêté par Héraclès alors qu'il allait immoler son fils, auquel Zeus substitue un bélier.

Ce récit montre une obéissance absolue au commandement divin et illustre la bonté divine : Dieu ne souhaite pas la mort de l'enfant. Il s'agit donc d'un test de loyauté et non d'un acte de cruauté. Le geste d'Abraham est en effet radical et excessif. Son obéissance à Dieu passe avant son amour paternel. Dieu exige de lui une forme **d'aveuglement volontaire** : son amour et son dévouement pour lui devront toujours être supérieurs à l'amour pour ses proches et à la loi de la raison.

Le récit interroge ainsi **la possibilité de concilier la croyance en Dieu et la raison**. Est-il possible et rationnel de vouloir concilier une soumission parfaite à Dieu et une action mesurée et raisonnable ? Abraham dispose bien sûr, comme tout homme, d'une capacité à raisonner, mais celle-ci semble ici seconde et assujettie à sa foi.

### ? Problématisation

→ **La croyance religieuse** repose sur un **acte de confiance** intime : la décision de prendre quelque chose pour vrai indépendamment des faits. Elle donne du « crédit » à une parole sans l'absolue certitude de sa **véracité**. Ce type de croyance peut-il être reconnu comme raisonnable, en accord avec notre capacité à prendre des décisions délibérées et fondées par notre jugement ? Ou y a-t-il deux domaines distincts, celui de la foi et celui la raison, qui peuvent coexister mais ne sont pas du même ordre ?

# Pour bien comprendre

## → Les racines latines du mot « religion »

« Religion » pourrait provenir du latin *religare*, qui signifie « relier ». Ainsi comprise, la religion est ce qui **instaure un lien** entre l'homme et la divinité d'une part, et **entre les hommes** d'autre part. La religion **unifie donc les membres du corps social**. Cette hypothèse est corroborée par les étymologies d'« Église » et de « synagogue » : *ekklesia* et *sunagôgê* signifient tous deux « assemblée » en grec ancien. De la même manière, le terme de *oumma* signifie en arabe la « communauté » et désigne l'ensemble des croyants musulmans. Vecteur de rassemblement, **la religion** a **une fonction sociale**.

« Religion » pourrait aussi provenir du latin *religere*, qui signifie « relire avec soin », « recueillir », « respecter ». Cette étymologie insiste sur la dimension **spirituelle** de la religion, qui est un **système de croyances** en des entités supérieures et **transcendantes** **(voir Repères, p. 319)**, dignes de respect et de déférence : les croyants sont **soumis** à leur(s) divinité(s).

## → Une définition sociologique du mot « religion »

Ces dimensions sont synthétisées dans la définition du sociologue Émile Durkheim :

> « Une religion est un système solidaire de croyances et de pratiques relatives à des choses sacrées, c'est-à-dire séparées, interdites, croyances qui unissent en une même communauté morale, appelée Église, tous ceux qui y adhèrent. »

**Émile Durkheim**, *Les Fondements élémentaires de la vie religieuse* (1912).

## → L'erreur à ne pas commettre

Attention, la religion ne renvoie pas seulement aux **monothéismes (le judaïsme, le christianisme, l'islam)**, mais également à des **croyances polythéistes**. Elle est plus précise que la simple spiritualité, qui vise l'épanouissement de l'esprit, et peut être atteinte par d'autres biais (la philosophie, le yoga, la méditation...).

Émile Durkheim **(1858-1917)** est l'un des fondateurs de la sociologie avec Max Weber (p. 274). Il s'intéresse de près à la religion en tant que phénomène social.

# LE COURS *en 8 points*



## 1 Le sacré et le profane

**EN BREF Toutes les conceptions religieuses distinguent le sacré et le profane. Le premier désigne un domaine supérieur et inviolable, le second ce qui est hors du champ religieux.**

Comme le montre le penseur roumain Mircea Eliade dans *Le Sacré et le Profane* (1956), toutes les religions distinguent le **sacré** du **profane**. Le **sacré** est conçu comme ce qui appartient à un domaine séparé, **inviolable** et **transcendant** : l'**ordre divin**. Celui-ci inspire aux êtres humains la crainte et le frisson du mystère. Le sacré peut concerner des **lieux** (le temple, la cathédrale, la mosquée…), des écrits (la Bible, le Coran…), des **personnes** (le dalaï-lama du bouddhisme tibétain), des **objets** (le Saint-Graal dans le catholicisme), des **entités immatérielles** (l'Esprit Saint) et même des **pratiques** (sacrifices, baptêmes…).

Mircea Eliade suggère que le **lieu du culte** est le plus central parce que c'est là que se **manifeste le sacré**. Les croyances religieuses instaurent des lieux **hiérarchiquement supérieurs** aux autres : ce sont les lieux sacrés. Par exemple, pour le peuple australien Achilpa, l'être divin Numbakula, après avoir « cosmicisé » le monde, créa à partir d'un tronc de gommier le « poteau sacré » (*kauwa auwa*), qu'il escalada pour rejoindre les cieux. Depuis, les Achilpa emportent le poteau sacré dans tous leurs voyages ce qui leur permet « de se déplacer continuellement, sans cesser d'être dans "leur monde", et en même temps en communication avec le Ciel où Numbakula a disparu. » (Mircea Eliade, *Le Sacré et le Profane*, 1956). Le rapport à l'objet sacré est tel que les Achilpa se laissent dépérir s'ils perdent le contact avec *kauwa auwa*.

La supériorité hiérarchique du sacré frappe **d'interdit** sa violation. Lorsque les Achilpa ont froid, ils ne sauraient faire de leur poteau sacré du bois de chauffe : ce serait une **profanation**. **Profaner**, c'est briser l'interdit qu'impose la sacralité, en ne reconnaissant pas son caractère religieux. L'étymologie *pro-fanum*, « devant le temple », montre cependant que le profane ne désigne pas une force en conflit avec le sacré, mais tout ce qui est **hors du champ** religieux. Pour qu'il existe un domaine sacré, il faut qu'il s'oppose à un profane.

## 2 Religion statique et religion dynamique

**EN BREF La religion statique désigne la dimension sociale, traditionnelle et superstitieuse de la religion. Elle s'oppose à la religion dynamique, qui est sa facette proprement spirituelle.**

En accord avec la double étymologie de la religion, Henri Bergson (p. 275) distingue dans son dernier livre *Les Deux Sources de la morale et de la religion* (1932) **la religion statique** de la **religion dynamique**. La croyance religieuse remplit pour l'auteur une « fonction fabulatrice », tant et si bien qu'il la juge déraisonnable :

> « Quel tissu d'aberrations ! L'expérience a beau dire "c'est faux" et le raisonnement "c'est absurde", l'humanité ne s'en cramponne que davantage à l'absurdité et à l'erreur. »
>
> **Henri Bergson**, *Les Deux Sources de la morale et de la religion* [1932].

Henri Bergson s'attache à expliquer l'irrationalité qu'il observe chez des êtres rationnels. Les sociétés humaines éprouvent un besoin de cohésion sociale : la mise en place de tabous, de règles, et d'interdits permet de discipliner les corps et les esprits et de fonder une appartenance commune. La **religion statique** consiste ainsi en un ensemble de **pratiques**, de **rituels** et de **lois** qui distinguent les groupes les uns des autres. Par exemple, un pratiquant de l'islam s'engagera dans le jeûne du Ramadan et célébrera sa fin par l'Aïd el-Fitr. Il n'existe pas de religions qui se dispensent de cette dimension **coutumière**, **traditionnelle et rituelle**. Pour Henri Bergson, la mise en place de telles règles est une « assurance contre la désorganisation », c'est-à-dire qu'elle substitue l'organisation du corps social au hasard chaotique des désirs individuels : par exemple, tout le monde célèbre les fêtes religieuses en même temps.

La **religion statique** a aussi une fonction psychologique primordiale, puisqu'elle joue le rôle d'« assurance contre la dépression ». En effet, elle **console de l'angoisse de la mort** : puisque les hommes ont conscience de leur mort à venir, ils éprouvent le besoin de s'en prémunir. La « fiction » de la continuation de la vie après la mort y répond. Enfin, elle assure « contre l'imprévisibilité » en donnant aux êtres humains l'illusion qu'ils peuvent **agir magiquement** sur les phénomènes naturels. Lorsque l'on prie pour le retour d'un proche parti en mer, on lutte contre l'incertitude et les dangers qui entourent ce voyage. C'est également le sens que prend, à l'entame de la Guerre de Troie, le **sacrifice d'Iphigénie** par le roi Agamemnon dans l'*Iliade* d'Homère (VIIIe siècle av. J.-C.) pour que les vents soient favorables aux armées des Achéens.

Henri Bergson dévalorise cette dimension traditionnelle et « absurde » mais distingue une facette **dynamique** de la religion, purement spirituelle : elle **substitue la foi à la loi**. La croyance en Dieu est alors plus importante que les pratiques sociales religieuses :

« Vous êtes séparés de Christ, vous tous qui cherchez la justification dans la loi ; vous êtes déchus de la grâce. Pour nous, c'est de la foi que nous attendons, par l'Esprit, l'espérance de la justice. Car, en Jésus Christ, ni la circoncision ni l'incirconcision[1] n'a de valeur, mais la foi qui est agissante par la charité. »

**Nouveau Testament**, Lettre de Saint-Paul, aux Galates, chap. 5.

**1.** La circoncision n'est pas une pratique rituelle chez les Chrétiens. Saint-Paul insiste sur la faible importance du respect de ce rite par le croyant par rapport à sa foi et sa croyance.

La religion dynamique insiste sur le rapport personnel qu'entretient le croyant avec Dieu et sur l'attitude morale qui en découle (qu'Henri Bergson juge « ouverte »). Centrée sur les valeurs d'**amour** et de **charité**, la religion dynamique est **inclusive : elle admet une pluralité de voies vers l'épanouissement spirituel et insiste sur la miséricorde divine.** Alors que les pratiques, rituels et interdits de la religion statique, forment des ensembles clos et séparés, qui séparent les croyants des autres, **la foi** de la religion dynamique valorise la dimension spirituelle plus que le respect de la loi religieuse.

## 3 Superstition et anthropomorphisme

**EN BREF Les croyances religieuses sont irrationnelles, il s'agit de superstitions. Elles proviennent de l'ignorance des hommes et de leur impuissance.**

Les critiques les plus virulentes ne sont pas dirigées contre la foi mais contre une forme de croyance particulière : la **superstition**. Pour Baruch Spinoza (p. 36), la superstition religieuse est **une croyance irrationnelle**, qui permet d'interpréter les phénomènes défavorables aux hommes. Elle provient de notre **ignorance** et de notre **incapacité à avoir des certitudes** au sujet du monde. Ainsi les Grecs considéraient la foudre comme une expression de la colère de Zeus. Dès lors naît l'idée que l'on peut tenter d'**acheter les récompenses** des dieux, ou de se prémunir de certaines punitions. La superstition prend alors la forme de sacrifices aux dieux ou de prières. En écho avec la « religion statique », il s'agit selon Baruch Spinoza de conserver un certain contrôle par des activités rituelles, face à des phénomènes contre lesquels on ne peut rien.

**COUP DE POUCE**

La pratique de l'achat d'indulgences auprès de l'Église catholique symbolise la superstition religieuse : en donnant de l'argent à l'Église, on pensait réduire le temps d'attente avant d'entrer au paradis. Ce genre de pratique a encouragé Martin Luther (1483-1546) à se rebeller contre le catholicisme.

> « Si les hommes pouvaient régler toutes leurs affaires suivant un avis arrêté, ou encore si la fortune[1] leur était toujours favorable, ils ne seraient jamais en proie à aucune superstition ; mais [...] la plupart du temps [...] ils flottent misérablement entre l'espoir et la crainte ; c'est pourquoi ils ont l'âme si encline à croire n'importe quoi. »
>
> **Baruch Spinoza**, *Traité théologico-politique* [1670], préface §1-2.
>
> **1. La fortune :** le hasard.

Par ailleurs, Baruch Spinoza défend que la superstition religieuse repose sur un présupposé erroné : **l'anthropomorphisme**. L'être supérieur qui a produit la nature aurait des caractéristiques humaines, et cela amène les hommes à penser Dieu sur le modèle de l'être humain, à l'image de la représentation de Dieu par Michel-Ange sur le plafond de la Chapelle Sixtine. La divinité serait impliquée dans les affaires humaines : elle aurait des intentions, récompenserait et punirait. Ce type de croyance est **anthropomorphique**, puisqu'il s'agit de **penser la nature en fonction de l'homme**. Pour Baruch Spinoza, c'est donc **l'ignorance** des hommes (qui ne connaissent pas les vraies causes des phénomènes) et leur **impuissance** (ils ne peuvent agir sur les phénomènes naturels) qui sont à l'origine de la superstition.

## 4 Les arguments rationnels de l'existence de Dieu

**EN BREF Il est possible de fonder la foi en raison. L'un et l'autre ne s'excluent pas ; au contraire, la raison mène à la foi.**

On retrouve chez de nombreux scientifiques de la Renaissance l'idée que l'on peut rationnellement prouver l'existence de Dieu en observant l'organisation de l'univers : c'est **le déisme**. Pour Isaac Newton (1642-1727), en montrant que la nature est organisée de manière rationnelle et qu'il suffit de quelques lois simples et harmonieuses pour décrire le cosmos, la science démontre l'existence d'une puissance supérieure organisatrice :

> **NOTION**
>
> Le **déisme**, ou théisme, est un courant de pensée, en vogue chez les philosophes des Lumières, qui pensent pouvoir prouver rationnellement l'existence de Dieu par l'étude de la nature.

> « Cet arrangement aussi extraordinaire du Soleil, des planètes, et des comètes n'a pu avoir pour source que le dessein et la seigneurie d'un être intelligent et puissant »
>
> **Isaac Newton**, *Principes de philosophie naturelle* [1687].

Ici, la connaissance astronomique permet de conclure qu'il existe un Dieu qui a fixé les règles de l'univers. Cette conception fait de Dieu un ingénieur génial, capable de créer une machinerie incroyablement complexe : le monde. On retrouve cette idée chez **Galilée** :

> « La philosophie est écrite dans cet immense livre qui se tient toujours ouvert devant nos yeux, je veux dire l'Univers, mais on ne peut le comprendre que si on s'applique d'abord à en comprendre la langue et à connaître les caractères avec lesquels il est écrit. Il est écrit dans la langue mathématique et ses caractères sont des triangles, des cercles et autres figures géométriques, sans le moyen desquels il est humainement impossible d'en comprendre un mot. »
>
> **Galileo Galilei**, *L'Essayeur* [1623].

**Galileo Galilei (1564-1642)** est un mathématicien, géomètre et astronome italien, célèbre pour avoir inventé la lunette d'observation astronomique et pour sa défense du système héliocentrique proposé par Copernic. Il remet en cause dans le *Sidereus Nuncius* (1610) et *L'Essayeur* (1623) la physique aristotélicienne qui fait alors autorité pour l'Église catholique.

Si seule une intelligence peut pratiquer les sciences mathématiques, alors seule une intelligence peut avoir créé la nature. L'existence de Dieu est donc prouvée par notre observation de l'univers. Cette position philosophique d'un Dieu qui serait le **grand architecte** du monde fait certes de la divinité une force créatrice, mais ce Dieu n'est pas nécessairement celui des religions du Livre. Il peut en effet s'être retiré du monde, et rien ne dit qu'il juge les hommes. Foi et raison ne s'opposent pas pour autant, puisque **c'est par la raison et par l'observation scientifique qu'on atteint la foi**.

## 5 La croyance religieuse ne s'oppose pas à la raison

**EN BREF Il n'y a pas de contradiction à suivre les enseignements divins et ceux de la raison. Mais il faut faire attention à ne pas mélanger ces deux ordres distincts.**

On peut penser la foi et la raison sans les opposer strictement. Cette idée est présente chez **Averroès** qui défend au XIIe siècle que le Coran, texte sacré de l'islam, ordonne aux Hommes de faire usage de leur entendement. Par ce commandement, il légitime l'étude de la philosophie et de la science par les croyants. Pour lui, **il ne peut y avoir de contradiction entre la révélation divine et la démonstration rationnelle : toutes deux disent la vérité**.

Pourtant, il existe des situations où un énoncé religieux semble contredire une vérité rationnelle. Dans ce cas, il faut revoir notre interprétation du texte saint, sans doute erronée, et la rectifier. Dans le *Discours décisif* (1179), Averroès défend que « la vérité

> **Averroès (1126-1198)** est un philosophe, juriste et théologien musulman. *Le Discours décisif* (1179) est son texte le plus célèbre ; il cherche à concilier la pratique de la philosophie et des sciences avec les enseignements de l'islam.

ne peut être contraire à la vérité, mais s'accorde avec elle et témoigne en sa faveur ». Il distingue plusieurs ordres du discours : les discours imagés et **métaphoriques** du texte saint sont accessibles à tous, tandis que ceux qui s'appuient sur les **démonstrations rationnelles** sont destinés aux philosophes et aux théologiens. Ces ordres du discours ne s'opposent pas, et l'erreur d'interprétation du texte saint est possible. Il s'agit d'une erreur humaine, et non d'une contradiction entre une vérité **révélée** et une vérité **rationnelle**, puisqu'elles ne font qu'un.

Mais la compatibilité entre la raison et la foi demande pourtant de **ne pas confondre leurs domaines d'application**. Blaise Pascal (p. 38), qui était en même temps physicien, mathématicien et théologien, jugeait « ridicule » et « tyrannique » d'exiger de la raison qu'elle cherchât des explications à l'existence et au mystère de Dieu. D'après lui, ce serait là confondre **l'ordre du cœur** (ou la **charité**) qui a le sentiment de l'existence de Dieu et l'ordre de l'esprit ; or « **le cœur a ses raisons que la raison ignore** ». Blaise Pascal se montre ainsi hostile vis-à-vis des auteurs comme René Descartes (p. 56) qui prétendent démontrer l'existence de Dieu et que la foi est rationnelle. Pour l'auteur, il s'agit d'une démarche d'athée, incapable d'admettre la nature supérieure, transcendante, et fondamentalement irrationnelle – c'est-à-dire insaisissable par l'esprit humain – de la divinité. Pour les vrais croyants, les vérités divines sont « impénétrables », c'est-à-dire **inaccessibles à la raison**. Il y a donc une certaine prétention – ou démesure – à l'entreprendre. La pensée pascalienne résonne avec le mot célèbre souvent attribué (à tort) au Père de l'Église Tertullien : « je crois parce que c'est absurde ».

> **COUP DE POUCE**
>
> Attention, la célèbre citation de Blaise Pascal n'a pas grand chose de romantique : elle porte avant tout sur l'amour que les hommes doivent porter à Dieu.

## 6 Le désenchantement du monde et la mort de Dieu

**EN BREF Les progrès de la science ont substitué à l'explication religieuse les connaissances rationnelles et le savoir de la nature, provoquant le désenchantement du monde. La disparition de Dieu fait alors craindre l'effondrement de la moralité.**

Le philosophe et sociologue Max Weber (p. 274) remarque dans *L'Éthique protestante et l'Esprit du capitalisme* (1904) que la civilisation occidentale est la première à avoir perdu son ancrage religieux traditionnel. Sous l'effet de la rationalisation croissante provoquée par les progrès technologiques et scientifiques, les **explications religieuses** ont progressivement été remplacées par des **explications naturelles**. Par exemple, là où une sécheresse ou une éclipse solaire pouvaient être interprétées comme la manifestation de la colère divine, ces causes divines sont

désormais rendues archaïques et insensées par les progrès scientifiques. Il s'ensuit un **effondrement** de la croyance religieuse : les divinités sont rejetées. Max Weber nomme ce phénomène : le « **désenchantement du monde** ». Alors que la réalité mystérieuse paraissait « enchantée » aux êtres humains, elle semble désormais dénuée de toute causalité surnaturelle. Alors que l'on pensait que tous les êtres humains avaient une âme survivant au corps, la science déracine ce genre de croyances, dissipant la naïveté **au prix du bonheur humain** :
Depuis le XIXe siècle, **la mort de Dieu** devient ainsi un thème récurrent. Il faut bien sûr l'entendre dans un sens métaphorique. Elle signifie que l'emprise de la croyance religieuse s'évanouit, si bien que les êtres humains **cessent de croire**. C'est une grande source d'angoisse chez les auteurs chrétiens du XIXe siècle pour qui **Dieu est conçu comme le garant de la moralité**. En effet, on peut échapper aux lois des hommes mais on **ne peut jamais échapper** au regard de Dieu. Omniscient et omnipotent, il voit tout, sait tout et peut tout. Le premier criminel de la Bible, Caïn, en fait l'amère expérience : après avoir assassiné son frère Abel, il fuit le regard de Dieu, allant jusqu'à se faire enfermer vivant dans une tombe. Mais même là, il ne peut y échapper : « l'œil était dans la tombe et regardait Caïn » (Victor Hugo, *La Conscience*, 1859). Cette crainte d'un délitement de la morale sous l'effet de la disparition de la croyance trouve son expression la plus célèbre sous la plume de l'écrivain russe Fédor Dostoïevski dans *Les Frères Karamazov* (1880) : « Si Dieu n'existe pas, alors tout est permis ».

## 7 La religion, un arrière-monde dépourvu de vérité ?

**EN BREF La religion prescrit de souffrir dans ce monde pour être heureux dans le monde d'après. C'est une entreprise de falsification, parce qu'elle façonne un « arrière-monde », jugé plus vrai que le monde réel.**

Au contraire de Fédor Dostoïevski, Friedrich Nietzsche (p. 17) se félicite de la mort de Dieu :

> « Dieu est mort ! Dieu reste mort ! Et c'est nous qui l'avons tué ! [...] Ce que le monde a possédé jusqu'à présent de plus sacré et de plus puissant a perdu son sang sous notre couteau [...] Ne sommes-nous pas forcés de devenir nous-mêmes des dieux simplement – ne fût-ce que pour paraître dignes d'eux ? »
>
> **Friedrich Nietzsche**, *Le Gai Savoir* [1882], livre III, §125.

La disparition de la croyance en Dieu signifie pour lui l'ouverture d'une ère nouvelle pour l'humanité. Dieu représente en effet le renoncement à la vie terrestre au nom d'idéaux « suprasensibles », c'est-à-dire dont l'expérience est impossible dans ce monde. Ainsi, le christianisme **justifie la souffrance** au nom d'un monde d'après, jugé supérieur et plus vrai, et dans lequel les êtres humains seront enfin heureux. Le christianisme (mais c'est le cas de toutes les religions) façonne un **« arrière-monde »**, c'est-à-dire un monde derrière le monde, auquel il accorde plus de valeur qu'au monde réel. La religion est ainsi une **entreprise de falsification** qui s'articule à une **haine du plaisir terrestre** :

> « Qui donc a seul des raisons pour sortir de la réalité par un mensonge ? Celui qu'elle fait souffrir. Mais souffrir, dans ce cas-là, signifie être soi-même une réalité manquée… La prépondérance du sentiment de peine sur le sentiment de plaisir est la cause de cette religion, de cette morale fictive : un tel excès donne la formule pour la décadence… »
>
> **Friedrich Nietzsche**, *L'Antéchrist* [1895], §15.

Friedrich Nietzsche « déclare la guerre » à Dieu, comme à toutes les idéologies qui placent **l'idéal au-dessus de la réalité** et s'en servent de levier pour faire accepter la **souffrance et le renoncement**. Le même motif unit tous les idéalismes : la négation de la valeur de la réalité, alors même qu'il n'y a que d'elle dont nous faisons l'expérience.

## 8 L'opium du peuple

**EN BREF En entretenant une glorification de la souffrance, le discours religieux justifie l'oppression et « endort » les croyants. Le bonheur passe par la désillusion, condition de l'émancipation.**

C'est dans la continuité d'**une critique des illusions** que Karl Marx (p. 276) qualifie la religion **« d'opium du peuple »**. Pour le penseur critique du capitalisme, la religion chrétienne tient un discours illusoire qui pousse les opprimés (à savoir la classe ouvrière à son époque) à se résoudre à l'oppression **(voir chapitre le Travail et la Technique, p. 278-280)**. Pour réussir à fonder une société émancipée (c'est-à-dire libérée de ses illusions) sur la raison, il faut donc détruire cette illusion.

> « La critique de la religion désillusionne l'homme, afin qu'il pense, agisse, façonne sa propre réalité comme un homme débarrassé des illusions, ayant accédé à la raison, afin qu'il gravite autour de soi-même et par là, autour de son véritable soleil. La religion n'est que le soleil illusoire, qui se meut autour de l'homme, tant que celui-ci ne gravite pas autour de lui-même. »
>
> **Karl Marx**, *Critique de la philosophie du droit de Hegel* [posth. 1927].

**La religion manipule et apaise** la population et limite la portée des critiques à son encontre : **comme l'opium, la croyance anesthésie la raison**. L'émancipation passe alors par un éveil et une autonomisation vis-à-vis des autorités religieuses. Cette désillusion s'accompagne d'un abandon progressif de la superstition et de la glorification de la souffrance qui se révèlent être des moyens de **domination** et d'**oppression**.

Pour Karl Marx l'état d'oppression que subit une partie de la population est entretenu et repose sur un système d'illusions. L'illusion agit comme une consolation et une justification de la souffrance au nom d'un futur meilleur. En situant leur bonheur dans le monde d'après, les travailleurs ne remettent pas en question la répartition des richesses actuelle. Alors que les **conditions matérielles** d'existence sont la cause réelle de leur souffrance, la religion les pousse à accepter que leur salut se trouvera dans un paradis immatériel à venir. Par sa critique de la religion comme instrument de domination, le discours marxiste veut faire de l'homme et de sa raison le sujet même de son bonheur, « afin qu'il gravite autour de soi-même et par là, autour de son véritable soleil » : la fin d'un bonheur illusoire s'articule nécessairement à l'atteinte d'un bonheur réel.

## POUR TOUT RETENIR

→ On pourrait, à première vue, opposer radicalement le caractère **raisonnable** des hommes et la **croyance** dans le commandement divin. C'est ce que nous invite à faire le récit du sacrifice d'Isaac. Et les critiques contre la **religion statique** et la **superstition** reposent d'ailleurs sur cet aveuglement des croyants. Pourtant, des penseurs ont su concilier **foi et raison**. Pour certains il s'agit de lier croyance et exigence scientifique dans **une même quête de vérité** pour d'autres, la foi est d'un **autre ordre que la science**, sans s'y opposer frontalement. Mais, depuis la fin du XIXe siècle, les critiques faites à la religion appellent à abandonner les arrières-mondes religieux et à **s'émanciper** des discours qui glorifient les souffrances terrestres ; la critique des religions veut faire primer l'amour du monde vécu sur la promesse d'un monde futur.

## VOCABULAIRE ESSENTIEL

**Croyance :** adhésion de l'esprit à la vérité ou à la réalité de choses qu'il ne peut pas garantir ou démontrer. La croyance n'est pas un savoir et s'accompagne toujours de doute.

**Foi :** croyance aux enseignements de la religion. La foi est l'« acte » de tenir pour vrai ce dont on a aucune preuve.

**Profane :** étymologiquement de *pro-fanum*, ce qui est « devant le temple », le profane désigne tout ce qui est exclu du domaine religieux. Le profane n'existe que par opposition au sacré.

**Sacré :** ce qui appartient à un domaine dangereux, inviolable et supérieur, d'ordre divin, et dont les êtres humains s'approchent avec respect et humilité. Le sacré n'existe que par opposition au profane.

**Spiritualité :** recherche de l'épanouissement de l'esprit. En ce sens, la religion est bien une spiritualité, comme les sagesses.

**Transcendance :** dans une acception religieuse, ce qui se situe au-dessus du domaine humain de manière radicalement supérieure et appartient donc à l'ordre divin.

Pour prolonger la réflexion

## FOCUS SUR... LA RÉVÉLATION

Dans les religions monothéistes, le judaïsme, le christianisme et l'islam, le type de connaissance que les hommes obtiennent directement de Dieu est nommé **révélation**. Les paroles des prophètes sont des révélations au même titre que certaines interventions divines où un individu entre en contact direct avec son Dieu : on parle alors d'**illumination**. La notion de révélation fonde les connaissances sur lesquelles reposent les religions dites « révélées ». Dans son encyclique (une lettre publique du pape, *Fides et ratio* (*Foi et raison*), du 14 septembre 1998), Jean-Paul II déclare ainsi que :

« Au point de départ de toute réflexion que l'Église entreprend, il y a la conscience d'être dépositaire d'un message qui a son origine en Dieu même. La connaissance qu'elle propose à l'homme ne lui vient pas de sa propre spéculation, mais du fait d'avoir accueilli la parole de Dieu dans la foi. »

Le terme de révélation signifie **« dévoilement »** ; et étymologiquement, il correspond à la transcription du mot grec *apokàlupsis*, **l'apocalypse**. C'est pourquoi le dernier livre du Nouveau Testament de la Bible chrétienne, l'Apocalypse, est aussi nommé Livre de la Révélation. La notion est autant employée pour les paroles divines qui enseignent aux hommes comment agir que pour les prédictions divines sur la délivrance à venir.
On retrouve chez plusieurs philosophes modernes des témoignages d'illuminations. Ainsi Blaise Pascal témoigne-t-il dans un bref texte, le *Mémorial*, écrit dans la « Nuit de feu » du 23 au 24 novembre 1654, de son expérience de la conversion religieuse.

Plus près de nous, la philosophe française Simone Weil (1909-1943), proche des milieux marxistes, militante pour la justice sociale et solidaire des mouvements ouvriers se convertit au catholicisme en 1935 après avoir eu plusieurs révélations. Elle est convaincue à la fin de sa vie que seul l'amour surnaturel qu'elle rencontre dans la croyance en Dieu peut répondre au malheur des hommes.

La révélation est donc une connaissance qui, pour les croyants, peut exister de concert avec la connaissance rationnelle.

## EXPÉRIENCE DE PENSÉE SI DIEU EXISTE, D'OÙ VIENT LE MAL ?

Le 1er novembre 1755, un tremblement de terre frappe Lisbonne, provoquant entre 50 000 et 70 000 morts sur les 275 000 habitants que compte la ville et la détruisant quasiment dans son intégralité. L'ampleur de la catastrophe choque les penseurs de l'époque et réactive la question de la **théodicée**. Ce néologisme, forgé par G.W. Leibniz (1646-1716) à partir du grec *theos* (Dieu) et *dikè* (la justice) interroge **la justice divine**. Si Dieu existe, comment expliquer le mal sur Terre ?
Les monothéismes conçoivent Dieu comme un être omnipotent (il peut

tout), omniscient (il sait tout), et parfaitement bon. Ces attributs divins semblent pourtant entrer en **contradiction** avec l'existence du mal et de la souffrance. Si Dieu peut tout, pourquoi n'empêche-t-il pas la souffrance ? Comment laisse-t-il des innocents, dont de jeunes enfants, mourir dans un tremblement de terre ? Deux alternatives se présentent immédiatement : soit Dieu est bon, mais **il ne peut pas tout** ; soit Dieu peut tout, mais **il n'est pas bon**.

Ces conclusions sont pourtant inacceptables dans la théologie chrétienne. Dans les *Essais de théodicée* (1710), G.W. Leibniz propose une solution originale et purement rationnelle à ce problème apparemment insoluble. Pour lui, on peut prouver que Dieu est un être **infiniment parfait** ; de là il faut conclure que le monde dans lequel nous vivons est **« le meilleur des mondes possibles »**, c'est-à-dire celui qui contient la **quantité la plus importante de bien**. Il est cependant logiquement impossible que le monde soit parfaitement bon : en dépit de la bonté divine, il comporte **nécessairement du mal**. On ne saurait, comme Voltaire dans *Candide* (1759), caricaturer la position leibnizienne en disant que « tout est pour le mieux dans le meilleur des mondes possibles ». G.W. Leibniz distingue en effet trois types de maux : le mal moral (le « péché »), le mal physique (« la souffrance ») et le mal métaphysique (« la finitude »). Ce dernier, qui correspond à l'imperfection, est inévitable : le monde créé est nécessairement inférieur à la perfection divine (nous ne sommes pas l'égal de Dieu). Le mal moral est lui la conséquence du **libre-arbitre**, qui est un bien supérieur : Dieu n'a pas voulu contraindre les hommes à agir bien mais a préféré les laisser libres de leurs actes. Enfin, le mal physique est **incompréhensible** pour la raison humaine, mais sert un objectif de bonté supérieur. Ainsi, catastrophes et tragédies sont perçues par les êtres humains comme absolument mauvaises, mais le philosophe juge qu'il s'agit là d'une limitation de notre esprit, incapable de deviner les intentions divines. Pourtant, moins d'un demi-siècle après la publication des *Essais de théodicée*, la réponse ne convainc plus les penseurs et philosophes, Voltaire et Denis Diderot en tête. L'énigme reste donc entière : comment concilier l'infinie perfection de Dieu et l'existence du mal ?

**Jérôme Bosch, *L'Enfer – Triptyque du Jardin des Délices* (panneau droit, face interne), 1504, huile sur bois, 220 × 97 cm, musée du Prado, Madrid (Espagne).**

→ L'argument leibnizien semble-t-il alors encore acceptable aujourd'hui ?

→ Peut-on trouver des origines au mal qui soient conciliables avec l'omnipotence et la bonté divines ?

→ L'hypothèse du libre-arbitre est-elle suffisante pour justifier l'existence du mal ?

# MÉMO VISUEL

## – La Religion –

### Sens et origine du terme « religion »

- ***Religare***
  - Relier : la religion est un lien social.
- ***Religere***
  - Relire / recueillir : la religion est un système de croyances.

### Pratiques de la religion

- **Dynamique**
  - Préfère la foi à la loi.
  - Centrée sur l'amour, la charité et le rapport entre le croyant et la divinité.
- **Statique**
  - Coutumes et rituels.
  - Diminue l'imprévisibilité.
  - Console de l'angoisse de la mort.

### Critiques de la religion

- **Superstition**
  - Provient de notre ignorance et incapacité à comprendre les causes. (Spinoza)
- **Aliénation**
  - La religion est « l'opium du peuple » qui le détourne des véritables problèmes. (Marx)
- **Désuétude**
  - La science produit un « désenchantement du monde ». (Weber)

QCM

# SE TESTER

**1. Le sacrifice d'Isaac dans l'Ancien Testament :**

- **a** Montre que l'obéissance à Dieu prime sur tout le reste.
- **b** Montre que Dieu peut être cruel.
- **c** Montre que les hommes ne savent pas faire usage de la raison.

**2. *Religare*, l'une des étymologies possibles de religion, signifie :**

- **a** Relier.
- **b** Respecter.
- **c** Relégitimer.

**3. Le profane désigne :**

- **a** Ce qui s'oppose à la religion et cherche à la détruire.
- **b** Ce qui est extérieur au domaine du sacré.
- **c** Une forme primitive et païenne de la religion.

**4. Henri Bergson juge que la religion statique possède trois fonctions principales :**

- **a** Respecter les dieux, trouver la sagesse, pratiquer des rituels.
- **b** Instaurer des règles et pratiques, prémunir de la peur de la mort, diminuer l'imprévisibilité.
- **c** Rassembler les croyants, unir à Dieu, aimer son prochain.

**5. Pour Baruch Spinoza, la superstition repose sur :**

- **a** L'ignorance et l'impuissance des hommes.
- **b** L'anthropomorphisme et la connaissance des causes.
- **c** L'observation des phénomènes de la nature.

**6. La vérité ne peut s'opposer à la vérité selon Averroès, c'est-à-dire :**

- **a** Que la science a toujours raison.
- **b** Que le texte révélé et la science doivent s'accorder.
- **c** Que la révélation divine s'impose aux vérités scientifiques.

**7. Qu'est-ce que le désenchantement du monde ?**

- **a** La prépondérance de la souffrance humaine, à laquelle la religion apporte une consolation.
- **b** Le retrait de Dieu dans les Cieux après la Création.
- **c** Le remplacement de l'explication religieuse des phénomènes par l'explication rationnelle et scientifique.

**8. Friedrich Nietzsche critique le christianisme au motif qu'il fabrique un « arrière-monde ». Cela signifie que :**

- **a** Il fabrique un monde idéal, jugé plus vrai que le monde réel.
- **b** L'explication rationnelle des phénomènes doit être mise à l'arrière-plan au profit de la foi.
- **c** Il distingue le paradis de l'enfer qui se loge derrière lui.

**9. D'après Karl Marx, la religion :**

- **a** Permet d'accéder à des vérités plus hautes que celles de la science.
- **b** Est une stratégie d'oppression de la classe bourgeoise.
- **c** Fait perdre leurs illusions aux hommes.

**10. La révélation est un type de connaissance :**

- **a** Qui met directement en contact avec Dieu.
- **b** Qui dirige chaque homme.
- **c** Qui permet de savoir comment bien agir.

→ Corrigés page 348

# S'ENTRAÎNER

## 1 Dis si les propositions suivantes correspondent à une conception statique ou dynamique de la religion.

**a.** Dieu est Amour.
**b.** Voilà ma branche d'olivier pour célébrer le Dimanche des Rameaux.
**c.** Sacrifions ce bouc et ses chevreaux pour apaiser la colère des dieux !
**d.** La lumière divine m'éveille à une réalité plus haute.
**e.** Le moine est entré dans une profonde méditation afin d'atteindre la sagesse.

## 2 Exploite philosophiquement les citations.

Le Père de l'Église chrétienne, Saint-Jean Chrysostome (v. 350-407), condamne les usages ludiques du corps en écrivant :

« Dieu n'a pas fait les pieds pour sauter et danser, mais pour marcher modérément. »

**a.** À l'aide de la critique nietzschéenne, expliquez pourquoi la position de Saint-Jean Chrysostome est typique de la croyance chrétienne en un arrière-monde.
**b.** Friederich Nietzsche dit au contraire qu'il ne pourrait « croire qu'à un Dieu qui saurait danser ». Selon vous, cette citation est-elle à prendre littéralement ? Comment éclaire-t-elle le rapport de Friedrich Nietzsche à la souffrance et au plaisir ?
**c.** Pourquoi Friedrich Nietzsche dévalorise-t-il l'idéalisme religieux ?

Dans *De la nature*, Lucrèce (Ier siecle av. J.-C.) oppose la foi et la superstition. Il accuse la superstition de discréditer autant la foi que la raison.

« Tous les châtiments que la tradition place dans les profondeurs de l'Achéron[1], tous, quels qu'ils soient, c'est dans notre vie qu'on les trouve. Il n'est point, comme le dit la fable, de malheureux Tantale craignant sans cesse l'énorme rocher suspendu sur sa tête, et paralysé d'une terreur sans objet : mais c'est plutôt la vaine crainte des dieux qui tourmente la vie des mortels, et la peur des coups dont le destin menace chacun de nous. »

**1. L'Achéron :** fleuve des Enfers, désigne ici les Enfers eux-mêmes, par métonymie.

**a.** Montrez que l'imaginaire religieux a une fonction, qui est de traduire les peurs et les passions de notre propre monde.
**b.** Pourquoi la superstition est-elle aussi un danger pour la foi ?

SUJET GUIDÉ

Explication de texte

# SE PRÉPARER POUR LE BAC

## Préparer les questions des trois étapes du sujet d'explication de texte type pour les voies technologiques

### Emmanuel KANT, *Réflexions sur l'éducation*

« La loi en nous s'appelle conscience. À proprement parler la conscience est l'application de nos actions à cette loi. Les reproches de la conscience demeureront sans effet, si on ne les pense pas comme les représentants de Dieu, qui a établi son siège sublime au-dessus de nous, mais qui a aussi établi en nous un tribunal. Mais si la religion ne se joint pas à la délicatesse de la conscience morale, elle est sans effet. La religion sans la conscience morale n'est qu'un culte superstitieux. On croit servir Dieu lorsque par exemple on le loue, ou célèbre sa puissance, sa sagesse, sans penser à la manière d'obéir aux lois divines, sans même connaître et étudier la puissance et la sagesse de Dieu. Pour certaines gens les cantiques[1] sont un opium pour la conscience et un oreiller sur lequel on peut tranquillement dormir. »

**Emmanuel KANT**, *Réflexions sur l'éducation* [posth. 1803] trad. de l'allemand par A. Philonenko, éd. de poche p. 194 © Librairie Philosophique J. Vrin, Paris, 1993. http://www.vrin.fr

**1. Les cantiques :** chants de louanges lors des offices religieux.

## Méthode et corrigé

Dans l'épreuve du baccalauréat d'explication de texte, vous avez le choix entre deux manières de traiter le sujet. L'option 1, en trois étapes (analyse – synthèse – commentaire) vous guide par étapes fixes pour expliquer le texte proposé. L'option 2 correspond à un commentaire classique sous la forme d'une introduction, d'un développement qui obéit à la logique du texte, et d'une conclusion **(voir Méthode, p. 326)**.

### COUP DE POUCE

Le corrigé suit ici le parcours proposé par l'option n° 1. Attention à bien indiquer sur ta copie si tu choisis l'option n° 1 ou n° 2.

## Option n°1

### A – Éléments d'analyse

**1 Expliquez : « La loi en nous s'appelle conscience » (l. 1).**

On associe spontanément la loi au droit, c'est-à-dire aux textes de justice destinés à distinguer le juste de l'injuste. Mais cette loi est publique puisque « nul n'est censé l'ignorer » : elle est donc extérieure et hors de nous. Or, lorsque nous effectuons des actions morales, nous ne jugeons pas leur conformité avec la loi (qui le plus souvent ne règle pas les cas particuliers). Nous nous référons plutôt dans ce cas à une **règle interne,** ou une « loi en nous » que l'on nomme « conscience » et qui nous permet de différencier le bien du mal sans référence à un ensemble de textes juridiques. En effet, on pourrait tout à fait imaginer quelqu'un suivre scrupuleusement le droit mais n'avoir aucune conscience morale ; mais il paraît difficile d'envisager qu'une telle personne soit « bonne ».

**2 Expliquez : « Dieu [...] qui a aussi établi en nous un tribunal » (l. 3-5).**

Par la connaissance de la loi divine, nous pouvons distinguer le bien et le mal. Une action sera jugée bonne si elle est conforme aux enseignements divins, et mauvaise si elle s'y oppose. Par conséquent, Dieu sert de **référence** pour juger de la valeur morale de nos actions : nous pouvons **trancher** au sujet du bien-fondé de nos actions en fonction de leur correspondance avec la loi divine. Ainsi, nos jugements moraux, mais aussi nos sentiments de satisfaction ou de culpabilité, peuvent être conçus comme l'effet d'un **pouvoir** octroyé aux êtres humains par Dieu : celui de discriminer le bien du mal ; pouvoir qui trouve son siège dans la conscience

**3 Quelles différences y a-t-il, selon Emmanuel Kant, entre « la religion » et un « culte superstitieux » ?**

Un critère permet de distinguer la religion du culte superstitieux : la **conscience morale**. Cela signifie que la religion n'est pas qu'une somme de pratiques rituelles effectuées par tradition ou de préceptes appliqués mécaniquement. L'auteur ne nie pas que ces dimensions fassent également partie de la religion, mais la religion ajoute aux pratiques une authentique **réflexion morale** : c'est même là son rôle essentiel, sans quoi, elle est sans effet.

**4 Expliquez : « Pour certaines gens les cantiques sont un opium pour la conscience » (l. 9-10).**

Avant la célèbre critique de Karl Marx pour qui la religion est « l'opium du peuple », un reproche semblable avait déjà été adressé par Emmanuel Kant. Cependant, le philosophe ne cible pas ici la religion dans son ensemble, mais seulement un certain aspect de celle-ci : les rituels et les traditions. Certains s'endorment en chantant des « cantiques », c'est-à-dire des louanges, parce qu'ils se contentent d'honorer Dieu par coutume. Ils ne pensent pas à la signification morale des lois auxquelles ils obéissent ni ne réfléchissent à la nature de Dieu. Dans ce cas, les chants religieux sont comme des berceuses, qui nous détournent de la véritable croyance.

### B – Éléments de synthèse

**1 Quelle est, selon vous, la question à laquelle le texte de Kant tente d'apporter ici une réponse ?**

Le texte répond à la question suivante : **pourquoi sommes-nous capables d'effectuer des actions morales ?**

**2 Comment cette réponse est-elle organisée ? Dégagez les différents moments de l'argumentation présents dans ce texte de Kant, et montrez comme ils s'articulent les uns aux autres.**

Dans un premier temps, Emmanuel Kant montre que nous possédons la conscience morale, une faculté capable de formuler des reproches à notre égard. Ceux-ci sont efficaces parce qu'ils prennent la forme d'un tribunal divin intériorisé (« la loi en nous [...] un tribunal »).

Ensuite, l'auteur montre que toute religion s'accompagne nécessairement de conscience morale, sous peine de n'être que superstition (« Mais si la religion [...] culte superstitieux »). Il en résulte une distinction entre deux attitudes, l'une, faite de louages et de rituels, qui endort la conscience, et l'autre qui la stimule en invitant les hommes à se comporter moralement (« On croit servir Dieu [...] tranquillement dormir »).

### 3 Dégagez l'idée principale du texte.

L'idée principale ou **thèse** de l'auteur répond à sa problématique. Elle soutient que les êtres humains sont capables de se comporter moralement grâce à la religion : **une croyance qui ne peut servir de guide moral vers le bien n'est donc pas une religion**.

## C – Commentaire

### 1 Peut-on dire que la religion fonde l'obligation morale ?

Emmanuel Kant pense que les reproches moraux sont sans effets si on ne se les figure pas comme des reproches divins. On peut le comprendre de diverses manières. D'une part, les entités religieuses (en l'occurrence Dieu) fondent le bien moral, si bien qu'une action bonne est une action conforme à la nature divine. Par conséquent, agir bien, c'est agir à l'image de Dieu.

Plus généralement, les règles divines ont une **implication morale** permettant de discipliner les membres d'une même communauté et de mener à Dieu : par exemple, la loi de l'islam est la *charia* qui signifie étymologiquement « chemin vers Dieu ».

Mais surtout, si nous pouvons échapper à la loi des hommes, par exemple en commettant un crime sans que la police n'en identifie l'auteur, il est en revanche impossible d'échapper au regard divin. Les divinités sont des entités transcendantes supérieures aux êtres humains. Dans les monothéismes en particulier, Dieu est omniscient : il voit tout. Par conséquent, l'être humain ne saurait échapper au châtiment divin. C'est pourquoi le croyant se posera nécessairement la question de la conformité de ses actions à la loi divine : ainsi, Dieu est le **garant** de la morale, fondée par la religion. Les hommes orientent leurs actions dans le monde en fonction de sa loi.

### 2 En quel sens la croyance religieuse peut-elle, au contraire, n'avoir aucune implication morale ?

La distinction que fait Emmanuel Kant entre « la religion » et le « culte superstitieux » rappelle la distinction d'Henri Bergson entre **religion dynamique** et **religion statique**. La première élève l'esprit parce qu'elle formule une exigence : chercher à comprendre la nature de Dieu, obéir à sa loi, et conquérir la « sagesse ». La religion statique, en revanche, consiste à adopter des pratiques sans s'interroger sur leur bien-fondé. C'est le cas lorsqu'on chante des « cantiques » en étant persuadé de rendre grâce à Dieu. On est alors dans ce qu'Emmanuel Kant appelle le « culte superstitieux » : on perpétue des pratiques et des rituels sans se poser la question de leur valeur morale. Le philosophe **exclut donc** la religion statique du domaine de la religion. D'après lui, au contraire, la **véritable religion** est nécessairement en lien avec la **conscience morale**, donc avec une **interrogation sincère** sur la manière d'obéir à la loi divine.

Emmanuel Kant comprend la morale comme la faculté de différencier le bien du mal en suivant la loi en nous. Cependant, si l'on se fie à l'étymologie latine de morale (*mores*), on comprend la morale comme ce qui est de l'ordre des mœurs, c'est-à-dire des coutumes et des traditions. Entendu ainsi, même le « culte superstitieux » a une implication morale.

# Chapitre 10 La Religion

**Tu viens de voir les notions à connaître sur la religion. Pour t'aider à retenir l'essentiel et t'entraîner pour le Bac, voici ton kit de révisions clé en mains conçu par SchoolMouv !**

## Fiche de révision

### Le Focus de SchoolMouv : Freud et la religion

**Au XIXe siècle, la psychanalyse se montre critique envers le besoin religieux de l'être humain.**

« Nous le savons déjà : l'impression terrifiante de la détresse infantile avait éveillé le besoin d'être protégé – protégé en étant aimé – besoin auquel le père a satisfait ; la reconnaissance du fait que cette détresse dure toute la vie a fait que l'homme s'est cramponné à un père, à un père cette fois plus puissant. »

**Sigmund Freud**, *Nouvelles conférences sur la psychanalyse*, 1932.

**Selon Freud, l'adulte demande à Dieu exactement ce qu'il demandait à ses parents lorsqu'il était enfant : être aimé et protégé. Le psychanalyste considère qu'un adulte qui croit en Dieu est encore un enfant en détresse.**

**Cela prouve une fois de plus que la religion aiderait au mieux à gérer les angoisses liées à la finitude humaine.**

**Elle répondrait aux grands besoins de l'humanité, c'est-à-dire un besoin affectif de protection et un besoin intellectuel de compréhension de soi-même et du monde.**

**La religion tente également de répondre aux grandes questions de ce monde – comme l'origine de l'espèce humaine et de l'univers.**

## Vidéo

Pour mieux comprendre et t'en souvenir à coup sûr, regarde la vidéo. C'est parfois bien plus clair en images.

**Vidéo** **La religion, un besoin collectif et individuel**

https://flashbelin.fr/focusbacschoolmouv/philo/11

## Contenu additionnel

Voici un bonus autour du même sujet. La curiosité n'est pas toujours un vilain défaut. Il suffit de créer ton compte pour avoir accès à plein de contenus supplémentaires.

**Fiche de lecture** **Saint-Augustin, *Les Confessions***

http://www.schoolmouv.fr/eleves/fiches-de-lecture/confession-saint-augustin/fiche-oeuvre

Tu trouveras ici les clés pour comprendre l'ouvrage : les notions principales, les concepts nouveaux forgés par l'auteur. Ici, tu pourras comprendre les interrogations de l'un des premiers chrétiens.

**Conseil**
Cette œuvre aborde de manière transversale plusieurs notions du programme : utilise-la pour établir des liens avec les autres cours et approfondir certaines problématiques !

## Tchat avec un prof

Pour poser toutes tes questions à un prof particulier, découvre l'abonnement tchat.
Tu peux le tester gratuitement pendant 7 jours : fini les questions sans réponses, tu vas devenir incollable.

http://focusbac.schoolmouv.fr/offre

VOIE GÉNÉRALE

# 11 La Science

Sébastien Thibault, illustration, 2020.

# Quelle valeur donner aux connaissances scientifiques ?

UNE HISTOIRE POUR COMMENCER...

## Les épicycles de Ptolémée

*L'Almageste* (vers 150 ap. J.-C.) de l'astronome Claude Ptolémée établit pour près d'un millénaire et demi le **dogme** en matière d'astronomie. Pourtant, la théorie du mouvement des astres qui y était exposée reposait sur des hypothèses contre-intuitives, extrêmement compliquées, et surtout erronées. Pourquoi cette théorie a-t-elle été privilégiée et comment expliquer son succès ?
D'après Platon, les astres sont éternels et parfaits. Il est donc nécessaire qu'ils se déplacent selon la trajectoire la plus parfaite, celle du cercle. Les astronomes cherchent alors à se conformer aux thèses platoniciennes, seules à faire autorité à l'époque. Claude Ptolémée proposa ainsi la théorie des « épicycles », que l'on peut concevoir comme le mouvement des cabines sur les roues de fête foraine, qui tournent autour de leur point d'attache en plus de tourner avec la roue. Autour d'un mouvement circulaire principal, les astres effectuent des rotations elles aussi circulaires – ou épicycles. Dans ce système, il n'y a que des mouvements circulaires, mais leur combinaison produit un mouvement non-circulaire.
Cette théorie expose une série d'**erreurs de méthode** emblématiques que l'on peut résumer ainsi : la confiance en **l'autorité contre l'observation**, la volonté de **sauver** les théories précédentes plutôt que de les **invalider**, et le choix d'hypothèses compliquées sans nécessité.

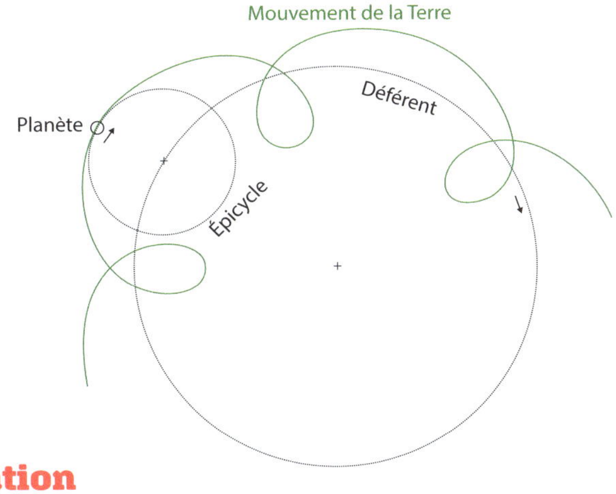


## Problématisation

→ Le « système ptolémaïque » nous paraît désuet et fantasque, mais jouissait auparavant de l'autorité d'une connaissance scientifique. Pourquoi serions-nous plus assurés de la qualité de nos **théories scientifiques** actuelles ? N'apparaîtront-elles pas à leur tour obsolètes dans quelques siècles ? **Comment estimer la validité ou la valeur de nos connaissances scientifiques ?**

# Pour bien comprendre

## Le sens du mot « science »

Originellement synonyme de **connaissance**, la **science** désigne aujourd'hui certains domaines du savoir qui se distinguent par leur **exactitude** et leur **capacité prédictive**.

## Méthode scientifique et savoir

La connaissance scientifique est au **sommet de la hiérarchie des savoirs** : la connaissance transmise (une anecdote familiale) et la connaissance par expérience individuelle (il faut éviter les heures de pointes dans les transports) peuvent s'avérer fausses ; en revanche, il est impossible que la gravitation universelle cesse de s'exercer d'un instant à l'autre. La science produit **en suivant une méthode déterminée** des connaissances avec un **haut degré de certitude** qui permettent de décrire et de prévoir le comportement des phénomènes. Hormis en mathématiques, cette méthode est **empirique** : elle s'appuie sur les faits observables dans l'expérience pour conforter ou invalider des hypothèses théoriques.

# LE COURS *en 9 points*

## 1 Le modèle mathématique est-il adéquat ?

**EN BREF Démonstratives et déductives, les mathématiques ne convoquent pas l'expérience : elles sont à part dans le domaine scientifique. En revanche, leur rigueur et leur exactitude servent de modèle aux sciences de la nature.**

Les mathématiques ne s'appuient pas sur des cas particuliers présents dans l'expérience pour en tirer des lois générales, mais inversement formulent des lois générales à partir desquelles elles tirent des cas particuliers. À la différence des autres domaines de la connaissance, elles procèdent par **déductions** et **démonstrations**. Par exemple, le **théorème** de Pythagore, selon lequel dans un triangle rectangle le carré de l'hypoténuse est égal à la somme des carrés des côtés, est une **loi générale** à partir de laquelle nous pouvons déduire des longueurs pour des triangles rectangles particuliers. Cette façon de procéder signifie que les **mathématiques** ont une **cohérence interne** parfaite et **n'admettent pas d'exception** : elles sont donc un modèle de rigueur.

C'est pourquoi la science moderne s'inspire du modèle mathématique. René Descartes (p. 56) pense dans le *Discours de la méthode* [1637] que la science doit analyser le monde selon **« l'ordre et la mesure »**. Selon les scientifiques de la Renaissance, l'univers est « écrit en langage mathématique » (comme le dit Galilée – **voir chapitre la Religion, p. 212-213**) : comprendre la vérité d'une chose, c'est la comprendre d'après les mathématiques. Pour exemple, plutôt que de dire que l'étoile Rigel est lointaine, la science moderne dira qu'elle se trouve à 864 années-lumière de la Terre. La différence entre les **« sciences exactes »** et les « **sciences humaines** » repose ainsi sur leur degré de mathématisation. La physique, la chimie ou la biologie, fortement mathématisées, seraient du côté des sciences exactes, et l'histoire, la sociologie ou la psychologie, peu mathématisées, du côté des sciences humaines.

Mais cette distinction oublie **l'isolement des mathématiques** dans le champ scientifique. Elles sont en effet **idéales** **(voir Repères, p. 317)** et **purement rationnelles**. Elles ne dépendent pas de l'existence de leurs objets : la somme des angles d'un triangle serait égale à 180° même s'il n'existait pas un seul triangle dans la réalité. C'est tout l'inverse pour les **sciences empiriques**: **elles partent de la réalité observable**. Le modèle des mathématiques semble donc inapplicable aux sciences: on peut aboutir à des formules et à des équations, **mais on ne peut pas en partir**. Dans la nature, nous n'observons **que des cas particuliers**, à partir desquels nous **remontons à une loi générale**. Alors que les mathématiques sont **déductives**, les autres **sciences sont inductives** **(voir vocabulaire essentiel, p. 241)**.

## 2 Observation ordinaire et observation scientifique

**EN BREF L'observation scientifique rompt avec l'observation sensible ordinaire: elle s'appuie sur des connaissances théoriques préexistantes et porte également sur l'invisible.**

Les sciences empiriques se distinguent des mathématiques parce qu'elles s'appuient sur la réalité observable. Elles cherchent à comprendre les **lois de la nature** et requièrent pour cela l'expérience. Il leur faut donc **observer les faits** pour en tirer des conclusions générales. Cependant, cette observation n'a rien à voir avec l'observation ordinaire, accessible par les sens. Au contraire, l'**observation sensible est trompeuse**, il ne faut pas s'y fier:

> « Il faut donc accepter une véritable rupture entre la connaissance sensible et la connaissance scientifique. Nous croyons en effet avoir montré, au cours de nos critiques, que les tendances normales de la connaissance sensible [...] ne déterminaient qu'un faux départ, qu'une fausse direction. »
>
> **Gaston Bachelard,** *La Formation de l'esprit scientifique* [1938].

Le philosophe des sciences Gaston Bachelard soutient même que l'observation scientifique est en **« rupture »** avec l'observation sensible. Prenons le concept de « masse ». Pour les sens, possède une masse ce qui est pesant: le sac de courses ou la boule de pétanque par exemple; inversement, l'air n'a aucune masse. Or, dire que la boule de pétanque a une masse et l'air n'en a aucune est évidemment un non-sens du point de vue scientifique. Les sens ne déterminent donc « qu'un faux départ ».

**Gaston Bachelard (1884-1962)** est un philosophe français, spécialiste de la philosophie de la science, du temps, et de la poésie. Il est célèbre notamment pour une analyse de la poésie inspirée de la théorie des quatre éléments (le feu, l'eau, l'air et la terre).

En ce cas, en quoi consiste l'observation scientifique? Prenons la photographie de la lune Europe, un satellite en orbite autour de Jupiter. Sans connaissances scientifiques, nous nous bornerons à observer de longues stries (les *linae*) parcourant une surface oscillant entre les couleurs blanc et rouille, et parsemée de quelques cratères.

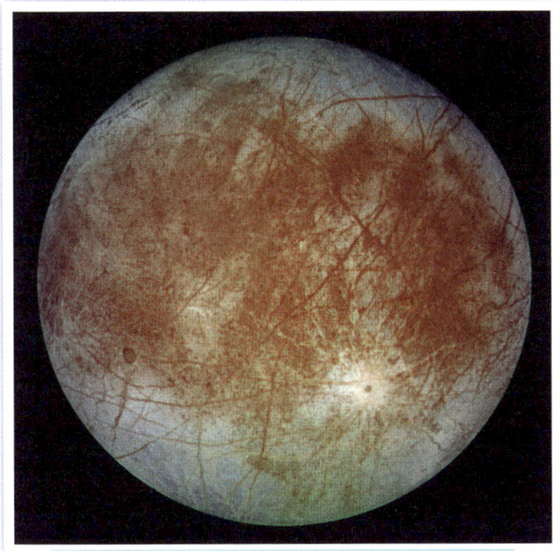

**NASA / JPL-Caltech / DLR (Centre aérospatial allemand), *Europe - satellite naturel de Jupiter*, photographie prise par la mission Galileo.**

Mais l'observation scientifique analyse ces traits à la lumière de **normes** et de **modèles théoriques déjà existants**. Ainsi, ces *linae* sont des failles : elles révèlent donc une **activité tectonique** sur le satellite, ce que nous ne pourrions pas deviner sans connaissances théoriques préalables. La couleur blanche s'explique par ailleurs par la présence de glace à la surface. Enfin, un spécialiste verra immédiatement non pas les cratères, mais leur **faible nombre**. Alors que la surface de notre Lune est criblée de cratères, celle d'Europe n'en montre que quelques-uns, ce qui signifie que sa surface est relativement récente.

Ce résultat n'est pas obtenu par observation directe, mais par **comparaison** avec les autres satellites. À eux seuls, les sens ne sont pas capables d'estimer l'âge de la surface Europe : il faut une **connaissance d'une norme** (les impacts sur les autres satellites) afin que l'observation se révèle **significative**. **Autrement dit, sans hypothèses ni connaissances préalables, l'observation sensible est insignifiante.**

Enfin, l'observation scientifique amène à conclure sur l'invisible à partir du visible. Comment comprendre une surface glacée relativement récente ? Par le fait qu'Europe s'est refroidie : auquel cas, il y a pu et pourrait encore y avoir de l'eau liquide sur le satellite. Ainsi, les scientifiques estiment aujourd'hui qu'à 90 km sous la surface se trouve un océan d'eau liquide. De la sorte, en **s'appuyant sur des savoirs théoriques préexistants**, l'observation scientifique permet de conclure sur l'invisible à partir du visible : c'est précisément ce dont l'observation sensible est incapable.

**NOTION**

Une **norme** est un standard de référence qui décrit des **régularités**. Par exemple, la norme d'un liquide est de rester fluide peu importe la force exercée dessus. Mais les « liquides non-newtoniens » (amidon de maïs, peinture…) deviennent solides lorsqu'on exerce une force importante : ils sont hors-norme.

## 3 Comment construit-on une connaissance scientifique ?

**EN BREF La méthode scientifique procède par observation, formulation d'hypothèses, test de celles-ci, répétition des tests, généralisation des résultats et contre-épreuves. C'est pourquoi la connaissance scientifique est rigoureuse et prédictive.**

L'observation scientifique n'est donc pas le fruit du hasard ou d'une attention prolongée mais résulte d'une **méthode**. Celle-ci est exposée en 1865 par le médecin Claude Bernard dans son *Introduction à la médecine expérimentale*, qui relate une expérience menée sur l'urine des lapins. Alors qu'on lui amène un jour des lapins du marché, il observe qu'ils ont l'urine « claire et acide ». Le fait est troublant pour le scientifique, car les herbivores ont ordinairement l'urine « trouble et alcaline ». Claude Bernard juge que cette observation est due au « hasard », mais elle ne l'est en fait pas : il faut déjà posséder des connaissances théoriques pour remarquer une anomalie dans l'urine des lapins.

Après cette **première observation**, le médecin **formule une hypothèse** : les lapins du marché sont à jeun. Pour évaluer la solidité de cette hypothèse, il faut la **tester, c'est-à-dire la vérifier expérimentalement**. C'est ce qu'il fait, et les résultats qu'il obtient sont conformes à son hypothèse. Il pourrait ne s'agir que d'une coïncidence, c'est pourquoi Claude Bernard **répète l'expérience** afin de diminuer la possibilité de résultats fortuits : les résultats concordent. Si l'hypothèse semble confirmée pour les lapins, l'est-elle pour les autres herbivores ? Autrement dit, quelle est **l'extension** de cette hypothèse ? Pour l'établir, Claude Bernard **généralise** son expérience en la menant également sur des chevaux. Il pourra alors obtenir un résultat non pour les seuls lapins, mais pour tous les herbivores. Enfin, il soumet son hypothèse à des **contre-épreuves**, c'est-à-dire à des expériences tentant de l'invalider : son hypothèse y survit.

Une **connaissance scientifique se constitue donc méthodiquement**, en suivant un **protocole expérimental**. Elle s'élabore par étapes : découverte d'un fait inhabituel, formulation d'une hypothèse, test de l'hypothèse, répétition du test, généralisation du résultat, contre-épreuves. Cette **rigueur** explique la supériorité de la connaissance scientifique sur la connaissance ordinaire.

## 4 Le problème de l'induction

**EN BREF Dans l'expérience, nous n'avons affaire qu'à des cas particuliers. Or on ne peut jamais conclure à une loi générale à partir de cas particuliers : c'est le problème de l'induction.**

Ne pourrait-il y avoir des lapins, et plus largement des herbivores, qui dérogent à la règle ainsi établie ? Imaginons que tous les cygnes que nous ayons vus soient blancs : on en dériverait naturellement la loi selon laquelle tous les cygnes sont blancs. Il existe pourtant des cygnes noirs : notre loi se révèle donc fausse. De la même manière, il pourrait y avoir des herbivores aux urines claires et acides, même lorsqu'ils ont mangé récemment.

**Un nombre fini de cas particuliers ne suffit donc jamais à conclure avec certitude à une loi générale.** Dans *L'Enquête sur l'entendement humain* (1748), David Hume montre que lorsque nous passons des cas particuliers aux lois générales, nous souffrons de **biais psychologiques**. Nous supposons que les **lois de la nature sont uniformes**. Or, rien ne nous permet de l'affirmer si ce n'est l'**habitude** que nous avons des phénomènes. Par exemple, nous avons l'habitude de voir l'huile nourrir une flamme, ou la neige fondre au soleil, et en concluons que ces phénomènes obéissent à une loi. Alors que la **déduction**, passant de la loi générale aux cas particuliers, est certaine, **l'induction**, qui remonte des cas particuliers aux lois générales, **n'est jamais assurée** : c'est le **« problème de l'induction »**.

Les sciences empiriques n'ont d'autre matériel que l'expérience, c'est-à-dire les cas particuliers observables dans la nature, à partir desquelles elles élaborent des lois. Elles sont donc **soumises au principe de l'induction** : on ne peut pas en établir la vérité. Par exemple, si l'on imagine la loi de construction d'une série mathématique dont la règle est « ajoutez 2 », on peut **déduire** avec certitude tous les termes de la série (0, 2, 4, 6…). Mais si on constate la série suivante : 0, 2, 4, 6, 8, 10, 12… on **induira** que la règle de passage d'un terme au suivant est « ajoutez 2 ». Or ce n'est là qu'une supposition, en fait une **infinité de règles** peuvent satisfaire la série constatée : par exemple « ajoutez 2 entre 0 et 1000, puis 3 jusqu'à 2000, puis ne citez que les nombres premiers ». Cette faiblesse condamne-t-elle les sciences empiriques à être peu fiables ?

**COUP DE POUCE**

Un biais psychologique ou biais cognitif est une déviation de ma pensée par rapport à une réflexion rationnelle et logique. Si mon raisonnement est biaisé par une hypothèse de départ fausse, ma conclusion est erronée bien que la forme de ma réflexion soit correcte (voir chapitre la Conscience et Unconscient », p. 60).

## 5 Vérification et falsification

**EN BREF Une théorie scientifique n'est jamais parfaitement vérifiable. La science procède par conjectures et réfutations, cherchant à corriger ses erreurs et à mettre à l'épreuve ses théories.**

Pour le philosophe des sciences **Karl Popper**, le problème de l'induction est en fait un faux problème, issu d'une conception erronée mais courante de la science. On s'attend ordinairement à ce que l'expérimentation **vérifie** les théories scientifiques : c'est d'ailleurs ce terme qu'emploie Claude Bernard lorsqu'il teste son hypothèse. Or la **vérification est impossible** à cause du problème de l'induction. L'objectif de l'expérimentation n'est donc pas de vérifier les théories.

**Karl Popper (1902-1994)** est l'un des plus célèbres philosophes des sciences du XXe siècle. Le « falsificationnisme » comme critère de scientificité est son concept le plus connu.

Au contraire, Karl Popper pense que les sciences procèdent par **conjectures et réfutations**. Pour expliquer les phénomènes naturels, nous formulons des hypothèses à partir d'une expérience incomplète et partielle : ce sont là les **conjectures.** L'objectif de l'expérimentation scientifique est alors de **corriger ces conjectures en cherchant les erreurs** :

NOTION

Une **conjecture** est une hypothèse fondée sur des probabilités et qui ne connaît pas encore de démonstration. Dire que les théories scientifiques sont des conjectures signifie qu'elles ne sont que des estimations probables de la réalité.

« La méthode de la science est une méthode de conjectures audacieuses et de tentatives ingénieuses et sévères pour réfuter celles-ci [...]. Nous ne pouvons jamais certifier absolument que notre théorie n'est pas perdante. La seule chose que nous puissions faire, c'est chercher le contenu de fausseté de notre meilleure théorie ; ce que nous faisons en essayant de réfuter notre théorie. »

**Karl Popper,** *La Connaissance objective* [1972].

Une théorie est scientifique lorsqu'elle met en place des expériences déterminantes permettant de déceler ses failles. En outre, une théorie peut avoir des **succès prédictifs** importants, mais être remplacée par une **théorie plus explicative, qui sera dite meilleure** : ainsi, les lois du mouvement de Newton ne prennent pas en compte la déformation de l'espace-temps prévue par la théorie de la relativité restreinte d'Albert Einstein qui décrit mieux les comportements des corps célestes. Cette dernière est donc une meilleure théorie scientifique : plus explicative, elle corrige des erreurs et remplace la théorie précédente en formulant de nouvelles conjectures.

Les lois du mouvement de Newton étaient pourtant scientifiques ; mais cela ne signifie pas qu'elles étaient vraies. Pour Karl Popper, c'est ainsi le critère de **falsifiabilité** qui fait la scientificité d'une théorie. D'une part, une théorie est scientifique lorsqu'on peut **élaborer des expériences déterminantes qui la réfuteraient** (par exemple, il suffirait de montrer que les urines de certains herbivores à jeun sont troubles et alcalines pour réfuter Claude Bernard). D'autre part, la science propose des théories temporaires et incomplètes, c'est-à-dire sans doute fausses, mais qui persistent **tant que les tentatives de les falsifier échouent.** Contrairement à un préjugé répandu, la démarche scientifique ne consiste pas à vérifier des hypothèses, mais à **tenter de les réfuter** en **corrigeant les erreurs.** C'est là la différence entre une théorie scientifique et des théories religieuses, métaphysiques ou même morales et esthétiques : puisqu'elles n'élaborent pas de protocole expérimental précis, rien ne permet de les réfuter.

## 6 À quel type de connaissance la science nous fait-elle accéder ?

**EN BREF La métaphore de la maison sur pilotis montre que la science a des fondements stables mais non inébranlables. À mesure que la connaissance scientifique progresse, ces fondements se stabilisent.**

Même si la réfutabilité des théories est un critère de scientificité, elle pose problème : comment établir la véracité de ces théories ? Alors que les mathématiques ont des fondements solides puisqu'elles procèdent démonstrativement, les sciences empiriques semblent à la merci du moindre cas particulier qui les **invaliderait**. Quelle est donc la valeur de nos théories scientifiques ?

Karl Popper propose une métaphore pour comprendre la **vérité** à laquelle la science nous fait accéder et se représenter son progrès. Il la compare à une maison sur pilotis. Cet édifice a des fondements relativement stables mais pourrait être balayé par une tempête : en l'occurrence, par une théorie meilleure ou par la découverte d'un contre-exemple. Ainsi, la science n'a ni les fondements absolument stables qu'aurait, par exemple, un château fort, ni la fragilité d'une cabane.

Mais cette métaphore indique aussi que la fiabilité du discours scientifique augmente avec le temps. Le **progrès de la science** est représenté par la maison enfonçant de plus en plus profondément ses pilotis dans le sol. Ainsi, on peut différencier la science naissante, peu stable, d'une science qui a soumis ses théories à de multiples **épreuves** et **contre-épreuves**, les a modifiées et améliorées, aux pilotis profondément ancrés dans le sol : cette science-là est **plus stable, plus descriptive**.

## 7 Quelle est la vérité que recherchent les sciences ?

**EN BREF La connaissance scientifique est une approximation progressive du monde réel. On peut concevoir la vérité qu'elle recherche comme « l'acceptabilité rationnelle idéale ».**

Les sciences de la nature ne fournissent par conséquent ni une connaissance absolument certaine, ni une connaissance vague comme l'est celle de l'opinion. Cela signifie qu'elles ont bien une valeur pour la connaissance : si elles ne peuvent pas atteindre parfaitement la vérité, elles peuvent néanmoins s'en approcher. C'est pourquoi la vérité est pour la science un **idéal régulateur** : un horizon vers lequel elle doit tendre. La recherche scientifique cherche à atteindre la vérité, tout en sachant qu'elle ne pourra pas y parvenir. On peut se le figurer sur le modèle de l'**asymptote mathématique** : une théorie scientifique solide et justifiée tendra vers la vérité sans jamais l'atteindre. Le monde du scientifique est alors une **approximation progressive du monde réel**.

> **NOTION**
>
> Un *idéal régulateur* est un modèle qui n'a pas d'existence réelle mais qui est conçu comme désirable, et vers lequel on doit donc tendre. Par exemple, on ne saurait être moralement parfait, mais la perfection morale peut guider notre action.

Dans *Raison, vérité et histoire* (1981) le philosophe américain **Hilary Putnam** donne de la vérité une définition conforme à cette conception de la science : elle est **« l'acceptabilité rationnelle idéale »**. Ce qui est vrai doit être acceptable rationnellement : une proposition irrationnelle ne peut donc jamais être vraie (par exemple « si les voitures avaient des roues carrées, elles rouleraient mieux »). Mais la vérité ne saurait se réduire à l'acceptabilité rationnelle parce que la raison n'est **jamais parfaitement informée**. Par exemple, en l'absence d'instruments de mesure et de culture scientifique, il est rationnellement acceptable de considérer que la Terre est immobile ; pourtant, ce n'est pas la vérité. **Le progrès de la science** modifie donc le domaine de l'acceptabilité rationnelle, et il y a fort à parier que ce qui est conforme à la raison aujourd'hui ne le sera plus dans quelques siècles. Pourtant la vérité, elle, ne se modifie pas à mesure que nos connaissances progressent. En effet, « la Terre tourne autour du Soleil » était déjà une proposition vraie même lorsque les hommes pensaient le contraire.

**Hilary Putnam (1926-2016)** est un philosophe américain influencé par Emmanuel Kant (p. 15) et spécialiste de la philosophie de l'esprit et du langage.

La vérité est donc ce que la raison atteindrait si elle possédait **une information parfaite** et **des moyens de raisonnement illimités**. Or ces conditions sont impossibles à réunir : Hilary Putnam juge qu'elle est **idéale**. Ainsi conçue, la vérité est le terme du progrès de la science, l'horizon dont la recherche scientifique doit se rapprocher, sans jamais y parvenir.

## 8 Limites du modèle scientifique

**EN BREF Toute vérité n'est pas scientifique. Le désir de science pourrait s'expliquer par notre besoin psychologique de sécurité existentielle.**

La connaissance scientifique fait pourtant l'objet de critiques. Il paraît hâtif, par exemple, de considérer que la vérité est **toujours de nature rationnelle**, si bien que seule la science pourrait s'en approcher. La critique du scientifique et théologien Blaise Pascal (p. 38) invite à ne pas confondre la recherche scientifique et les vérités divines. Pour lui, si l'autorité est à proscrire dans le domaine scientifique, les **raisonnements sont en revanche superflus dans le domaine religieux**. Il serait absurde, par exemple, de vouloir démontrer l'existence de Dieu :

> « Il faut relever le courage de ces timides qui n'osent rien inventer en physique, et confondre l'insolence de ces téméraires qui produisent des nouveautés en théologie. »
>
> **Blaise Pascal,** *Préface pour un traité du vide* [vers 1647].

D'où la proposition de Pascal selon laquelle : « Nous connaissons la vérité, non seulement par la raison, mais encore par le cœur ». Certaines vérités sont en dehors du domaine de la science et reposent sur l'**intuition** ou le **sentiment**. Non-scientifiques, elles ne sont pas fausses pour autant.

Cette critique ne remet pas en cause la valeur de la connaissance scientifique, au contraire de la critique de Friedrich Nietzsche (p. 17). Pour lui, c'est notre confiance en la science qui est de nature religieuse : « C'est encore et toujours une **croyance métaphysique** sur quoi repose notre croyance en la science », dit-il dans *Le Gai Savoir* (1882). La science reposerait ainsi sur le **jugement de valeur** selon lequel « la vérité est divine ». Cette surestimation de la valeur de la vérité répondrait à notre besoin de croire en des points d'ancrages fixes et permanents dans un monde changeant. La vérité nous enchaîne puisque nous plaçons en elle notre espoir de trouver un sens à l'existence :

> « Ceux-ci sont loin d'être des esprits libres, car ils croient encore à la vérité [...] "Rien n'est vrai, tout est permis"... C'était là de la vraie liberté d'esprit, une parole qui mettait en question la foi même en la vérité. [...] La volonté de vérité a besoin d'une critique – définissons ainsi notre propre tâche –, il faut essayer une bonne fois de mettre en question la valeur de la vérité... »
>
> **Friedrich Nietzsche,** *La Généalogie de la morale* [1887], III, §24.

Confrontés à des questions insolubles, nous cherchons dans la science des éclaircissements sur un monde obscur, c'est-à-dire des repères stables dans une réalité insaisissable. Friedrich Nietzsche combat ainsi l'idée d'une recherche scientifique désintéressée : au contraire, elle servirait de **remède** contre l'angoisse existentielle en cherchant, par l'établissement de la vérité, à nous procurer une **sécurité psychologique**.

## 9 Les enjeux éthiques

**EN BREF La connaissance scientifique nous confère un pouvoir d'action colossal et potentiellement destructeur. Il est légitime d'entourer le progrès scientifique de précautions éthiques.**

**COUP DE POUCE**

On parle d'un acte ou d'un projet prométhéen en référence au mythe grec de Prométhée, le Titan qui déroba le feu aux Dieux pour l'offrir aux hommes. L'expression désigne une puissance démesurée, étrangère à la nature humaine.

Parce qu'elle augmente notre connaissance de la nature, la connaissance scientifique accroît également notre **pouvoir d'action**. L'ambition « **prométhéenne** » et cartésienne de devenir « comme maîtres et possesseurs de la nature » **(voir chapitre le Travail et la Technique, p. 273)** est liée à une connaissance fine des lois de la nature. Nous ne sommes capables de prouesses techniques, par exemple d'envoyer des satellites dans l'espace ou de découvrir des vaccins, qu'à la condition de connaître suffisamment les **règles du monde naturel**. On peut se réjouir des progrès obtenus grâce à l'amélioration de nos connaissances scientifiques : par exemple, l'invention du pacemaker a augmenté notre espérance de vie, et la voiture notre mobilité.

Mais il est également légitime de s'en inquiéter. C'est ainsi que François Rabelais écrivait déjà dans *Pantagruel* (1532) que « science sans conscience n'est que ruine de l'âme » : parce que la recherche scientifique octroie de la puissance d'action aux êtres humains, elle doit s'accompagner d'un **principe de précaution**, au risque de se révéler funeste. C'est là l'un des thèmes de prédilection de la science-fiction. On le retrouve dans *Frankenstein ou le Prométhée moderne* (1818) de Mary Shelley : le savant suisse Victor Frankenstein fabrique un monstre à partir de chair morte, et ce dernier s'éveille à la vie et décide de se venger après avoir été rejeté par la société.

Hannah Arendt constate que ce comportement tient à la nature même du scientifique. Engagé dans ses recherches, il ne prend plus en compte les **enjeux éthiques** auxquels il se soumet dans la vie quotidienne. En tant que scientifique, seule sa recherche a de la valeur, si bien qu'il s'autorise des hypothèses et des expérimentations en toute liberté, malgré les risques encourus :

> « L'homme, pour autant qu'il se comporte en savant, ne se soucie guère de sa propre dimension dans l'univers, ni de sa position dans l'évolution des espèces animales : ce "désintéressement" est son orgueil et sa gloire. Le simple fait que des physiciens aient désintégré l'atome sans la moindre hésitation au moment même où ils ont su le faire, bien que pleinement conscients des énormes potentialités destructrices d'une telle opération, montre que le savant en tant que tel ne se soucie même pas de la survie de la race humaine sur terre, pas plus d'ailleurs que de la survie de la planète. »
>
> **Hannah Arendt,** *La Conquête de l'espace et la dimension de l'homme* [1963], dans *La Crise de la culture* [1961-1968].

La recherche scientifique comporte donc de nombreux risques, et on cherche aujourd'hui à l'encadrer par des **normes éthiques**. C'est l'objet notamment de la **bioéthique**, qui traite des problèmes posés par les progrès de la médecine et de la biologie. L'euthanasie est-elle légitime ? Et les manipulations génétiques telles que le clonage ou la sélection des gamètes ? Quand bien même les réponses fournies seraient positives, le progrès scientifique ne saurait se dispenser d'une réflexion sur les **implications morales de ses découvertes**. Ces questions paraissent d'autant plus brûlantes que se profile la perspective d'une humanité augmentée, rendue plus puissante par les avancées technologiques. L'entreprise Neuralink, fondée par Elon Musk, cherche par exemple à concevoir des implants cérébraux visant à augmenter les capacités cognitives humaines. Cette recherche est-elle saine, ou témoigne-t-elle au contraire d'un avenir ombrageux, avec la perspective d'une humanité à deux vitesses ?

## POUR TOUT RETENIR

→ Les mathématiques occupent une place à part dans le champ scientifique, parce qu'elles sont **idéales** et **rationnelles**. Mais les autres sciences sont **empiriques**, c'est-à-dire fondées sur l'**observation** de la réalité. Celle-ci ne doit pas être confondue avec l'observation ordinaire, issue des sens. Mais cela pose problème puisque, procédant par **induction**, ces disciplines scientifiques ne peuvent pas vérifier parfaitement leurs résultats. La scientificité d'une théorie ne dépend donc pas de sa **vérification** mais de sa **falsifiabilité**, de sa capacité à se voir corrigée, et même réfutée. Il s'ensuit que les connaissances scientifiques visent la vérité comme un **idéal** inatteignable, mais désirable. Cependant, d'autres voies que la science pourraient permettre d'atteindre la **vérité** ; la poursuite de celle-ci pourrait d'ailleurs n'être que l'expression d'un besoin de sécurité existentielle. Enfin, en augmentant notre pouvoir d'action, le progrès scientifique doit s'accompagner de **précautions morales**, au risque d'être destructeur.

## VOCABULAIRE ESSENTIEL

**Déduction :** manière de raisonner qui conclut à des cas particuliers à partir d'une loi générale.

**Empirisme :** doctrine selon laquelle l'expérience est la source première des connaissances.
À l'exception des mathématiques, les sciences sont empiriques.

**Expérience :** développement des connaissances au contact des faits observables. On distingue ce qui est **expérientiel**, et a trait à l'expérience individuelle, de ce qui est **expérimental**, et se rapporte au protocole scientifique.

**Induction :** façon de raisonner qui conclut à une loi générale à partir de cas particuliers. L'induction pose problème parce qu'elle n'est jamais certaine.

**Réfutabilité :** aussi appelée **falsifiabilité**, critère de scientificité des théories. Pour Karl Popper, une théorie scientifique n'est jamais vérifiée, mais est toujours réfutable.

**Théorie :** ensemble d'idées et de concepts abstraits réunis dans un système et appliqué à un domaine d'étude particulier. On l'oppose à l'expérience.

FOCUS SUR...

# POSITIVISME ET SCIENTISME

William Blake, *Newton*, vers 1795-1805, encre et aquarelle sur papier, 46 × 60 cm, Tate Modern, Londres (Angleterre).

Les progrès fulgurants de la science à l'époque moderne et les succès explicatifs et technologiques qui en ont découlé ont donné naissance à une série de doctrines affirmant la supériorité de la science sur tous les autres modes de savoir. Ainsi la « loi des trois états » d'Auguste Comte dans son *Cours de philosophie positive* (1830-1842) stipule que chaque domaine de la connaissance humaine passe par trois étapes successives : « l'état théologique ou fictif ; l'état métaphysique ou abstrait ; enfin, l'état **scientifique ou positif**. » Le savoir culmine dans ce qu'il nomme le **positivisme**, doctrine selon laquelle **tout le savoir consiste en une description scientifique des faits**. Mais certains faits sont difficilement descriptibles de manière neutre, sans y ajouter des biais. Le positivisme hiérarchise ainsi tout savoir en fonction de sa scientificité. L'ensemble du domaine moral pose à ce titre explicitement problème. Si je dis, par exemple, que « Salomon est honnête », ai-je décrit **un fait ou formulé un jugement de valeur ?** D'autre part, les énoncés éthiques, esthétiques ou religieux ne formulent pas de jugements de fait : peut-on dire pour autant qu'ils ne produisent pas de connaissances ?

Lorsque le positivisme est poussé à l'extrême, il aboutit au **scientisme**, qui est une compréhension répandue mais **erronée de la science**, rejetée par les scientifiques eux-mêmes. La doctrine scientiste avance deux idées majeures : que toute connaissance est d'ordre scientifique ; qu'il n'y a qu'une seule description adéquate de la réalité, donc **un seul discours scientifique valide.** La seule source de savoir légitime pour décrire la réalité serait donc la science, en ramenant tous les phénomènes naturels à leur **compréhension mathématique**.

De nombreux scientifiques du XX^e siècle ont démontré le danger de cet optimisme exagéré : selon le scientisme, la science peut apporter les meilleures solutions possibles à tous les problèmes et défis de l'humanité, mais ne précise pas **quels sont les buts eux-mêmes** que doivent poursuivre les hommes. Les objectifs éthiques – comment bien agir ? comment être heureux ? – ne peuvent être connus par la méthode scientifique, pas plus que les règles de la création artistique qui lui échappent.



EXPÉRIENCE DE PENSÉE

# LE PARADOXE EPR

**La mécanique quantique** est une branche de la physique théorique qui analyse les phénomènes physiques au cœur de l'atome. Ses conclusions sont contradictoires avec la théorie de la relativité générale d'Albert Einstein. L'une des principales idées de la mécanique quantique est que les particules subatomiques (les éléments qui composent l'atome) **n'ont pas de localisation spatiale déterminée avant d'être observées**.

Soit deux particules liées entre elles que l'on sépare. Dès lors qu'on observe l'une des particules, l'autre **acquiert instantanément une position**. Les deux particules se communiquent donc instantanément de l'information à distance. Cela viole le principe de « localité », selon lequel les objets ne sont influencés que par leur environnement immédiat. Par exemple, pour qu'un domino tombe, il faut que le domino précédent l'ait heurté dans sa chute.

Comment expliquer cette conclusion de la mécanique quantique, qui semble impossible ? En 1935, Albert Einstein, Boris Podolsky et Nathan Rosen présentent ce problème dans le paradoxe EPR. Ils montrent qu'on ne peut expliquer la transmission immédiate d'information que par deux hypothèses inacceptables :

1. La particule observée **remonte le temps** pour communiquer sa position future à l'autre, ce qui viole l'irréversibilité du temps.

2. La particule observée transmet l'information **instantanément** à travers l'espace ; or la théorie de la relativité générale montre que la vitesse de la lumière est indépassable.

Les trois physiciens en concluent que la mécanique quantique est une théorie incomplète : elle est en contradiction avec la théorie de la relativité générale. Pourtant les deux connaissent des succès prédictifs et technologiques : par exemple, nous n'aurions pas de GPS sans la relativité générale, et des puces téléphoniques existent grâce à la mécanique quantique. Elles ont donc toutes deux une grande valeur scientifique. Mais elles ne peuvent pas être toutes les deux vraies. Le paradoxe EPR montre ainsi que la valeur scientifique et la valeur de vérité diffèrent.

→ La conclusion de ce paradoxe vous semble-t-elle compatible avec la théorie de Karl Popper ?

→ Une théorie scientifique peut-elle atteindre la vérité à un certain moment ?

→ La réussite des applications technologiques des théories scientifiques est-elle est bon signe de leur vérité ?

# MÉMO VISUEL

## – La Science –

### Types d'observation

**Du sens commun**
- Porte sur ce qui est immédiatement sensible.
- N'a pas pour fondement les théories scientifiques.

**Scientifique**
- S'appuie sur une théorie existante.
- Suit un protocole expérimental. **(Bernard)**
- Est en rupture avec l'expérience sensible. **(Bachelard)**

### La méthode scientifique

**Inductive**
- Passage de cas particuliers à une loi générale : sciences empiriques.
- Pas de résultats pleinement vérifiables, mais falsifiables. **(Popper)**
- Résultats toujours incertains : problème de l'induction. **(Hume)**

**Déductive**
- Passage de lois générales à des cas particuliers : sciences rationnelles.
- Vérification des résultats possible.
- Résultats parfaitement assurés.

### Limites de la science

**Du point de vue de la connaissance**
- La vérité est un horizon inatteignable. **(Putnam)**
- Les vérités les plus hautes, religieuses, ne sont pas accessibles à la raison. **(Pascal)**

**Du point de vue de la morale**
- Octroie un pouvoir démesuré aux êtres humains ; doit être encadrée par des normes éthiques.
- Exige un principe de précaution dans son utilisation.

QCM ?

# SE TESTER

**1. Que reproche-t-on à la théorie des épicycles de Ptolémée ?**

- **a** De trop valoriser les mouvements circulaires.
- **b** De s'être fondée sur l'autorité plutôt que sur l'observation.
- **c** De trop faire confiance à la méthode inductive.

**2. Qu'est-ce qui distingue les mathématiques des autres sciences ?**

- **a** Ses capacités de prédiction et la reproductibilité de ses théories.
- **b** L'élaboration de théorèmes et de formules abstraites.
- **c** Le fait qu'elles sont idéales et purement rationnelles.

**3. L'observation scientifique :**

- **a** S'appuie sur l'observation sensible.
- **b** Rompt avec l'observation sensible.
- **c** Ne se distingue pas de l'observation sensible.

**4. Une connaissance scientifique se construit :**

- **a** En testant de nombreuses fois les hypothèses formulées.
- **b** En développant des lois rationnelles pour les rendre applicable au domaine de l'expérience.
- **c** En s'auto-légitimant à partir de l'élaboration de son propre langage.

**5. En quoi consiste le problème de l'induction ?**

- **a** En l'impossibilité de conclure avec certitude à une loi générale d'après un nombre fini de cas particuliers.
- **b** En l'impuissance de notre raison à formuler précisément des hypothèses englobantes et explicatives.
- **c** En l'impossibilité d'appliquer les découvertes de l'induction aux sciences de la nature.

**6. D'après Karl Popper, la science ne procède pas par vérifications expérimentales mais par :**

- **a** Suggestions et confirmations.
- **b** Observations et répétitions.
- **c** Conjectures et réfutations.

**7. Quelle définition de la vérité doit-on à Hilary Putnam ?**

- **a** La conformité entre la réalité et le discours que l'on tient sur elle.
- **b** La comparaison avec une maison sur pilotis.
- **c** L'acceptabilité rationnelle idéale.

**8. Quel reproche Blaise Pascal formule-t-il à l'encontre de la connaissance scientifique ?**

- **a** Elle ne saurait porter sur tous les domaines, en particulier sur le domaine accessible par le cœur.
- **b** Elle est aride et désincarnée.
- **c** Elle témoigne de notre besoin de trouver des points d'ancrage fixes, et donc d'être rassurés.

**9. Qu'est-ce que le scientisme ?**

- **a** La perception de la connaissance scientifique par les scientifiques eux-mêmes.
- **b** Une conception naïve de la science, qui lui fait démesurément confiance.
- **c** Une critique des excès de la science lorsqu'elle n'est encadrée par aucune norme éthique.

**10. Que nous enseigne le paradoxe EPR ?**

- **a** Que la valeur scientifique et la valeur de vérité sont deux choses différentes.
- **b** Que la théorie de la relativité générale est fausse
- **c** Que les théories qui ont des succès prédictifs sont nécessairement vraies.

→ Corrigés page 349

# S'ENTRAÎNER

## 1 Exploite une référence philosophique.

Le philosophe Bertrand Russell raconte l'histoire de la « dinde inductiviste ». Une volaille observe que chaque matin, un homme vient la nourrir. Quels que soient les paramètres qui sont modifiés (le temps, la saison, l'humeur de la poule, la présence ou non des autres poules), le phénomène se reproduit invariablement. Elle en conclut qu'il existe une règle naturelle selon laquelle les hommes sont bons et donnent à manger aux poules tous les matins. Jusqu'au jour où un homme vient le matin lui couper la tête, pour la cuisiner le soir de Noël.

> Pourquoi cette histoire est-elle une critique de l'induction ?

## 2 Mets en pratique tes connaissances philosophiques.

Imaginons que tu découvres un nouvel élément chimique, le philosophium. Tu essaies de démontrer que si cet élément est consommé en quantités modérées pendant un temps prolongé, il augmente la sagesse de ceux qui le prennent. Les premiers résultats sont encourageants.

**a.** Quelles difficultés rencontres-tu dans l'élaboration de ton protocole expérimental ?

**b.** Pourquoi, à ce stade, ta connaissance n'est-elle pas de nature scientifique ? Quelles démarches dois-tu entreprendre pour espérer qu'elle le soit ?

**c.** Imaginons qu'au terme de ces démarches, tes résultats corroborent ta théorie. La connaissance ainsi constituée serait-elle fiable ? À quel problème serait-elle immanquablement confrontée ?

## 3 Tire les conclusions philosophiques d'un fait scientifique.

La théorie de la relativité générale prédit l'existence d'objets célestes hypermassifs : les trous noirs. Ils sont inobservables parce qu'ils absorbent toute la lumière. Pourtant, en 2019, des scientifiques publient la première « photo » d'un trou noir, prise par un super-télescope, le Event Horizon Telescope. L'image a nécessité la mise en relation de huit télescopes et un an de traitement de données pour être produite.

**a.** Quel rôle a joué la théorie scientifique dans la production de cette image ?

**b.** Dans un paragraphe argumenté, montrez pourquoi cet exemple illustre la différence de nature entre l'observation ordinaire et l'observation scientifique.

SUJET GUIDÉ

Explication de texte



# SE PRÉPARER POUR LE BAC

## Rédiger l'introduction, la deuxième partie et la conclusion

### Auguste COMTE, *Discours sur l'esprit positif*

« C'est dans les lois des phénomènes que consiste réellement la science, à laquelle les faits proprement dits, quelque exacts et nombreux qu'ils puissent être, ne fournissent jamais que d'indispensables matériaux. Or, en considérant la destination constante de ces lois, on peut dire sans aucune exagération que la véritable science, bien loin d'être formée de simples observations, tend toujours à dispenser, autant que possible, de l'exploration directe, en y substituant cette prévision rationnelle, qui constitue, à tous les égards, le principal caractère de l'esprit positif[1], comme l'ensemble des études astronomiques nous le fera clairement sentir. Une telle prévision, suite nécessaire des relations constantes découvertes entre les phénomènes, ne permettra jamais de confondre la science réelle avec cette vaine érudition qui accumule machinalement des faits sans aspirer à les déduire les uns des autres. [...] Ainsi, le véritable esprit positif consiste surtout à voir pour prévoir, étudier ce qui est, afin d'en conclure ce qui sera, d'après le dogme général de l'invariabilité des lois naturelles.

**Auguste Comte,** *Discours sur l'esprit positif* [1844, dans *Philosophie des sciences*, Gallimard, coll. « Tel », 1996, p. 141.

**1. Esprit positif :** esprit scientifique.

## Méthode et corrigé

### Étapes de repérage

**Thème**

Ici le texte s'interroge sans ambiguïté sur la science, comme le montrent l'omniprésence du mot ainsi que le champ lexical mobilisé (prévision rationnelle, lois naturelles, relations constantes, faits)

**Objet**

Auguste Comte se demande en quoi consiste la recherche scientifique et ce qu'elle cherche à établir. Le texte porte donc sur le **type d'activité** en quoi consiste la science.

**Thèse**

Alors qu'on pense trop hâtivement que la science cherche à collecter des faits, c'est-à-dire qu'elle repose sur l'observation, l'auteur soutient qu'elle **cherche à formuler des lois afin de prévoir des relations entre les faits**.

À partir de là, nous pouvons en déduire une problématique, c'est à dire la question à laquelle répond la thèse.

**Problématique**

La science cherche-t-elle à établir des lois ou à observer des faits ?

## Étapes de rédaction

### Introduction rédigée

**Situation du texte**

Le philosophe Auguste Comte expose dans cet extrait du *Discours sur l'esprit positif* une conception de la science qui témoigne d'une grande foi en son pouvoir.

**Objet**

L'auteur s'interroge sur la nature de l'activité scientifique. À la manière dont on confond trop souvent culture et intelligence, Auguste Comte invite à ne pas superposer le **savant** et le **scientifique**. L'activité scientifique ne consiste pas à accumuler des savoirs par l'observation pour atteindre une « vaine érudition » : elle ne se borne pas à constater des faits.

**Thèse**

Bien au contraire, la science cherche à formuler des **lois générales** afin de **prévoir rationnellement** les relations entre les faits. Le philosophe ne refuse pas la **centralité des faits** dans l'enquête scientifique, mais tente de les remettre à leur place. Ce ne sont pas des **fins** mais de simples **moyens** en vue de l'établissement de lois. Il en résulte que la méthode scientifique s'appuie davantage sur la prévision rationnelle que sur l'observation directe.

**Problématique**

La science cherche-t-elle à établir des lois ou à observer des faits ?

**Annonce de plan**

À l'encontre des conceptions de la science qui la bornent à observer des faits, le philosophe défend dans un premier temps l'idée que le rôle de la science est de formuler des lois de liaison entre les faits (« c'est dans les lois [...] clairement sentir »). Ainsi comprise, la science véritable, qui suppose le déterminisme, pourra être distinguée de l'érudition par le critère de la prédictibilité rationnelle (« Une telle prévision [...] lois naturelles »).

### Proposition de plan détaillé

**I. La science n'observe pas des faits, mais les relie dans des lois générales.**

a. La science formule des lois plutôt qu'elle n'observe des faits. Cependant, les faits sont essentiels, puisque les sciences sont empiriques.

b. Une fois établies avec un degré de certitude élevée, les sciences semblent se passer de l'observation directe. En effet, si cette dernière était encore cruciale à un stade avancé de la connaissance, on ne pourrait formuler de lois.

c. La « prévision rationnelle » remplace l'observation directe dans la science. Ainsi, les sciences sont capables d'anticiper l'avenir en suivant des lois déterministes.

### Deuxième partie rédigée

**II. L'anticipation rationnelle des phénomènes distingue le savoir scientifique des autres types de savoirs.**

La science est capable de prévoir le comportement des phénomènes naturels. Par exemple, on peut anticiper la position d'une planète sur son orbite ou l'effet de la corrosion du cuivre. Ce n'est pas un effet heureux de la découverte scientifique mais sa **conséquence « nécessaire »**. C'est pourquoi, si une théorie scientifique est incapable de prédictions rationnelles, alors elle n'est pas scientifique. Ce constat est issu d'un présupposé métaphysique : le **déterminisme de la nature**. En effet, on découvre dans les phénomènes une « relation constante », si bien que dans des conditions identiques, les mêmes causes produisent les mêmes effets. Le déterminisme d'Auguste Comte semble confirmé par les succès prédictifs remportés par la science, mais néglige le problème de l'induction. Pour le philosophe, le passage de cas particuliers aux lois générales ne pose pas problème, puisque la science est **nécessairement** prédictive.

De la sorte, l'auteur s'est muni d'une règle permettant de distinguer la science de la « vaine érudition ». Autrement dit, **tous les savants ne sont pas des scientifiques** : ceux qui ne font qu'accumuler des données et observer des faits construisent un savoir dépourvu d'utilité. Inversement, ceux qui passent des faits aux lois et cherchent à déduire des faits à partir de ces mêmes lois suivent la démarche scientifique. Ainsi, même si la science est inductive, elle aspire à procéder par déduction, c'est-à-dire à découvrir des cas particuliers à partir de lois générales. Auguste Comte ne paraît pas faire de ce modèle déductif un simple **idéal régulateur** : il semble penser que la science est effectivement capable d'atteindre des **lois ultimes et définitives** ; elle ne se limite pas à viser cet objectif hors de portée.

Cette confiance en la science, qu'il nomme « esprit positif » (ou positivisme) est ancrée dans une **croyance stricte au déterminisme** : il reconnaît que la prédiction scientifique n'est possible que grâce au « dogme de l'invariabilité des lois naturelles ». Or l'uniformité des lois de la nature est une doctrine problématique : rien ne nous permet de la certifier en dehors de l'expérience. Quelle attitude aurait adopté A. Comte face aux progrès de la science et de la philosophie de la connaissance au XXe siècle ? Contre la croyance déterministe qui anime l'auteur, le physicien Louis de Broglie estime ainsi en 1937 dans *Matière et Mémoire* que « tandis que l'ancienne Physique avait la prétention de soumettre tous les phénomènes à des lois rigoureuses et inexorables, la nouvelle Physique ne nous fournit que des lois de probabilité » faisant subsister une « marge d'incertitude ». Faut-il conclure à l'invalidité de la doctrine positiviste présentée ici ?

## Conclusion rédigée

Auguste Comte a voulu établir que la science tend à formuler des lois plutôt qu'à observer des faits. La simple observation ne serait rien de plus que de l'érudition superflue ne permettant pas l'avancée de la science. Inversement, en formulant des lois, la science devient prédictive. L'anticipation dont elle est capable est fondée sur la croyance dans le déterminisme de la nature. Celui-ci admis, la science serait capable d'établir des lois définitives, exprimant avec nécessité les relations causales à l'œuvre dans la nature : c'est là la démarche de l'esprit positif. Cependant, la rigueur du déterminisme présupposé par l'auteur est sans doute trop importante : la science contemporaine, loin de la position défendue ici, est probabiliste. Pourtant, elle aussi cherche à établir des lois, même faillibles.

?

### Les sujets qui peuvent tomber au Bac...

- La science se limite-t-elle à constater des faits ?
- Y a-t-il des questions auxquelles aucune science ne répond ?
- La science peut-elle faire disparaître la religion ?
- Faut-il se méfier de la science ?

# Chapitre 11 La Science

Tu viens de voir les notions à connaître sur la science. Pour t'aider à retenir l'essentiel et t'entraîner pour le Bac, voici ton kit de révisions clé en mains conçu par SchoolMouv !

## Fiche de révision

### Le Focus de SchoolMouv : Ordonner le monde

Même si la connaissance scientifique a une valeur par elle-même, elle n'est pas coupée des autres dimensions de la vie humaine.
Il ne s'agit pas seulement de se détourner de la superstition : par l'explication scientifique, nous forgeons un autre modèle de la nature et du monde matériel. Au lieu d'un monde chaotique, livré au hasard, et de ce fait incompréhensible, la science propose de considérer un monde **rationnel**, régi par des lois et explicable par des mécanismes de causalité.
Le monde n'est alors plus désordonné et dépourvu de sens, mais repose sur des **principes universels**.
Les lois physiques sont en effet, par définition, universelles : elles sont valables en tout temps et en tout lieu. Elles permettent d'avoir une vision déterministe du monde : elles ne font pas qu'expliquer ce qui s'est produit mais donnent aussi les moyens de prévoir ce qui se produira, dès lors qu'on sait qu'une même cause sera toujours suivie d'un même effet. La connaissance scientifique donne un sens au monde puisqu'elle révèle que le monde est un système stable et constant.
Par ses effets, la science dépasse le seul cadre de la connaissance et induit donc un **rapport au monde**.

**Notre monde n'est plus celui de l'incertitude, du mythe ou de l'intervention divine, mais un monde cohérent, prévisible, dans lequel on peut comprendre et expliquer les phénomènes.**

## Vidéo

Pour mieux comprendre et t'en souvenir à coup sûr, regarde la vidéo. C'est parfois bien plus clair en images.

**Vidéo** La science

https://flashbelin.fr/focusbacschoolmouv/philo/12

## Contenu additionnel

Voici un bonus autour du même sujet. La curiosité n'est pas toujours un vilain défaut. Il suffit de créer ton compte pour avoir accès à plein de contenus supplémentaires.

**Fiche de lecture** Henri Poincaré, *La Science et l'Hypothèse*

http://www.schoolmouv.fr/eleves/fiches-de-lecture/la-science-et-l-hypothese-henri-poincare/fiche-oeuvre

Tu trouveras ici les clés pour comprendre l'ouvrage : les notions principales, les concepts nouveaux forgés par l'auteur. Notamment, l'idée que les théories scientifiques sont en partie conventionnelles.

**Conseil**
Cette œuvre aborde de manière transversale plusieurs notions du programme : utilise-la pour établir des liens avec les autres cours et approfondir certaines problématiques !

## Tchat avec un prof

Pour poser toutes tes questions à un prof particulier, découvre l'abonnement tchat.
Tu peux le tester gratuitement pendant 7 jours : fini les questions sans réponses, tu vas devenir incollable.

http://focusbac.schoolmouv.fr/offre

12

VOIE GÉNÉRALE

# Le Temps

Sébastien Thibault, illustration, 2020.

# Peut-on se libérer du temps ?

UNE HISTOIRE POUR COMMENCER...

### L'enfant qui ne voulait pas grandir

Le personnage de roman Peter Pan créé par James Barrie en 1911 est un enfant qui refuse de grandir et résiste à **l'écoulement du temps** : il ne vieillit jamais. Dans le roman, il entraîne des enfants du monde réel vers le « Pays imaginaire » dont il est maître. James Barrie décrit son héros comme « joyeux, innocent, et sans cœur » : Peter Pan est en effet égocentrique et **oublie sans cesse** ses amis comme ses ennemis. Après avoir ramené les enfants à la vie réelle, il les efface de sa mémoire, si bien que ses aventures se répètent inlassablement. Bloqué dans le temps infini du « Pays imaginaire », **il n'a plus de notion distincte du temps**.

Peter Pan demeure un enfant parce qu'il rejette les responsabilités de l'âge adulte : il préfère passer son temps à jouer plutôt que de se soumettre aux contraintes de la réalité. Le monde adulte représente surtout pour lui **la fuite du temps**. Ainsi, son pire ennemi au « Pays imaginaire », le capitaine Crochet, est effrayé par un menaçant crocodile qui a avalé son réveil. L'animal symbolise le temps implacable qui veut engloutir le pirate et tous les adultes. Solitaire et cruel, Peter Pan est le double infantile du capitaine. Les deux personnages représentent chacun sous une facette différente la même peur face au passage du temps et sont tous deux **thanatophobes** : ils craignent la mort.

Peter Pan est cependant un personnage impossible. Il ne grandit jamais parce qu'il vit hors de la réalité, dans le « Pays imaginaire ». Dans le monde réel, nous ne pouvons pas échapper aux âges de la vie. Ainsi, le « syndrome de Peter Pan » désigne en psychologie les adultes **émotionnellement immatures**, qui refusent le monde adulte jugé trop conventionnel. Ce rejet s'accompagne le plus souvent d'un déni de la réalité du vieillissement et d'une tendance aux **comportements infantiles**.

## Problématisation

→ Peter Pan symbolise le tragique de l'existence. **Soumis au devenir**, c'est-à-dire au passage destructeur du temps, nous cherchons pourtant sans cesse à y échapper.
Or le désir de l'immortalité ou de la jeunesse éternelle est impossible à satisfaire. Mais s'il n'est pas possible d'échapper à l'écoulement objectif du temps, **peut-on se libérer de la peur de son passage** ? Peut-on se protéger de son emprise sur nous en découvrant une dimension du temps qui nous appartiendrait véritablement ?

# Pour bien comprendre

## La première distinction à connaître

Le temps est une notion ambigüe qui désigne des réalités hétérogènes, qu'il faut distinguer avec précision. Il ne faut pas confondre le temps comme **contenant** et le temps comme **devenir.**

Le temps **contenant** désigne la temporalité au sein de laquelle se déroulent tous les événements. C'est un milieu indéfini et homogène. En ce sens, il est analogue à **l'espace**, qui est également un milieu indéfini et homogène intégrant tous les événements.

Le temps **devenir** désigne le passage ou l'écoulement d'un temps irréversible, destructeur, qui nous mène à la mort. Il a un pouvoir d'action : le changement, qui est aussi la transformation continuelle du présent en passé.

## La seconde distinction à connaître

On distingue ensuite le **temps objectif** ou **temps cosmologique**, qui est le temps commun à tous et susceptible de mesure scientifique, du **temps psychologique** ou **temps subjectif**, qui est la perception individuelle de son passage.

Ces deux conceptions sont réunies dans le **temps calendaire** (le calendrier) qui est à la fois objectif, car un événement donné se rapporte à une date précise, et subjectif car ces événements n'ont pas la même signification pour chacun. Un jour peut ainsi être un anniversaire ou ne marquer aucun événement privé, mais est identifié de la même manière par chacun.

# LE COURS
## *en 7 points*



## 1 On peut mesurer le temps par le mouvement

**EN BREF Les choses immobiles sont hors du temps, donc éternelles. Mais pour les choses soumises au changement, les mouvements réguliers permettent de mesurer un temps objectif, cosmologique, commun à tous.**

Aristote (p. 13) différencie les objets qui sont soumis au temps de ceux qui ne le sont pas. Les premiers **naissent, croissent, se dégradent et disparaissent**, alors que les seconds échappent au changement : à la manière de Dieu, ils sont éternels. Pour que le temps existe, il faut donc qu'il y ait du changement, c'est-à-dire du mouvement. C'est ainsi qu'Aristote estime dans la Physique (ive siècle av. J.-C.) que « le temps est le **nombre du mouvement** selon l'antérieur et le postérieur ». Il est ainsi ce que l'on **mesure** par des mouvements. Par exemple, l'année correspond à une rotation de la Terre autour du soleil et une journée à la rotation de la Terre sur elle-même.

Le temps correspond alors à une **période** ou un **cycle** : calculable, on peut le **dénombrer** et dresser un **ordre chronologique** objectif. Inversement, nous ne saurions avoir d'unité de mesure fixe sans mouvement. Par exemple, le sablier fournit une mesure du temps par le passage d'un nombre déterminé de grains de sable d'un contenant à un autre. Cette mesure permet de déterminer un **temps objectif** ou **temps cosmologique**, qui est comme un **contenant**, identique pour chaque objet dans le monde.

Pour Aristote, les astres sont immobiles et dépourvus de changement. Lorsqu'il n'y a pas de mouvement, il n'y a donc pas de temps :

> « On voit que les êtres éternels, en tant qu'éternels, ne sont pas dans le temps ; car le temps ne les enveloppe pas et ne mesure point leur existence. »
>
> **Aristote**, *Physique* [IVe siècle av. J.-C.] IV.

De la même manière, dans la mythologie grecque, les enfants d'Héraclès dorment d'un sommeil légendaire dans leur tombe en Sardaigne. Dépourvus de tout mouvement, ils ne sont d'après Aristote pas enveloppés par le temps : ces héros mythiques résistent à son passage. Par conséquent, le temps ne produit pas d'effets sur eux.

## 2 Parce qu'il est un devenir, le temps a un effet destructeur

**EN BREF Le temps n'est pas simplement un contenant, il est aussi un devenir. Il est irréversible et a un pouvoir d'action. Son passage détruit les êtres présents et les relègue dans un passé de plus en plus lointain.**

Les objets mobiles sont donc, d'après Aristote, soumis à la **génération** et à la **destruction** : c'est ce qu'on appelle le **devenir**. Parce qu'elles sont enveloppées par le temps, les choses changent de façon **contingente** **(voir Repères, p. 316)**. Le temps n'est donc **pas un simple contenant**, mesuré par le mouvement, il est également une **force pourvue d'une efficacité,** c'est-à-dire qui produit des effets.

**Héraclite** constate ainsi que **« tout coule »** et qu'on « ne peut descendre deux fois dans le même fleuve ». Puissance transformatrice, le temps imprime les marques de son passage. Si les rides et le gris des cheveux en sont des signes humains, les **ruines** témoignent de la puissance destructrice de son écoulement sur les choses. Elles montrent la **corruption** temporelle : elles ne sont plus que les traces dégradées d'un ensemble autrefois complet et achevé.

On retrouve parfois ce thème sur nos horloges avec l'inscription latine *tempus fugit* (le temps fuit) ou dans l'expression latine *memento mori* (souviens-toi que tu vas mourir). Ainsi, le devenir s'articule à la conscience de **l'irréversibilité** du temps : on ne peut pas remonter son cours, tout passe irrémédiablement.

Telle est la souffrance de la **nostalgie** (étymologiquement de *nostos*, le retour, et *algos*, la douleur). Nous retournant par le souvenir sur un temps vécu passé, nous en éprouvons de la souffrance, précisément parce que nous savons que ce temps est perdu : il est irrévocablement passé. La nostalgie n'est pas une douleur liée **au souvenir** des moments heureux de notre jeunesse. Nous souffrons plutôt du passé **du fait même qu'il est passé**, qu'il nous échappe. L'effet destructeur du temps culmine ainsi dans **la mort**. Nous savons qu'elle est l'issue inéluctable de toute vie humaine et qu'en conséquence, le temps nous est compté.

**Héraclite d'Éphèse** est un philosophe grec présocratique du VIe siècle avant J.-C., qui s'exprimait par des aphorismes mystérieux. On pense qu'il rédigea un unique livre, *Sur la Nature*, dont il ne reste qu'un peu plus d'une centaine de fragments.

**COUP DE POUCE**

Attention ! La corruption est un faux-ami. Dans le vocabulaire classique, elle correspond à la dégradation des éléments sous l'effet du temps. On parle de la génération et la corruption du vivant dans le temps.

## 3 Le temps est une succession irréversible

**EN BREF Le temps correspond à l'ordre de la succession. Mais on différencie la succession subjective de la succession objective, qui est la causalité. Cette dernière donne au temps une orientation : il y a irréversiblement un avant et un après.**

La répétition des phénomènes crée chez nous des habitudes et des attentes. Par exemple, nous savons qu'allumer le gaz sous une casserole pleine d'eau la fera bouillir. Ces connaissances se fondent sur une **causalité objective**, c'est-à-dire que nous constatons de **l'ordre** et des **régularités** dans le monde. Des mêmes causes produisent les mêmes effets au cours du temps, et sans cette régularité la succession des objets dans le temps serait chaotique. Le pouvoir d'action du temps détermine donc son **orientation** : il y a un **avant** et un **après**.

Dans la *Critique de la raison pure* (1781-1787) Emmanuel Kant (p. 15) distingue la **succession subjective** de la **succession objective**. Lorsque je promène mon regard sur une maison, cela se déroule dans le temps, mais je pourrais regarder d'abord le haut puis le bas ou inversement : la succession de mes perceptions est subjective, elle n'a rien de nécessaire et n'est pas déterminée par les éléments que j'observe à ce moment. Il en va différemment pour la succession objective :

> « Je vois, par exemple, un bateau descendre le courant d'un fleuve. Ma perception du lieu où ce bateau se trouve en aval du fleuve succède à celle du lieu où il se trouvait en amont, et il est impossible que dans l'appréhension de ce phénomène le bateau soit perçu d'abord en aval, et ensuite en amont. L'ordre des perceptions qui se succèdent dans l'appréhension est donc ici déterminé. »
>
> **Emmanuel Kant**, *Critique de la Raison pure* [1781-1787].

La causalité nous fait comprendre qu'il y a un **ordre nécessaire des choses** qui s'inscrit dans la temporalité : le bateau se trouve d'abord en amont du fleuve, et ensuite en aval. De la même manière, lorsqu'un objet chute, il est d'abord dans l'air et ensuite au sol. La cause précède toujours l'effet ; par conséquent les successions temporelles objectives ne se déroulent pas au hasard. Ainsi, la causalité explique **l'orientation** et **l'irréversibilité du temps.**

## 4 Le temps et l'espace sont-ils dans les choses ou dans notre conscience ?

**EN BREF Temps et espace ne sont pas simplement des propriétés objectives : ce sont les conditions de toute perception possible. Ce sont les formes que prend notre conscience pour que nous puissions avoir une expérience du réel.**

Dans les mondes de la science-fiction, la réalité et les processus de cause à effet sont parfois en désordre (voyage dans le temps, téléportation, lois de la physique bouleversées…) et pourtant nous parvenons bien à concevoir des objets.

Il n'y a alors rien de contradictoire à imaginer que la **succession temporelle** ne soit pas toujours une **succession causale**. Par exemple, on peut imaginer un homme vieux avant d'avoir été jeune, ou un objet bouger sans respecter les lois de la gravité.

Cependant, nous ne pouvons jamais les imaginer **sans succession**, c'est-à-dire hors du temps. Dans la Critique de la raison pure (1781-1787), Emmanuel Kant avance ainsi l'argument que le temps et l'espace sont **des prérequis à toute perception possible**. Il les nomme « formes *a priori* » de toute perception. Ce sont ainsi des **milieux homogènes et des contenants infinis**, qui constituent **le cadre dans lequel s'inscrivent toutes nos expériences**. Par exemple, si je perçois un avion, je le perçois dans un temps et un espace qui l'enveloppent déjà : je perçois une **matière** (l'avion) qui s'insère dans une forme (l'espace et le temps).

**Nous ne pouvons pas percevoir** ou imaginer des objets **en dehors du temps et de l'espace**. Nous n'observons jamais l'espace et le temps directement, mais toujours des objets **dedans**. Par exemple, nous serions incapables de nous représenter l'espace sans percevoir des objets pour le délimiter. De la même manière, nous ne nous représentons jamais le temps en lui-même, mais nous constatons toujours des changements qui se déroulent à l'intérieur de la temporalité. Essayons d'imaginer un arbre en dehors du temps ou de l'espace : c'est impossible. Emmanuel Kant en déduit que le temps et l'espace ne sont pas des propriétés objectives des choses **mais des propriétés de la sensibilité du sujet**, c'est-à-dire de notre conscience. Ils dépendent de nous parce qu'ils sont ce que nous présupposons toujours dès que nous avons une perception.

## 5 Le temps objectif se distingue de la durée

**EN BREF Le temps objectif et cosmologique est un temps spatialisé et quantifiable. Il faut le différencier de la durée, qui est un rapport qualitatif et subjectif à l'écoulement du temps.**

L'espace présente un avantage sur le temps : nous pouvons en faire des représentations directes. Par exemple, la peinture d'un paysage ou la carte géographique restituent l'espace perçu. Mais le temps **est impossible à représenter directement**. Nous sommes obligés d'en passer par l'espace pour le figurer, par exemple lorsque nous le symbolisons sous forme de **ligne**, de **flèche**, ou même de **calendrier**. Nous en donnons alors une image graphique et spatialisée. Cette représentation du temps par de l'espace est selon Henri Bergson (p. 275) une grande source de confusion. Certes, il n'y a pas d'objection à ce que nous représentions **le temps objectif ou cosmologique** par des représentations spatiales. Ainsi l'horloge représente par des mouvements rotatifs d'aiguilles le passage du temps : elle en donne donc une image spatiale.

Mais en ramenant le temps à de l'espace, nous oublions qu'il existe une autre dimension du temps, **subjective et inquantifiable**, et qu'Henri Bergson nomme **la durée**. La durée n'est pas une mesure objective du temps, elle est son écoulement **subjectif**, c'est-à-dire le passage des états conscients les uns dans les autres, par exemple dans la rêverie :

> « Il y a en effet [...] deux conceptions possibles de la durée, l'une pure de tout mélange, l'autre où intervient subrepticement l'idée d'espace. La **durée toute pure** est la forme que prend la succession de nos états de conscience quand notre moi se laisse vivre, quand il s'abstient d'établir une séparation entre l'état présent et les états antérieurs. »
>
> **Henri Bergson**, *Essai sur les données immédiates de la conscience* (1889).

Selon cette conception, la durée **n'est pas un contenant**, elle désigne l'écoulement pur de nos pensées sans représentation spatiale du temps. On peut alors dire qu'un film est « long » s'il nous a ennuyé, et inversement que les grandes vacances furent « trop courtes ». Le problème que pose Henri Bergson est alors celui d'une confusion entre un temps **objectif et commun**, celui de la science, et un temps **subjectif et propre**, qui est le temps le plus fondamental, parce que c'est celui dont nous faisons l'expérience.

Il illustre cette différence par l'exemple du **morceau de sucre** : on peut certes chronométrer la fonte d'un morceau de sucre dans un verre d'eau et obtenir une donnée **quantitative** et objective. Mais la durée est **qualitative** : en attendant qu'il fonde, je peux m'impatienter ou rester serein ; j'éprouve en tout cas le moment de l'attente comme quelque chose d'absolu, non-réductible à une mesure scientifique. Cela ouvre la possibilité de **s'approprier** le temps, et donc d'avoir une **prise** sur ce qui, autrement, n'aurait été qu'un pur passage.

## 6 L'unité du temps dans la conscience

**EN BREF Le passé et le présent n'existent que dans la conscience. Elle est le lieu où le temps est unifié et où il prend sa réalité : elle constitue le temps. Nous pouvons alors avoir une emprise sur celui-ci.**

Si la durée est l'essence réelle du temps, la **conscience est son lieu d'unification**. Nous avons là un moyen d'échapper à la fuite du temps : le passé et l'avenir n'ont de réalité que **pour nous**, et **non en eux-mêmes**. Une journée n'est pas une somme d'heures et de minutes, elle n'a que le sens que je lui donne, celui du projet que je forme pour elle (par exemple, de me promener avec un ami) ou du souvenir que j'en garde. En ce sens-là, pour nous, **le temps tire son origine de la conscience**.

> **Saint-Augustin (354-430)** est l'un des pères fondateurs de l'Église chrétienne. Influencé par le platonisme, il est notamment célèbre pour son ouvrage autobiographique *Les Confessions* (397-401).

Dans *Les Confessions* (397-401), **Saint-Augustin** estime ainsi que le temps existe dans l'âme comme un **présent épais**, possédant une triple dimension. Il distingue d'abord le « présent du passé », sous la forme du **souvenir**. Lorsqu'un souvenir me revient à l'esprit, je fais exister le passé dans le présent. La deuxième facette est celle du présent pur, qui prend la forme de **l'attention**. Il ne s'agit cependant pas d'un pur instant sans épaisseur : par exemple, lorsque nous lisons, nous sommes attentifs pour que les mots s'organisent et produisent du sens au sein des phrases, si bien que le présent dure. Enfin, le temps est dans l'âme sous la forme du « présent du futur », que nous éprouvons dans **l'attente**. Lorsque nous concevons un projet, nous faisons exister l'avenir dans notre esprit.

Ainsi, la conscience **concentre les trois dimensions** du passé, du présent, et de l'avenir, ce qui lui permet d'avoir une **emprise** et donc de **s'approprier** le temps. En ce sens, il cesse de nous échapper, et nous pouvons le faire nôtre. L'**épaisseur du présent** donne une existence au temps : Saint-Augustin remarque qu'hors de l'âme qui l'unifie, le temps n'est qu'une succession de « maintenants » ou d'instants évanescents qu'on ne pourrait jamais arrêter. Le présent serait sans durée : à l'image du point mathématique, il n'existerait pas. Hors d'une **âme qui l'unifie**, le temps est alors **un pur non-être**, un objet sans existence. Si la conscience donne son existence au temps, comment imaginer qu'il nous échappe ?

## 7 Le temps trouve son origine dans la conscience et est la condition de la liberté

**EN BREF La conscience fait exister le temps selon une triple dimension. Elle donne un sens au passé dans le présent, et en formant des projets, elle donne un sens à l'avenir dans le présent. Le temps est donc la source de la liberté humaine : il est nôtre.**

Alors que le monde extérieur est celui de l'enchaînement des causes et des effets, la **temporalité humaine permet d'échapper en partie à l'enchaînement causal**. Pour que les choses existent dans le temps, il faut qu'elles existent par rapport à un état antérieur, donc en rapport à une absence. Ainsi la ruine n'évoque le passé que pour une conscience capable de concevoir la disparition de la structure achevée, c'est-à-dire de **poser, à côté de l'être, ou présence actuelle, un néant, une absence**. C'est ainsi que pour Jean-Paul Sartre dans *L'Être et le Néant* (1943) on ne peut pas dire que l'action humaine s'inscrive dans le temps, mais que le temps **trouve son origine dans la conscience**.

> **NOTION**
>
> Attention ! La **facticité** est un faux-ami. Elle ne désigne pas en philosophie ce qui est factice, ou faux, comme lorsque l'on parle d'un bijou factice. Elle désigne le caractère **contingent des faits**.

Pour Jean-Paul Sartre, la conscience a également une triple structure temporelle. En son sein, le **passé renvoie** à la **facticité**, c'est-à-dire l'ensemble des faits que nous ne pouvons plus supprimer. Nous sommes solidaires de ce passé, il est le nôtre. Nous devons donc l'assumer ; et c'est par lui que les notions de **responsabilité** et de **culpabilité** ont du sens : nous portons dans le présent un passé dans lequel nous nous reconnaissons.

Nous ne sommes pas, à la manière des objets, identiques à travers le temps, mais en mouvement et en changeant : c'est pourquoi Jean-Paul Sartre préfère ensuite définir le **présent** par la **présence à soi** plutôt que par l'identité. Chaque fois que nous avons une perception, nous avons en même temps conscience de nous-mêmes comme sujet de ces perceptions, c'est-à-dire que nous reconnaissons ces perceptions comme les nôtres. L'auteur appelle cela la « conscience préréflexive ».

Enfin, **l'avenir** se présente comme le **possible**. Cela signifie que le **futur est contingent**, **non-nécessaire**, donc que nous pouvons former des projets. À la manière du passé, l'**avenir n'a de sens que pour une conscience**. Ce n'est que pour la conscience que le quartier de lune annonce la pleine lune. Si l'avenir est contingent, nous avons sur lui un **pouvoir d'action** et pouvons devenir ce que nous voulons être. Par conséquent, si le passé nous échappe, **le présent et l'avenir nous appartiennent** : ce sont les dimensions du temps qui sont les dimensions de notre **liberté**.

## POUR TOUT RETENIR

→ Le temps, mesuré par des mouvements **réguliers** et **périodiques**, est aussi une puissance destructrice qui fait continuellement passer le présent dans le passé et nous mène à la mort. **Irréversible**, il nous échappe sans que nous puissions l'arrêter ni nous en saisir. Cependant, il semble que le temps tire son existence de la **conscience**. Le temps subjectif de la **durée** montre que notre appréhension du passage du temps dépend de notre disposition mentale. Plus encore, le temps de la conscience n'est pas celui de la science : notre esprit l'unifie dans un **présent épais**, qui conserve des souvenirs et se projette dans l'avenir. Alors, le temps de la conscience est aussi celui de notre **liberté**. Nous pouvons nous l'approprier.

## VOCABULAIRE ESSENTIEL

**Avenir :** contrairement au passé, qui est nécessairement tel qu'il est, l'avenir est contingent, c'est-à-dire incertain. La liberté humaine peut donc s'en saisir.

**Devenir :** le terme désigne le changement perpétuel auquel sont soumises les choses et le passage continu du présent dans le passé.

**Durée :** dans le vocabulaire d'Henri Bergson, la durée désigne le sentiment subjectif de l'écoulement du temps, irréductible à toute mesure scientifique.

**Éternité :** ce qui est absolument hors du temps, et donc non soumis au devenir. L'éternité ne dure pas, elle est atemporelle.

**Irréversibilité :** l'irréversibilité désigne le fait que l'écoulement du temps est orienté de telle manière que les choses ont une direction : on ne peut en inverser le cours ni revenir en arrière.

**Passé :** autrefois présent, le passé est un temps révolu, dont ne subsistent plus que des traces, soit dans la mémoire, soit dans le monde objectif.

**Présent :** le présent a une épaisseur pour la conscience, il dure. Il n'est donc pas qu'un instant sans épaisseur, limite strictement mathématique entre le passé et l'avenir.

FOCUS SUR...

# LE PARDON ET LA PROMESSE

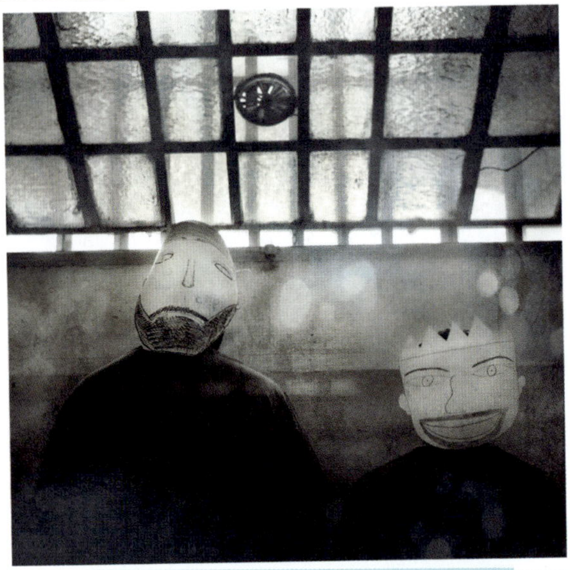

Dorothy Shoes, *Et demain ? Portraits d'Avenir*, série réalisée en milieu carcéral (2008-2010), BnF, Paris.

Dans *Condition de l'homme moderne* (1958), Hannah Arendt montre que l'existence humaine se décompose en trois aspects – **le travail, l'œuvre et l'action**, qui ont chacun une relation spécifique au temps. Le travail recommence inlassablement afin que l'être humain puisse consommer des biens pour régénérer sa force vitale. Nous sommes « prisonniers du cycle perpétuel du processus vital ». Dans l'œuvre ensuite, l'homme façonne un monde stable en produisant des objets durables, qui survivent au cycle de la consommation.

Mais dans l'action, l'homme peut dépasser ses propres limites temporelles, car il est doté de deux pouvoirs : **le pardon et la promesse, qui permettent de lutter contre l'irréversibilité** du temps. On ne peut ordinairement défaire ce qu'on a fait, par exemple le crime qu'on a commis. Mais la rédemption offerte par **le pardon permet de nous délier de nos actes coupables**. C'est pourquoi pardonner un homme, c'est le faire renaître, lui donner la possibilité d'agir sans être prisonnier de ses actes passés. On lève alors la condamnation qui pèse sur lui. Parce qu'il inverse l'irréversibilité du temps, le pardon paraît miraculeux. Hannah Arendt rappelle la consternation des pharisiens devant Jésus Christ dans l'Évangile selon Saint-Luc : « Qui est cet homme, qui va jusqu'à pardonner les péchés ? », s'interrogent-ils. Quelle incongruité, que de pardonner les offenses ! Le pardon permet alors de **sortir du cycle indéfini de la vengeance** en séparant la faute de ses effets attendus.

Symétriquement, **la promesse permet de s'arracher à l'imprévisibilité**. Alors que l'avenir est incertain et mystérieux, la promesse fournit un ancrage solide pour l'envisager plus sereinement. Certes, la promesse nous lie, puisque l'on s'oblige à la respecter, mais ce lien est libérateur. Par l'engagement, elle introduit de la certitude et de la stabilité là où l'avenir est par essence incertain et instable, et donc des repères dans un monde qui en est globalement dépourvu. En promettant une vie commune à l'avenir, le mariage illustre un tel engagement contre l'imprévisibilité.

Enfin, le pardon comme la promesse montrent la **nature sociale** de l'action humaine. Nous ne pouvons pardonner ni formuler des promesses à nous-mêmes. C'est donc collectivement que l'être humain s'affranchit de l'irréversibilité et de l'imprévisibilité.

EXPÉRIENCE DE PENSÉE

# LE TEMPS EXISTE-T-IL ?

Dans un article publié en 1908, le philosophe John E. McTaggart soutient un argument *a priori* absurde : le temps n'existe pas. Nous nous représentons un événement dans le temps de deux manières possibles. D'abord, selon **l'antérieur et le postérieur** : par exemple, l'abolition des privilèges (4 août 1789) a eu lieu **après** la prise de la Bastille (14 juillet 1789) et **avant** la fête de la Fédération (14 juillet 1790). Cet ordre est **fixe** en raison de l'irréversibilité du temps. Mais nous pouvons aussi penser aux événements en termes de **passé**, **présent**, **ou futur**. Or, cette qualité est **variable** : un événement passé a été présent et a même été futur. La prise de la Bastille est dans le passé par rapport à nous, a été présente le 14 juillet 1789, et a été future du temps de l'Empire romain par exemple. Inversement, un événement de l'an 2666 prendra place dans le futur pour nous, mais lorsqu'il adviendra, il sera présent puis passé. John E. McTaggart estime que si nous ne pensions pas les événements en termes de passé, présent, ou futur, mais seulement d'avant et après, nous **ne pourrions pas penser le changement**. Et sans changement, le temps n'existe pas. Nous devons donc penser le temps en termes de passé, présent et futur. Nous aboutissons alors aux propositions suivantes :

1 - Ce qui est passé a été futur.

2 - Le futur sera passé.

3 - Le présent est présent (relativement au présent).

Le futur est défini par rapport au passé, le passé est défini par rapport au futur, et le présent par rapport au présent. Plus encore, le futur **est** le passé et **est** le présent sous un certain rapport, de même que le passé **est** le futur et **est** le présent sous un autre rapport. Les définitions sont **circulaires, c'est-à-dire contradictoires**. On retrouve ce défaut par exemple dans le raisonnement suivant : « La Bible prouve l'existence de Dieu, et ce qui est dans la Bible est vrai parce qu'inspiré par Dieu ». Par conséquent, penser le temps en termes de passé, présent et futur est **incohérent**, et pourtant nous ne pouvons pas en défaire ! Or, si une catégorie est contradictoire, pense John E. McTaggart, elle ne peut décrire la réalité. La conclusion de son argument est que **le temps n'existe pas**.

Ce qui est singulier avec l'argument de John E. McTaggart, c'est qu'il est **généralement considéré comme valide**. Pourtant, nous **ne pouvons pas accepter sa conclusion**. Cela montre l'écart qui existe entre l'ordre de l'argumentation et l'expérience vécue : la **réalité n'est pas nécessairement conforme à la logique**.

→ Mais alors, doit-on privilégier l'expérience que nous faisons des choses plutôt que les raisonnements que nous tenons sur elles ?

→ Y a-t-il des arguments rationnels pour dire que le temps existe ?

NOTION

Un **raisonnement circulaire** est une façon d'argumenter qui admet comme condition initiale (ou « prémisse ») ce qu'il cherche à prouver. Par exemple : « il est convenable de manger des animaux d'élevages, parce qu'ils sont élevés pour être mangés ».

# MÉMO VISUEL

## – Le Temps –

### Le temps

- **Subjectif**
  - Pour **Bergson**, « durée pure ».
  - Variable d'un individu à l'autre.
- **Du point de vue de la morale**
  - Mesurable par des mouvements.
  - Temps naturel ou cosmologique.

### Le temps pour nous

- **Triple rapport au présent** (Saint Augustin)
  - Présent du passé. (souvenir)
  - Présent de l'avenir. (anticipation)
  - Présent du présent. (attention)
- **Triple dimension temporelle** (Sartre)
  - Passé fixe, à assumer.
  - Avenir à inventer : nous sommes libres.
  - Présence à soi : attention au présent.

# SE TESTER

**1. Pourquoi Peter Pan est-il un personnage impossible ?**

- **a** Parce qu'en ne grandissant jamais, il résiste à l'écoulement du temps.
- **b** Parce qu'il oublie sans cesse ses compagnons d'aventure.
- **c** Parce qu'à la manière du capitaine Crochet, il est paralysé par la peur de la mort.

**2. Qu'est-ce qui caractérise les êtres temporels ?**

- **a** Ils sont éternels.
- **b** Ils ne sont pas susceptibles de mouvement.
- **c** Ils connaissent le changement.

**3. Le temps est devenir. Cela signifie que :**

- **a** Nous pouvons choisir ce que nous serons à l'avenir.
- **b** Le temps est destructeur et transforme continuellement le présent en passé.
- **c** Le temps est un contenant, le milieu dans lequel se déroulent les événements.

**4. Lorsque nous observons un bateau descendre le fleuve, nous comprenons que :**

- **a** L'ordre de la succession temporelle est subjectif.
- **b** Il y a une succession objective à l'œuvre, celle de la causalité.
- **c** Notre perception est temporelle, parce que nous ne pouvons pas faire l'expérience d'objets éternels.

**5. D'après Emmanuel Kant, l'espace et le temps sont analogues. En effet :**

- **a** Nous spatialisons le temps lorsque nous cherchons à le concevoir.
- **b** Ce sont des milieux homogènes, source de toute expérience possible.
- **c** Ils sont tous les deux infinis et invisibles.

**6. L'expérience qualitative de l'écoulement du temps correspond à :**

- **a** Un temps objectif mesurable scientifiquement.
- **b** La thanatophobie, c'est-à-dire la peur de la mort.
- **c** L'expérience subjective de la durée pure.

**7. D'après Saint-Augustin, le passé est présent dans le souvenir, le présent dans l'attention, et l'avenir dans :**

- **a** L'attente.
- **b** La promesse.
- **c** Le vieillissement.

**8. Selon Jean-Paul Sartre, la conscience « néantise ». C'est-à-dire qu'elle :**

- **a** Détruit les contradictions dans la pensée.
- **b** Suppose que le passé et l'avenir ne sont rien pour nous : seul le présent existe.
- **c** Rappelle le passé et l'absence dans les êtres présents.

**9. Contre quoi le pardon et la promesse permettent-ils de lutter ?**

- **a** L'irréversibilité et l'imprévisibilité.
- **b** L'immoralité et la trahison.
- **c** La rancœur et l'oubli.

**10. Que montre le paradoxe des jumeaux ?**

- **a** Que le temps s'écoule de manière identique partout dans l'univers.
- **b** Que l'espace et le temps sont relatifs.
- **c** Que des jumeaux peuvent vieillir à des vitesses différentes.

→ Corrigés page 349

# S'ENTRAÎNER

## 1 Distingue deux conceptions philosophiques.

> Parmi les propositions suivantes, lesquelles expriment une conception du temps comme durée, et lesquelles comme temps objectif.

**a.** Usain Bolt a couru le 100 mètres en 9 sec. 58.

**b.** Les instants passés avec toi sont merveilleux, mais qu'ils passent vite !

**c.** Le cours était inintéressant, c'était interminable.

**d.** Elle vient de prendre la route. Elle arrivera dans 20 à 25 minutes.

> Parmi les propositions suivantes, lesquelles présentent le temps comme un contenant, et lesquelles comme un devenir.

**a.** Rome ne s'est pas faite en un jour.

**b.** Le temps défile à toute allure.

**c.** L'univers a plus de treize milliards d'années d'existence.

**d.** Voilà déjà plus de cent ans que la Première Guerre mondiale a pris fin.

## 2 Analyse philosophiquement un aphorisme.

Dans les *Célèbres leçons* (posth. 1950), le philosophe Jules Lagneau écrit : « L'étendue[1] est la marque de ma puissance. Le temps est la marque de mon impuissance. »

1. **L'étendue :** l'espace ou l'extension (terme désuet).

**a.** Pourquoi peut-on dire que nous sommes impuissants face au temps ?

**b.** Que signifie l'affirmation que l'espace délimite notre pouvoir d'action ?

**c.** Dans un paragraphe argumenté, discute l'aphorisme de Jules Lagneau en t'appuyant sur la thèse de Jean-Paul Sartre pour qui les dimensions du temps sont celles de notre liberté.

## 3 Défends une thèse.

Dans *L'Envers du temps* (1985), le romancier Alain Nadaud met en scène un légionnaire gaulois qui constate, en observant des ruines de civilisations avancées, et les décalages et incohérences de la réalité, que le temps se déroule à l'envers et régresse vers son origine. Petit à petit, l'humanité oublie son passé, et se précipite vers la préhistoire et la désorganisation des sociétés.

**a.** Quelle règle du temps cette histoire viole-t-elle ?

**b.** Dans un paragraphe argumenté, défends l'idée que **le temps est toujours une succession d'événements**, même dans des histoires d'uchronies (*u-* préfixe de négation et *chronos*, le temps) reposant sur des paradoxes temporels.

SUJET GUIDÉ Dissertation

# SE PRÉPARER POUR LE BAC

## Rédiger l'introduction et la première partie

*Peut-on penser le temps en lui-même ?*



## Méthode et corrigé

### Étapes préparatoires

**1 Repérer les notions du cours et les définir.**

Ici, la notion abordée est le temps. Le sujet insiste sur le caractère central du temps dans l'interrogation (« en lui-même »). On sera attentif à distinguer le temps comme **devenir**, principe de changement perpétuel, du temps comme **contenant**, milieu où les événements se déroulent.

**2 Chercher les exemples du sens commun.**

Lorsque nous chronométrons un temps de cuisson ou découvrons des rides que nous n'avions pas hier, il semble évident que nous pensons selon la catégorie du temps. Pourtant, il semble que notre pensée renvoie à un mouvement dans l'espace ou un changement dans la matière plus qu'au temps lui-même.

**3 Analyser la forme de la question afin d'éviter le hors-sujet.**

Il faut être attentif ici à l'expression « en lui-même ». Il est évident que nous pensons le temps et en avons une perception particulière. Mais ce n'est pas le problème ici. Le sujet demande de réfléchir à **l'essence** du temps, c'est-à-dire à ce qu'il est **en soi**, et non seulement à ce qu'il est **pour nous**.

**4 Trouver les difficultés et les enjeux de la question afin d'aboutir à un paradoxe.**

Il semble que nous ne soyons jamais témoins du temps, mais seulement des **marques de son passage** et des **intervalles entre les événements**. Autrement dit, il paraît difficile de parler du temps sans parler de **changement** ou de **mouvements mesurables**, c'est-à-dire d'autre chose que de lui-même. On échoue toujours à parler du temps lui-même : on ne cesse de désigner ses effets ou ce qu'il contient.

**5 Formuler une problématique.**

Peut-on parler de la nature du temps sans le réduire à des mouvements dans l'espace ou à une perception du changement ?

**6 Organisation du développement.**

I. Nous échouons à penser le temps en lui-même, nous ramenons le temps-contenant à de l'espace.

II. De même, nous ramenons le temps-devenir à du changement.

III. C'est donc seulement si l'essence du temps est subjective que nous pouvons en saisir la nature.

## Étapes de rédaction

### Introduction rédigée

**Accroche**
Lorsque nous tenons des propositions sur le temps, par exemple « le temps est infini » ou « le temps détruit tout sur son passage », nous pensons tenir des discours généraux sur sa nature.

**Analyse des termes du sujet**
Par-là, nous pensons le comprendre tel qu'il est en lui-même, c'est-à-dire objectivement. La question posée paraît donc absurde : nous considérons bien le temps en lui-même, et non seulement ce qu'il signifie pour nous ou ce qu'on en perçoit. Cependant, on comprend mal ce que serait un temps « en soi », indépendant des événements qui s'y déroulent. De la même manière, on comprend difficilement l'espace sans avoir recours aux notions de **distances**. Un temps qui ne comporterait ni écoulement, ni devenir paraît indéfinissable et indescriptible.

**Paradoxe**
Il apparaît absurde de prétendre définir le temps en lui-même sans se référer à l'expérience que nous en avons.

**Problématique**
Peut-on parler de la nature du temps sans le réduire à des mouvements dans l'espace ou à une perception du changement ?

**Annonce du plan**
Dans un premier temps, nous verrons que lorsque nous saisissons le temps comme contenant, nous ne pouvons faire autrement que de le réduire à de l'espace. Mais même en comprenant le temps comme devenir, nous ne saisissons rien d'autre que du changement et non le temps lui-même. C'est pourquoi nous tenterons de montrer que le temps dépend en dernière analyse de la conscience : ainsi compris, nous pourrons en saisir la nature.

### Première partie rédigée

#### I. Nous échouons à penser le temps en lui-même, nous ramenons le temps-contenant à de l'espace.

**a Le temps cosmologique est mesurable par des mouvements.**

**Argument** Nous pouvons saisir des périodes et des cycles en **mesurant des mouvements**, par exemple de corps célestes. Nous saisissons-là un temps « en soi », puisque objectif, qui est devenu notre mesure commune du temps.

**Référence** Aristote, dans sa *Physique*, estime que le temps est le « nombre du mouvement selon l'antérieur et le postérieur » : on peut donc établir des chronologies objectives et calculer des intervalles.

**b Mais ce temps objectif et mesurable est en fait ramené à de l'espace.**

**Argument** Toute mesure du temps s'appuie sur un mouvement spatial : écoulement du sable dans le sablier, représentation du temps sous forme de calendrier, rotation de la Terre sur elle-même et autour du soleil, et même la seconde et la minute. Le temps cosmologique est donc une conception incomplète du temps.

**Référence** Dans l'*Essai sur les données immédiates de la conscience*, Henri Bergson montre qu'il s'agit là d'une représentation du temps erronée : elle le réduit à de l'espace.

**c Le temps et l'espace sont en fait indissociables**

**Argument** Séparer espace et temps est une erreur due à la limitation de notre psychologie. L'espace et le temps forment un seul milieu continu, déformé par la masse : ils sont donc absolument indissociables.

**Référence** D'après la théorie de la relativité générale d'Einstein espace et temps ne sont que deux points de vues différents d'une même réalité : l'espace-temps.

**Transition**

Le temps-contenant semble être un objet insaisissable pour la pensée : pour preuve, nous le représentons par des références constantes à l'espace, et il pourrait même ne faire qu'un avec lui. Pourtant, même sans se représenter le temps, nous constatons bien son passage. Est-ce dans le devenir qu'il faut chercher la nature du temps ?

## Proposition de plan détaillé

### II. De même, nous ramenons le temps-devenir à du changement.

**a** Un temps dépourvu de changement n'est plus du temps, mais l'éternité. Il est donc impossible de penser le temps en lui-même hors du devenir.

**b** La nature du temps correspondrait alors à un changement ou un passage. Sans changement, nous n'aurions pas l'expérience du temps. Penser le temps en lui-même est la même chose que penser le changement.

**c** Mais alors, nous ne serions témoins que des effets du temps, jamais du temps en lui-même, seulement des traces de son passage, c'est-à-dire les effets qu'il produit. Le temps n'est donc pas du changement mais produit du changement : il est contradictoire de confondre la cause et l'effet.

### III. C'est donc seulement si l'essence du temps est subjective que nous pouvons en saisir la nature.

**a** Le temps n'existe que pour une conscience : c'est là qu'il trouve son unité. Nous pouvons donc dire que le temps n'existe pas en lui-même : de là nos difficultés à le concevoir. Seule la conscience unifie les trois dimensions temporelles.

**b** Le temps correctement compris est la durée. C'est par cette qualité que je peux le définir avant tout, bien plus que par la mesure.

**c** La nature « en soi » du temps est d'être « pour nous ». Le temps tire son origine de la conscience. Par conséquent, la nature du temps est d'être une perception consciente intime.

## Les sujets qui peuvent tomber au Bac...

- Le temps est-il la limite de l'homme ?
- Doit-on être de son temps ?
- Faut-il oublier le passé pour se donner un avenir ?
- L'homme est-il prisonnier du temps ?

# Chapitre 12 Le Temps

Tu viens de voir les notions à connaître sur le temps. Pour t'aider à retenir l'essentiel et t'entraîner pour le Bac, voici ton kit de révisions clé en mains conçu par SchoolMouv !

## Fiche de révision

### Le Focus de SchoolMouv : La relativité du temps

La physique newtonienne voit dans le temps un instrument qui permet de mesurer les phénomènes du monde. Mais comment prouver que l'outil que nous appelons « temps » existe réellement ? Le temps est parfaitement uniforme, or, rien d'autre dans notre univers ne semble doté d'une telle perfection mathématique. Le temps ne serait-il pas plutôt un outil créé par l'esprit ?

L'approche d'Einstein et sa découverte de la théorie de la relativité, en 1905, représentent une révolution dans notre connaissance du temps. Alors que Newton pose le temps et l'espace comme des absolus, Einstein montre que le temps (comme l'espace) est relatif à la **position de l'observateur**. Le temps n'est donc plus un repère universel et constant mais une notion **relative**.

En effet, Einstein découvre que le temps s'écoule différemment selon la vitesse de l'observateur. Le temps s'écoule plus lentement lorsque la vitesse est grande, et inversement. On ne pense plus le temps seul, mais l'**espace-temps**.

Cela signifie que le temps n'a pas de mesure par lui-même, de mesure qui serait absolue et objective. On ne peut pas mesurer le temps réel !

**La théorie de la relativité est troublante dans la mesure où elle ne correspond pas à notre intuition sur le temps. L'évolution de la physique newtonienne à la relativité d'Einstein montre en tout cas que le temps n'est pas un objet scientifique transparent.**

## Vidéo

Pour mieux comprendre et t'en souvenir à coup sûr, regarde la vidéo.
C'est parfois bien plus clair en images.

**Vidéo** **Le temps**

https://flashbelin.fr/focusbacschoolmouv/philo/13

## Contenu additionnel

Voici un bonus autour du même sujet. La curiosité n'est pas toujours un vilain défaut. Il suffit de créer ton compte pour avoir accès à plein de contenus supplémentaires.

**Fiche de lecture** **Sénèque, *De la brièveté de la vie***

http://www.schoolmouv.fr/eleves/fiches-de-lecture/de-la-brievete-de-la-vie-seneque/fiche-oeuvre

Tu trouveras ici les clés pour comprendre l'ouvrage : les notions principales, les concepts nouveaux forgés par l'auteur. Ici, une interrogation sur la manière de profiter du temps que nous avons sur terre.

**Conseil**
Cette œuvre aborde de manière transversale plusieurs notions du programme : utilise-la pour établir des liens avec les autres cours et approfondir certaines problématiques !

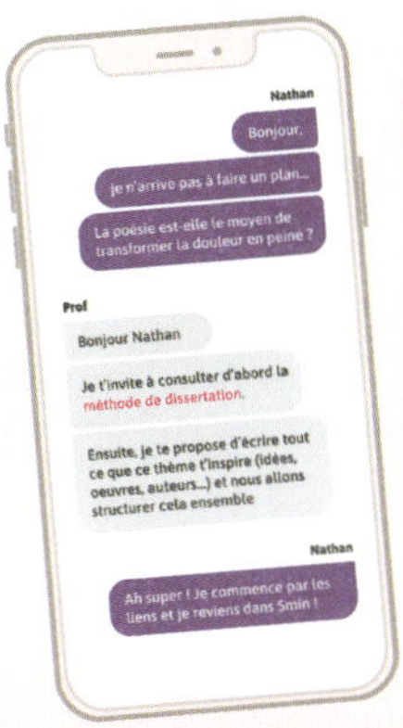


## Tchat avec un prof

Pour poser toutes tes questions à un prof particulier, découvre l'abonnement tchat.
Tu peux le tester gratuitement pendant 7 jours : fini les questions sans réponses, tu vas devenir incollable.

http://focusbac.schoolmouv.fr/offre

13

VOIE GÉNÉRALE

VOIE TECHNOLOGIQUE

# Le Travail et la Technique

Sébastien Thibault, illustration, 2020.

# → Le travail et la technique nous rendent-ils plus humains ?

UNE HISTOIRE POUR COMMENCER…

### Le travail, un châtiment divin

Dans la mythologie grecque, Zeus confie la création de la vie à deux frères, les titans **Prométhée et Épiméthée**. Épiméthée, dont le nom signifie « l'étourdi », insiste pour se charger de la répartition. Il distribue aux êtres vivants des **qualités naturelles** permettant d'organiser la nature en un système ordonné. Par exemple, la lenteur qui rend la tortue vulnérable est compensée par sa carapace. Mais, dans son empressement, il oublie de doter l'homme de capacités particulières. Pour rattraper l'erreur de son frère et pallier les faiblesses humaines, Prométhée dérobe aux dieux les **savoirs techniques** et le **feu**, afin de les donner à l'homme. Mais Zeus décide de se venger : il punit sévèrement Prométhée et fait s'abattre sur la Terre tous les **maux** capables d'affliger le genre humain, dont **le travail**.

Le même motif se retrouve dans la Bible, au livre de la Genèse. Pour avoir désobéi et mangé le fruit de l'arbre de la connaissance dans le Jardin d'Eden, Adam est condamné à travailler **« à la sueur de son front »** et Ève à « enfanter dans la douleur » en endurant **le « travail » de l'accouchement**.

Dans le mythe et dans le texte religieux, le travail est donc conçu comme pénible, il est une **punition**. Après un âge originel d'abondance, les hommes doivent travailler pour produire les biens nécessaires à leur survie, grâce notamment au feu et aux savoirs techniques. Attributs divins dans la mythologie grecque, ils permettent à l'homme de compenser son absence de qualités naturelles, mais aussi de s'élever au-dessus des animaux. Le travail et la technique illustrent donc l'ambiguïté de la condition humaine : **assujetti à la nature qu'il doit transformer par son labeur, l'homme peut la dominer par la technique**.

## ? Problématisation

→ Ni animaux, ni dieux, nous pouvons transformer notre environnement grâce au travail et à la technique. Nous pouvons ainsi façonner un monde plus hospitalier et plus conforme à nos désirs. Si nous rendons le monde plus habitable et plus ressemblant aux projets conçus par notre volonté, peut-on dire que le **travail et la technique réalisent notre nature d'êtres humains ?**

# Pour bien comprendre

## Les erreurs à ne pas commettre

D'abord, le travail **ne doit pas être assimilé à l'emploi**, c'est-à-dire l'accomplissement d'une tâche régulière en échange d'une rémunération. En effet, cela exclurait de l'analyse le travail domestique, celui de l'étudiant, ou encore celui de l'esclave. **Le travail n'est pas non plus le métier ou la profession :** la notion de travail déborde en effet largement l'idée d'une activité professionnelle. De plus, le métier implique que l'individu s'identifie en partie à l'activité à laquelle il a été formé. À ce titre, on peut tout à fait prétendre que son métier est journaliste sans exercer sa profession, ou en occupant temporairement un autre emploi.

## Le sens du mot « travail »

**On peut définir le travail comme une activité productrice qui réclame des efforts inscrits dans le temps et incorpore nécessairement une dimension technique.** Cela signifie que le travail n'est jamais un objectif en soi, qu'il est toujours au moins en partie pénible, qu'il mobilise une série d'opérations impliquant un savoir-faire – « passer un coup d'éponge » n'est pas du travail domestique.

## Le sens du mot « technique »

La technique est une notion plus large que la seule technologie, qui ne comprend que les techniques de pointe. Elle est, d'après le sociologue allemand Max Weber, **« un agencement adéquat de fins et de moyens »** (*Économie et Société*, 1921). **La technique est donc ce qui permet de trouver les solutions appropriées pour atteindre un objectif donné.** Par exemple, si ma fin est de gonfler un pneu, la pompe à air est un moyen adapté. À ce titre, **la technique se distingue par son efficacité**, c'est-à-dire sa capacité à atteindre au mieux la fin souhaitée. On peut classer sans ambiguïté les actes, gestes, et objets techniques selon leur efficacité. Tout le monde accordera qu'un maillet est plus efficace qu'une pierre pour planter un piquet. Pour atteindre une fin de manière efficace, **un savoir-faire pratique** est mobilisé. Il est donc nécessaire de se former à la maîtrise de la technique adéquate.

**Max Weber (1864-1920)**, économiste et sociologue allemand, est considéré comme l'un des fondateurs de la sociologie. Il est surtout connu pour ses travaux sur les rapports entre la culture protestante et le développement du capitalisme.

# LE COURS *en 7 points*

## 1 Transformer le monde pour le rendre habitable

**EN BREF En transformant la nature grâce à des outils, le travail nous permet de plier le monde à notre volonté. Originellement hostile, il devient habitable.**

Quand nous produisons des biens ou des services, l'activité que nous entreprenons n'a pas sa fin en elle-même mais en dehors d'elle-même. Je ne laboure pas un champ pour le plaisir de le labourer, mais en vue de produire des cultures. Le travail engagé dans ce processus est donc soumis à une finalité : celle de transformer un état des choses pour en tirer un bénéfice. Pour qu'il soit possible, et même productif, le travail s'appuie sur des techniques, et notamment des outils. Pour éplucher une pomme de terre, l'économe est plus efficace que le couteau, lui-même plus efficace que les ongles. Par conséquent, la technique accompagne et amplifie l'ambition transformatrice du travail en lui permettant d'atteindre ses fins.

En ce sens, le travail et la technique nous permettent **d'ordonner et de transformer le monde environnant pour le rendre moins inhospitalier et plus habitable**. Jetés dans un monde hostile, à force d'efforts pour nous en protéger, nous parvenons à tirer parti de notre environnement, et éventuellement à le dominer ; c'est là une caractéristique proprement humaine. Henri Bergson remarque ainsi que l'humanité se distingue à l'origine par sa capacité à produire des outils, et en particulier des « outils à faire des outils ». Pour l'auteur de *L'Évolution créatrice* (1907), le trait le plus fondamental de l'humanité n'est ni le langage ni la raison : c'est la maîtrise de la technique. Celle-ci permet d'avoir une « prise » sur le monde, c'est-à-dire un levier pour le dominer. C'est pourquoi Bergson donne à l'homme un nom sans lien avec ses caractéristiques biologiques : homme fabriquant des outils, il est ***homo faber***.

**Henri Bergson (1859-1941)**, philosophe français prix Nobel de littérature en 1927, est connu pour ses travaux sur le temps, la mémoire et la morale.

## 2 Le travail, une activité spécifiquement humaine

**EN BREF Comme les animaux, l'homme transforme son environnement par son activité. Mais contrairement eux, il a d'abord une idée abstraite de son but et des moyens à mettre en œuvre : c'est pourquoi il travaille.**

En fabricant des outils, nous nous arrachons aux productions de la nature : nous créons des artifices. Mais est-ce vraiment une spécificité humaine ? Ne peut-on dire que le castor, en fabricant des barrages, ou l'oiseau, en fabricant des nids, travaillent eux aussi ? Que leurs créations sont artificielles et produisent des effets dans la matière ? Dans un texte célèbre du *Capital*, Karl Marx montre qu'il y a une distinction fondamentale entre animaux et êtres humains. Si les premiers ont une activité purement matérielle, l'activité des seconds est également spirituelle. En effet, lorsque nous travaillons, nous nous représentons mentalement une fin, et mettons ensuite en œuvre les moyens pour l'atteindre. Si douée soit-elle, c'est une opération dont l'abeille, par exemple, est incapable.

« Une araignée fait des opérations qui ressemblent à celles du tisserand, et l'abeille confond, par la structure de ses cellules de cire, l'habileté de plus d'un architecte. Mais ce qui distingue dès l'abord le plus mauvais architecte de l'abeille la plus experte, c'est qu'il construit sa cellule dans sa tête avant de la construire dans la ruche. Le résultat auquel le travail aboutit préexiste idéalement dans l'imagination du travailleur. »

**Karl Marx**, *Le Capital* [1867-1873], livre 1, section 3, chap. 5.

**Karl Marx (1818-1883)** est un philosophe, économiste et théoricien politique. Son ouvrage le plus célèbre, *Le Capital*, analyse le fonctionnement de l'économie capitaliste. Il est à l'origine du développement de la théorie concurrente au capitalisme, le communisme.

Autrement dit, l'objectif du travailleur – ici, de l'architecte – existe sous forme de **représentation abstraite** (dans l'esprit) avant d'exister sous forme **concrète** (dans la matière). Dans le travail, donc, nous faisons l'expérience du passage dans la matière d'un contenu mental : nous nous représentons une fin, et mettons en œuvre les moyens pour l'atteindre. Voilà pourquoi le travail est une activité hautement humaine.

## 3 Nous nous réalisons dans le travail formateur

**EN BREF En nous permettant de faire advenir un monde conforme à nos désirs et de développer nos compétences, le travail nous forme et manifeste notre liberté.**

Le fait que nous nous représentions des fins dans le travail implique selon **G.W.F. Hegel** (p. 14) que celui-ci est **libérateur**. En effet, en travaillant, nous nous libérons de l'instinct, nous nous représentons la nature comme quelque chose qu'il faut « nier », c'est-à-dire à quoi il faut **s'arracher** pour rendre le monde habitable. Lorsque l'on exploite un minerai, élague un arbre, construit une digue, **on plie le monde à notre volonté**, ce qui nous permet de manifester notre **liberté**.

En ce sens, le travail :

- **permet de créer un monde qui nous ressemble**, dans lequel on se reconnaît (jardinier, je constate que mon jardin ressemble à ce à quoi j'avais envie qu'il ressemble) ;
- **nous donne le sentiment de la réussite de notre action** (en voyant mes plantes pousser, je constate que mon travail a porté ses fruits) ;
- **crée en nous des dispositions techniques :** nous découvrons que nous sommes capables de mettre en œuvre les moyens adéquats pour répondre à une fin (j'apprends quand semer telle ou telle plante, à côté de quelle autre, quand récolter...).

À ce titre, le travail est formateur et source de réalisation de soi. Cette formation est même à entendre en un double sens. Le travail est **objectivement formateur**, dans le sens où il permet de former des objets que nous reconnaissons comme les nôtres, conformes à nos besoins ou à nos aspirations. Il est aussi **subjectivement formateur**, dans le sens où il permet de former le sujet, c'est-à-dire d'acquérir des connaissances et une maîtrise qui nous sont propres. Dans le travail, nous assimilons en effet des techniques et développons nos compétences librement, ce qui participe à la réalisation de soi.

**COUP DE POUCE**

*Il ne faut pas confondre les définitions de « fins » et de « moyens » qui font partie des repères conceptuels à connaître en philosophie. Tu peux consulter ces définitions p. 318.*

## 4 L'artisan, figure du travail libéré

**EN BREF Le travail de l'artisan est le travail libre par excellence parce qu'il est formateur et assure l'autonomie du travailleur.**

La figure de l'artisan correspond bien à cette réalisation de l'individu dans le travail. Il entretient en premier lieu un rapport intime à la technique : son savoir-faire permet un lien unique entre l'homme et sa production. Ainsi un menuisier a une connaissance fine de la porte qu'il fabrique. Son travail est non seulement formateur mais aussi gage d'**autonomie** (l'artisan décide de ce dont il a besoin, de comment il le fabrique et il détient les moyens d'atteindre son but). **Alain** nomme ce type de travail libre car « réglé par le travailleur lui-même ». Le travail artisanal compense ainsi la peine inhérente à tout effort : la fin du travail n'est pas d'obtenir un objet parfait (la porte du menuisier peut présenter des défauts) mais d'avoir produit en toute **indépendance**.

« Heureux par-dessus tout celui qui sent la trace de son coup de marteau sur le loquet de la porte. La peine alors fait justement le plaisir ; et tout homme préférera un travail difficile, où il invente et se trompe à son gré, à un travail tout uni, mais selon les ordres. »

**Alain (Émile Chartier, dit)**, « Heureux agriculteurs », dans *Propos sur le bonheur* [1925].

**Alain (Émile Chartier, dit ; 1868-1951)** est un philosophe français qui se distingue par son style limpide et par la forme qu'il emploie : celle des courts essais, en particulier sur le bonheur et la religion.

La réalisation dans le travail permet alors un nouveau rapport de l'homme à la nature : si les conditions sont réunies, le travail est réalisation de soi mais aussi union avec le monde non-vivant et la nature transformée. **À ce titre, il n'est pas pure domination de l'homme sur la nature.** En tant qu'activité consciente et autonome, il est libre.

## 5 L'aliénation de l'individu

**EN BREF Cependant la division du travail, la machinisation et la standardisation des produits retirent au travail son intérêt et rompent le lien entre l'individu et l'objet produit : le travailleur n'est alors plus libre, mais aliéné.**

Le travail ne garantit pas l'autonomie et la liberté de celui qui l'accomplit. Si le travail est une activité productrice mobilisant des moyens techniques en vue d'une fin, alors il ne peut suffire à la réalisation individuelle. Au contraire, travailler peut mener à la négation de l'homme, à une **dépossession de soi**. Cette idée d'un travail déshumanisé se développe particulièrement à partir du XIXe siècle avec l'apparition de la société industrielle et des inégalités violentes qu'elle engendre. L'usine et les **machines**, le nouveau type d'outils qui leur sont propres, révèlent les limites d'un travail qui n'est plus seulement pénible, mais avant tout **aliénant**.

**C'est la division, la machinisation et l'anonymisation du travail qui sont visées.** L'ouvrier qui travaille à la chaîne produit un travail **morcelé** et **répétitif** ; son savoir-faire disparaît au profit de la productivité. La **machinisation** inverse le rapport existant entre l'homme et l'objet technique. Alors que l'ouvrier maîtrisait l'outil et la technique, la machine dicte et impose le rythme à l'homme qui lui est soumis. Enfin l'ouvrier devient totalement **anonyme** : aucune des compétences

> NOTION
>
> **L'aliénation**, du latin *alienus*, qui signifie « étranger », est littéralement ce qui rend l'homme étranger au produit de son travail : il ne reconnaît pas l'objet produit comme son objet. L'aliénation correspond donc à une dépossession : l'individu perd son autonomie, et par là même sa liberté.

de l'ouvrier à la chaîne n'apparaît dans l'objet ; on serait bien en mal de reconnaître le travail de tel ou tel individu particulier sur une voiture produite en série, ou sur un téléphone portable. À ce titre, le lien intime entre l'objet produit et le travail est rompu.

En ce sens, Karl Marx parle d'une **aliénation** du travail car toute l'énergie vitale d'un individu est consacrée au travail ou à la récupération pour pouvoir s'y consacrer de nouveau.

## 6 L'exploitation de l'homme par le travail

**EN BREF Aliénant, le travail contemporain sous sa forme capitaliste reflète aussi la structure de domination économique. L'exploitation salariale consiste ainsi à rémunérer le travail en-deçà de la valeur qu'il produit, afin de générer du profit.**

Si la technique aliène le travailleur, Karl Marx remarque aussi que **l'organisation du travail l'exploite**. En plus d'être dépossédé du produit de son travail, il est spolié car il fabrique une marchandise qui ne lui appartient pas. C'est alors le travail lui-même qui devient une marchandise. Ce n'est pas un trait contemporain, c'est la structure du travail qui est ainsi faite. Le **matérialisme historique** de Karl Marx pense l'histoire comme une succession de phases qui opposent les **« forces productrices »**, c'est-à-dire les travailleurs, aux **propriétaires des moyens de production.** Pour lui, on peut donc décrire les sociétés selon les conflits qui opposent leurs membres dans l'accès au travail et aux ressources. Après l'opposition entre esclaves et maîtres dans l'Antiquité, puis entre serfs et seigneurs au Moyen Âge, la période contemporaine serait ainsi marquée par l'opposition entre **prolétaires et capitalistes**. Ne détenant rien d'autre que sa force de travail, le prolétaire la vend au détenteur des moyens de production, le capitaliste. Pendant ce temps de travail, il produit de la valeur. Mais si le capitaliste lui paie un salaire égal à la valeur qu'il produit, il ne tire pas de profit, et n'a donc aucun intérêt à le faire travailler. Il doit donc le payer en-deçà de la valeur produite : c'est l'**exploitation** du travailleur. Le capitaliste génère alors du profit en s'appropriant un travail qui n'est pas payé à la hauteur de la valeur produite ; Karl Marx appelle cela **le surtravail de l'ouvrier**.

L'exploitation est accentuée par la « baisse tendancielle du taux de profit », expression employée par Karl Marx pour désigner la diminution des profits au cours du temps. Exposés à la concurrence, les capitalistes doivent rester compétitifs, notamment en **baissant le coût du travail : les salaires. Il y a donc une contradiction d'intérêts entre les prolétaires et les capitalistes**. Les premiers cherchent à augmenter leur salaire, les seconds à le baisser. Dans un cadre marxiste, les délocalisations des chaînes de production occidentales vers d'autres pays où la main d'œuvre est moins chère répondent à cette volonté de diminuer le coût du travail.

NOTION

**L'exploitation** est, comme l'aliénation, une dépossession : l'ouvrier est privé d'une partie de la valeur qu'il produit au bénéfice du capitaliste.

Ces conflits d'intérêt sont donc pour Karl Marx des **contradictions de classe**. L'organisation du travail conduit à une **exploitation** tout autant nécessaire que les contradictions qui l'accompagnent : Karl Marx nomme ce conflit **lutte des classes**, et il en fait le **moteur de l'histoire**.

## 7 La technique perdue

**EN BREF Alors que l'humanité réalise des prouesses technologiques sans précédent, nos savoirs techniques individuels sont de plus en plus spécifiques et limités. La technique pourrait donc paradoxalement nous rendre le monde incompréhensible.**

La forme nouvelle de la division du travail est illustrée dès 1776 par un célèbre exemple de l'économiste **Adam Smith** qui étudie le cas d'une fabrique d'épingles : là où un ouvrier seul, maîtrisant toutes les opérations, ne produit que quelques épingles en une journée, **la division du processus de fabrication** en gestes distincts permet à quelques ouvriers d'en produire des milliers dans le même temps.

On aurait pu espérer que, grâce à la technique moderne, le travail serait réparti de façon plus équitable, mais ce projet n'est pas réalisé. À l'efficacité croissante correspond une perte des savoirs techniques. L'ouvrier qui reproduit sans cesse le même geste ne peut plus trouver dans le travail les deux fonctions qui en faisaient l'intérêt : la **conscience et l'autonomie**.

Dans le même temps, **les savoirs techniques cumulés** n'ont jamais été aussi importants : on maîtrise des technologies de plus en plus pointues. Pourtant les savoirs individuels n'ont jamais été aussi limités. Nous ne comprenons ni ne maîtrisons plus les objets techniques qui nous entourent. Notre approche du monde de la technique se résume le plus souvent à un constat : « ça marche », ou « ça ne marche pas ». Mais sitôt que cela ne « marche pas », nous sommes perdus. On aboutit alors à un **paradoxe** : la technique qui nous permettait de rendre le monde habitable nous le rendrait en fait étranger et **incompréhensible**.

**Adam Smith (1723-1790)** est un économiste britannique connu pour la théorie de la « main invisible » selon laquelle l'offre s'ajuste naturellement à la demande.

## POUR TOUT RETENIR

→ **Le travail et la technique portent en eux l'espoir de l'humanisation de l'homme. Mais ils ont une nature paradoxale.** Libérateur, formateur et gage d'autonomie sous certaines conditions, le travail nous élève et permet de former un monde pleinement humain. À ce titre, il est le signe de **la liberté chez l'homme**, et assure notre distinction du reste de la nature. Cependant, il court le risque d'être **aliéné et exploité**, surtout dans les sociétés industrielles. **Ce n'est pas tant le travail en lui-même qui est alors une menace pour l'homme mais l'organisation de la production dans l'économie capitaliste.**

De la même manière, la technique nous permet de nous **arracher à la nature**, et par conséquent de **plier le monde aux volontés humaines**. La technique devient alors le moyen et la condition des **progrès de l'homme**. Mais elle recèle aussi des dangers, et son développement peut rendre le monde **incompréhensible et inhospitalier**.

## VOCABULAIRE ESSENTIEL

**Aliénation :** du latin *alienus* (éloigné de, étranger à), l'aliénation au travail désigne une organisation de la production où l'homme est rendu étranger au produit fabriqué et où le travail perd tout intérêt.

**Emploi :** l'emploi est une fonction ou occupation régulière et rémunérée au sein d'une entreprise, d'une administration ou d'une structure indépendante.

**Exploitation :** selon Karl Marx, dans l'économie capitaliste, l'employeur réalise un profit en rémunérant l'employé en-deçà de la valeur qu'il a produite. Privé du produit de son travail, ce dernier est exploité.

**Machine :** catégorie d'outil, la machine est un objet transformé complexe recourant à une énergie extérieure (hydraulique, électrique…) pour réaliser une suite d'opérations automatisées dans un but productif.

**Métier :** le métier est une activité manuelle et intellectuelle de nature professionnelle, nécessitant l'acquisition et la maîtrise de compétences spécifiques.

**Outil :** instrument technique, il rend le travail humain possible et efficace. Exemple : un couteau rend possible la découpe précise d'un filet de poisson si on en maîtrise le savoir-faire.

**Production :** ensemble d'activités coordonnées consistant en la création de biens ou de services par la transformation des ressources disponibles.

**Progrès :** processus de transformation dans le temps, tant d'une idée que d'un produit vers un terme idéal, qui est la perfection.

**Robot :** mécanisme électronique, mécanique, informatique, capable d'effectuer une tâche pour laquelle il a été programmé.

FOCUS SUR...

# LE LOISIR ET LE DIVERTISSEMENT

Willy Ronis, *Fête foraine*, septembre 1947, supposée boulevard Garibaldi, Paris.

On envisage souvent le loisir comme le contraire du travail. Le sens commun oppose le premier au second, et renvoie à l'idée de liberté et d'épanouissement. On parle ainsi de « temps libre » pour évoquer les loisirs. Cette opposition stricte est-elle justifiée ?

À première vue, le loisir vise le plaisir. Le travail apparaît comme une activité inévitable et productive : il faut bien « gagner sa vie », selon l'expression populaire. Le travail est **nécessaire**, le loisir, lui, est **contingent** **(voir Repères, p. 316)**, je peux choisir de m'y adonner, ou non. Une fête chez des amis ou une pratique sportive occasionnelle ne sont ni nécessaires ni obligatoires.

Le travail est même présenté comme ce qui permet d'échapper à l'ennui et au vice. **Bertrand Russell illustre cette idée** dans le texte ci-dessous.

« L'idée que les pauvres puissent avoir des loisirs a toujours choqué les riches. En Angleterre, au XIXe siècle, la journée de travail normale était de quinze heures pour les hommes, de douze heures pour les enfants, bien que ces derniers aient parfois travaillé quinze heures eux aussi. Quand des fâcheux, des empêcheurs de tourner en rond suggéraient que c'était peut-être trop, on leur répondait que le travail évitait aux adultes de sombrer dans l'ivrognerie et aux enfants de faire des bêtises. »

**Bertrand Russell**, *Éloge de l'oisiveté* [1932].

Le travail correspond donc aussi à une **obligation morale**, et est **valorisé** comme activité à rechercher et à optimiser. On imaginerait mal une famille accepter que son enfant refuse de travailler après sa scolarité, même au nom de la recherche du bonheur individuel.

Cependant, on peut faire valoir que le loisir peut être **productif**, à l'image du jardinage. Il peut aussi être organisé et complexe, la plupart des jeux étant régis par des règles qu'il convient de respecter.

Ensuite, le loisir ne se réduit pas toujours à un simple **divertissement**. Le divertissement est une forme particulière du loisir dont la caractéristique principale est la passivité. Regarder la télévision ou s'adonner à un jeu répétitif est passif, ne demandant d'efforts ni physiques ni intellectuels.

Par certains aspects, le **divertissement et l'aliénation** se ressemblent. En faisant prévaloir la **passivité** sur l'activité intellectuelle, le divertissement sous-exploite nos facultés. Sous couvert de « se remettre » de la fatigue du travail, notre temps libre est passé à ingérer des contenus pauvres et standardisés. Le divertissement n'est donc pas véritablement libre. C'est pourquoi **on oppose l'aliénation du divertissement au loisir de l'homme libre**, l'*otium* latin. Ce temps libre, loin des préoccupations quotidiennes, est épanouissant parce qu'il est dédié aux activités intellectuelles et créatives.

EXPÉRIENCE DE PENSÉE

## PEUT-ON CONCEVOIR UN MONDE SANS TRAVAIL HUMAIN ?

En 1929, un jeune auteur tchèque, Karel Čapek, écrit une pièce de théâtre relevant de la **science-fiction** qu'il nomme R. U. R, acronyme de *Rossum's Universal Robots*. Il invente alors le terme de « **robot** » à partir du mot tchèque robota qui signifie **« travail, besogne, corvée »**. Dans la pièce, les robots sont proches de ce qu'on appelle aujourd'hui des androïdes : il s'agit de machines biologiques ayant une apparence humaine, capables de penser mais dénuées de sensibilité (ils n'ont pas d'expérience sensible propre, du chaud ou du froid par exemple) et de sentiments (ils ne ressentent aucune expérience émotionnelle, la colère ou la joie par exemple). Afin d'augmenter leur **capacité de production**, un ingénieur les améliore en les dotant d'une sensibilité et d'une intelligence. Rapidement les robots se multiplient et prennent en charge les tâches des hommes qui se retrouvent **oisifs**. L'humanité décline alors jusqu'à ce que les robots, s'estimant supérieurs à leurs maîtres, se révoltent et anéantissent l'espèce humaine.

→ Si le travail humanise l'homme, peut-on s'en passer et le déléguer intégralement aux machines ?

→ Inversement, n'est-il pas essentiel que l'homme préserve son indépendance en conservant la maîtrise de ses outils ?

→ Comment s'assurer que le passage de la technique aux technologies ne condamne pas l'homme à se soumettre aux procédés techniques qu'il a mis en œuvre ?

# MÉMO VISUEL

## – Le Travail et la Technique –

### Le travail est formateur

**Il me rend maître de mon monde**

- Je donne forme au monde et je me forme en même temps (Hegel)
- En transformant la nature grâce à la technique (Bergson)

**Il développe mes compétences**

- Il est à la fois une activité manuelle et intellectuelle (Marx)
- Le travail artisanal est par excellence un travail libre (Alain)

### La technique

**Domination**

- Technique et technologie permettent de transformer la nature selon notre volonté
- Nous façonnons un monde conforme à nos désirs (Hegel)

**Dépendance**

- L'environnement technique n'a jamais été aussi difficile à comprendre
- Dépossédés de l'outil, nous sommes soumis à la machine (Marx)

### Les dangers du travail (Marx)

**L'aliénation**

- Nous devenons étrangers au produit de notre travail
- Toute l'énergie de l'individu est consacrée au travail

**L'exploitation**

- Le propriétaire des moyens de production s'approprie une partie de notre travail
- C'est la cause de la lutte des classes

QCM

# SE TESTER

**1. Le travail est originellement conçu comme une malédiction car :**

a) chaque homme entre en concurrence avec l'autre et risque de lui voler son travail.

b) les hommes ont été condamnés par les Dieux pour avoir volé certains de leurs attributs.

c) il occupe l'entièreté de mon temps et m'empêche de me consacrer à des loisirs et des activités nobles.

**2. On définit le travail comme :**

a) une activité productrice, qui réclame des efforts inscrits dans le temps et incorpore nécessairement une dimension technique.

b) une activité rémunératrice, qui occupe mon temps quotidien et me conduit à avoir un rythme de vie donné.

c) une activité qui m'empêche de me réaliser, qui limite ma capacité à créer et s'oppose à ma liberté.

**3. L'artisan est la figure type du travailleur libre car :**

a) il peut tout réparer chez lui et est donc très autonome.

b) il n'a pas de patron et choisit sa propre rémunération.

c) Il est capable à la fois de se former et d'organiser son travail par lui-même.

**4. Contrairement aux animaux, les hommes ont une idée abstraite de leur activité, c'est à dire :**

a) Qu'ils ne savent pas exactement ce qu'ils vont faire avant de commencer à travailler.

b) Qu'ils ont une représentation mentale de leur production avant de la réaliser.

c) Qu'ils sont moins capables de précision que l'abeille ou le castor dans leur production.

**5. Quand G. W. F. Hegel dit que le travail est libérateur il veut dire que :**

a) Le travail permet d'être indépendant financièrement.

b) Le travail permet de plier le monde à notre volonté et de s'arracher à la nature.

c) Le travail est un espace de création qui rend heureux.

**6. L'aliénation c'est :**

a) Le fait de se faire voler le travail par l'étranger, du latin *alienus*.

b) Le fait d'être rendu étranger à son travail, d'en être dépossédé par une structure de production.

c) Le fait de se perdre dans le travail, de ne plus réussir à en sortir et à s'épanouir.

**7. Selon Karl Marx, le travail est exploité c'est à dire :**

a) Qu'il n'est pas rémunéré à la hauteur de la valeur produite par le travailleur.

b) Qu'on en tire un maximum de ressources pour optimiser la productivité.

c) Qu'il est concurrentiel.

**8. On distingue le loisir et le divertissement car :**

a) l'un est amusant et l'autre sérieux.

b) l'un est une activité autonome et l'autre passive.

c) ce sont des synonymes pour qualifier le même type d'activité.

**9. La technique moderne risque :**

a) De rendre le monde incompréhensible car les savoirs techniques individuels diminuent sans cesse.

b) De rendre le monde tellement connecté que nous perdons notre liberté.

c) De rendre le monde plus clair grâce au GPS et à la reconnaissance faciale.

→ Corrigés page 349

# S'ENTRAÎNER

## 1 Donne le sens des expressions suivantes.

**a.** le bac technologique
**b.** les nouvelles technologies
**c.** un geste technique
**d.** les biotechnologies

## 2 Analyse philosophiquement une expression courante.

Réponds aux questions suivantes sur l'expression « On n'arrête pas le progrès ! »

**a.** Quand utilise-t-on cette expression ? Que signifie-t-elle ?
**b.** Montre qu'elle peut avoir un sens ambivalent (admiration et inquiétude).

## 3 Lis le texte suivant et réponds aux questions.

« Le XVIIIe siècle a été le grand moment du développement des outils et des instruments, si l'on entend par outil l'objet technique qui permet de prolonger et d'armer le corps pour accomplir un geste, et par instrument l'objet technique qui permet de prolonger et d'adapter le corps pour obtenir une meilleure perception : l'instrument est outil de perception. Certains objets sont à la fois des outils et des instruments, mais on peut les dénommer outils ou instruments selon la prédominance de la fonction active ou perceptive. »

**Gilbert Simondon**, *Du mode d'existence des objets techniques* [1958].

**a.** Établis la différence entre un outil et un instrument.
**b.** Trouve des exemples d'objets qui sont à la fois outils et instruments.

## 4 Exploite une citation philosophique.

Dans *Condition de l'homme moderne* (1958), à propos du lancement du premier satellite en orbite autour de la Terre en 1957, Hannah Arendt fait remarquer la chose suivante : cet événement semble être un signe confirmant l'idée de ses contemporains que « l'humanité ne sera pas toujours rivée à la Terre » et qu'elle paraît sur la voie pour « échapper à l'emprisonnement terrestre ».

**a.** Pourquoi la vie sur Terre peut-elle être comprise comme un emprisonnement ?
**b.** Trouve des exemples et arguments qui montrent que l'homme cherche à s'affranchir des limites naturelles imposées par son existence terrestre.

SUJET GUIDÉ

Explication de texte

# SE PRÉPARER POUR LE BAC

## Rédiger l'introduction et la première partie

### Karl MARX, *Le Capital*

« **Dans la manufacture et le métier**[1], l'ouvrier se sert de son outil ; dans la fabrique il sert la machine. Là le mouvement de l'instrument de travail part de lui ; ici il ne fait que le suivre. Dans la manufacture les ouvriers forment autant de membres d'un mécanisme vivant. Dans la fabrique ils sont incorporés à un mécanisme mort qui existe indépendamment d'eux. [...] En même temps que le travail mécanique surexcite au dernier point le système nerveux, il empêche le jeu varié des muscles et comprime toute activité libre du corps et de l'esprit. La facilité même du travail devient une torture en ce sens que la machine ne délivre pas l'ouvrier du travail mais dépouille le travail de son intérêt. Dans toute production capitaliste en tant qu'elle ne crée pas seulement des choses utiles mais encore de la plus-value[2], les conditions de travail maîtrisent l'ouvrier, bien loin de lui être soumises, mais c'est le machinisme qui le premier donne à ce renversement une réalité technique. »

**Karl MARX**, *Le Capital* [1867-1873], livre I, chap. XV, trad. de l'allemand par J. Roy, © Flammarion, coll. « Champs », 2008, p. 304.

1. **Métier :** activité laborieuse mobilisant un savoir-faire professionnel
2. **Plus-value :** différence entre la valeur produite et la valeur payée pour le travail.

## Méthode et corrigé

### Étapes de repérage

**Thèmes**

Le champ lexical utilisé par l'auteur (manufacture, fabrique, outil, machine, mécanisme, machinisme, travail) indique les notions : la technique, le travail.

**Objet**

La dimension technique des nouvelles formes de travail est au cœur de la discussion. Karl Marx en souligne la **« facilité »**, qui ôte au travail son **« intérêt »**. Le texte montre que l'ouvrier est **soumis dans le système de production capitaliste**. L'objet du texte est donc cette soumission spécifique : **l'aliénation technique dans le mode de production capitaliste**.

**Thèse**

Karl Marx décrit une transformation de la logique de la production. Le remplacement de l'outil par la machine renverse le rapport de domination au travail. Alors que l'homme maîtrisait le processus de production et ses conditions de travail, il est désormais **maîtrisé par la machine**.

> MÉTHODE
> La problématique est la question à laquelle la thèse répond. Dès que nous avons une thèse, nous pouvons remonter à la problématique.

À partir de là, nous pouvons en tirer une problématique :

**Problématique**

Pourquoi les modifications des conditions de travail dans la société industrielle entraînent-elles l'aliénation technique du travailleur ?

## Étapes de rédaction

### Introduction rédigée

**Situation du texte**

Dans cet extrait du Capital, Karl Marx tente de cerner les caractéristiques essentielles des conditions de travail dans la société industrielle.

**Objet**

Il s'interroge sur l'aliénation technique dans le mode de production capitaliste en opposant la manufacture et la fabrique. Cette opposition en recoupe une autre, plus fondamentale entre l'outil et la machine. Alors que dans la manufacture, l'ouvrier se servait de son outil, dans la fabrique, l'ouvrier est au service de la machine.

**Thèse**

Autrement dit, et c'est ici la thèse de l'auteur, le rapport de domination entre le travailleur et la technique se renverse dans le mode de production capitaliste. Jusqu'à présent maître du processus de production, l'ouvrier lui est désormais soumis. Mais ce renversement, qui rend le travailleur étranger au produit de son travail, ne va pas de soi.

**Problématique**

Pourquoi les modifications contemporaines des conditions de travail entraînent-elles l'aliénation du travailleur ?

**Annonce du plan**

Si Karl Marx décrit d'abord la nature du renversement en opposant la fabrique à la manufacture (« Dans la manufacture [...] indépendamment d'eux »), il explique ensuite la nature de l'aliénation dans le machinisme : ce dernier opprime le corps et ôte son intérêt au travail (« En même temps [...] de son intérêt »). Or l'aliénation n'a pas qu'une dimension technique, elle prend aussi une dimension économique. C'est en fait la logique de la production capitaliste qui, par essence, asservit l'ouvrier (« Dans toute production [...] réalité technique »).

### Première partie rédigée (l. 1-5)

**a L'ouvrier dans la manufacture**

L'amorce de ce texte oppose la « manufacture et le métier » à la « fabrique ». La « manufacture » doit se comprendre ici selon son sens étymologique : ce qui est manufacturé est ce qui est fait à la main. Les machines n'interviennent donc pas dans le processus, mais un savoir-faire professionnel est mobilisé : celui du métier. L'outil devient alors le support de l'ouvrier qui est l'initiateur du geste de travail (« le mouvement de l'instrument [...] part de lui »). L'ouvrier doit posséder un savoir-faire et rester maître du processus technique de fabrication.

**Exemple**

C'est ainsi que le forgeron, avec son marteau et son enclume, peut fabriquer des armes qui portent sa marque de fabrique unique.

**b La soumission de l'ouvrier dans la fabrique**

Il en va tout autrement dans la fabrique. Soumis aux procédés techniques, l'ouvrier « sert la machine ». N'étant plus l'initiateur des gestes de travail, il ne fait que les « suivre ».

**Exemple**

L'image de Charlot serrant des écrous à une cadence infernale dans le film les *Temps Modernes* et happé dans les rouages de la machine illustre cette idée. Cadence et gestes répétitifs sont imposés au travailleur. Il n'y a plus de place pour la différenciation ni le savoir-faire. Les objets produits seront identiques et standardisés : dépossédé de son savoir technique, le travailleur est devenu interchangeable. En ce sens, il est soumis à la machine.

### c L'opposition entre mécanisme vivant et mécanisme mort

On peut alors comprendre l'opposition qui s'ensuit : alors que les ouvriers de la manufacture appartiennent à un « mécanisme vivant », ceux de la fabrique appartiennent à un « mécanisme mort ». La métaphore employée ici assimile les ouvriers de la manufacture à autant d'organes d'un corps vivant. Solidaires les uns des autres et ayant une fonction propre, la défaillance de l'un entraîne la défaillance du tout. En outre, un organe est difficilement remplaçable. À l'inverse, les ouvriers de la fabrique sont interchangeables et l'efficacité du mécanisme ne dépend pas de leur savoir-faire. Ils n'ont pas de fonction vitale. Ces ouvriers sont donc « incorporés à un mécanisme mort ».

**Transition vers la seconde partie**

On pourrait croire que le travail est alors libérateur, puisque l'ouvrier, n'ayant plus la responsabilité des savoirs et gestes techniques, n'a plus qu'à se greffer à une chaîne de production déjà en place. Mais Karl Marx va montrer qu'en réalité, il n'en est rien. Pourquoi le travailleur ne peut-il plus se réaliser dans le travail ainsi conçu ?

## Proposition de plan détaillé

**II. Le paradoxe de l'aliénation dans le machinisme : la pénibilité du travail réside dans sa facilité (« en même temps [...] de son intérêt »).**

**a** La répétitivité du travail appauvrit l'activité.

**b** La facilité du travail le transforme en torture.

**III. L'aliénation technique s'explique par une dimension économique : la plus-value, origine de l'exploitation [« Dans toute production [...] réalité technique »).**

**a** L'objectif de la production capitaliste : générer de la plus-value.

**b** Le renversement de la domination technique qui s'ensuit.

## Les sujets qui peuvent tomber au Bac...

- Travailler limite-t-il notre liberté ?
- Peut-on concevoir une société sans travail ?
- Le progrès technique appauvrit-il le travail humain ?
- Doit-on se méfier des objets techniques ?
- La technique n'est-elle pour l'homme qu'un moyen ?

# Chapitre 13 Le Travail et la Technique

Tu viens de voir les notions à connaître sur le travail et la technique. Pour t'aider à retenir l'essentiel et t'entraîner pour le Bac, voici ton kit de révisions clé en mains conçu par SchoolMouv !

## Fiche de révision

### Le Focus de SchoolMouv : La dialectique du maître et de l'esclave selon Hegel

Dans la *Phénoménologie de l'esprit*, Hegel utilise la dialectique du maître et de l'esclave pour expliquer que l'esclave est **plus libre** que le maître, grâce au travail. Voilà son expérience de pensée.

Dans une exploitation, des esclaves travaillent pour un maître, ces premiers savent tout faire (travailler le champ, la terre, faire la cuisine, coudre, etc.) alors que le maître, lui, ne fait que les **exploiter** pour obtenir ce dont il a **besoin**.

Un jour, un esclave se rebelle et convainc les autres qu'il faut arrêter de travailler pour le maître car ils n'ont rien en retour : dans cette situation, les esclaves deviennent maîtres, car ils savent travailler alors que le maître n'est bon qu'à donner des ordres.

Alors le maître, devenu esclave, au lieu d'user de violence pour récupérer sa position, propose un marché : les terres que les esclaves cultivent sont les siennes, il est donc logique qu'il en bénéficie, mais puisque c'est eux qui travaillent – et qui ont le **savoir-faire** – il est juste de leur donner une rétribution, un salaire !

**D'esclaves, les travailleurs deviennent salariés et du statut de maître, celui-ci devient patron.**

## Vidéos

Pour mieux comprendre et t'en souvenir à coup sûr, regarde les vidéos. C'est parfois bien plus clair en images.

**Vidéo 1** **Le travail, fondateur de la nature humaine**

https://flashbelin.fr/focusbacschoolmouv/philo/14

**Vidéo 2** **La technique, condition de libération**

https://flashbelin.fr/focusbacschoolmouv/philo/15

## Contenu additionnel

Voici un bonus autour du même sujet. La curiosité n'est pas toujours un vilain défaut. Il suffit de créer ton compte pour avoir accès à plein de contenus supplémentaires.

**Fiche de lecture** **Hannah Arendt, *Condition de l'homme moderne***

http://www.schoolmouv.fr/eleves/fiches-de-lecture/la-condition-de-l-homme-moderne-hannah-arendt/fiche-oeuvre

Tu trouveras ici les clés pour comprendre l'ouvrage : les notions principales, les concepts nouveaux forgés par l'auteure. Par exemple, le concept d'*animal laborans*.

**Conseil**

Cette œuvre aborde de manière transversale plusieurs notions du programme : utilise-la pour établir des liens avec les autres cours et approfondir certaines problématiques !

## Tchat avec un prof

Pour poser toutes tes questions à un prof particulier, découvre l'abonnement tchat.
Tu peux le tester gratuitement pendant 7 jours : fini les questions sans réponses, tu vas devenir incollable.

http://focusbac.schoolmouv.fr/offre

14

VOIE GÉNÉRALE

VOIE TECHNOLOGIQUE

# La Vérité et la Raison

Sébastien Thibault, illustration, 2020.

# À quoi reconnaît-on la vérité ?

## UNE HISTOIRE POUR COMMENCER...

### L'allégorie de la caverne

Dans le livre VII de *La République*, Platon expose **l'allégorie de la caverne**, l'un des récits fondateurs de la philosophie occidentale. Platon décrit des hommes enchaînés dans une caverne, faisant face au fond de la grotte et ne pouvant pas se retourner. Derrière eux, un sentier permet de sortir de la caverne et l'entrée de la caverne est éclairée par la lumière du soleil. Les hommes enchaînés ne voient que des ombres projetées sur le mur : ils ne perçoivent ainsi que les projections furtives des événements extérieurs. Peu à peu, certains reconnaissent dans ces ombres des régularités, au point d'anticiper certains mouvements à venir.

Un captif se libère de ses chaînes, et sort au grand jour. Ébloui par la lumière, il est incapable de bien voir, et doit s'adapter peu à peu à sa nouvelle condition, jusqu'à ce qu'il puisse contempler **les choses mêmes** à l'extérieur. Il comprend alors que les formes qu'il apercevait dans la caverne n'en étaient que de pâles copies. Voulant partager ses découvertes avec les captifs, il retourne dans la grotte. Son regard ne parvient pas à se réhabituer à la pénombre et ses tentatives maladroites d'expliquer les illusions dont les autres sont victimes échouent.

Cette allégorie illustre la thèse selon laquelle dans la vie quotidienne, nous ne connaissons que les **apparences** des choses. Platon entreprend donc une critique de notre connaissance et de nos certitudes. À **la connaissance par les sens** des hommes enchaînés, il oppose **la connaissance rationnelle**. On peut accéder **aux concepts mêmes**, c'est-à-dire aux idées générales qui permettent de structurer notre connaissance. La sortie de la caverne est aussi une allégorie du long chemin qui mène au **savoir** : accéder à la vérité est une pratique, il faut exercer son esprit afin de se libérer des **premières certitudes** que l'on tenait pour vraies.

## ? Problématisation

→ L'allégorie platonicienne oppose les **vérités sensibles** et la connaissance rationnelle que Platon nomme « intelligible ». Sans cet effort de la **raison** pour parvenir à l'**essence** des choses, les hommes ne pourraient pas connaître véritablement. Nous ne connaissons selon lui pas par l'expérience mais par un effort de notre pensée, qui nous fait accéder à des **vérités essentielles**.
Un certain nombre de faux-semblants se présentent donc lorsque l'on recherche la **vérité**. Il faut dépasser les croyances, le doute et les premières certitudes. Mais est-ce seulement possible ? Comment reconnaître la vérité ?

# Pour bien comprendre

## La vérité comme adéquation

Selon la définition classique, la vérité est **la conformité entre un jugement et une chose**. Ainsi est vraie la proposition « ceci est une table » si l'objet désigné est bien, effectivement, une table. La vérité est donc définie comme **l'adéquation** entre mon discours et ce sur quoi il porte. Elle est un accord, **une équivalence parfaite** entre une idée et la chose qu'elle désigne. Elle est donc **une relation :** ce n'est pas une chose en elle-même qui est vraie, mais la relation entre une idée et la chose à laquelle elle renvoie.

## La vérité par l'exercice de la raison

La vérité comme adéquation renvoie ainsi dans la philosophie moderne aux notions de clarté et de distinction. Est vrai ce qui apparaît clairement et que nous ne confondons avec aucune autre idée. La vérité est donc indissociable de l'exercice de **la raison**. Cette dernière renvoie à **la capacité à former des idées générales, des principes**. Elle permet d'accéder à une connaissance par la réflexion, et recherche des propositions universelles. Elle est donc une **faculté** qui permet de distinguer le vrai du faux et le bien du mal.

# LE COURS
## en 10 points

## 1 Faire accoucher les âmes de la vérité

**EN BREF La connaissance vraie est accessible par le dialogue. Il faut abandonner nos croyances premières pour rechercher, par l'exercice de la raison, des connaissances nécessaires.**

La recherche de la vérité commence chez les Grecs par une reconnaissance paradoxale : celle d'une **ignorance** première. Socrate énonce ainsi dans la formule **« Je sais que je ne sais rien »** son rapport à la connaissance et à la recherche du vrai. Le philosophe ne fait pas l'éloge de l'ignorance mais part d'un principe fondateur : la vérité s'atteint par **l'effort de questionner ses premières certitudes et opinions**. Socrate inaugure alors une philosophie de **la connaissance par le dialogue** afin d'éveiller chacun au goût et à la recherche de la vérité. Il est nécessaire de questionner les idées que les hommes prennent spontanément pour vraies, comme le font ceux qui pensent que les ombres au fond de la caverne sont vraies. La recherche de la vérité passe donc par **une pratique : le discours**. Le terme de ***logos*** en grec, qui signifie « discours rationnel », renvoie à cette idée d'une vérité philosophique qui interroge nos propres croyances.

**COUP DE POUCE**

On considère souvent la mort de Socrate, condamné après avoir été accusé d'offenser les dieux et de pervertir la jeunesse, comme l'acte fondateur de la philosophie. La remise en cause de l'opinion commune au nom de la recherche de la vérité est ainsi au principe même de la philosophie.

Pour Socrate, tout homme dispose en lui d'**un sens de la vérité** qu'il faut faire émerger. À l'image de sa mère, accoucheuse de profession, Socrate veut faire accoucher les âmes des hommes de la vérité par le dialogue. Le *logos* n'est donc pas une pratique solitaire, ni même élitiste : tout le monde peut être amené par la parole à faire cet effort logique de critique des croyances premières, pour se libérer des **apparences**. Socrate donne un nom à cette technique de questionnement : **la maïeutique**, de *Maïa*, la déesse grecque des accouchements.

Mais **cette recherche de la vérité est dangereuse** car elle remet en question tous nos savoirs. Par exemple, l'autorité, la religion, l'idée du bien et de la vertu telle qu'elles sont enseignées et acceptées par la population athénienne sont ébranlées par la démarche socratique. Si je sais que je ne sais rien, alors je dois tout interroger, au risque de remettre en cause la légitimité du pouvoir, religieux ou politique. Ses discours de quête de vérité, bien que menés sans but de renverser ou prendre le pouvoir politique, conduiront Socrate à être condamné à mort.

## 2 Les principes de la raison

**EN BREF La connaissance requiert des propositions logiques non démontrées, conditions premières de tout raisonnement. Ces principes assurent une connaissance universelle et nécessaire.**

Même lorsque nous tenons des dialogues rationnels en vue de trouver la vérité, nos raisonnements ne sont valides que s'ils s'appuient sur des **principes** que nous suivons de façon absolue. Tout raisonnement rationnel dépend en effet de **propositions que l'on accepte comme vraies**. Si cela nous apparaît évident, il faut pourtant que certains principes soient **déjà posés** afin que tout propos logique mené ensuite sur nos expériences soit possible. Si je veux m'assurer que la somme des pommes que j'ai dans mon panier est correcte, il faut que j'aie déjà acquis le principe de la somme, et que celui-ci soit partagé.

> **NOTION**
>
> Un **principe** est une proposition que l'on pose au début d'un raisonnement, et qui n'est pas démontrée. Il est établi comme vrai en amont de toute connaissance.

Ces principes sont généraux dans la mesure où ils ne peuvent jamais être contredits. Par exemple, il n'y a pas de contre-exemple concevable au principe selon lequel la partie est plus petite que le tout (une part de gâteau est plus petite que le gâteau lui-même). Les principes sont donc des **prémisses vraies** qui **impliquent des conclusions vraies.** Ils font partie des connaissances formelles et logiques qui n'ont pas besoin de l'expérience pour être vraies.

Dans les *Principes de la philosophie* (1912), Bertrand Russell note qu'on distingue souvent trois principes logiques qu'on doit accepter sous peine de ne pouvoir former des raisonnements :

- **le principe d'identité**, qui énonce qu'**une chose est identique à elle-même : A = A.** Par exemple, Socrate est Socrate.
- **le principe de non-contradiction**, selon lequel **une proposition ne peut pas être à la fois vraie et fausse.** Par exemple, « Socrate est vivant » est soit vrai soit faux.
- **le principe du tiers exclu** qui affirme qu'une proposition et sa négation **ne peuvent être simultanément fausses.** Par exemple, « Socrate est vivant » et « Socrate est non-vivant » ne peuvent être toutes les deux fausses.

Les principes sont donc des propositions qui ont la caractéristique d'être posées et non démontrées, et grâce auxquelles on peut **déduire** d'autres propositions.

Ces principes s'articulent avec une règle fondamentale de **causalité**, qu'on nomme **principe de raison suffisante.** Ce principe énonce que « rien n'est sans raison », c'est-à-dire qu'**il existe une raison pour chaque chose**. Par cette affirmation, on reconnaît comme prémisse absolument vraie que **jamais rien n'arrive sans cause**. En posant ce principe, nous acceptons qu'aucune réalité n'existe de manière purement indépendante : elle a nécessairement été causée par autre chose, et peut elle-même être cause de phénomènes ultérieurs. Par exemple, l'orage ne se produit pas spontanément dans le ciel mais est le résultat de causalités météorologiques complexes. C'est seulement à cette condition que l'on peut faire l'effort de connaître **rationnellement** la nature et chercher à établir les lois qui la structurent.

## 3 Vérités de fait et vérités de raison

**EN BREF Les vérités de fait sont contingentes et dépendent de l'expérience. Les vérités de raison sont nécessaires et intemporelles.**

Même si le principe de raison suffisante montre que le monde est de nature rationnelle, et donc que l'on peut remonter la chaîne causale des événements, G. W. Leibniz distingue dans le *Discours de métaphysique* (1686) les **vérités de fait** des **vérités de raison.** Les premières sont **contingentes** **(voir Repères, p. 316)** : elles auraient tout aussi bien pu ne pas être et sont **situées dans le temps.** Autrement dit, les vérités de fait comprennent **tout ce qui se déroule dans les faits**. Elles sont dans l'expérience, ce qui signifie que ce qu'elles désignent existe ou a existé dans la réalité. À ce titre, elles comprennent :

- les **vérités historiques,** c'est-à-dire toute ce qui appartient au passé (César franchissant le Rubicon en 49 av. J.-C., mais également le type de pommes que j'ai achetées le mois dernier) ;
- les **vérités sensibles**, c'est-à-dire tout ce que nous donnent nos **sens** (par exemple, que l'herbe est verte ou que le miel est doux) ;
- les **vérités expérimentales**, c'est-à-dire ce qui est reproductible et fait l'objet de protocoles expérimentaux (par exemple, que l'eau bout à 100 °C au niveau de la mer ou que l'huile avive la flamme).

À l'inverse, les vérités de **raison** n'ont **pas besoin des faits** pour être vraies. Elles sont issues d'une pure nécessité rationnelle, si bien qu'elles sont avant l'expérience (on dit « *a priori* »), et sont indépendantes de l'existence de leurs objets.

Les vérités géométriques illustrent ce que l'auteur entend par vérités de raison : il est vrai de tous temps que la somme des angles d'un triangle est égale à 180°, quand bien même aucun triangle n'existerait dans la réalité. À la différence des vérités de fait, les **vérités de raison sont éternelles et universelles**. C'est pourquoi chacun peut y avoir accès par l'exercice de la raison : si je suis une intelligence vivant dans une galaxie voisine, je n'ai aucun accès aux événements terrestres, je ne sais rien de César ni de la douceur du miel, en revanche je sais nécessairement que 2 et 2 font 4. Mais comment s'assurer que les vérités de fait et les vérités de raison sont bien vraies ?

## 4 Par l'évidence, la raison trouve la vérité

**EN BREF Pour trouver la vérité, on peut se fier à une règle : l'évidence, qui permet de concevoir clairement et distinctement les objets de la pensée. Ce ne sont pas les sens, mais la raison qui trouve ces évidences.**

René Descartes (p. 56) propose de mener avec **méthode** une enquête sur la connaissance en se dotant d'abord d'une **règle de vérité**. Dans les *Méditations métaphysiques* (1641), il fait de **l'évidence** le critère de la vérité : « tout ce qui se présente à mon esprit avec évidence, est absolument véritable ». L'évidence repose sur deux critères : la **clarté** et la **distinction**. Autrement dit, tout ce qui peut comporter la moindre nuance d'obscurité ou de confusion ainsi que tout ce que la pensée ne peut pas saisir d'un coup, est possiblement faux et **doit donc être rejeté** **(voir chapitre la Conscience et l'Inconscient, p. 56-57)**. Par conséquent, il convient de procéder **méthodiquement** dans la recherche de la vérité :

> « Éviter soigneusement la précipitation et la prévention, et de ne comprendre rien de plus en mes jugements, que ce qui se présente si clairement et si distinctement à mon esprit, que je n'eusse aucune occasion de le mettre en doute. »
>
> **René Descartes**, *Discours de la méthode* [1637].

À l'exception des premiers principes indémontrables, seule **la raison permet de connaître**. Pour le montrer, René Descartes utilise l'un des exemples les plus célèbres de la philosophie : le **morceau de cire**. Imaginons donc un morceau de cire d'abeille sortant de la ruche : il est encore doux comme le miel et a l'odeur des fleurs ; il est dur, froid, émet du son lorsqu'on le frappe, et possède une couleur et une taille déterminées. Mais à peine le fait-on chauffer qu'il **perd toutes les qualités qui permettaient de le reconnaître** : il devient liquide, inodore, change de taille et de couleur… Pourtant, chacun juge qu'il s'agit bien **du même morceau de cire,** bien que son aspect sensible ait été radicalement transformé. On doit en conclure que les sens ne nous permettent pas de concevoir les objets avec évidence, c'est-à-dire de manière « absolument véritable ». En effet, **chacune des caractéristiques** que nous livraient les sens au sujet du morceau de cire varie au cours du temps. Nous savons pourtant **rationnellement** qu'il ne s'agit pas d'un objet différent, mais du **même** morceau de cire. C'est ainsi la raison qui nous permet d'accéder à une vérité stable au-delà des apparences sensibles fluctuantes :

> « Il faut donc demeurer d'accord que je ne saurais pas même comprendre par l'imagination ce que c'est que ce morceau de cire, et qu'il n'y a que mon entendement seul qui le comprenne. »
>
> **René Descartes**, *Méditations métaphysiques* [1641], II.

**COUP DE POUCE**

Jusqu'à ce qu'Emmanuel Kant (p. 15) les différencie dans la *Critique de la raison pure* (1781-1787), les termes d'entendement et de raison sont des synonymes. Quand Descartes emploie « entendement », nous pouvons donc comprendre « raison ».

## 5 Comment s'assurer des vérités de fait ?

**EN BREF On ne saurait se fier au vraisemblable, qui peut nous faire tomber dans l'erreur. Les vérités de fait sont difficiles à établir parce qu'elles nous parviennent par des voies parfois trompeuses.**

Si nous ne pouvons être certain de la vérité des propositions que nous avançons, nous ne trouverons pas le vrai, mais le **vraisemblable**. Or, si nous prenons pour vrai ce qui n'est pas parfaitement assuré, l'erreur peut s'introduire et nous éloigner de la vérité :

« Il ne faut nous occuper que des objets dont notre esprit paraît capable d'acquérir une connaissance certaine et indubitable [...]. C'est pourquoi nous rejetons par cette règle toutes ces connaissances qui ne sont que probables ; et nous pensons qu'on ne peut se fier qu'à celles qui sont parfaitement vérifiées, et sur lesquelles on ne peut élever aucun doute. »

**René Descartes**, *Règles pour la direction de l'esprit* [1628], II.

Nous pouvons nous fier à la raison afin d'identifier les **vérités de raison**. Cependant, la raison ne suffit pas pour établir la vérité des **faits** qui se présentent dans l'expérience : nous nous en remettons pour cela à d'autres moyens, qui tous peuvent s'avérer faillibles.

D'une part, les **sens peuvent être trompeurs**, puisqu'ils nous livrent **l'apparence** des choses et non leur essence, comme le montre l'exemple du morceau de cire. De même, si un bâton est plongé à mi-hauteur dans l'eau, l'effet de réfraction nous donnera l'impression qu'il est brisé, alors qu'il ne l'est pas. Nous pouvons donc **élever des doutes** sur la connaissance à laquelle les sens nous font accéder.

La **mémoire** est elle aussi **faillible**. Ce que nous avons appris sombre dans l'oubli, les souvenirs perdent en précision et se déforment sous l'effet du temps. Ainsi, nous avons tous fait l'expérience des insuffisances de la mémoire, et René Descartes estime justement qu'« il est de la prudence de ne se fier jamais entièrement à ceux qui nous ont une fois trompés ».

Enfin, une large part de nos connaissances est issue de **l'autorité** de nos sources. Notre savoir scientifique provient principalement de notre croyance en la fiabilité du discours des scientifiques. Mais ceux-ci se trompent parfois. Le problème est le même pour les événements historiques qui nous parviennent du passé : comment nous assurer que les sources sont fiables et que les historiens d'antan n'ont pas voulu nous induire en erreur ?

Pour résoudre cette difficulté, Blaise Pascal (p. 38) propose dans les Pensées (posth. 1669) un **critère** de reconnaissance de la vérité : « Je ne crois que les histoires dont les témoins se feraient égorger ». Si les individus sont prêts à **garantir de leur vie** les témoignages qu'ils rapportent, on peut juger que leur autorité est suffisante pour croire les faits qu'ils relatent.

## 6 L'habitude et l'hypothèse sceptique

**EN BREF Les connaissances que nous prenons pour des lois ne reposent que sur l'habitude. La causalité est une règle qui dépend de nos connaissances sensibles, ce qui ouvre la porte au scepticisme**

Pour John Locke et David Hume, considérés comme les principaux fondateurs de **l'empirisme** anglo-saxon, **toute idée vient de l'expérience**. Toute connaissance est en effet soit acquise par une perception du monde extérieur (je vois un oiseau), soit une perception de l'activité interne de mon esprit (je forme l'idée de l'oiseau, à partir de mon expérience sensible) :

> « D'où vient que les hommes ont dans leur esprit diverses idées telles que *blancheur, dureté, douceur, sucré, pensée, mouvement, homme, éléphant, ébriété* et autre idée ? Je suppose donc que l'esprit est, comme nous disons, du papier blanc, vierge de tout caractère, sans aucune idée : comment se fait-il qu'il en soit ensuite garni ? D'où lui vient cette vaste provision que l'imagination humaine, toujours au travail et sans limites, a peinte en elle avec une variété presque infinie ? Je réponds d'un mot : de l'expérience. »
>
> **John Locke**, *Essai sur l'entendement humain* [1689], 1.1.

Les **empiristes** désignent les philosophes qui, au XVIIIe siècle et principalement en Angleterre, ont cherché à établir que toute la connaissance provient de l'expérience sensible. Ils rejettent l'idée qu'il puisse y avoir des connaissances purement *a priori*, indépendantes de l'expérience.

En cherchant à identifier les fondements de notre connaissance, le courant « empiriste » défend que **la totalité de notre connaissance est dérivée de l'expérience** et non de principes rationnels déjà établis. David Hume en particulier remet en question le fait que le principe de causalité permette d'aboutir à des vérités universelles et nécessaires. Il en formule une critique radicale puisqu'il affirme qu'**il ne s'agit que d'une impression de successions régulières.** En effet, nous croyons à la vérité de certaines propositions parce qu'elles **se produisent toujours l'une après l'autre**, et n'ont jamais été réfutées par l'expérience **(voir chapitre la Science, p. 232-235)**. Les lois qui gouvernent les phénomènes (par exemple, qu'un corps pesant chute dans l'air) ne seraient alors que des probabilités. Même si la plupart sont quasi-certaines, nous ne pouvons assurer leur validité que par l'habitude que nous avons de les voir se produire.

La relation de cause à effet est donc **une nécessité subjective** (c'est de notre point de vue qu'elle apparaît inévitable), et nous la prenons pour **une nécessité objective** (valable universellement) par **habitude**. Cela conduit à **une position sceptique, qui considère que la vérité est inaccessible** : aucune proposition ne peut être tenue pour absolument vraie. Toutes nos certitudes reposant sur l'expérience, il ne s'agit que de **croyances**, parfois hautement vraisemblables. Parmi nos croyances, les seules dont on puisse attester de la solidité et du bien-fondé, bien qu'elles ne puissent être établies comme universelles, sont celles qui reposent sur la **connaissance sensible**. Voilà pourquoi pour David Hume, la recherche de la vérité doit aussi se limiter à la description de la nature, et ne saurait prétendre à la connaissance métaphysique.

## 7 La « révolution copernicienne »

**EN BREF La connaissance que nous avons de la nature est donnée à travers des concepts *a priori*. Nous partons des sensations pour connaître, mais celles-ci se déploient grâce à des catégories qui ne dépendent pas de l'expérience.**

Emmanuel Kant (p. 15) affirme, dans une expression devenue célèbre, qu'il serait **« sorti de son sommeil dogmatique »** grâce à David Hume. Il cherche à dépasser sa critique de la causalité, selon laquelle aucune connaissance ne peut être universelle et nécessaire. Comment pourrait-il y avoir un savoir universel et nécessaire ? Pourquoi la science peut-elle légitimement exister ? Au milieu du XVIIIe siècle, les avancées de la physique sont majeures, produisant des lois qui semblent décrire la nature de manière universelle.

En s'opposant à ce qu'avance David Hume, Emmanuel Kant commence par établir que **notre raison ne peut se borner à l'expérience**. La raison permet d'accéder à des connaissances universelles et nécessaires dans le champ des mathématiques et de la logique. L'effort kantien consistera donc à interroger **les possibilités de la raison elle-même**, et chercher ses règles : que peut-elle connaître ? Quels objets lui sont inaccessibles ? La *Critique de la raison pure* (1781-1787) formule cette étude sur **ce que la raison peut faire et ne peut pas faire**.

> **NOTION**
>
> Le terme de **critique** est ici à prendre dans son sens étymologique : faire la critique de la raison, c'est faire usage de *krinein*, c'est à dire de capacité à séparer, distinguer ce qui est de l'ordre de la raison, et ce qui ne l'est pas. Kant juge des pouvoirs de la raison, mais ne porte pas de jugement de valeur.

Emmanuel Kant pense que **la faculté de connaître ne vient pas de l'expérience**. Nous possédons intellectuellement des « formes a priori » de la connaissance, qui structurent notre expérience. Il identifie ainsi des **catégories**, qui sont les façons par lesquelles nous pensons les choses : par exemple, la catégorie de la **relation** montre que nous pensons souvent les choses les unes **par rapport** aux autres, dans des rapports de comparaison. Parmi ces concepts, le plus important est la **causalité**. Pour Emmanuel Kant, il ne s'agit en rien d'une connaissance héritée de l'habitude mais bien d'**une faculté rationnelle**.

La démarche critique du philosophe est parfois appelée « révolution copernicienne ». Copernic avait en effet montré que l'homme ne se situait pas au centre du monde, bouleversant notre représentation de la nature. De la même manière, Emmanuel Kant renverse le rapport existant jusqu'alors entre le sujet (l'individu doué de raison, qui cherche à connaître le monde), et l'objet (ce qui apparaît devant moi, et que je cherche à connaître). **Il ne suffit plus d'observer le monde pour le connaître, il faut utiliser les outils de la raison**, que sont les « catégories ». Sans elles, **on ne pourrait rien connaître**. Les hommes ne font donc pas qu'observer la nature pour découvrir ce que sont les objets qui les entourent, mais ils font un **usage actif de leur raison**.

## 8 Raison instrumentale, raison théorique et raison pratique

**EN BREF La raison, selon qu'elle se prend elle-même pour objet ou qu'elle étudie l'action juste, n'a pas les mêmes fonctions.**

Emmanuel Kant distingue plusieurs formes de la raison, qui correspondent à plusieurs de ses fonctions.

« Tout intérêt de ma raison (spéculatif[1] aussi bien que pratique) est contenu dans ces trois questions :
1. *Que puis-je savoir ?*
2. *Que dois-je faire ?*
3. *Que m'est-il permis d'espérer ?*
La première question est simplement spéculative. [...] La deuxième question est simplement pratique [...]. La troisième question [...] est à la fois pratique et théorique. »

**Emmanuel Kant**, *Critique de la raison pure* [1781-1787].

**1. Spéculatif :** théorique.

Lorsque la raison recherche des règles universelles indépendantes de l'expérience, on parle de **raison théorique**. C'est elle qui **recherche les principes *a priori***, qui ne doivent rien à l'expérience et ne sont donc pas liés à des résultats empiriques. Par exemple, c'est elle qu'on emploie dans les domaines des mathématiques et de la logique qui sont indépendants de l'observation. La raison théorique est alors la capacité à **discerner le vrai du faux.**

Quant à **la raison pratique**, elle concerne **l'action**. Elle traite de la décision, du choix et du comportement des individus. Elle s'interroge, selon Emmanuel Kant, pour répondre à la question : quel est mon devoir ? Qu'y-a-t-il en moi qui ne provienne pas de l'expérience et qui guide mon action morale ? On parle alors de **rationalité axiologique** : j'agis ainsi car je considère selon des règles morales universalisables que **c'est la manière juste d'agir.** La raison pratique est alors la capacité de **discerner le bien du mal** **(voir chapitre le Devoir, p. 81-83)**.

NOTION

L'**axiologie** (du grec *axia*, la valeur) désigne la **théorie des valeurs** et fait donc référence à des jugements moraux ou esthétiques qui s'appuient sur des normes du bon et du beau. On oppose alors les **jugements axiologiques** aux **jugements descriptifs**, qui ne prennent pas en compte les valeurs.

Enfin, **la raison instrumentale** ou **rationalité technique** correspond à **la recherche de l'efficacité en vue d'une fin**. Il s'agit d'une raison « finaliste » : c'est le but recherché qui guide l'action, et la raison recherche une méthode qui permette de mettre en œuvre les moyens les plus adaptés en vue d'une fin donnée. Cet usage de la raison est insensible à la recherche de la vérité ou du bien moral, mais se réfère à la **réussite** de l'action. Par exemple, si je veux rouler plus vite sur l'autoroute, je peux débrider le moteur de mon véhicule.

## 9 Les antinomies de la raison pure

**EN BREF La raison n'est pas une faculté neutre qui livre la vérité en dehors de tout soupçon. Au contraire, elle peut être menée par des intérêts.**

Alors qu'on attend de la raison qu'elle livre des vérités **incontestables** et **absolument hors de doute**, Emmanuel Kant montre qu'elle s'engage **nécessairement** dans des **contradictions**. Il appelle ces contradictions des **« antinomies »**, c'est-à-dire littéralement des « oppositions de lois ». Elle échoue à trancher entre deux propositions qui semblent tout aussi vraies. Le philosophe repère quatre antinomies :

1. La première oppose la thèse selon laquelle le monde a un **commencement dans le temps et des limites dans l'espace** à l'antithèse qui dit que **l'espace et le temps sont infinis**. En effet, nous sommes incapables de comprendre ce que serait un temps et un espace sans début ni fin ; mais dès lors qu'on leur assigne une limite, on se demande ce qui vient avant le commencement du temps et après les limites de l'espace.

2. Le deuxième conflit oppose la thèse que la **matière est composée de parties simples et indivisibles** et son antithèse selon laquelle on **peut poursuivre la division à l'infini**. Pour que des parties existent, la division de la matière doit cesser à un certain point, et pourtant la matière semble tout aussi rationnellement divisible à l'infini : la physique contemporaine ne cesse d'ailleurs de chercher à identifier des particules plus petites.

3. La troisième contradiction oppose la thèse de **l'efficacité de notre libre-arbitre** à l'antithèse selon laquelle la causalité dans la nature implique le **déterminisme** **(voir chapitre la Liberté, p. 166-168)**. Pour qu'il y ait de la science, il faut bien croire aux lois de la nature ; inversement pour qu'il y ait une morale, il faut bien croire à la liberté.

4. Le quatrième conflit oppose la thèse qu'il y a dans le monde un être nécessaire, **Dieu**, à l'antithèse qu'il n'existe de Dieu ni dans le monde ni hors du monde. En effet, il faut bien qu'une première cause ait créé le monde à partir de rien (donc l'hypothèse de Dieu est nécessaire). Mais cette cause doit elle-même avoir été causée par autre chose (donc l'hypothèse de Dieu est superflue).

Les antinomies de la raison pure montrent ainsi que, puisqu'elle s'engage dans des contradictions nécessaires, la raison ne tranche pas toujours de manière neutre et désintéressée. Au contraire, Emmanuel Kant avance l'idée d'« **intérêts de la raison** » : nous choisissons l'option rationnelle la plus conforme à nos desseins. Par exemple, si je juge que quelqu'un s'est mal comporté à mon égard, je pense qu'il l'a fait volontairement et aurait pu s'en abstenir : je pense donc qu'il était libre de se comporter différemment. Inversement si je justifie mon mauvais comportement par un tempérament colérique, je privilégie le déterminisme pour décrire les raisons de mes actes. L'idée que la raison puisse avoir des intérêts nous invite à **modérer la confiance que nous lui portons** en tant qu'instrument pour distinguer le vrai du faux.

## 10 Le désir de vérité est-il critiquable ?

**EN BREF La recherche de la vérité est parfois nuisible parce qu'elle réprime les instincts artistiques.**

Alors que le consensus philosophique valorise la vérité et le développement de la raison, Friedrich Nietzsche (p. 17) juge que la **« volonté de vérité »** et la confiance excessive en la raison peuvent avoir quelque chose de « pathologique ». Dans le *Crépuscule des idoles* (1888), il mène la charge contre Socrate. Ce dernier est accusé d'une part de valoriser les pouvoirs de la raison au service de la vérité au détriment de la beauté et de la grandeur (pour Friedrich Nietzsche, raison et beauté sont incompatibles) ; d'autre part nous soupçonnons injustement l'existence d'un « monde vrai » derrière le monde des apparences (comme le montre l'allégorie de la caverne), alors même que nous n'avons **accès qu'aux apparences (voir chapitre la Religion, p. 215-216)** :

> « Tout ce que l'humanité a évalué sérieusement jusqu'à présent, ce ne sont même pas des réalités, ce ne sont que des chimères, plus exactement des mensonges, nés des mauvais instincts de natures maladives et foncièrement nuisibles - toutes les notions, telles que "Dieu", "l'âme", "la vertu", "le péché", "l'au-delà", "la vérité", "la vie éternelle"... »
>
> **Friedrich Nietzsche**, *Ecce Homo*, II, §10.

Dans la *Généalogie de la morale* (1887), Friedrich Nietzsche prend l'exemple de l'ordre des Assassins, une société secrète qui affronta les Croisés au XIIe siècle. Les membres les plus élevés de cet ordre partageaient un « ultime secret », démonstration éclatante de la supériorité des instincts et de la liberté sur la vérité : « Rien n'est vrai, tout est permis ». Par cette formule, la vérité se trouve nécessairement liée à des **injonctions morales**, qui obligent à agir d'une certaine manière pour se conformer aux règles en vigueur. En ce sens-là, Friedrich Nietzsche juge que **la vérité et la raison oppriment** : il s'agit donc de s'en libérer.

## POUR TOUT RETENIR

→ On doit reconnaître la fonction centrale de la raison dans la **quête de la vérité**. Sans elle, je ne peux tenter de formuler des **propositions universelles**. Au quotidien, la plupart des connaissances que je forme sont plutôt de l'ordre de l'opinion et de la certitude subjective, mais le **discours rationnel** repose sur leur dépassement. J'obtiens alors des **connaissances objectives**.
Cependant je dois me demander comment une proposition vraie peut l'être indépendamment de mes propres expériences sensibles. Il faut pour cela établir quelles sont les capacités de la raison, et son domaine d'application. Nous pouvons établir avec une certitude parfaite la validité des **vérités de raison**, mais devons-nous nous fier à des indices seulement probables en ce qui concerne les **vérités de fait** ?

## VOCABULAIRE ESSENTIEL

**Certitude :** désigne le sentiment subjectif de la vérité. Ce n'est pas un signe fiable de vérité, puisqu'on peut être certain de choses fausses.

**Clarté :** une idée est claire lorsqu'elle est présente entièrement et immédiatement à l'esprit et qu'on peut la saisir d'un coup. Pour René Descartes, la clarté est avec la distinction l'un des deux critères de l'évidence.

**Distinction :** une idée est distincte quand elle se présente à nous de telle sorte que nous ne puissions la confondre avec une autre. Pour René Descartes, la distinction est avec la clarté l'un des deux critères de l'évidence.

**Évidence :** traditionnellement, ce qui est immédiatement perçu par les sens, et notamment par la vue. Dans le langage de René Descartes, ce qui se conçoit rationnellement comme étant absolument hors de doute.

**Logique :** en tant qu'adjectif, désigne ce qui est conforme à la raison ; en tant que nom commun, désigne la discipline relative aux procédés de pensée rationnels.

**Vraisemblable :** ce qui a l'apparence de la vérité et paraît donc envisageable ou même probable, mais peut finalement se révéler faux.

Pour prolonger la réflexion

FOCUS SUR...

# MENSONGE, ILLUSION ET ERREUR

Attention ! On lit trop souvent dans les copies que le contraire de la vérité serait le mensonge. Il s'agit d'une réduction hâtive et erronée : le contraire de la vérité est la **fausseté**. Celle-ci peut prendre plusieurs formes, dont le **mensonge**, mais également **l'illusion** et **l'erreur**. Distinguons-les afin de saisir les différences majeures entre ces notions.

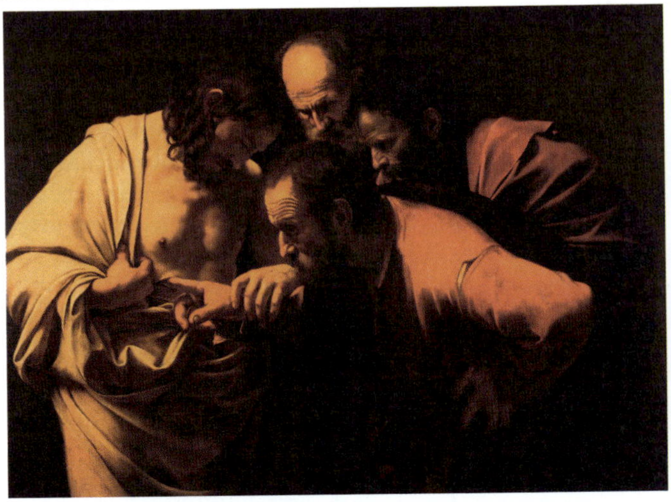

Le Caravage, *L'Incrédulité de Saint Thomas*, vers 1603, huile sur toile, 107 × 146 cm, Palais de Sanssouci, Potsdam (Allemagne).

Le **mensonge** est un rapport **immoral** à la vérité parce qu'il se caractérise par l'**intention délibérée de la dissimuler.** Le mensonge a donc un **objectif** : tromper et se faire passer pour vrai. Ainsi, la distance du mensonge à la vérité est morale. Non seulement ne vise-t-il pas la vérité, mais, en outre, il **cherche à la cacher**. À ce compte, il faut **différencier le mensonge de l'ironie ou de la blague**, qui d'un point de vue logique sont pourtant identiques, puisqu'ils énoncent intentionnellement des faussetés. En effet, l'ironie ou la blague cherchent à être reconnues comme des propositions fausses pour ne pas manquer leurs effets et ne sont donc pas des mensonges (par exemple, si je m'exclame « Quel splendide paysage ! » en passant devant une décharge).

Dans l'**illusion**, le rapport à la vérité n'est plus d'ordre moral. En effet, l'illusion est une **erreur de notre perception**, parce qu'elle attribue à la réalité quelque chose qui en est absent : par exemple, le mirage dans le désert ou l'illusion d'optique. À la différence des autres erreurs, elle disparaît aussitôt qu'on l'identifie : on **sait** que le tour du magicien est faux, et pourtant **il nous trompe**. Contrairement au mensonge, l'illusion ne trompe pas la raison, mais **seulement les sens**. Le magicien ne cherche pas à faire croire qu'il a véritablement coupé son assistant en deux, mais seulement à souligner le **décalage entre nos sens** (qui voient l'assistant coupé) et notre raison (qui sait qu'il ne l'est pas). Ainsi, l'illusion ne se trouve pas dans un rapport hostile à la vérité parce qu'elle **joue à tromper**, comme l'indique son étymologie latine (de *ludo*, je joue).

Dans **l'erreur** proprement dite**, mon jugement a échoué,** si bien qu'elle m'est toujours attribuable (par exemple, si j'ai fait une erreur de calcul ou n'ai pas vérifié mes affirmations). Elle contient de la fausseté mais à la différence du mensonge et de l'illusion, aspire à **la vérité**. On estime même souvent que commettre des erreurs est une étape essentielle vers la découverte de la vérité. En sciences expérimentales par exemple, la méthode dite du *trial and error* (« essai et erreur ») a une valeur fondamentale dans la résolution des problèmes. L'erreur est une **partie intégrante de la découverte de la vérité**. On peut donc dire avec l'écrivain Samuel Beckett dans *Cap au pire* (1982) « Essaie encore. Échoue encore. Échoue mieux. »



EXPÉRIENCE DE PENSÉE

# LE PROBLÈME DE MOLYNEUX

Le 7 juillet 1688, le savant et politicien irlandais William Molyneux (1656-1698) écrivit au philosophe anglais John Locke pour lui faire part d'un problème. Soit un homme né aveugle qui aurait appris à distinguer un cube d'une sphère au toucher : **s'il recouvrait la vue, serait-il capable de reconnaître l'un et l'autre simplement en les voyant** ? Ce questionnement reprend une idée défendue par John Locke dans son *Traité sur l'entendement humain* (1688). Il affirmait qu'une personne manquant d'un sens serait incapable de formuler une idée pour laquelle ce sens est nécessaire. Par exemple, un homme né aveugle ne pourrait avoir l'idée du rouge ou du bleu, et un homme dépourvu de goût ne pourrait concevoir l'idée du sucré.

La question est celle des capacités de nos perceptions : quel rôle nos sens ont-ils dans l'accès à la connaissance ? Est-il nécessaire de les combiner pour connaître la réalité qui nous entoure ? Par exemple, pour connaître le chocolat, faut-il associer le goût, la vue, et l'odorat ? John Locke et les philosophes empiristes, convaincus que toute idée vient de l'expérience, jugèrent que l'aveugle ayant retrouvé la vue ne pourrait pas distinguer à distance, sans les toucher, la sphère et le cube. Au contraire, d'autres philosophes, comme G.W. Leibniz, défendirent que grâce à la mémoire et à la raison, le sujet de l'expérience serait capable de différencier les deux objets.

Le problème de Molyneux cessa d'être une pure expérience de pensée lorsqu'en 1728 un médecin, William Cheselden, parvint à rendre la vue à un homme par une opération de la cataracte. Dans ses conclusions d'observations sur l'opération, il nota que le patient n'était pas capable de reconnaître un objet seulement à sa forme, ni de différencier des objets de forme différente en les regardant uniquement. Malgré cela, les débats se poursuivirent et certains philosophes, doutant du sérieux de l'expérience, continuèrent à défendre qu'il était possible de former une idée claire d'une réalité physique malgré un sens manquant.

Les nouvelles opérations de ce genre ne permirent pas d'obtenir de réponse définitive au problème de Molyneux au cours du XIXe siècle, les résultats étant souvent partagés. Le problème de Molyneux demeure une des expériences de pensée sur la perception et la connaissance les plus débattues depuis le XVIIe siècle.

→ À votre avis, les quelques cas de patients ayant recouvré la vue suffisent-ils à trancher le problème de Molyneux ?

→ Notre connaissance du monde serait-elle radicalement différente si nos sens étaient calibrés différemment (par exemple, si nous entendions les ultrasons ou percevions les infrarouges) ?

# MÉMO VISUEL

## – La Vérité et la Raison –

### Les types de vérité

- **Vérités de raison**
  - Nécessaires et universelles, indubitables.
  - Vérités mathématiques et logiques.
- **Vérités de fait**
  - Contingentes et particulières, peuvent être mises en doute.
  - Vérités sensibles, vérités historiques, vérités expérimentales.

### La connaissance de la vérité…

- … naît de la nécessité de s'arracher du monde des apparences. (**Platon**, allégorie de la caverne)
- … passe par la découverte d'un point de départ assuré et s'effectue par la raison. (**Descartes**)
- … est totalement dérivée de l'expérience. (**Empiristes**)

### Les types de raison

- **Théorique**
  - Capacité de discerner le vrai du faux.
- **Pratique**
  - Capacité de discerner le bien du mal.
- **Instrumentale**
  - Recherche l'efficacité pure, peut être immorale.

# SE TESTER



**1. Dans l'allégorie de la caverne les hommes :**

- **a** Observent les premières vérités.
- **b** N'ont connaissance que des apparences des choses.
- **c** Distinguent les connaissances des sens et de la raison.

**2. Je sais que je ne sais rien, dit Socrate :**

- **a** C'est-à-dire que la vérité n'existe pas.
- **b** Car les hommes sont tous des ignorants.
- **c** Puisqu'il faut commencer par questionner ses propres certitudes.

**3. Un principe est une proposition :**

- **a** Ni vraie ni fausse.
- **b** Vraie et non démontrée.
- **c** Véritable car démontrée.

**4. D'après Gottfried W. Leibniz, les vérités de raison :**

- **a** Sont nécessaires et éternelles.
- **b** Sont contingentes et temporellement situées.
- **c** Sont nécessaires et contingentes.

**5. L'exemple du morceau de cire présenté par René Descartes montre :**

- **a** Que les objets n'ont jamais de forme fixe.
- **b** Que l'on connaît par la raison et non par les sens.
- **c** Que la clarté et la distinction sont les critères de la vérité.

**6. Pour David Hume, la causalité est une règle dérivée de l'habitude c'est-à-dire :**

- **a** Qu'on ne peut pas savoir quelles sont les causes des phénomènes.
- **b** Que la causalité n'est pas une loi parfaitement fiable.
- **c** Que l'expérience nous donne des connaissances fiables sur la nature.

**7. Les antinomies de la raison pure désignent :**

- **a** Des contradictions dans lesquelles la raison s'engage nécessairement.
- **b** L'existence de plusieurs réponses vraies à une seule question.
- **c** La capacité de discerner correctement entre le vrai et le faux dans des situations complexes.

**8. Selon Friedrich Nietzsche, la volonté de vérité :**

- **a** Montre que l'homme est destiné à progresser sans cesse sur le chemin du savoir.
- **b** Est un désir sain de trouver des points de repère fixes.
- **c** Désigne un rapport malade au monde.

**9. Le mensonge est :**

- **a** Une étape cruciale vers la découverte de la vérité.
- **b** Un jeu avec la réalité qui trompe les sens, mais pas la raison.
- **c** Une dissimulation intentionnelle de la vérité, dans le but d'être cru.

**10. Le problème de Molyneux interroge :**

- **a** Le rôle des sens dans la connaissance.
- **b** Les capacités des personnes handicapées à utiliser leur mémoire.
- **c** La connaissance innée des couleurs et des formes.

→ Corrigés page 350

# S'ENTRAÎNER

## 1 Comprends le sens philosophique des notions.

**a.** Parmi les propositions suivantes, distingue les vérités de fait des vérités de raison :

1. Le train est un moyen de déplacement plus rapide que le vélo.
2. René Descartes est mort avant G.W.F. Hegel.
3. Tout effet a une cause.
4. Le cercle est rond.

**b.** Parmi les propositions suivantes, lesquelles conçoivent la raison de manière purement instrumentale ?

1. La raison permet de découvrir la loi morale en nous.
2. Si tu veux faire fructifier ton épargne, spécule sur les matières premières.
3. Tu ne peux pas analyser l'amour que tu ressens : c'est en dehors de l'analyse rationnelle.
4. Il n'est pas contraire à la raison de préférer la destruction du monde entier à l'égratignure de mon doigt.

## 2 Exploite une citation philosophique.

Dans *Du mensonge* (395), Saint-Augustin expose le cas de figure suivant :

> « Quelqu'un dit à un homme, qui n'a pas confiance en lui[1], qu'il y a des voleurs sur tel chemin où il sait réellement qu'il y en a, et cela pour que cet homme, persuadé que ce qu'on lui dit est faux, préfère ce chemin à tout autre et tombe ainsi entre les mains des voleurs. »

**1. Qui n'a pas confiance en lui :** qui ne croit pas la personne qui parle, et non qui n'a pas « confiance en soi ».

**a.** En t'appuyant sur l'exemple de Saint-Augustin, explique pourquoi on peut tromper en disant la vérité.

**b.** Dans un paragraphe argumenté, défends l'idée que nous n'avons pas toujours le devoir de dire la vérité.

**c.** Te paraît-il que nous pourrions même avoir le devoir de mentir en certaines circonstances ?

# SE PRÉPARER POUR LE BAC

## Rédiger l'introduction et la première partie

*Peut-on être sûr d'avoir raison ?*



## Méthode et corrigé

### Étapes préparatoires

**1 Repérer les notions du cours et les définir.**

« Avoir raison » s'oppose à « avoir tort » et désigne le fait d'être dans le vrai. Paradoxalement, il n'est pas nécessaire d'employer la raison pour « avoir » raison : il suffit d'éviter la fausseté. Le terme « sûr » désigne la certitude, c'est-à-dire le **sentiment subjectif** de la vérité. La **vérité** est donc au centre de l'interrogation.

**2 Chercher les exemples du sens commun.**

Nous éprouvons le sentiment de certitude et sommes confrontés à l'erreur d'autrui. Si quelqu'un soutient que la Vᵉ République a été fondée en 1968, je peux être certain que j'ai raison en affirmant qu'elle l'a été en 1958. Mais, nous faisons également l'expérience de la **désillusion**, lorsque notre certitude se révèle fausse.

**3 Analyser la forme de la question afin d'éviter le hors-sujet.**

Bien que la question interroge par « peut-on », il ne s'agit pas d'une **possibilité** au sens strict. En effet, si la certitude est le sentiment subjectif de la vérité, il est évidemment possible d'être certain d'avoir raison.
Le « peut-on » pose donc la question de **la légitimité** ou de **l'acceptabilité**, si bien qu'on peut reformuler une première fois la question ainsi : **« Peut-on légitimement être sûr d'avoir raison ? »**

**4 Trouver les difficultés et les enjeux de la question afin d'aboutir à un paradoxe.**

Deux excès s'opposent ici : d'une part, on ne saurait faire de la certitude le critère de la vérité, puisque nous sommes faillibles. D'autre part, il n'y a que par la certitude que j'ai conscience d'accéder à la vérité. Par conséquent, la certitude doit avoir une **valeur modérée**, puisqu'on ne peut ni s'y fier totalement, ni s'en passer entièrement. Quand peut-on être sûr d'être dans le vrai ?

**5 Formuler une problématique.**

Dans quelles circonstances la certitude nous fournit-elle un critère fiable pour distinguer le vrai du faux ?

## Étapes de rédaction

### Introduction rédigée

**Accroche**
Le plus souvent, c'est dans un contexte initial d'incertitude qu'il s'avère que nous avons raison. Nous nous exclamons « tu vois, j'avais raison ! », lorsque la vérité est finalement connue.

**Analyse des termes du sujet**
**En ce sens**, « avoir raison » désigne le fait de posséder une croyance justifiée qui se voit avérée, c'est-à-dire en accord avec la réalité. ***A priori***, rien ne s'oppose à ce que nous ayons la certitude d'être dans le vrai. La certitude désigne **ainsi** le sentiment subjectif de la vérité, auquel s'oppose le doute par lequel nous suspendons notre jugement. **Par conséquent,** dès lors que nous sommes sûrs de nous, nous pensons avoir raison. **Cependant**, nous avons tous fait l'expérience de la désillusion, lorsqu'une certitude que nous avions se révèle fausse. Le sentiment subjectif de la vérité est donc trompeur.

**Paradoxe**
La certitude, faillible, n'est pas un critère fiable de la vérité. **Cependant**, il semble que nous n'en ayons pas d'autre.

**Problématique**
Dans quelles circonstances la certitude nous fournit-elle un critère fiable pour distinguer le vrai du faux ?

**Annonce du plan**
La **méthode démonstrative**, parce qu'elle s'appuie sur la raison, paraît garantir nos certitudes. Cependant, son aspect trompeur nous amènera à établir un nouveau critère, **l'évidence**, pour juger de nos certitudes. Mais la subjectivité de ce dernier nous obligera à y ajouter une condition objective : **la vérification**.

### Première partie rédigée

#### I. La démonstration garantit nos certitudes.

**a La démonstration nous fait accéder à des vérités universelles.**

**Argument** Par l'usage de la raison, nous pouvons découvrir des vérités éternelles et universelles, absolument certaines. Les démonstrations, c'est-à-dire les déductions logiques à partir d'hypothèses admises, nous y conduisent.

**Référence** Dans les *Règles pour la direction de l'esprit* (1628), René Descartes montre que les premiers principes sont connus par l'intuition. En revanche, toutes les autres connaissances doivent s'appuyer sur la déduction pour être certaines.

**b Il n'existe pourtant pas de démonstrations parfaites.**

**Argument** Les axiomes, propositions évidentes faisant consensus, et les postulats, propositions non-évidentes qui sont acceptées au cours du raisonnement, ne peuvent être démontrées. Par conséquent, le champ de la démonstration est nécessairement limité, même dans les disciplines purement rationnelles.

**Exemple** Par exemple, le cinquième postulat d'Euclide selon lequel par un point extérieur à une droite donnée passe une seule droite parallèle à la première peut être remis en cause : sa vérité n'est pas assurée.

**c La démonstration peut même être un instrument pour tromper volontairement.**

**Argument** La rectitude formelle de la démonstration peut tromper en donnant l'illusion d'une preuve rationnelle. Les **sophismes** désignent les raisonnements faux qui paraissent justes parce qu'ils empruntent à la démonstration sa forme.

**Référence** Le sophiste Hippias d'Elis se vantait de pouvoir faire triompher n'importe quelle cause, même injuste, grâce à son art oratoire et son maniement de la forme démonstrative.

**Transition**

La démonstration rationnelle semblait permettre d'être certains de la vérité de ses conclusions. Cependant, elle est aussi faillible. Sommes-nous condamnés au scepticisme ?

## Proposition de plan détaillé

### II. Nous pouvons être certains de tout ce que nous concevons clairement et distinctement.

**a** Nous ne pouvons être certains de quoi que ce soit puisque même les méthodes rationnelles nous trompent. Pyrrhon d'Elis, connu pour son « scepticisme radical », disait : « rien n'est vrai ou faux, ou ni vrai ni faux, pas même cette phrase ».

**b** Ce qui se conçoit avec évidence est certain : et notamment, le fait que nous doutons et donc que nous avons une conscience capable de penser et que nous existons (expérience du doute méthodique cartésien).

**c** Nous reconnaissons la vérité lorsque nous sommes en sa présence, elle est signe d'elle-même. Dans le Traité de la réforme de l'entendement (1677), Baruch Spinoza estime que « pour avoir la certitude du vrai, il n'est besoin d'aucun signe que la possession du vrai ».

### III. Nous sommes sûrs d'avoir raison dès lors que nous vérifions nos croyances.

**a** Nous avons le devoir de vérifier méthodiquement nos croyances afin d'établir des certitudes par des preuves objectives et pertinentes.

**b** Il suffit le plus souvent que nos croyances soient vérifiables pour qu'elles soient vraies. Nous n'avons pas besoin de nous rendre au Japon pour nous assurer que le pays existe.

**c** Nous ne pouvons donc jamais être certain d'avoir raison au sujet de ce qui est inaccessible à la vérification. Les propositions religieuses, métaphysiques, esthétiques et même éthiques ne sont pas vérifiables.

## Les sujets qui peuvent tomber au Bac...

- Toute vérité est-elle définitive ?
- À quoi bon raisonner ?
- Toute vérité ne peut-elle être établie que par démonstration ?
- Faut-il vouloir la vérité à tout prix ?
- À quelle vérité la raison nous mène-t-elle ?

Chapitre 14

# La Vérité et la Raison

Tu viens de voir les notions à connaître sur la vérité et la raison. Pour t'aider à retenir l'essentiel et t'entraîner pour le Bac, voici ton kit de révisions clé en mains conçu par SchoolMouv !

## Fiche de révision

### Le Focus de SchoolMouv : La raison n'est pas une puissance de calcul

S'il suffisait de respecter la **logique formelle** pour être **rationnel**, c'est-à-dire se conformer aux **exigences de la raison**, on pourrait alors assimiler la raison humaine à une puissance de calcul, sur le modèle de l'ordinateur. Or la pensée n'est pas un simple calcul numérique.

Le paradoxe de l'âne de Buridan peut illustrer cette idée. Dans cette histoire, qui a souvent été utilisée par les philosophes, un âne se trouve à égale distance entre deux picotins d'avoine. Puisque la distance est la même, il est impossible de choisir de façon logique le picotin vers lequel se diriger et l'âne se laisse mourir de faim.

Naturellement, aucun être vivant n'en arriverait à une telle extrémité face à un choix. Même guidé par la raison uniquement, et non par l'instinct, un être vivant prendrait une décision.

C'est donc faire de la raison une chose absurde que de la limiter à une puissance de calcul.

**La raison n'est pas seulement un principe de conformité logique, elle implique également une capacité de jugement, c'est-à-dire la capacité à définir des valeurs ou à évaluer des phénomènes, à en discerner le degré de vérité, d'utilité, de validité ou de moralité. C'est le second aspect que nous avons évoqué en introduction : celui de la raison pratique.**

## Vidéos

Pour mieux comprendre et t'en souvenir à coup sûr, regarde les vidéos. C'est parfois bien plus clair en images.

**Vidéo 1** **Pourquoi souhaitons-nous accéder à la vérité ?**

https://flashbelin.fr/focusbacschoolmouv/philo/16

**Vidéo 2** **La raison**

https://flashbelin.fr/focusbacschoolmouv/philo/17

## Contenu additionnel

Voici un bonus autour du même sujet. La curiosité n'est pas toujours un vilain défaut. Il suffit de créer ton compte pour avoir accès à plein de contenus supplémentaires.

**Fiche de lecture** **René Descartes, *Discours de la méthode***

https://www.schoolmouv.fr/eleves/fiches-de-lecture/discours-de-la-methode-rene-descartes/fiche-oeuvre

Tu trouveras ici les clés pour comprendre l'ouvrage : les notions principales, les concepts nouveaux forgés par l'auteur. Par exemple, les quatre grandes règles de la méthode.

**Conseil**

Cette œuvre aborde de manière transversale plusieurs notions du programme : utilise-la pour établir des liens avec les autres cours et approfondir certaines problématiques !

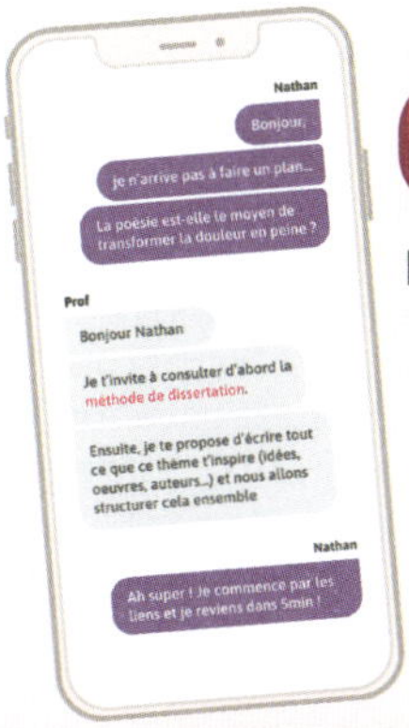


## Tchat avec un prof

Pour poser toutes tes questions à un prof particulier, découvre l'abonnement tchat.
Tu peux le tester gratuitement pendant 7 jours : fini les questions sans réponses, tu vas devenir incollable.

http://focusbac.schoolmouv.fr/offre

**Absolu / relatif :** est **absolu** ce qui existe en soi de manière totale et sans relation à autre chose. Inversement, ce qui est **relatif** dépend d'autre chose pour exister. Par exemple, la vérité est **absolue** mais la connaissance qu'on en a est **relative** parce qu'elle dépend de nos facultés. De la même manière, un pouvoir est absolu lorsqu'il n'est partagé avec personne, et qu'il n'a aucune limite.

**Abstrait / concret :** est **abstrait** ce qui n'a pas d'existence sensible et n'est donc pas perçu mais seulement conçu par la raison. Inversement, est **concret** ce qui est immédiatement perçu par les sens et existe en tant qu'objet. Par exemple, la définition d'un chat est abstraite, mais le chat lui-même est concret. Enfin, l'abstrait permet de saisir le général par rapport au particulier : le chat abstrait possède des caractéristiques essentielles communes à tous les chats particuliers, et les chats concrets peuvent se distinguer par des critères individuels.

**En acte / en puissance :** ce qui existe en ce moment ou « actuellement » est **en acte**, alors que ce qui existe **potentiellement** est **en puissance**. Par exemple, un enfant est un adulte **en puissance**. S'il réalise sa potentialité en arrivant à l'âge adulte, il deviendra un adulte **en acte**. De nombreuses potentialités ne sont jamais réalisées : par exemple, un artiste prometteur peut finalement ne jamais produire d'œuvre de génie.

**Analyse / synthèse :** l'**analyse** est une méthode qui décompose un tout en parties ; la **synthèse**, au contraire, constitue un tout à partir de parties, elle généralise. Par exemple, nous pouvons **analyser** une peinture de maître en nous interrogeant sur les couleurs, la maîtrise technique, le contour, la composition, c'est-à-dire sur les parties qui le composent. Inversement, dire des hommes qu'ils sont des *homo faber* (ou hommes fabricants), c'est faire la **synthèse** de leur tendance à fabriquer des outils variés et à les employer de manière originale.

**Concept / image / métaphore :** les trois termes renvoient à une opération de l'esprit. Un **concept** est **une idée générale**. Par exemple, le concept de chien englobe tous les chiens particuliers possibles qui existent, ont existé ou existeront. C'est un **instrument de liaison intellectuelle** entre des représentations sensibles : les différents chiens que je vois sont **particuliers** et **concrets**, mais sont réunis par le **concept** (ou la définition) du chien. Un concept est donc **abstrait** : je ne peux pas observer le concept de chien par la fenêtre. On le distingue de l'**image** qui est **une représentation d'une chose sensible.** Une image peut être mentale (je forme l'image d'un oiseau dans mes pensées) ou matérielle (je représente un oiseau en dessin). La **métaphore** est quant à elle **une représentation qui emprunte les caractéristiques d'une autre réalité** et n'a donc pas de valeur descriptive directe. Par exemple, je parle de façon métaphorique de ma vie lorsque je dis que « ma jeunesse ne fut qu'un **ténébreux orage**, traversé çà et là par de **brillants soleils** » (C. Baudelaire, *Spleen et Idéal*, X).

**Contingent / nécessaire :** est **contingent** ce qui peut être autrement qu'il est. Par exemple, si je lance un dé à six faces, il est contingent que j'obtienne le résultat « deux ».

Est nécessaire ce qui ne peut pas être autrement qu'il n'est. Il est nécessaire que le dé affiche un résultat compris entre un et six.

**Croire / savoir :** **croire** vient du latin *credere* « avoir confiance » et **savoir** du latin *sapere* « avoir du goût ». Ils désignent tous les deux des **modes de connaissance** mais croire n'est pas savoir. La croyance est un mode de connaissance non vérifié, tandis que le savoir suppose une **méthode** et une **vérification**. Une croyance n'est pas nécessairement fausse : par exemple, je peux croire que mon ami est fidèle et avoir raison. La question en philosophie est de déterminer à quel point savoir et croyance **s'opposent**, ou si la croyance est une première forme de savoir. La croyance religieuse est une forme particulière de croyance, qui est **un acte de confiance** dans le fait qu'une parole divine sera honorée. Dans ce cas, on la nomme **foi**, et elle n'exige plus de vérification rationnelle.

**Essentiel / accidentel :** est **essentiel** ce qui appartient à l'essence d'une chose, c'est-à-dire à sa nature, et fait à ce titre partie de ses **propriétés fondamentales**. Inversement, est **accidentel** ce qui ne lui appartient pas par nature. Par exemple, il est essentiel pour une télévision qu'elle projette des images, mais il est accidentel que celles-ci soient en noir et blanc ou en couleur. De même il appartient à l'essence d'un triangle que la somme de ses angles fasse 180°, mais il est accidentel qu'il s'agisse d'un triangle isocèle.

**Exemple / preuve :** un **exemple** est une **illustration** d'une théorie ou proposition générale qui n'a pas la valeur d'une **preuve**, qui est quant à elle un **élément décisif** dans l'établissement de la vérité. Par exemple, pour soutenir la proposition que « les mammifères ne pondent pas d'œufs », je peux prendre l'exemple de la vache ou de la baleine. Mais ces derniers n'auront pas permis d'établir de manière irréfutable ma proposition : ce ne sont pas des preuves ; et de fait, l'ornithorynque pond des œufs et est un mammifère.

**Expliquer / comprendre :** les deux termes renvoient à **une forme d'accès à la connaissance**. Expliquer vient du latin *explicare*, « **déplier** », et comprendre signifie à l'origine **saisir, prendre**. Les deux termes sont proches, mais l'**explication** se rattache à l'**analyse**, à une décomposition du tout en parties, et comprendre à une **synthèse**, c'est-à-dire à une signification d'ensemble. À ce titre, les deux sont complémentaires : je dois avoir compris le sens général d'une théorie pour pouvoir l'expliquer, et expliquer l'origine d'une action permet de comprendre son sens.

**En fait / en droit :** ce qui est **légal** ou **envisageable sans contradiction** est dit **en droit.** Inversement, « **en fait** » désigne ce qu'il en est dans les faits, c'est-à-dire en intégrant la contrainte de la réalité. Par exemple, il est possible **en droit** de lire tous les livres de sa bibliothèque municipale, mais **en fait** c'est impossible, parce que cela prendrait trop de temps. En revanche, il est **en droit** impossible de lire le manuscrit original d'Héraclite, puisque celui-ci a disparu.

**Formel / matériel :** ce qui est **formel** désigne **l'apparence** de quelque chose, ou la **structure** du raisonnement, s'il s'agit d'une proposition logique. Par exemple, un poème peut être formellement réussi s'il respecte les règles de la métrique et élabore des rimes riches. Ce qui est **matériel** renvoie en revanche au **contenu** de la chose (on oppose habituellement la forme et le « fond »). Par exemple, ce même poème peut être pauvre du point de vue matériel si son contenu est superficiel. Un raisonnement peut être formellement juste mais avoir un contenu faux : par exemple « Le Taj Mahal est un monument, tous les monuments sont en Inde, donc le Taj Mahal est en Inde ». Ici la **forme** du raisonnement est juste, mais son contenu est **matériellement** faux, puisque tous les monuments ne sont pas en Inde.

**Genre / espèce / individu :** les trois termes désignent des **divisions d'un ensemble**, du plus grand au plus petit. Ils **s'incluent** donc les uns dans les autres. Cette classification est utilisée en logique et dans les sciences naturelles. Ainsi on va dire que dans le **genre** humain, **l'espèce** sapiens contient des **individus** singuliers, tels que Pauline ou Myriam. On considère que l'individu est une composante qui ne peut plus être divisée en sous-ensembles.

**Hypothèse / conséquence / conclusion :** une **hypothèse** est une **proposition provisoire** expliquant des faits ou des phénomènes naturels. Par exemple, en constatant que j'ai du mal à dormir après avoir bu trop de café, je peux formuler l'hypothèse que le café énerve plutôt qu'il ne calme. Une **conséquence** est une **suite logique de l'hypothèse posée** : en l'occurrence, je peux tirer la conséquence que plus je bois de café, plus j'aurai de difficultés à m'endormir. La **conclusion**, enfin, est une **proposition synthétique tirée de l'hypothèse et de sa conséquence**. Ici, une conclusion pratique serait que l'on doit consommer du café avec modération si on veut conserver une bonne qualité de sommeil.

**Idéal / réel :** est **idéal** ce qui n'a d'existence que dans l'idée et **réel** ce qui existe dans les choses matérielles, c'est-à-dire dans la réalité. En outre, l'**idéal** a le plus souvent une connotation positive parce qu'on en fait un synonyme de perfection, si bien qu'il est désirable, même s'il est inatteignable. Par exemple, la connaissance parfaite de l'univers est un idéal ; dans la réalité nous en avons une connaissance partielle et limitée.

**Identité / égalité / différence :** l'**identité** correspond au **même,** c'est-à-dire à la fois à ce qui est **identique** et ce à quoi on **s'identifie**. Dans le cas de l'identité d'une personne, elle est unique. L'égalité est un **rapport de comparaison** entre des objets qui partagent des caractéristiques ou des situations : on peut être de taille égale, arriver à égalité lors d'une course, et être égaux en droits et en devoirs. La **différence** désigne quant à elle ce qui **distingue** deux objets l'un de l'autre. Égalité et différence ne s'opposent pas nécessairement : on peut par exemple être condamné à des peines égales pour des raisons différentes.

**Impossible / possible :** est **impossible** ce qui implique une **contradiction** ; est **possible** ce qui n'en implique **aucune**. Par exemple, il est **impossible** que le temps s'écoule à l'envers, mais il est **possible** que nous vivions jusqu'à 150 ans, même si cela ne s'est pas encore produit.

**Intuitif / discursif :** ce qui est **intuitif** désigne la **réception immédiate** d'un phénomène ou d'une idée, sans intermédiaire. La **connaissance sensible** (par exemple la sensation du froid ou du dur) est donc **intuitive**. L'intuition peut même être intellectuelle dans certains cas : lorsque nous avons la connaissance claire et distincte d'une idée. En revanche, ce qui est **discursif** passe par le **langage** et la **conceptualisation**. C'est donc une **connaissance médiate**, puisqu'elle est obtenue par l'intermédiaire d'un raisonnement et du langage. Par exemple, c'est par la lecture de l'*Origine des espèces* de Charles Darwin que j'ai la connaissance de la théorie de l'évolution : je la connais **discursivement** et non **intuitivement**.

**Légal / légitime :** est **légal** ce qui est conforme à la **loi** ; est **légitime** ce qui est conforme à la **justice**. Ce qui est **légitime** peut tout à fait être **illégal** : par exemple, lorsque la militante noire des droits civiques Rosa Parks refuse en 1955 de céder sa place à l'avant du bus à un passager blanc, sa démarche est **juste** et donc **légitime**, et néanmoins illégale. De la même manière, ce qui est légal n'est pas nécessairement légitime : par exemple, en France, les lois de répression de l'anarchisme de 1893-1894 sont appelées « lois scélérates » parce qu'elles privent de libertés publiques pour simple délit d'opinion.

**Médiat / immédiat :** ce qui est **médiat** est donné avec un **intermédiaire**, alors qu'on accède sans aucun intermédiaire à ce qui est **immédiat**. Par exemple, si j'assiste à un concert, j'ai une perception immédiate de la musique qui s'y joue. Mais si je vois ce concert retransmis à la télévision, j'en ai une perception médiate : elle passe par un intermédiaire, ou une médiation. On remarquera que les **médias** jouent précisément un rôle de transmission de l'information à un public qui n'a pas pu y assister immédiatement.

**Objectif / subjectif / intersubjectif :** est **objectif** ce qui **dépend de l'objet**, et qui est donc le même pour tous : rechercher l'**objectivité** d'une chose, c'est alors la considérer de manière neutre et désintéressée. Est **subjectif** ce qui **dépend du sujet** et donc varie en fonction de la perception et des opinions de chacun. Par exemple, le jus d'orange est objectivement une boisson mais il est subjectif qu'on l'aime ou non. Il ne faut pas confondre objectif et **intersubjectif**. Ce mot désigne à la fois ce qui est commun à plusieurs subjectivités (par exemple, trouver que le miel a bon goût) et la capacité qu'ont les êtres humains à communiquer entre eux.

**Obligation / contrainte : l'obligation** est un **devoir légal** ou **moral** que nous avons la possibilité de transgresser : par exemple nous sommes obligés de ne pas dépasser 80 km/h sur les routes nationales, mais pouvons en fait rouler à 140 km/h. La **contrainte** est en revanche une **force qui entrave** notre liberté d'action. Par exemple, un prisonnier aux fers est **contraint** de rester dans sa cellule : il n'a aucune possibilité matérielle de s'échapper.

**Origine / fondement : l'origine** est le **point de départ** chronologique d'un phénomène, alors que le **fondement** est ce sur quoi repose une construction théorique et ce qui la **légitime** : c'est le **point de départ logique**. Par exemple, en mathématiques, le théorème de Fermat-Wiles trouve son origine dans l'œuvre de Pierre de Fermat en 1670, mais n'acquiert ses fondements que lorsqu'il est démontré par Andrew Wiles en 1994.

**Persuader / convaincre : persuader**, c'est amener quelqu'un à donner foi un discours sur des **bases émotionnelles** alors que **convaincre**, c'est le faire comprendre sur des **bases rationnelles**. Les deux démarches visent donc à **remporter l'adhésion** de l'interlocuteur par des biais différents. Par exemple, si je dis « si tu as un peu d'estime pour moi, accompagne-moi faire les courses », je tente de persuader mon interlocuteur ; mais si je dis « je ne pourrai pas porter tout ce que nous voulons acheter, tu devrais donc m'accompagner faire les courses », je tente de le convaincre.

**Principe / cause / fin :** le **principe** est ce qui **vient en premier**, étymologiquement ce qui « commande et commence ». Ainsi la respiration est-elle un principe vital. En logique, le principe est la **proposition** qui est posée **sans être démontrée**, et sur laquelle repose le raisonnement. De même en morale, un principe est la **règle générale** des actions particulières. La **cause** désigne quant à elle la **production d'un effet** selon des principes (ou lois). Elle permet alors de décrire le **rapport**

qu'entretiennent **deux phénomènes** entre eux. On en a tiré le principe de **causalité**, qui énonce que chaque effet possède une cause déterminée (ce qui s'oppose au hasard) et que la même cause produit nécessairement les mêmes effets. Par exemple, si je lâche une bille du haut de la Tour Eiffel, elle chutera sur le champ de Mars. La **fin** désigne le **but**, l'**aboutissement** d'une action ou de l'existence toute entière. Lorsque je mets de l'eau sur le feu, je recherche une **finalité** : l'ébullition.

**Public / privé :** est **public** ce qui concerne tout ou partie de la **société** et a donc une portée **politique**. Inversement, est **privé** ce qui ne concerne qu'un **individu** ou un petit groupe d'individus et n'a *a priori* pas de rapport avec les intérêts des autres citoyens. Par exemple, si je creuse un sentier dans mon jardin entre mon portail et la porte d'entrée de ma maison, il s'agira d'une initiative privée ; en revanche, si je veux tracer une route entre Lille et Le Havre, l'action aura une dimension publique.

**Ressemblance / analogie :** la **ressemblance** est une **similitude de forme** : par exemple une balle de ping-pong et un cochonnet se ressemblent. Il ne faut pas la confondre avec l'**analogie** qui est une **identité de rapports** qui porte sur des objets qui peuvent n'avoir aucun lien de ressemblance : par exemple, la proposition « le fer à cheval est au sabot ce que la chaussure est au pied » est une analogie.

**Théorie / pratique :** une **théorie** désigne un système organisé d'idées et de connaissances **abstraites**. Par opposition, la **pratique** désigne le domaine de l'action, et a donc une dimension **concrète**. Je peux connaître théoriquement le fonctionnement d'un moteur, mais cette connaissance ne deviendra pratique que lorsque je tenterai de le réparer.

**Transcendant / immanent :** est **transcendant** ce qui **dépasse** ou va au-delà de l'**expérience sensible**. En particulier, les **entités religieuses** sont transcendantes puisqu'on ne peut en faire l'expérience. Inversement, ce qui est **immanent** est **contenu dans la nature** et est l'objet d'une **expérience possible**. Par exemple, un bonheur qui dépend du salut divin est transcendant, alors qu'un bonheur s'enracinant dans les pratiques quotidiennes est immanent.

**Universel / général / particulier / singulier :** est **universel** ce qui est **valide** dans tout l'univers et n'admet **aucune exception**. Par exemple, « tous les animaux respirent » est une règle universellement valide. Il ne faut pas confondre universel avec général : est **général** ce qui appartient à la **majorité d'un groupe** ou d'une classe. Les êtres humains préfèrent **généralement** la brioche au pain rassis, mais cette règle peut comporter quelques exceptions.

**Particulier est l'antonyme d'universel :** est particulier ce qui est **propre à un individu** ou à un groupe restreint d'individus. Par exemple, « quelques animaux ont une trompe » est une proposition particulière. Enfin, est **singulier** ce qui est **unique** ou désigne **un individu**. Par exemple « mon lévrier s'appelle Romulus » est une proposition singulière.

**Vrai / probable / certain :** est **vrai** un discours qui **correspond** à la réalité : par exemple « les chats sont des félins ». Est **certaine** la vérité qui est connue en tant que telle : par exemple, nous sommes certains que Michel-Ange a peint la Chapelle Sixtine. Mais attention, la **certitude** est parfois trompeuse, parce qu'elle n'est que le **sentiment subjectif de la vérité** : nous pouvons être certains de choses qui se révèlent finalement fausses. Enfin, une proposition est **probable** lorsque nous avons des **indices forts** de sa vérité sans qu'aucune preuve décisive ne nous permette de l'établir. Par exemple, il est probable que l'espèce humaine existe encore le siècle prochain, mais rien ne nous permet de l'affirmer absolument.

# La dissertation

## 1 Objectifs de la dissertation

- L'objectif de la dissertation est de répondre de manière nuancée, rationnelle et approfondie à **un problème**, en construisant méthodiquement une réponse étayée.
- La réflexion tire son origine de l'**intitulé** du sujet, qui prend la forme d'une question. Lorsqu'elle est étudiée avec attention, cette question renvoie à des **difficultés**, si bien qu'elle n'admet **jamais de réponse évidente** : on ne saurait y répondre simplement par oui ou par non.
- L'intitulé renvoie donc à un **problème précis** : la **problématique**. L'**objectif** de l'exercice est d'apporter une réponse justifiée, argumentée et progressive à cette problématique. **Sans problématique précise, la dissertation sera ratée.** En effet, c'est elle qui donne son orientation au sujet.
- Trouver la problématique appropriée est essentiel pour éviter le hors-sujet.
- Toute bonne dissertation tire son origine d'une **analyse précise des termes du sujet**. Il est donc essentiel que tu possèdes une bonne connaissance des **définitions des notions du cours** auxquelles renvoie l'intitulé.
- La **réponse** à la problématique, ou encore le **développement**, s'effectue en trois parties. Les arguments développés dans ces trois parties **doivent apporter des réponses** à la problématique. **Chaque partie présente une idée** qui répond au problème, **chaque sous partie un argument** qui défend l'idée en question.
- L'argumentation doit être **progressive**, montrant comment on passe **logiquement** d'une idée à la suivante. Tes transitions d'une partie à l'autre expliciteront cette progression.
- L'objectif du développement est de défendre successivement **trois hypothèses de réponse** à la problématique en montrant pourquoi les deux premières ne donnent pas satisfaction et doivent être dépassées.
- Plus les réponses seront solides, plus la dissertation sera réussie. C'est pourquoi il faut **toujours justifier ses affirmations**. Tu dois appuyer tes arguments sur des **preuves** et éviter **l'arbitraire**.
- La **solution** trouvée à la problématique est formulée de manière définitive dans la **conclusion**, qui retrace la logique du parcours argumentatif.

> **CONSEIL**
> Valorise les **références** aux textes philosophiques ainsi que les **exemples.** Utilisés adéquatement, références et exemples apportent de la crédibilité à ton propos et permettent de faire progresser le raisonnement.

## 2 Forme de la dissertation

L'exercice de la dissertation obéit à quelques **règles de forme simples** :

- Une **introduction** (minimum une demi-page, la norme est plutôt 1 page), **trois parties** (minimum 1 page chacune), des **transitions** entre les parties (quelques lignes), et une **conclusion** (environ une demi-page).
- Chaque partie est divisée en **paragraphes** (idéalement trois par partie) qui présentent chacun un argument qui soutient l'idée directrice de la partie.
- **Sauter des lignes** entre l'introduction et la première partie, entre les parties et les transitions, et entre la troisième partie et la conclusion **mais ne pas sauter de lignes au sein des parties**.

**COUP DE POUCE**

La dissertation est un exercice de réflexion et d'écriture. Ta rédaction est le support de ta pensée. Tu dois donc soigner ton expression.

## 3 Étapes de la dissertation

### Sujet support : Faut-il se libérer de la technique ?

### Étape 1 Analyser le sujet au brouillon

Cette étape est fondamentale et ne peut être éludée. Le brouillon n'est pas un double de ta dissertation : les éléments que tu y travailles prendront forme dans ta rédaction.

**L'ASTUCE À CONNAÎTRE**

Il arrive de perdre confiance en début d'épreuve. Une stratégie pour se rassurer consiste à établir un **« frigo »** de références.
- Prends une feuille de brouillon et, avant même l'analyse du sujet, **liste un maximum de concepts, références, idées et exemples en lien avec le thème**. Ils ne seront pas tous utilisés, mais formeront une base dans laquelle piocher par la suite.
- Mets cette feuille **de côté** pendant tout le temps d'analyse du sujet et de formulation du problème. Tu n'en as plus besoin, **tu peux stocker ces connaissances « au frais »**, puis les reprendre ensuite au moment de la constitution du plan détaillé pour **distribuer uniquement celles qui demeurent cohérentes avec ta problématique**.

Un sujet possède **une orientation précise**, souvent indiquée par le verbe utilisé.
Il y a une **hypothèse déjà admise** dans la question.
On peut donc identifier le présupposé d'un sujet dans **la forme** de la question.
« Faut-il se libérer de la technique » est différent du sujet « Peut-on se libérer de la technique ? ». Il pose une question d'**obligation morale**, non seulement de **possibilité**, et **présuppose qu'on peut en effet se libérer de la technique**.
Le présupposé **indique quelle peut être la réponse la plus évidente**. Tu peux alors construire ton problème, autour du **dépassement** de cette évidence.

| Méthode | Fonction | Application au sujet |
|---|---|---|
| **1.** Repérer les notions du cours et les définir. | En définissant, prends appui sur des principes généraux qui vont être les **fondements** de ta réflexion. Les définitions sont le socle minimal à connaître pour l'analyse. | Notions : la **liberté** et la **technique**.<br>**>** La liberté se définit comme le fait de n'**être pas soumis à une contrainte**.<br>**>** La technique comme **l'ensemble des savoirs pratiques** et des objets appropriés pour atteindre une fin. |
| **2.** Rechercher des exemples du sens commun. | Les exemples te permettent de rendre le sujet **concret**. Tu identifies des propositions **évidentes** qui apportent des réponses contradictoires à la même question. | **> Ex. 1 :** certaines techniques (comme le GPS) permettent de se déplacer plus efficacement ; elles semblent libératrices.<br>**> Ex. 2 :** nous perdons notre sens de l'orientation et, sans GPS, nous nous égarons. La technique nous aliène en partie. |
| **3.** Analyser la **forme de la question** afin d'éviter le hors-sujet. | Il y a hors-sujet lorsque tu traites un sujet proche mais autre que celui posé, ou que tu ne traites qu'approximativement le thème. Analyser précisément **le sens et les implicites de la question** permet d'éviter cette erreur. | **>** « Faut-il » et non « Peut-on » : la question porte sur un **devoir moral** et non sur une possibilité réelle. Si tu confonds les deux questions, tu feras un hors-sujet.<br>**>** « Se libérer » : la question désigne la liberté comme quelque chose d'acquis au terme d'un effort. Il **présuppose** donc que dans notre rapport à la technique, nous ne sommes pas libres. |
| **4.** Trouver les **difficultés** et les **enjeux** de la question afin d'aboutir à un **paradoxe**. | Le paradoxe montre que plusieurs réponses évidentes et également valides semblent acceptables. Tu construis ainsi une **alternative**. | La technique semble nous procurer les moyens d'atteindre nos objectifs. Elle nous **arrache donc à la soumission** à la nature. Par conséquent, elle semble libératrice. Il paraît paradoxal de vouloir **se libérer d'un processus libérateur**. |
| **5.** Formuler une **problématique**. | La problématique **justifie** le développement qui aboutit à la réponsela plus **valide pour répondre à la question**. | **La technique est-elle véritablement libératrice ?** Et s'en libérer n'aurait pas de sens. **Ou bien nous opprime-t-elle ?** Auquel cas il faudrait que nous nous en libérions. |

## Étape 2 Rédiger l'introduction

L'introduction **reprend le travail d'analyse** du sujet en **trois paragraphes**.

- Le premier, plus long, introduit le sujet et construit le problème. Idéalement, il amorce la réflexion par une **accroche**, qui introduit le sujet à partir d'un exemple (littéraire, scientifique, historique…).

> **ATTENTION**
>
> L'accroche est souvent ratée parce que trop générale : il vaut mieux se passer d'accroche qu'en présenter une trop vague.

- Il s'agit ensuite de **définir et analyser les termes du sujet**, puis de montrer les **difficultés** posées par le sujet et le **paradoxe** auquel tu aboutis.

> **COUP DE POUCE**
>
> Évite absolument les faux problèmes et les généralités telles que « Les philosophes s'interrogent sur la technique et la liberté depuis toujours. Les deux notions sont très difficiles à définir. »

- Le deuxième paragraphe synthétise ce qui précède sous la forme d'une question unique : c'est la **problématique**. Elle constitue le « moteur » de la dissertation. Il s'agit d'un couple de phrases qui met à jour le caractère **conflictuel** du sujet que tu vas discuter.Il faut construire la problématique comme une **alternative**, et non une opposition stérile. Sa formulation va guider les deux première parties. Tu peux d'abord annoncer la réponse qui semble la plus évidente, puis énoncer sa critique.

  *La technique serait vraiment libératrice car elle augmente notre puissance d'agir*

  **ou bien**

  *Elle peut dans certains cas diminuer notre autonomie voire nous opprimer.*

- Le dernier paragraphe **annonce le plan**. Il doit montrer la **logique** du passage d'une partie à la suivante.

## Étape 3 Construire un plan

La réflexion dans la dissertation s'éloigne progressivement du sens commun et de la réponse spontanée pour apporter une **réponse globale, critique et nuancée, en trois parties**. Si la première partie correspond à la réponse spontanée à la question, la seconde cherche à en montrer les limites. La troisième partie construit une réponse nuancée qui est l'aboutissement de la réflexion menée dans les deux premières parties.

- Le plan doit donc être **logique** : on doit pouvoir comprendre les étapes du raisonnement et de l'argumentation.
- Le plan doit être **progressif** : il part du plus évident pour parvenir à une réponse fine, étayée et argumentée qui dépasse le problème initial en s'appuyant sur les réponses temporaires des deux premières parties, sans les annuler.

- Le plan doit s'appuyer sur des **transitions**, qui font le bilan de la partie précédente et justifient le passage à la partie suivante. Une dissertation ne comporte donc que deux transitions : entre les première et deuxième puis deuxième et troisième parties.
- Le plan ne doit pas séparer les notions du sujet.
- **Chacune** des trois parties du plan doit **proposer une réponse à la problématique.** Ces réponses ne sont pas contradictoires, mais constituent chacune une étape de la réflexion qui aboutit à une réponse finale qui dépasse les oppositions.

## Les types de plan

S'il n'y a pas de plan « tout fait », chaque sujet étant singulier, on peut tout de même repérer des types de plan :

- **Le plan qui interroge le présupposé de la question**. Ce plan oppose deux thèses, qui semblent également valides avant de remettre en cause le présupposé de la question dans une troisième partie. Il ne s'agit pas de présenter la question comme absurde mais de dépasser le problème en contestant l'implicite du sujet.

  Par exemple :

  ***Parce qu'****il nous permet de réaliser nos objectifs, le monde de la technique est libérateur : il semble absurde de vouloir s'en extraire.* ***Cependant****, en substituant au monde naturel un monde artificiel, il nous aliène. En ce sens, nous devons nous en éloigner.* ***Mais*** *on peut se demander s'il est seulement envisageable de nous libérer de la technique : quand bien même ce serait souhaitable, nous ne pouvons pas le faire. Nous ne saurions envisager une vie sans technique.*

- **Le plan dialectique** ou plan « thèse, antithèse, résolution ». Les deux premières parties opposent des réponses apparemment incompatibles, et la troisième partie (la synthèse) dépasse l'opposition pour la résoudre.

  Par exemple :

  ***I – [Réponse la plus évidente]*** *En nous assurant la maîtrise de notre environnement, la technique nous libère.* ***II – [Opposition]*** *Cependant, dans la technologie, cette maîtrise peut se perdre, si bien que la technique nous enchaîne.* ***[Limite du raisonnement.] III – [Résolution, on dépasse la contradiction]*** *Donc nous nous libérons en reconquérant les processus techniques simples mais aussi en nous tenant à l'écart des formes aliénantes de la technique.*

> **ATTENTION**
>
> La résolution **n'est pas** un mélange d'arguments déjà fournis dans les deux premières parties. Elle propose des solutions **nouvelles** parce que l'argumentation est parvenue à une **impasse**.

## Étape 4 Organiser une partie

La dissertation se compose de **trois parties**, elles-mêmes divisées en **deux ou trois sous-parties**.
Les **sous-parties** mettent en œuvre la progression de la dissertation et de l'argumentation. La sous-partie est **un paragraphe** qui présente **un argument** précis. Elle permet de défendre l'idée principale de la partie et doit donc être **cohérente** avec celle-ci et répondre au sujet. Pour construire ta sous-partie, tu peux t'appuyer sur le modèle ARES (créé par Cédric Eyssette et que tu peux retrouver détaillé sur son blog : **sites.google.**

com/view/eyssette/méthodologie-devoirs/la-dissertation). Une sous-partie doit faire figurer **au moins trois** des quatre éléments suivants :

- Un **argument :** il s'agit de **l'élément central** de ta sous-partie. Il correspond à l'effort d'explication d'une idée. Cette explication permet d'**identifier les mécanismes** et **les causes** qui justifient une idée. Un argument doit s'appuyer sur une ou plusieurs **définitions.** Tu peux ainsi faire des **distinctions,** et proposer une réponse **logique.**
- Une **référence** (au moins une fois par partie) : il s'agit d'**un renvoi explicite à un auteur de philosophie** étudié en cours. Cela permet de mobiliser un concept, une définition spécifique.
- Un **exemple :** il **illustre** ton idée et montre que tu la maîtrises avec précision. Il ne se substitue pas à un argument non plus.
- Une **synthèse** qui indique en quoi ton argument répond au problème. Tu résumes l'idée de la partie, avant de faire une transition. Cette étape est importante car elle **montre le lien** entre l'argument, l'idée de la partie, le problème et le sujet.

**COUP DE POUCE**

Une référence est un soutien à l'argumentation grâce au travail d'un philosophe ou, plus rarement, aux textes d'intellectuels (historien, critique, écrivain...). Elle permet de donner de l'autorité à ton argument qui s'inscrit dans une tradition de pensée. On attend d'un élève qu'il sache mobiliser au moins une référence philosophique précise par partie.

Par exemple :

*Pour défendre l'idée que la technique nous asservit, on peut d'abord constater que dans le travail, nous sommes esclaves des machines avant de montrer que nous sommes de ce fait dépossédés des objets produits.*
*On pourra alors conclure la partie en estimant que la technique nous rend le monde étranger.*

## Étape 5 Rédiger une conclusion

La conclusion **résume la réflexion menée** et **propose une réponse à la problématique**. Bien codifiée, elle ne pose *a priori* pas de difficultés majeures.

- D'abord, rappeler la **problématique** posée.
- Ensuite, retracer le **parcours de réflexion** et de discussion.
- Puis, formuler **une réponse précise et claire à la problématique**, mais surtout cohérente et correspondant à l'aboutissement de la réflexion à la fin de ta dernière partie
- Enfin, mais cela est facultatif, rédiger une **ouverture**, qui montre que la réflexion pourrait continuer et aller plus loin.

**ATTENTION**

Évite de prendre position avec des formules neutres telles que « cela dépend du point de vue » ou « c'est une question à laquelle il est difficile de répondre parce que les philosophes ne sont pas d'accord entre eux ». Tu refuses alors de répondre et perds en crédibilité.

# L'explication de texte

## 1 Objectifs de l'explication de texte

- L'épreuve d'explication de texte consiste à **clarifier le sens d'un texte** en exposant les étapes de l'argumentation. L'explication est **linéaire** : elle suit l'ordre du texte.
- Il n'est **pas nécessaire de connaître la doctrine** de l'auteur, même si cela évite les erreurs de compréhension.
- L'objectif est de rendre le texte **accessible** en le **clarifiant** autant que possible.

**COUP DE POUCE**

Imagine que tu dois l'expliquer à quelqu'un qui n'a jamais fait de philosophie.

- Il s'agit de restituer **le problème précis que pose le texte.** Le texte a été sélectionné parce qu'il pose une **question spécifique** et y apporte une réponse originale. Tu dois donc parvenir à repérer le problème et la réponse que l'auteur apporte **et** montrer comment il argumente pour répondre.
- Tu dois mettre au jour la **structure logique** du texte. Ceci doit se faire toujours dans un style clair et démonstratif, **en évitant la paraphrase**.

> **ATTENTION**
> Faire de la paraphrase consiste à reformuler le contenu du texte sans l'expliquer, c'est-à-dire sans dire ce qu'il signifie. C'est l'erreur la plus fréquemment commise dans cet exercice.

- Il faut réussir à expliquer le sens d'un texte en **montrant les présupposés, les implications, les implicites**, c'est-à-dire ce qui est sous-entendu et supposé par l'auteur. Pour le comprendre, on peut penser à l'image de l'iceberg. Les 10 % de volume émergé – le texte – sont soutenues par 90 % de volume immergé – l'implicite. Il faut amener cette partie immergée à la surface.
- L'exercice impose de **s'en tenir au texte** : il est plus dirigé que la dissertation. Tu es au service de la pensée de l'auteur, que tu dois clarifier.
- Par conséquent, il ne faut surtout pas **surinterpréter**, en faisant dire à l'auteur autre chose que ce qu'il dit.
- L'explication de texte n'est pas un exercice improvisé : elle s'appuie sur les **concepts** vus en cours. C'est grâce aux **définitions des notions** et à la compréhension du texte spécifique à l'épreuve que tu peux expliciter la **thèse** de l'auteur.

> **ATTENTION**
> Attention aux anachronismes, consistant à expliquer l'avant par l'après. Si tu dois expliquer un texte d'Aristote, tu ne peux pas dire qu'Aristote s'oppose à Kant, puisque Kant lui est postérieur. La date de publication du texte est toujours indiquée.

- À la différence de la dissertation, la **structure de l'explication** suit la structure du texte.

**COUP DE POUCE**

L'explication de texte est un exercice de réflexion et d'écriture. Ta rédaction est le support de ta pensée. Tu dois donc soigner ton expression.

## 2 Forme de l'explication de texte

Comme la dissertation, l'exercice de l'explication est codifié. il faut donc suivre des **règles simples** :

- Une introduction dense (**minimum** une demi-page, la norme est plutôt 1 page).
- Entre deux et quatre parties pour le développement. Ces parties correspondent aux **articulations logiques** du texte. Si tu n'en repères que deux, ton développement s'articulera en deux parties seulement.
- Des transitions entre les parties, qui explicitent l'articulation logique du texte et la nécessité de l'auteur de passer à une autre étape de son raisonnement.
- Une conclusion, qui est généralement plus courte que l'introduction (environ une demi-page).

## 3 Méthode de l'explication de texte

**La méthode renvoie régulièrement au texte de John Stuart Mill extrait de *L'Utilitarisme* (1863) reproduit ci-dessous.**

« En s'écartant, même sans le vouloir, de la vérité, on contribue beaucoup à diminuer la confiance que peut inspirer la parole humaine, et cette confiance est le fondement principal de notre bien-être social actuel ; disons même qu'il ne peut rien y avoir qui entrave davantage les progrès de la civilisation, de la vertu, de toutes les choses dont le bonheur humain dépend pour la plus large part, que l'insuffisante solidité d'une telle confiance. C'est pourquoi, nous le sentons bien, la violation, pour un avantage présent, d'une règle dont l'intérêt [*expediency*] est tellement supérieur [*transcendent*] n'est pas expédiente[1] ; c'est pourquoi celui qui, pour sa commodité personnelle ou celle d'autres individus, accomplit, sans y être forcé, un acte capable d'influer sur la confiance réciproque que les hommes peuvent accorder à leur parole, les privant ainsi du bien que représente l'accroissement de cette confiance, et leur infligeant le mal que représente son affaiblissement, se comporte comme l'un de leurs pires ennemis. Cependant c'est un fait reconnu par tous les moralistes que cette règle même, aussi sacrée qu'elle soit, peut comporter des exceptions : ainsi – et c'est la principale – dans le cas où, pour préserver quelqu'un (et surtout un autre que soi-même) d'un grand malheur immérité, il faudrait dissimuler un fait (par exemple une information à un malfaiteur ou de mauvaises nouvelles à une personne dangereusement malade) et qu'on ne pût le faire qu'en niant le fait. Mais pour que l'exception ne soit pas élargie plus qu'il n'en est besoin et affaiblisse le moins possible la confiance en matière de véracité, il faut savoir la reconnaître et, si possible, en marquer les limites. ”

**John Stuart Mill**, *L'Utilitarisme* [1863], trad. de l'anglais de G. Tanesse, @ Flammarion, coll. « Champs », 1988.

**1. Expédiente :** qui est profitable, opportune.

## Étape 1 Analyser le texte au brouillon

Le travail au brouillon consiste à **identifier tout à la fois le problème, la structure logique du texte, la thèse de l'auteur et les arguments mobilisés** pour soutenir celle-ci. Il s'agit d'un travail d'analyse qu'on peut se représenter sous la forme d'un entonnoir, qui va **du plus général au plus particulier** : on commence par chercher le thème (il s'agit d'une des notions du programme, par exemple : la liberté / la vérité / la justice) pour aller jusqu'à l'argumentation précise en faveur d'une thèse et les exemples qui l'appuient.

Il est indispensable de faire **plusieurs lectures**, de la plus généraliste (« de quoi ça parle ») à la plus fine (« comment chaque phrase s'articule t-elle autour du problème ? »).

### COUP DE POUCE

Pas de panique ! La première lecture d'un texte de philosophie peut être déstabilisante, on peut avoir l'impression de ne pas comprendre le texte. Il faut prendre le temps de le relire patiemment pour éviter le hors-sujet. Si tu lis trop rapidement le texte, tu peux te tromper sur l'intention de l'auteur. Dans ce cas, il est quasiment impossible d'avoir une bonne note. Se donner comme objectif à chaque lecture de gagner en précision rend le travail plus serein

| Méthode | Fonction | Application au sujet |
|---|---|---|
| **1.** Repérer **les notions du cours** pour identifier le thème du texte. | Le texte est nécessairement **lié à une notion du programme** ou plusieurs, tu dois donc identifier à ta première lecture ce concept clé. Il est souvent évident, mais le texte peut en mêler plusieurs. | Notions centrales : le **devoir**. |
| **2.** Rechercher **le sujet du texte**. | On gagne en précision en se demandant ici « de quoi ça parle ». Le texte aborde **un sujet précis** et non seulement une notion générale. | > Le texte traite du **devoir de vérité**.<br>> Il se demande si ce devoir est **inconditionnel** ou s'il accepte des **exceptions**. |
| **3.** Repérer **les connecteurs logiques** et en déduire la fonction des parties du texte. | **Que fait l'auteur, et quand ?** En divisant le texte en blocs, qui vont ensuite former des parties de l'argumentation, on peut mieux saisir la **structure logique** du texte. | > On cherche **les termes de liaison** (donc, alors, parce que pourtant, en revanche, par exemple...).<br>> On assigne **une fonction** dans l'argumentation à chaque phrase du texte. |

| Méthode | Fonction | Application au sujet |
|---|---|---|
| **4.** Identifier **la thèse principale** de l'auteur. | La thèse correspond à **l'idée principale de l'auteur**, à son argument central. Il faut la distinguer des arguments secondaires qui la servent et la renforcent. | Ici, J.S. Mill cherche à défendre que :<br>> le devoir de vérité est soumis à un devoir plus important encore, celui de la cohérence sociale.<br>> Il existe des situations où le devoir n'est pas de vérité, mais de mentir. |
| **5.** En déduire **le problème que pose le texte**. | Lorsque l'on a identifié l'argument principal, on peut remonter à **la problématique**, à savoir **le problème posé** face auquel l'auteur se positionne avec une telle thèse. La **thèse** est **toujours** une réponse au problème posé par le texte. | Le problème que pose J.S. Mill est celui de la **légitimité à mentir**, sans dégrader l'idéal de vérité. Comment peut-on défendre qu'au nom de la vérité, on puisse dans certains cas employer le mensonge ? |
| **6.** Montrer **la forme que prend l'argumentation** pour répondre à ce problème et défendre la thèse. | L'auteur a **organisé son texte au service de sa thèse** : il faut montrer comment il a structuré son argumentation. On s'appuie sur la structure mise au jour à l'étape 3, puis on en déduit des parties (de deux à quatre parties). | L'auteur part du rôle social de la vérité, et de la condamnation morale nécessaire du mensonge. Il met ensuite à jour les **exceptions à cette règle**, au nom de l'intérêt du groupe ou de l'individu. |

## Étape 2 Rédiger l'introduction

L'introduction est elle aussi codifiée et doit comporter un certain nombre d'étapes essentielles.
On utilise les éléments relevés au brouillon en les organisant de manière stricte, en trois paragraphes.

### COUP DE POUCE

L'introduction est aussi la partie que le correcteur lit en premier : il est très important de la soigner pour donner une bonne première impression. Le correcteur a souvent une idée de la fourchette de notes dans laquelle la copie peut être notée dès la fin de l'introduction.

| Découpage | Méthode | Application au sujet |
|---|---|---|
| Premier paragraphe de l'introduction. | **a.** Commence par **situer** le texte. | *Le texte soumis à l'étude est un extrait de* L'Utilitarisme *de J.S. Mill.* |
| | **b.** Énonce le **thème** du texte en rapport avec l'une des notions du programme. | *Le philosophe interroge les notions de vérité et de devoir.* |
| | **c.** Définis ensuite **le sujet** du texte, c'est-à-dire ce sur quoi il porte. | *Plus spécifiquement, J.S. Mill se demande si le devoir de vérité est inconditionnel ou s'il admet des exceptions.* |
| | **d.** Énonce la **thèse** de l'auteur : la **proposition principale** ou l'**argument majeur** du texte, celui auquel tous les autres arguments se rapportent. | *J.S. Mill soutient la thèse que le devoir de vérité est soumis à un devoir plus important encore, celui de la cohérence sociale, dont il tire son principe. Ainsi, il existe des circonstances exceptionnelles où l'impératif de vérité se renverse : c'est alors que nous n'avons plus seulement le droit, mais même le devoir de mentir.* |
| Deuxième paragraphe. | Ce paragraphe sert à **exposer la problématique du texte.** La thèse répond au problème. Le but est donc de trouver la raison pour laquelle l'auteur écrit ce texte. | *Comment articuler les prétentions légitimes du mensonge au devoir de vérité ? C'est à cette question que répond J.S. Mill ici, en montrant les liens entre le domaine du savoir et le domaine éthique.* |
| Troisième paragraphe. | Tu **annonces la structure du texte**, c'est-à-dire les parties du raisonnement, en citant les lignes, pour que le correcteur s'y repère. Pour chaque partie tu dois brièvement **annoncer sa forme** (par ex : argument principal, réfutation, expérience de pensée, etc.) et **son contenu** (ce que dit l'auteur à ce moment). | *Tout d'abord, l'auteur met en lumière le rôle social de la vérité. Cette dernière conditionne la confiance, dont J.S. Mill fait un moteur du progrès et du bonheur (de « En s'écartant » à « d'une telle confiance »). De ce fait, on comprend que le mensonge est une faute morale. Celui qui y a recours, mettant en péril le bien-être humain, adopte un comportement antisocial (de « C'est pourquoi » à « leurs pires ennemis »). Or, l'auteur montre qu'il y a bien des cas exceptionnels où l'on peut s'écarter du devoir de vérité. Il s'agit des rares cas où le mensonge peut endosser une fonction sociale (de « Cependant c'est un fait » à la fin du texte).* |

**COUP DE POUCE**

L'annonce du plan est brève, on consacre tout le développement à articuler le contenu (ce que défend l'auteur) et sa forme (comment le fait-il).

## Étape 3 Élaborer le développement

La solution de l'auteur au problème qu'il pose doit constituer le **fil directeur** de ton développement. Chaque partie du développement correspond ainsi à une étape clé du raisonnement. Il est donc important de comprendre la **stratégie argumentative de l'auteur** : est-il en train d'émettre une hypothèse, de formuler une objection, de raisonner par l'absurde ?

L'**explication du texte est linéaire** : on commente le texte de la **première à la dernière ligne**, dans l'ordre, et sans faire d'impasses. Le but de l'explication est de **clarifier le raisonnement** de l'auteur, en **restituant la logique et la progression** de son argumentation. Chaque partie est divisée en au moins deux sous parties, qui correspondent à une ou plusieurs phrases du texte. Au sein de chacune, il faut :

- **Définir les termes** que l'auteur emploie. Par exemple, quand J.S. Mill dit que le devoir de vérité est une « règle sacrée », il ne fait pas référence au domaine divin, ni à l'opposition entre sacré et profane. Une bonne définition des termes est souvent la clé d'une bonne compréhension du texte.
- Éclairer les **implications** des arguments ainsi que leurs **présupposés.** Par exemple, si un auteur dit « Mieux vaut se transformer soi-même plutôt que l'ordre du monde », cette phrase **présuppose** la possibilité de se transformer par la seule volonté et **implique** un conservatisme politique, puisqu'en cas de désaccord avec l'ordre social, mieux vaut me changer moi-même plutôt que la société. Il s'agit donc **d'expliciter les implicites**.
- Donner un **exemple** pour illustrer un point difficile. Tenter de trouver des exemples vous assure que vous avez bien compris le propos de l'auteur. Dans le texte, J.S. Mill juge qu'on peut exceptionnellement avoir le droit de mentir, si l'objectif est bienveillant. On peut mobiliser l'exemple suivant pour l'illustrer : je peux mentir à un assassin à la recherche de sa victime, afin de l'empêcher de commettre son forfait.

**ATTENTION**

Attention à la projection de connaissances sur le texte : il ne s'agit jamais de restituer son cours, mais bien d'expliquer l'argument original qui est présenté dans le texte.

**COUP DE POUCE**

La transition résume brièvement les acquis de la partie qui s'achève et explique pourquoi l'auteur doit passer à l'étape suivante de son raisonnement. Pourquoi ce qui vient d'être dit dans la partie tout juste terminée ne suffit-il pas ? Que faudrait-il ajouter ? La réponse à ces questions constitue le rôle de la transition.

## Étape 4 Rédiger la conclusion

La conclusion commence par rappeler le problème auquel le texte tente de répondre. Ensuite, elle rappelle le parcours logique que l'auteur a emprunté pour y répondre. Elle peut (mais ce n'est pas obligatoire) s'achever sur une ouverture, qui est une question que le texte laisse ouverte, sans y répondre. Attention cependant aux ouvertures trop générales.

# L'explication de texte guidée (option 1)

## 1 Spécificité de l'explication de texte philosophique en voie technologique

→ En filière technologique, le troisième sujet soumis aux candidats pour l'explication de texte a une forme légèrement différente de celle attendue en série générale. Pour autant, les conseils d'analyse et de méthode présentés dans la méthode générale **(p. 326-331)** s'appliquent pour ce sujet aussi. Tu peux donc t'y reporter.

→ En séries technologiques, le candidat a le choix entre deux options :

> **Option 1 :** expliquer le texte en répondant dans l'ordre à une série de questions.

> **Option 2 :** expliquer le texte librement, c'est-à-dire selon la méthode classique **(pour cette option, voir la fiche méthode de l'explication de texte, p. 326-331)**.

→ Il faut **indiquer** l'option que tu choisis au début de ta copie. Si tu choisis de suivre l'option 1, Tu devras répondre à des questions organisées en trois temps :

- **A Éléments d'analyse**,
- **B Éléments de synthèse**,
- **C Commentaire**.

## 2 Étapes de l'explication de texte guidée

**CONSEIL**

Commence toujours par **lire le texte attentivement**, plusieurs fois, puis **lis les questions** qui vont guider ton explication et donc vont t'aider à comprendre le texte : sa problématique, ou l'idée principale qu'il traite, la thèse de l'auteur, sa structure logique et les arguments mobilisés. Puis relis le texte **en surlignant les éléments importants et les connecteurs logiques**, cela t'aidera à dégager la structure, puis identifie les différents éléments que tu devras présenter dans la partie B de synthèse.

### Étape A Éléments d'analyse

Dans ces questions, tu dois fournir un effort **d'explication**. Il s'agit de montrer **le sens du texte** en le **clarifiant**. On soumet à l'analyse des expressions complexes dont il faut restituer la signification en t'appuyant sur les connaissances acquises au cours de l'année.

Les extraits peuvent concerner la **thèse** de l'auteur, ou des **notions** importantes pour la synthèse à venir. Ta réponse doit être organisée : il faut construire un paragraphe argumenté qui montre que le sens de l'extrait est compris et expliqué à l'aide de **définitions** et **d'exemples**.

## Étape B Éléments de synthèse

Dans ces questions, l'objectif est de cerner **la dimension problématique** du texte, c'est-à-dire la question à laquelle le texte répond, la réponse qu'il y apporte (ou « idée principale » du texte), et la façon dont la réponse est organisée. Ces questions visent donc à identifier à quel **problème philosophique** l'auteur s'est confronté, et à le relier à sa **thèse**. Il faut à la fois montrer **de quoi parle** le texte et comment l'auteur **répond**, c'est-à-dire selon quel plan.

**COUP DE POUCE**

On retrouve ici des éléments qui sont exposés en introduction dans une explication classique, tu peux donc t'y référer (voir Méthode de l'explication de texte – Étape 2 – Rédiger l'introduction, p. 329-330).

## Étape C Commentaire

Les questions de commentaire sont **plus ouvertes** : il s'agit d'apporter une réponse argumentée, cohérente et nuancée, aux questions posées. Afin d'y répondre, les éléments avancés au cours des réponses A et B te sont utiles, tout comme les connaissances acquises au cours de l'année et ta culture générale.

**L'ASTUCE À CONNAÎTRE**

La position de l'auteur, trouvée en répondant aux questions A et B, n'est pas nécessairement la tienne : tu as tout à fait le droit de développer une réponse personnelle, qui contredit celle de l'auteur, à condition qu'elle soit rigoureusement défendue.

FICHE 1

# CRÉER UN ENVIRONNEMENT DE TRAVAIL

## propice à la concentration et à la réussite

À LA RENTRÉE

**OBJECTIFS**

- → Installer son espace de travail.
- → Prévoir son matériel.
- → Acheter ou emprunter les documents utiles.
- → Prendre les bonnes habitudes.

## 1 Installe ton espace de travail

> **Prévois le matériel nécessaire.**
Rassemble tes manuels, tes cahiers et classeurs et une trousse (des stylos de plusieurs couleurs, un crayon à papier, une gomme et des surligneurs) ainsi qu'un ordinateur si possible.

> **Regroupe tes affaires par discipline.**
Crée **un espace pour chaque matière** : tu peux ainsi y rassembler tes manuels, tes fiches de révisions et tes cahiers d'exercices. De même, organise des dossiers par matière sur ta tablette ou ton ordinateur et **enregistre** tous tes documents pour ne rien perdre !

> **Organise un espace d'affichage.**
Dispose sur un tableau magnétique ou des feuilles blanches ton **planning** de révisions, tes **pense-bêtes**, les **dates clés** de ton année !

> **Soigne ton espace.**
Dans l'idéal, ton lieu de travail doit être rangé, au calme, bien éclairé et confortable (privilégie une assise avec un dossier). **Évite de travailler ailleurs que sur ton bureau** (sur ton lit par exemple), c'est contre-productif !

> **Informe ton entourage.**
Préviens ta famille quand tu es en train de travailler et communique tes **dates d'examens**. C'est plus facile si tous tes proches sont au courant, ils seront d'autant plus attentifs à toi.

« Si la vue d'un bureau encombré évoque un esprit encombré alors que penser de celle d'un bureau vide ? »

**Albert Einstein**

## 2 Choisis les bons outils qui vont t'accompagner toute l'année

> **Choisis les bons outils numériques.**
Sur Internet, veille au choix des plateformes numériques que tu utilises ! Pour éviter les pièges, privilégie les liens Internet indiqués dans tes **manuels scolaires**, les **sites de référence** proposés par le ministère de l'Éducation nationale et ceux qui te sont **recommandés** par tes enseignants. Certaines plateformes, comme SchoolMouv, proposent des **contenus rédigés par des enseignants de l'Éducation nationale**.

**LE SAVAIS-TU ?**

Si tu n'as pas d'ordinateur ou que tu cherches un endroit calme pour travailler, tu peux aller au **CDI** de ton lycée ou à la **médiathèque** de ton quartier !

**L'INFO À RETENIR**

N'hésite pas à solliciter le professeur-documentaliste de ton lycée, il t'aidera à créer ta session sur ordinateur, à faire le tri parmi les ressources disponibles et te proposera d'emprunter des documents.

> **N'oublie pas certains incontournables documents papier.**
Les **dictionnaires** et **mémentos** sont fiables et ils ont l'avantage de limiter le temps que tu passes devant les écrans.

> **Achète le bon matériel.**
Privilégie les cahiers à spirales qui restent ouverts et les fiches de révisions cartonnées (elles résisteront mieux toute l'année).

## 3 Assure-toi d'avoir une bonne hygiène de vie

> **Veille à ton équilibre alimentaire.**
**Varie** tes menus et évite les sucreries, les sodas et les excès de thé ou de café. Néanmoins, accorde-toi quelques **petits plaisirs** pour tenir le coup ! Certains aliments sont recommandés lors des périodes intenses de révisions : poissons gras, avocat, huile d'olive, fruits rouges contenant de nombreux antioxydants.

> **Prévois de bonnes nuits de sommeil.**
Quand on dort, le cerveau s'active ! Il faut **proscrire les nuits blanches**, totalement contre-productives. Si tu as du mal à t'endormir, vérifie que ta chambre soit bien aérée, que la température ambiante te convienne (19 °C dans l'idéal) et mets-toi dans l'obscurité. Une heure avant l'endormissement, bannis les écrans et privilégie par exemple l'écoute de musique douce.

> **Planifie des temps de pause.**
Inutile de réviser jour et nuit. Prévois de t'aérer l'esprit plusieurs heures chaque week-end !

> **N'oublie pas l'activité physique.**
Il n'est pas sain de rester assis toute la journée et, qui plus est, devant un ordinateur. Si tu aimes le sport, **continue de pratiquer** ton activité favorite, sinon garde à l'idée de **bouger un peu tous les jours**, en sortant marcher avec des amis par exemple !

**L'ASTUCE À CONNAÎTRE**

Si tu ne parviens pas à te passer de musique pour travailler, privilégie des **playlists instrumentales** pour ne pas laisser les paroles te déconcentrer.

# COMPRENDRE ce qu'on attend de moi pour progresser

EN DÉBUT D'ANNÉE

OBJECTIFS
- → Connaître son niveau de départ.
- → Optimiser le temps de classe.
- → Mettre en place une bonne organisation pour les révisions.

## 1 Définis ton niveau dans chaque discipline

> **Fais une évaluation diagnostique dans chaque matière.**

Pour cela, tu peux t'aider de plusieurs éléments : les résultats des tests de positionnement en classe de Seconde, tes précédents bulletins, tes premières évaluations de l'année… Regarde tes **notes** mais aussi les **commentaires** des professeurs, ces annotations sont très utiles pour repérer tes points forts et les pistes pour t'améliorer ! Fais également confiance à ton **ressenti** : quelle est ta matière préférée ? Dans quelle discipline te sens-tu le plus à l'aise ?

> **Précise ton niveau.**

Pour chaque matière, entoure les cases qui correspondent à ton expérience dans le tableau suivant. Une fois tes niveaux définis, tu peux établir des **paliers de niveaux** à atteindre en y associant des **dates** (par exemple : niveau 2 à atteindre en décembre, niveau 3 à atteindre en février, et ainsi de suite).

| niveau 1<br>Insuffisant | niveau 2<br>Fragile | niveau 3<br>Satisfaisant | niveau 4<br>Très bonne maîtrise |
|---|---|---|---|
| J'ai des lacunes importantes. | Je fais des erreurs majeures. | Je fais des erreurs mineures. | Je respecte tous les attendus. Je peux même parfois aller plus loin. |
| J'ai besoin d'aides répétées. | J'ai besoin d'aides ponctuelles. | J'ai rarement besoin d'aide. | Je n'ai pas besoin d'aide. |
| Réussite rare. | Quelques réussites. | Réussite fréquente. | Réussite systématique. |
| Je ne sais pas mobiliser mes acquis de manière adéquate à la situation. | Je mobilise mes acquis, mais rarement de manière adéquate. | Je mobilise mes acquis de manière adéquate, même s'il y a des imperfections dans la réalisation de la tâche. | Je mobilise mes acquis de manière adéquate et la réalisation de la tâche est parfaite. |

## 2 Sois efficace en cours

> **Relis ton cours précédent** avant chaque séance. L'idéal est de relire tes notes **la veille au soir**, sinon tu peux profiter d'une heure d'intercours. Tu gagneras en efficacité dès le début du temps de classe.

> **Reste concentré(e).** Évite tout ce qui peut nuire à ton attention (parasites visuels ou auditifs) et positionne-toi correctement. Es-tu bien installé(e) ? As-tu le dos droit, les jambes tendues, le buste en avant ? Sois **à l'écoute de ton corps** !

> **Prends des notes efficaces.** L'objectif n'est pas d'écrire tout ce que dit le professeur, mais de **dégager l'articulation du cours**. Note bien les noms des parties principales et secondaires, les connecteurs logiques et mets en valeur les informations stratégiques du cours. Structure tes notes toujours de la même façon, de sorte que tu puisses te repérer d'**un seul coup d'œil** : utilise les mêmes couleurs pour les titres, les sous-titres, les exemples, etc. Choisis quelques **abréviations**, cela te permettra d'écrire plus rapidement.

> **Reste en action. Participe** dès que tu le peux ! Lis les textes à voix haute, va au tableau lorsque c'est proposé, pose des questions si tu n'as pas bien compris ou si tu souhaites approfondir certains points. D'une part, le cours te paraîtra **plus vivant**, moins ennuyeux, et d'autre part, le professeur notera ta bonne volonté.

### QUELQUES RÈGLES POUR ASSIMILER TON COURS PROGRESSIVEMENT

**Jour J** : Relis tes notes, complète-les et mets-les en forme.
**J+1** : Apprends ton cours une première fois et profites-en pour approfondir ou pour vérifier ce qui te pose des difficultés.
**J+3** : Relis ton cours et fais des exercices associés.
**J+15** : Révise pour t'assurer de n'avoir rien oublié.

## 3 Hiérarchise et priorise le travail à fournir

> **Chaque week-end, liste les tâches** que tu dois réaliser pour la semaine suivante et répartis-les selon le principe de la matrice d'Eisenhower (voir ci-contre).
**Ajoute ensuite les devoirs à rendre** ultérieurement (fiches de lecture, devoirs maison, rapports de stage, etc.).
**N'oublie pas les objectifs de niveaux** que tu te seras fixés (voir tableau plus haut).

**La matrice Eisenhower**

| | URGENT | PAS URGENT |
|---|---|---|
| IMPORTANT | **QUADRANT 1**<br>Tâches importantes et urgentes<br>→ À traiter en priorité | **QUADRANT 2**<br>Tâches importantes mais non urgentes<br>→ À traiter rapidement |
| PAS IMPORTANT | **QUADRANT 3**<br>Tâches urgentes mais non importantes<br>→ Peuvent attendre | **QUADRANT 4**<br>Tâches inutiles<br>→ À identifier et limiter au maximum |

> Cette matrice met en évidence que notre cerveau obéit plus naturellement à **l'urgence** qu'à **l'importance** ! Tu éviteras ainsi de passer tes journées à courir après les urgences au détriment de ce qui est vraiment important.

# RÉVISER efficacement

TOUT AU LONG DE L'ANNÉE

**OBJECTIFS**

→ Construire son planning de révisions.
→ Varier les activités pour tenir le rythme.
→ Faire un point régulier pour vérifier sa progression.

## 1 Établis un planning de révisions

**Crée un tableau par semaine ou par mois**, sur Excel ou sur une feuille :

> Commence par **barrer les créneaux où tu n'es pas disponible** (temps de classe, activité extrascolaire, week-end en famille).

> Prévois des **créneaux de 1h30** pour chaque temps de travail.

> Privilégie des **horaires fixes** (heure de début et de fin, heures de repas, pauses) car la régularité est un gage de réussite.

> Fixe **un à deux temps de loisir** chaque semaine pour t'aérer l'esprit.

> Attribue des **couleurs** à tes différentes activités.

**Élabore ton planning selon des règles simples :**

> Inscris **en priorité le matin** les matières qui te posent problème, les tâches difficiles et les disciplines à gros coefficient.

**L'ASTUCE À CONNAÎTRE**

Des plannings de révisions vierges sont disponibles gratuitement sur Internet (par exemple sur **www.canva.com**) : semaine, mois ou année !

**LE SAVAIS-TU ?**

Le sketchnoting est une technique de prise de notes **visuelle**, **créative** et **graphique** qui permet de noter ses pensées en les organisant à l'aide d'illustrations, de symboles et de textes. Tu peux justement t'y entrainer en faisant ton emploi du temps.

Scanne-moi !

> N'oublie pas les travaux que tu as listés à partir de la **matrice Eisenhower** (voir p. 337).

> **Après le déjeuner**, privilégie les tâches créatives qui te plaisent : schémas à construire, diaporamas à illustrer, lecture.

> **En fin d'après-midi**, prévois des temps de révisions pour reprendre ce que tu as déjà vu précédemment.

**Fais évoluer ton planning :**

Si parfois tu ne respectes pas ton planning, pas de panique ! **Reste flexible** en laissant deux blocs de 1h30 libres chaque semaine, tu pourras ainsi parer à tout imprévu. L'essentiel est de reprogrammer au plus vite le temps de travail manqué.

## 2 Alterne les modalités de travail

**> Le secret pour tenir le rythme, c'est de varier.**
**Alterne** les types de révisions, les exercices et les matières à travailler. Le cerveau aime la régularité mais pas la routine. Ne pas se lasser est important pour **garder le moral** et une **bonne dynamique de travail**.

**> Tu as du mal à te concentrer ?**
Essaie la **méthode Pomodoro**. L'objectif est de rester **concentré(e) à 100 %** sur une seule et unique tâche pendant plusieurs sessions de 25 min. Une courte pause sépare chaque session, puis un temps de pause plus long intervient après plusieurs sessions

La méthode Pomodoro

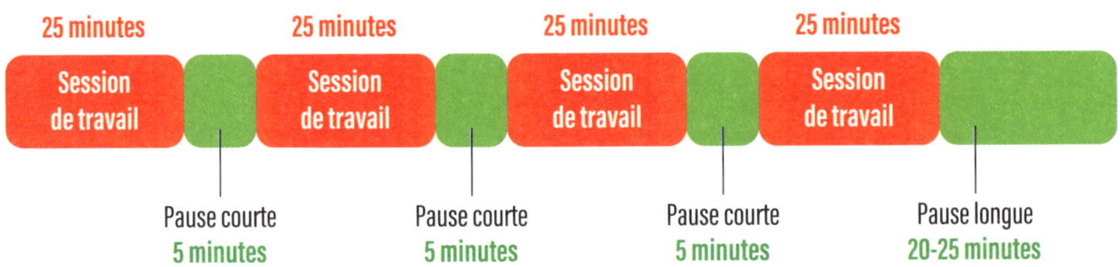


## 3 Fais une auto-évaluation régulièrement

Fais un **point régulier** pour vérifier la bonne avancée de tes révisions et l'efficacité de tes méthodes de travail.

**> Si tu as atteint tes objectifs.**
Tu peux considérer que **les compétences sont acquises**, il te suffira de réviser régulièrement.

**> Si tu n'as pas atteint tes objectifs.**
Prévois dans ton planning des temps de travail supplémentaires pour **reprendre le cours** et **faire des exercices associés**.

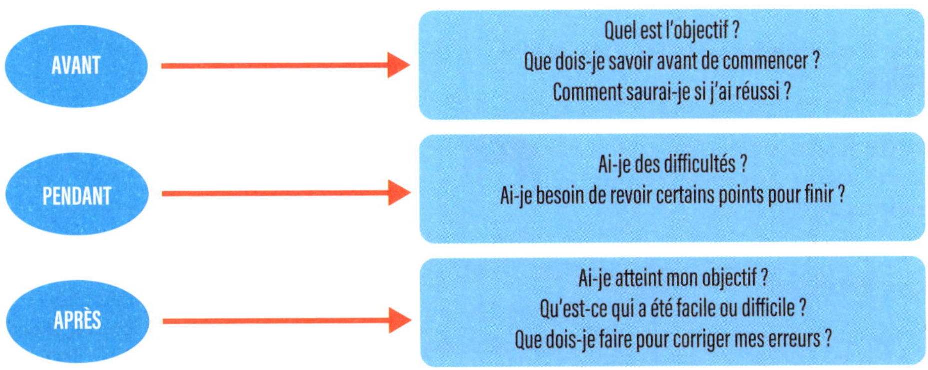

FICHE
4

# GÉRER
## mon stress

DE J-15 À J-1

**OBJECTIFS**

→ Réviser entre amis.
→ Être en forme et maîtriser son niveau de stress.
→ Préparer ses affaires pour le jour J.

## 1 Entoure-toi

> **Révise avec des amis qui ont envie de réussir.** Travailler en groupe peut être très stimulant, à condition que tout le monde ait le **même objectif**.

> **Choisis le bon endroit.** Évite le café du quartier ou la chambre d'un ami chez qui l'ambiance est très bruyante.

> **Échange avec tes amis sur tes cours.** Discute avec eux de ce sur quoi vous travaillez, ça te permet de **vérifier que tu as bien compris** et d'**approfondir** les choses.

> **Partage tes productions avec le groupe.** Fais un maximum d'exercices, donne-les à tes amis pour qu'ils les corrigent et **mets-toi à la place du jury** en retour ! C'est une méthode très efficace pour progresser.

> **Challenge-toi.** Toujours dans un esprit bienveillant, organise des sessions de tests pour **t'entraîner** aux épreuves.

Il est aussi possible d'**attribuer un rôle** à chaque membre du groupe, en changeant chaque jour :

**LE CONVIVIAL**

Apporte les petites douceurs du jour pour tenir le coup (boissons, en-cas).

**LA GARDIENNE DU TEMPS**

Est responsable des horaires (temps de travail et de pauses).

**LE MESSAGER**

Informe les autres du matériel à apporter, est responsable des documents de travail du jour.

Soutien émotionnel, ambiance dé-stressante, motivation et rigueur, il y a de nombreux avantages à travailler entre amis. Mais **tu peux aussi demander de l'aide à tes parents, tes frères et sœurs** qui sont déjà passés par là, et **tes enseignants** !

### QUELQUES RÈGLES POUR BIEN TRAVAILLER EN GROUPE

- Le groupe peut être constitué de **3 ou 4 personnes** maximum.
- Tout le monde doit être au clair sur les **objectifs du jour**.
- **Chacun respecte** les séquences de travail et les pauses.
- Un temps de débriefing et de convivialité est essentiel pour **décompresser** !

## 2 Sois prêt physiquement et mentalement

**Face au stress**, plusieurs solutions existent : yoga, sophrologie, relaxation, méditation…

Si tu ne sais pas comment t'y prendre, **tu peux essayer de simples exercices de respiration**. Commence par **t'isoler** et **assieds-toi**. Inspire profondément pendant 3 secondes et expire doucement pendant 5 secondes, tout cela sur 1 à 2 minutes. Une fois le rythme installé, **associe une image à ta respiration**, par exemple la mer qui monte quand tu inspires et qui se retire quand tu expires.

**Quelques jours avant ta première épreuve, repère et calcule ton trajet** jusqu'au centre d'examens, avec **plusieurs modes de transport** possibles.

> **Détends-toi, aère-toi.** Marche un peu, lis un magazine, mais évite les réseaux sociaux !

> **Couche-toi tôt.** Sans réviser jusqu'au bout de la nuit ! Pour y arriver plus facilement, force-toi à **te lever tôt la semaine** précédant la période des examens, comme ça tu seras déjà dans le rythme.

**L'ASTUCE À CONNAÎTRE**

Programme **plusieurs sonneries** sur ton réveil et demande à un proche de s'assurer que tu seras debout à l'heure !

## 3 Prépare-toi et prépare tes affaires

Ton sac et ta tenue doivent être **prêts la veille de chaque épreuve**. Il est indispensable de prévoir une tenue adaptée selon la nature de l'épreuve :

> **Pour les épreuves écrites, privilégie des vêtements confortables** dans lesquels tu seras **à l'aise** pour travailler. Emmène aussi un pull ou un gilet, facile à retirer si tu as trop chaud ou à mettre si tu grelottes de froid !

> **Pour les épreuves orales, prévois une tenue simple mais correcte**, même s'il fait chaud. L'apparence joue un **rôle important** lorsqu'on s'exprime devant un jury.

**Prépare ton sac** :

- ☐ Pièce d'identité et convocation (avec l'adresse du centre d'examen)
- ☐ 2 stylos
- ☐ 2 surligneurs
- ☐ 1 correcteur
- ☐ 1 crayon à papier et 1 gomme
- ☐ Crayons de couleurs et règle pour les schémas
- ☐ Calculatrice (vérifier les piles avant)
- ☐ Mouchoirs
- ☐ Gourde d'eau et en-cas
- ☐ Montre

**LES FAUX-PAS À ÉVITER**

- Couleurs trop flashy
- Accumulation d'accessoires
- Vêtements troués, usés ou froissés

Durant la période d'examens, mets en place ce rituel le matin et le soir pour te mettre en confiance et t'assurer une certaine **sérénité** !

# ASSURER le Jour J

JOUR J

OBJECTIFS

→ Bien aborder l'épreuve.
→ Éviter les pièges.
→ Rendre une bonne copie.

## 1 Démarre correctement ton épreuve

> **Analyse le sujet** (10 min).
En premier lieu, **assure-toi que toutes les pages sont bien présentes**, ainsi que les annexes. Prends ensuite le temps de **bien lire le sujet**. Il vaut mieux prendre quelques minutes supplémentaires pour choisir lorsque deux sujets sont proposés.

> **Prépare un brouillon** (entre 45 min et 1h).
Il ne s'agit pas de tout écrire au brouillon, cela te ferait perdre trop de temps. **Écris ton plan** pour garder un fil conducteur et utilise des **surligneurs** de différentes couleurs pour te repérer dans tes parties. Il est également conseillé de **rédiger entièrement ton introduction et ta conclusion** au brouillon pour te démarquer des autres copies.

> **Gère ton temps dès le début de l'épreuve.**
**Définis le temps que tu accordes à chaque partie du sujet**. Commence par les exercices avec lesquels tu te sens le plus à l'aise. **Ne reste pas bloqué(e)** si un exercice ou une formulation te manque, passe à autre chose : tu y reviendras plus tard. Pour les épreuves longues, **fais une pause de 5 minutes au milieu du temps imparti**.

**L'ASTUCE À CONNAÎTRE**

Au **brouillon**, n'écris que sur le **recto** de chaque feuille. Cela te permet de garder une vue d'ensemble.

**L'INFO À RETENIR**

Accorde une grande importance à l'introduction et à la conclusion :
Un bon début donne le ton d'une bonne copie. À l'inverse, une mauvaise introduction laissera une mauvaise impression dont le correcteur aura du mal à se défaire. Il est aussi courant que les correcteurs lisent la conclusion juste après l'introduction.
- Soigne la phrase d'accroche de ton introduction et évite les formulations stéréotypées.
- Vérifie que ta conclusion réponde bien à ta problématique.

## 2 Évite les erreurs et le hors-sujet

Avant de démarrer, il faut lire attentivement l'énoncé pour comprendre les consignes :

> Repère les **mots-clés** et définis-les.

> Note au brouillon **toutes les connaissances** que tu as sur ces notions.

> Mets-les en relation grâce à la **méthode QQOQCCP** (Qui ? Quoi ? Où ? Quand ? Comment ? Combien ? Pourquoi ?) pour baliser les limites du sujet.

> Organise ensuite ton **plan.**

MÉTHODE

**Vérifie la cohérence de ton plan.**
Le plan est le squelette de ton argumentation, il doit être structuré pour tenir debout !

- Assure-toi que les parties et les sous-parties sont équilibrées.
- Vérifie qu'au moins un exemple illustre ton propos dans chaque sous-partie.
- Rédige des transitions pour montrer la logique de ton raisonnement.

## 3 Démarque-toi des autres copies

> **Soigne ta copie.**
Efforce-toi de rendre une **copie propre et lisible**. Les correcteurs en ont beaucoup à corriger et ne feront pas toujours d'efforts s'ils n'arrivent pas à te lire !

- Choisis une **encre foncée** (les copies sont numérisées avant d'être envoyées aux correcteurs).
- **Aère** ta copie : saute des lignes et n'écris pas dans les marges.
- Soigne ta **graphie** tout au long de l'épreuve.

> **Sois clair(e) et concis(e).**
La formulation la plus simple est souvent la meilleure. Privilégie les **phrases courtes**. Cela t'évitera de faire des erreurs dues à des tournures complexes (concordance des temps, propositions multiples dans la même phrase…).

- Utilise le **vocabulaire précis** vu en classe.
- **Évite les tournures familières**.
- N'oublie pas de **ponctuer** tes phrases.

> **Cite des références qui font la différence.**
Pour illustrer des idées, il est important d'avoir une copie riche en **exemples**. Varie les sources bibliographiques (auteurs, siècles, genres littéraires).

L'ASTUCE À CONNAÎTRE

**Tu n'aimes pas lire ?** Tu peux compléter tes références grâce à d'autres domaines : la **musique**, le **cinéma**, la **danse**, l'**architecture**, la **gastronomie**, la **sculpture**, le **cirque** ou la **photographie**.

> **Relis-toi.**
Il est important de garder **10 minutes en fin d'épreuve** pour porter une attention toute particulière à l'orthographe. Certaines erreurs ne sont pas pardonnables !

- Vérifie tous les **accords**.
- Fais attention à la **terminaison** de tes verbes.

LE PETIT +

→ **Pour mieux comprendre les exigences des correcteurs :**

- Lis les **rapports du jury** des années précédentes (disponibles sur www.eduscol.education.fr).
- Relis les **annotations de tes professeurs**.
- Lis les **bonnes copies** de tes camarades et les **sujets corrigés** de ton livre *FOCUS BAC*.

## L'Art

### SE TESTER, QCM p. 25

1. c, 2. a, 3. a, 4. b, 5. c, 6. a,
7. b, 8. a, 9. a, 10. a.

### S'ENTRAÎNER, p. 26

**1** **a.** Art renvoie au sens étymologique du mot, *ars*, qui signifie technique, savoir-faire. C'est l'art de l'artisan qui possède une maîtrise technique spécifique. À distinguer du sens moderne qui désigne l'activité de création esthétique.
**b.** Une œuvre est dite originale lorsqu'elle n'est pas une copie d'une autre ni de la nature, et qu'elle peut devenir une référence. L'inventivité est un premier critère d'originalité. L'œuvre originale est celle qui est première en son genre et deviendra une « règle de jugement ».
**c.** Un jugement esthétique ne se résume pas au simple goût personnel. Lorsque j'admire une œuvre et la dis « belle », je ne me limite pas à énoncer qu'elle me plaît. J'ai le sentiment que la beauté est une qualité propre à l'œuvre et qu'autrui est susceptible de vivre la même expérience.

**2** **a.** Pour F. Nietzsche, l'idée de génie est une mystification. Elle permet de distinguer la création artistique des autres créations mais surtout assure à l'homme de ne pas souffrir de sa propre médiocrité lorsqu'il fait face aux œuvres de grands créateurs. Pour Friedrich Nietzsche, on a un intérêt à diviniser l'artiste, pour ne pas observer dans son œuvre le reflet de notre incomplétude.
**b.** Pour W. Benjamin, la reproductibilité technique fait avant tout disparaître l'unicité et donc l'aura de l'œuvre d'art. La démocratisation de l'art grâce à la copie parfaite qu'est la photographie rend l'expérience que vivait le spectateur face à l'œuvre limitée, ou diminuée par le fait qu'elle soit disponible partout, instantanément.

**3** **a.** L'art brut semble s'opposer aux deux sens classiques du mot art. Il ne vise pas la beauté, et il n'est pas effectué par des techniciens possédant expertise et savoir-faire. Il transgresse toutes les catégories, de celle du Beau, pour n'être identifié que comme un pur processus de création et d'inventivité.
**b.** Un musée de l'Art Brut est original puisqu'il expose des œuvres dont la finalité n'était pas de se voir présentées à un public. Il montre ainsi la possibilité d'étendre la définition de l'œuvre d'art et renforce son caractère d'inventivité. Cela permet de revendiquer une démocratisation à l'extrême de l'activité artistique. Malgré tout, l'existence d'une institution organisant ce qui échappe à toute règle demeure une proposition paradoxale.

**4** **a.** L'intemporalité d'une œuvre ne signifie pas qu'elle survit matériellement à l'usure du temps : le vernis qui se craquelle sur vieux tableaux ou les statues qui s'ébrèchent en sont la preuve. Cela ne signifie pas non plus qu'on ne peut pas reconnaître la temporalité dont elle est issue : je peux présumer qu'une toile impressionniste date du XIXe siècle. En fait, l'expression renvoie à la réception de l'œuvre : elle plaît au-delà de son époque. Ainsi, C. Baudelaire montre qu'une œuvre réussie fait preuve de « modernité » : elle est à la fois de son temps et « éternelle », hors du temps pour « parler » aux générations futures. De la sorte, les œuvres d'art réussies sont de tous les temps.

## Le Bonheur

### SE TESTER, QCM p. 45

1. b, 2. a, 3. b, 4. a, 5. a, 6. b,
7. c, 8. b, 9. c, 10. a.

### S'ENTRAÎNER, p. 46

**1** **a.** On distingue les termes de « bonheur » et « plaisir » de trois manières différentes : selon l'intensité, la cause, et la durée. Ainsi le plaisir est une satisfaction partielle qui reste éphémère. Le bonheur est associé à un plaisir global, durable, et lié à un jugement sur la réussite de notre vie.
**b.** La félicité renvoie à un état de bonheur parfait, inatteignable dans notre monde, et est associée aux figures des saints ou des anges. La joie est une satisfaction intense mais éphémère. Le bonheur désigne une joie durable, qui réunit plusieurs satisfactions et semble atteignable.
**c.** L'eudémonisme : doctrine qui prend le bonheur comme fin de la vie humaine. On le distingue de certaines morales du devoir qui défendent que même si certaines actions vont à l'encontre de notre bonheur individuel, elles doivent être menées au nom du bien. L'hédonisme : théorie qui défend que le bonheur s'atteint par la satisfaction des plaisirs. On peut donc dire que l'hédonisme est un eudémonisme, mais que toutes les théories eudémonistes ne sont pas hédonistes.

**2** **a.** Dans sa version radicale, l'hédonisme défend qu'il faut satisfaire l'intégralité de nos plaisirs, même les plus immoraux ou illégaux. Pour Calliclès, seul le puissant est heureux, lui qui possède le pouvoir physique et économique ainsi que le courage de réaliser ses désirs.
**b.** L'hédonisme modéré est une formulation assez classique : on peut imaginer que le

bonheur passe par la réalisation des désirs, sauf ceux qui nuisent à autrui. Cette frontière est pourtant difficile à établir seul. La très grande interdépendance des individus rend difficile de suivre sans erreur un hédonisme qui se voudrait parfaitement modéré. Par ailleurs, l'hédoniste modéré s'expose aussi à la perpétuelle insatisfaction de ses désirs.

**3** **a.** On peut justifier qu'un objet perde de sa valeur rapidement car cette dernière n'est pas en lui-même, elle dépend d'un contexte. Pour Thomas, la valeur du manche de guitare tient dans son origine et le très fort désir qu'il provoque dans la foule.

On nomme selon l'expression de René Girard « mimétique » le désir qui naît du désir des autres pour un même objet. Je ne suis donc ni la source ni l'unique cause de mon désir, ce dernier est déterminé par une réalité collective.

**b.** Bien que Thomas soit un photographe de mode, cela ne fait pas disparaître la mécanique du désir chez lui. La connaissance de la forme du désir est insuffisante à son contrôle. On peut retrouver ce paradoxe dans la formule d'Ovide : « Je connais le bien, je vois le bien, et pourtant je fais le mal ».

**4** **a.** Épictète appartenait à l'école stoïcienne.

**b.** Son affirmation porte sur la distinction à opérer entre les choses en elle-même et les jugements que nous portons sur elles. Si je souffre de la perte d'un proche, Épictète identifie dans mon jugement la cause de mes malheurs. Si c'était l'événement en lui-même qui me causait de la souffrance, j'en ferais l'expérience pour chaque décès.

## La Conscience et l'Inconscient

### SE TESTER, QCM p. 67

1. c, 2. b, 3. a, 4. b, 5. a, 6. c,

7. b, 8. a, 9. c, 10. b.

### S'ENTRAÎNER, p. 68

**1** **a.** doute usuel / **b.** doute cartésien / **c.** doute usuel / **c.** doute cartésien

**2** **a.** Blaise Pascal indique que nous sommes inclus dans cet ensemble physique qu'est l'univers : nous y sommes compris. Mais le terme renvoie aussi à la connaissance : je comprends que je fais partie d'un ensemble physique parce que je constate mon existence corporelle dans cet ensemble. La conscience de soi est alors nécessaire à cette connaissance.

**b.** La pensée peut comprendre l'univers car contrairement au corps, elle n'est pas limitée physiquement. Même si je ne peux même pas imaginer accéder aux confins de l'univers, ma conscience, par la capacité qu'elle a à décrire et connaître l'univers, le comprend.

**3** **a.** F. Nietzsche critique R. Descartes et la certitude immédiate que nous avons d'exister parce que nous pensons.

**b.** Le « quelque chose » décrit par F. Nietzsche est une force qui s'impose à moi en dépit de ma volonté, sans que je n'en voie la genèse. On peut donc supposer qu'il s'agit là d'une force ressemblant à l'inconscient, qui se donne cependant à voir dans le cours conscient de la pensée.

**c.** F. Nietzsche décrit une activité de l'esprit qui déborde la conscience, et qui parfois s'impose à elle. Des pensées surgissent que nous peinons à identifier et à contrôler, on ne peut pas assimiler l'esprit à la conscience. Le « je » ne peut donc suffire à désigner ce que nous sommes et il n'y a pas de certitude dans la connaissance de soi.

## Le Devoir

### SE TESTER, QCM p. 91

1. b, 2. b, 3. a, 4. a, 5. a, 6. c,

7. b, 8. a, 9. b, 10. a.

### S'ENTRAÎNER, p. 92

**1** **a.** Agir conformément au devoir, c'est agir de manière intéressée, parce que je peux en tirer un profit personnel, même symbolique. Agir par devoir relève de l'intention. J'agis ainsi parce que c'est une action bonne, et cela de manière désintéressée.

**b.** Pour F. Nietzsche, la morale est l'instrument des faibles. Elle est « mauvaise conscience » car elle fait culpabiliser les individus. Je me sentirais coupable si j'enfreignais une règle morale, si bien que la morale bride la liberté absolue des hommes à décider comment ils doivent agir.

**2** **a.** Pour E. Kant, seule la volonté peut être parfaitement bonne car la valeur d'une action dépend de l'intention et non des conséquences. C'est donc dans ma volonté qui motive mon acte que je peux identifier le bien. Je le recherche alors pour lui-même : le devoir est inconditionné.

**b.** Pour J.-J. Rousseau, agir moralement ne dépend pas d'un savoir et de compétences intellectuelles. Nous faisons et identifions le bien en suivant un sentiment naturel d'empathie. La raison nous conduit au contraire à développer de l'amour-propre et entre en concurrence avec le sentiment naturel qui guidait notre devoir.

**3** **a.** Les théories morales fondent les possibilités d'agir moralement soit par la raison soit en

suivant la nature. Cette expérience de psychologie sociale montre l'extrême instabilité des individus et la contingence de leurs décisions. Elles nous incitent à ne pas identifier les individus comme moraux ou non mais à se limiter à juger leurs actes particuliers. Cette théorie témoigne d'une faible maîtrise de nos décisions morales, sans véritable règle morale constante.
**b.** . Pour autant, ces théories échouent à décrire tous les comportements, les impératifs moraux restant des guides pour certains, en particulier face à des arbitrages moraux exceptionnels, qui engagent à long terme.

## L'État

### SE TESTER, QCM p. 113

1. a, 2. c, 3. b, 4. c, 5. b, 6. b, 7. a, 8. c, 9. b, 10. b.

### S'ENTRAÎNER, p. 114

**1** **a.** L'État de nature est une hypothèse anthropologique pour penser la nature humaine (bonne ou violente) qui permet de tirer les conclusions sur la forme que doit prendre l'organisation politique.
**b.** Le contrat répond avant tout à un impératif de sécurité : isolés, les hommes sont en danger permanent. Tout l'enjeu est de trouver une forme de pacte d'association qui préserve les libertés humaines.
**c.** L'État dirige et représente la population par l'intermédiaire d'élus dans les démocraties. La société désigne l'ensemble du corps social, la population. On parle en outre de société civile pour l'ensemble des associations qui participent au débat sur l'organisation politique de la société, sans être des professionnels de la politique.

**2** Le totalitarisme est une forme d'organisation politique qui vise à concentrer l'intégralité des pouvoirs dans l'État au détriment de la liberté des individus. On parle d'un État totalitaire lorsque ce dernier intervient absolument partout et que la société civile disparaît. Il suppose donc l'obéissance absolue des citoyens et la suppression de toute autonomie et particularité individuelles. Vous pouvez comparer les principaux régimes totalitaires de XXe siècle : le régime fasciste de Mussolini en Italie, le régime nazi d'Hitler en Allemagne et le régime communiste de Staline en U.R.S.S.

**3** **a.** Lorsque J.-J. Rousseau dit que le peuple a toujours raison, il veut signifier que lorsqu'il s'agit de prendre une décision politique qui concerne la population, cette dernière ne va pas arbitrer contre elle-même. Le peuple a toujours raison dans le sens où il ne légifèrera pas contre son propre intérêt. Mais il peut se tromper.
**b.** Pour K. Marx, l'État est un instrument au service d'un groupe de citoyens qui possèdent les mêmes intérêts. Il s'agit de renverser ce qu'il nomme l'État bourgeois pour rétablir les droits des prolétaires. Mais cette prise de pouvoir, révolutionnaire, risque de reproduire les mêmes vices en créant une administration qui concentre les pouvoirs et reproduit les inégalités. L'objectif de la révolution selon K. Marx est donc la disparition des classes sociales dans une société où l'État est obsolète.

**4** J.-J. Rousseau défend la thèse que « la force est faiblesse » car elle est instable et justifie l'usage de la force contre elle afin de la renverser. L'objet d'un contrat est d'assurer l'expression de la liberté individuelle dans une volonté générale ; or un pouvoir qui se fonde sur la force ne peut le faire en respectant le droit. Il est illégitime. Le droit et la force s'opposent donc.

## La Justice

### SE TESTER, QCM p. 133

1. c, 2. b, 3. a, 4. b, 5. c, 6. c, 7. a, 8. a, 9. a, 10. a.

### S'ENTRAÎNER, p. 134

**1** Les Droits de l'homme sont des droits naturels qui lui appartiennent en propre par sa condition d'être humain, ils ne dépendent pas d'un système politique particulier, ils sont déclarés et non créés par les textes qui les énoncent. Les Déclarations sont rédigées afin de favoriser la défense de ces droits pour toutes et tous, mais ils leurs préexistent. Ils sont universels et pas simplement généraux car on peut s'en revendiquer quelle que soit notre origine et notre condition.

**2** **[Citation 1]** **a.** L'égalité arithmétique suit le principe de donner « à chacun la même chose ». L'équité partage les ressources « selon les besoins de chacun ». Ici, c'est le cas d'une égalité arithmétique stricte.
**b.** On peut défendre que l'équité est plus efficace pour corriger des inégalités entre les individus. L'égalité réside dans le fait d'octroyer des aides supplémentaires à ceux qui ont moins pour rééquilibrer les chances.

**[Citation 2]** **a.** La loi est générale dans sa formulation. Elle désigne et décrit un délit ou un crime, mais le texte ne peut pas prendre en compte les cas particuliers.

**b.** Rendre la justice suppose d'arbitrer en interprétant la loi en fonction des informations présentées, et de proposer un verdict juste qui peut même parfois aller à l'encontre du texte.

**3** **a.** On pourrait dire que la vengeance est un droit naturel de « se faire justice soi-même ». Mais elle est illégale est contraire à la justice. Elle est un excès, apportant une réponse violente qui excède la souffrance subie alors que la justice aspire à rétablir un équilibre. Et la vengeance ne résout rien, elle en provoque une autre en retour, sans fin. De plus, elle est individuelle et singulière (c'est la victime qui choisit la peine), si bien que le principe d'égalité face à la justice est nié. La loi du Talion est bien, à ce titre, le contraire de la vengeance.
**b.** Trois droits naturels fondamentaux se distinguent : le droit à la sûreté, à la liberté de conscience et le droit à la propriété. Assurer un droit naturel à la sécurité et à la liberté est au cœur des théories du contrat. Le droit à la propriété ne concerne pas seulement les objets ou la propriété d'un lieu d'habitation, mais aussi le fait qu'on puisse revendiquer la propriété de nos productions, de notre corps ou de nos idées. Ces droits sont les conditions nécessaires (mais non suffisantes) à la réalisation d'une vie digne.

**4** Javert est tiraillé entre deux impératifs : il a l'obligation de faire respecter le droit, et l'impunité risque de mettre en danger le principe même de l'égalité devant la loi, mais, il reconnaît que Jean Valjean est bon puisqu'il lui a sauvé la vie de manière désintéressée. Il y a donc bien un écart entre la justice et le droit, puisque dans ce cas le droit semble aller à l'encontre même de la justice. Le légal peut, dans certaines conditions, ne pas apparaître légitime.

## Le Langage

### SE TESTER, QCM p. 155

1. c, 2. a, 3. b, 4. a, 5. a, 6. b, 7. a, 8. c, 9. a, 10. b.

### S'ENTRAÎNER, p. 156

**1** **a.** Croquer : naturel / jeune : arbitraire / cocorico : naturel / surprise : arbitraire / maman : naturel / crisser : naturel / toquer : naturel.

**2** **b.** et **c.** sont performatifs.

**3** **a.** et **b.** Le langage est un système de signes organisés. Les règles qu'il suit, en particulier la grammaire, assurent que la compréhension de l'énoncé corresponde à la pensée du locuteur. Il s'agit bien ici d'une faute relative à l'association entre les signes que sont les mots. Ce type d'erreur a des conséquences plus importantes sur la possibilité de communiquer. La Reine Isabelle illustre l'expression de Boileau car elle échoue à partager clairement sa pensée. La maîtrise de la langue est donc la condition nécessaire pour arriver à ses fins.

**4** **a.** Le langage est plus qu'un outil de la pensée car il se singularise par un usage : la parole. M. Merleau-Ponty suggère que le langage accompagne une personne plus qu'il ne se confond avec elle. Les intonations ou le rythme d'élocution rendent le langage plus riche que son simple contenu pour nous. L'outil remplit une fonction et est en soi neutre par rapport au but poursuivi.
**b.** Le langage dépasse sa fonction d'outil pour signifier plus que son contenu : il exprime l'existence de celui ou celle qui s'exprime. Le sens du langage est en dehors du langage lui-même si lorsque je parle, mon interlocuteur saisit plus que le contenu strict de mes paroles (sous-entendus ou messages subliminaux).

## La Liberté

### SE TESTER, QCM p. 177

1. b, 2. a, 3. c, 4. b, 5. a, 6. c, 7. c, 8. c, 9. a, 10. b.

### S'ENTRAÎNER, p. 178

**1** **a.** Dans le premier cas, « déterminé » renvoie à la force de la volonté : être motivé en vue d'un objectif. Dans le second cas, si je suis déterminé par mon milieu social, je reproduis malgré moi des schémas qui trahissent mon appartenance à ce milieu.
**b.** Ce qui est nécessaire ne peut pas être autrement qu'il est. Or, par définition, ce qui est libre aurait pu être autre : liberté métaphysique et nécessité s'opposent donc. Mais pour Baruch Spinoza on ne peut, par définition, rien changer à la nécessité, il nous appartient donc de nous accorder avec elle, en comprenant les causes qui nous déterminent à agir d'une manière plutôt que d'une autre.

**2** **a.** Le droit de porter des armes est un droit-liberté et non un droit-créance : en effet, il ne s'agit pas d'une obligation que les citoyens peuvent exiger de l'État mais d'une autorisation.
**b.** Puisque la détention d'armes ne permet pas aux individus de s'accomplir dans un projet collectif mais qu'elle tente au contraire de leur ménager l'autonomie la plus importante possible, elle est du ressort de la liberté négative.

**3** La force extérieure dont parle R. Descartes s'oppose à une force intérieure : la volonté. Agir librement, c'est donc agir en l'absence d'influences de forces extérieures, dirigé par notre volonté propre. La force extérieure contraint, agir librement, c'est donc agir en dehors de toute contrainte. La force intérieure peut cependant obliger : si je suis une loi morale, je le fais sans contrainte, simplement en suivant ma volonté.

**4** **a.** et **b.** Pour être responsable, il faut être libre et être capable de discerner le bien du mal. Par conséquent, il n'y a pas de moralité sans liberté. La notion de libre-arbitre serait une « invention » destinée à accréditer l'idée de bien et de mal au sens moral. Déclarer les hommes libres, c'est permettre leur culpabilité, et donc leur condamnation morale et religieuse.

## La Nature

### SE TESTER, QCM p. 199

1. b, 2. a, 3. c, 4. b, 5. b, 6. a,
7. c, 8. a, 9. b, 10. b.

### S'ENTRAÎNER, p. 200

**1** **a.** finaliste / **b.** mécaniste / **c.** finaliste / **d.** mécaniste
**a.** nature / **b.** culture / **c.** culture / **d.** nature

**2** **a.** L'expression « contre-nature » est ici employée sans connaissance précise du concept de nature pour désigner ce qui offense les mœurs. En fait, l'union civile hétérosexuelle est elle-même contre-nature puisqu'elle appartient au domaine de la culture. Ainsi, l'expression est employée par réflexe conservateur, pour dénoncer ce qui est inaccoutumé, et confond tradition et nature.
**b.** La nature et la culture s'opposent complètement. Tout ce qui est culturel est acquis, alors que tout ce qui est naturel est inné : tout ce qui est culturel s'affranchit de la nature et par conséquent est « contre-nature ».

**3** L'anthropologue Margaret Mead montre que les éléments de la personnalité que l'on attribue au genre des personnes sont construits socialement et non donnés biologiquement. À la manière de Simone de Beauvoir, on peut dire que le genre est une construction culturelle ainsi que l'identité : c'est pourquoi Margaret Mead estime que l'être humain est « éminemment malléable ».

## La Religion

### SE TESTER, QCM p. 221

1. a, 2. a, 3. b, 4. a, 5. a, 6. b,
7. c, 8. a, 9. b, 10. a.

### S'ENTRAÎNER, p. 222

**1** **a.** dynamique / **b.** statique / **c.** statique / **d.** dynamique
**a.** nature / **b.** culture / **c.** culture / **d.** nature

**2** **[citation 1]** **a.** Saint-Jean Chrysostome appartient à la tradition des penseurs religieux hostiles au plaisir corporel qui serait un signe de débauche, de faiblesse et d'attachement à la Terre au détriment du Ciel. Ce jugement est à comprendre à la lumière de l'opposition entre le bien immédiat du corps et celui, futur, de l'esprit, trouvé dans un « arrière-monde », supérieur.
**b.** F. Nietzsche emploie un langage métaphorique lorsqu'il déclare ne croire qu'à « un Dieu qui saurait danser » ; il ne saurait accorder sa foi à une religion qui condamne le plaisir. Pourquoi une entité divine bienveillante recommanderait la souffrance plutôt que le plaisir ? Pour F. Nietzsche, il n'y a aucune valeur à la souffrance contrairement au plaisir.
**c.** On comprend alors que F. Nietzsche dévalorise l'idéalisme religieux de manière générale. Les religions construisent des « arrières-mondes » fictifs permettant de discipliner les corps et les esprits et valorisant la souffrance plutôt que le plaisir. C'est précisément ce qui est inacceptable pour F. Nietzsche.

**[citation 2]** **a.** Les châtiments des Enfers sont, d'après Lucrèce, la représentation des craintes humaines. Ils n'ont pas d'existence réelle mais une fonction symbolique. Le supplice de Tantale symbolise l'angoisse « sans objet » qui pèse sur l'humanité. Puisque les dieux sont capables de châtiments, nous avons peur de les offenser et nous nous disciplinons. D'après Lucrèce, il s'agirait donc de s'affranchir de cette « vaine crainte » qui ne nous en préserve en rien.
**b.** Superstition et foi s'opposent parce que la première décrédibilise la seconde : concevoir les dieux intéressés et capables des pires châtiments nous détourne d'une compréhension adéquate et donc de la foi. Nous n'honorons pas les dieux en leur rendant un culte inadéquat et enraciné dans la superstition : foi et superstition sont donc incompatibles.

## La Science

### SE TESTER, QCM p. 245

1. b, 2. c, 3. b, 4. a, 5. a, 6. c,

7. c, 8. a, 9. b, 10. a.

### S'ENTRAÎNER, p. 246

**1** En constatant des régularités dans l'ordre des phénomènes, la dinde semble avoir raison de les expliquer par des lois invariables. Cependant, la théorie de la dinde ne lui permet pas d'anticiper correctement les événements, et lui coûte la vie. Cette expérience de pensée illustre bien qu'on ne peut pas conclure avec certitude à une loi générale à partir d'un nombre fini de cas particuliers.

**2** **a.** À ce stade, la connaissance n'est pas scientifique, c'est une hypothèse fondée sur une observation ordinaire. Il faut donc élaborer un protocole expérimental. Tout d'abord, vérifier la valeur de l'hypothèse formulée : il faut pouvoir évaluer objectivement la quantité de sagesse possédée par l'individu. Ensuite, il faut montrer que c'est bien le philosophium qui est la cause active de l'accroissement, par exemple en comparant deux groupes tests. Si les résultats sont positifs, répéter l'expérience, puis généraliser.
**b.** Même si nous n'observions que des indices concordants n'invalidant jamais notre théorie, cette connaissance serait temporaire et instable, falsifiable, susceptible d'être remplacée par une théorie meilleure. Elle reste aussi confrontée au problème de l'induction.

**3** **a.** L'image du trou noir produite par l'EHT n'est pas le résultat d'une observation directe. Elle présuppose une théorie puis la fabrication de l'outillage technique pour observer et confirmer. La théorie scientifique prédit la possibilité de l'observation qui ne peut pas avoir lieu sans elle.
**b.** Dans l'observation ordinaire, nous partons des sens, de ce qui apparaît dans la perception, et élaborons ensuite des hypothèses. L'observation scientifique est en revanche seconde : elle s'appuie sur une connaissance théorique. L'observation scientifique vient donc conforter la théorie, alors que l'observation ordinaire permet d'élaborer des théories.

## Le Temps

### SE TESTER, QCM p. 265

1. a, 2. b, 3. b, 4. b, 5. b, 6. c,

7. a, 8. c, 9. a, 10. b.

### S'ENTRAÎNER, p. 266

**1** **a.** temps objectif / **b.** durée / **c.** durée / **d.** temps objectif

**2** **a.** temps devenir / **b.** temps devenir / **c.** temps contenant / **d.** temps contenant

**3** **a.** Irréversible, monotone et homogène dans son écoulement, toutes nos tentatives d'interrompre, ralentir ou inverser le cours du temps échouent. Le changement lié au devenir est inévitable.
**b.** Nous pouvons en revanche modifier l'organisation de l'espace. Toute action est une modification matérielle, elle introduit des changements dans la matière qui occupe nécessairement un espace : les limitations matérielles sont également des limites spatiales. Ainsi l'espace délimite et est la marque de notre puissance d'action.
**c.** D'après J.-P. Sartre, le passé doit être assumé, il n'est plus susceptible d'aucune liberté ; notre avenir est en revanche à inventer. Par conséquent, le temps est bien la marque de notre liberté : dans le futur, nous avons un pouvoir d'action, une « puissance ». Si nous sommes impuissants face au temps lui-même, nous sommes en revanche libres de faire ce que nous voulons du temps qui nous est imparti.

**4** **a.** et **b.** Même dans un scénario fictif comme celui-ci qui rompt la règle de la succession temporelle, le temps conserve un ordre. Dans le cadre de l'action, il y a nécessairement un avant et un après. Le protagoniste constate des paradoxes temporels parce que la succession d'événements n'est pas orientée vers le progrès technologique. En fait, un temps sans événements successifs serait un temps réduit à une pure simultanéité, et donc sans action ni changement. Par conséquent, même si on peut imaginer des successions d'événements sans causes, on ne peut pas imaginer de temps sans succession d'événements.

## Le Travail et la Technique

### SE TESTER, QCM p. 285

1. b, 2. a, 3. c, 4. b, 5. b, 6. b,

7. a, 8. b, 9. a.

### S'ENTRAÎNER, p. 286

**1** **a.** Diplôme validant un savoir technique.
**b.** Expression renvoyant aux inventions et innovations techniques modernes.
**c.** Savoir-faire manuel.

**d.** Imbrication du savoir théorique biologique et des nouvelles technologies, du vivant et de la technique.

**2** **a.** et **b.** Cette exclamation exprime notre étonnement, presque l'incrédulité, face aux innovations, inventions et progrès techniques dont l'homme se montre capable. Les incroyables avancées technologiques de ces dernières décennies nous laissent admiratifs : l'homme fabrique des outils de plus en plus élaborés et efficaces pour maîtriser le réel et se faciliter la vie. Mais ces outils nous laissent aussi perplexes, leur complexité rend leur maîtrise presque impossible, ils nous aliènent donc, et paraissent nous arracher de plus en plus à la nature.

**3** **a.** L'outil est un objet fabriqué par l'homme en vue d'une fin : agir sur la matière et la transformer. L'instrument désigne tout type d'objet ayant une fonction déterminée, permettant d'exécuter une opération ou obtenir une information. Il n'augmente pas nécessairement notre capacité d'action. Il peut aussi permettre de mieux connaître, percevoir.
**b.** L'ordinateur, le robot, mais aussi la machine agricole sont à la fois des instruments et des outils.

**4** **a.** L'homme fait partie intégrante de la nature, il obéit à ses lois et dépend d'elle. Il ne peut pas s'affranchir des lois de la physique par exemple, ou de son besoin d'oxygène. Sa vie est liée à la planète Terre ; sa survie dépend de la sienne. Comme les murs d'une prison, elle constitue une limite.
**b.** La recherche en aérospatiale, la conquête de l'espace et l'ensemble des recherches sur le monde physique pour augmenter notre maîtrise et repousser nos limites témoignent de notre volonté de nous arracher à cette « prison » terrestre.

## La Vérité et la Raison

### SE TESTER, QCM p. 309

1. a, 2. c, 3. b, 4. a, 5. b, 6. b, 7. a, 8. c, 9. c, 10. a.

### S'ENTRAÎNER, p. 310

**1** **a.** 1. vérité de fait / 2. vérité de fait / 3. vérité de raison / 4. vérité de raison
**b.** Réponses 2. et 4.

**2** **a.** Paradoxalement, la vérité peut être employée à la manière d'un mensonge. Par exemple, si nous savons que notre interlocuteur ne nous croit pas, nous pouvons énoncer des vérités pour le tromper, il s'agit alors d'un mensonge dans l'intention.
**b.** Le devoir de vérité semble inflexible, ne serait-ce que pour préserver le lien de confiance entre les membres de la société, mais cet impératif admet des exceptions. Ainsi dans l'exemple précédent où la vérité agit comme un mensonge. Et dans certains cas exceptionnels, l'attitude morale consiste à transgresser la vérité si les conséquences sont bénéfiques.
**c.** Dans cet ordre d'idée, nous pouvons même avoir le devoir moral de mentir qui dépend alors de ce que mon interlocuteur compte faire de la vérité : s'il s'en sert à des fins immorales, condamnables, nous pouvons estimer devoir mentir pour préserver d'un mal.

**Crédits**

**p. 18 :** © RMN-Grand Palais (musée du Louvre) / René-Gabriel Ojeda ; **p. 22 :** © AKG © ADAGP, Paris 2021 ; **p. 42 :** © Eternal Sunshine of the Spotless Mind – Dir : Michel Gondry (2004), Jim Carrey, 2004 © Aurimages/Focus Features/courtesy Everett Collection ; **p. 64 :** © Science Photo Library/Ikon Images/Skopein ; **p. 89 :** © Trevor Spaulding ; **p. 110 :** © Mathias Zwick/Hans Lucas ; **p. 130 :** © Christie's/Artothek/La Collection © ADAGP, Paris 2021 ; **p. 152 :** © Ministère de la Culture – Médiathèque de l'architecture et du patrimoine, Dist. RMN-Grand Palais/Willy Ronis © RMN – Gestion droit d'auteur Willy Ronis ; **p. 174 :** © Photo Josse/La Collection © ADAGP, Paris 2021 ; **p. 196 :** © Photo12/Alamy/Incamerastock ; **p. 219 :** © Collection Dagli Orti/Aurimages ; **p. 229 :** illustration de la théorie des épicycles, avec l'aimable autorisation de Rodrigue Robitaille ; **p. 233 :** © NASA/JPL/DLR ; **p. 242 :** © The Granger Collection, New York/Coll. Christophel ; **p. 262 :** © Plainpicture/Dorothy Shoes ; **p. 282 :** © Ministère de la Culture – Médiathèque de l'architecture et du patrimoine, Dist. RMN-Grand Palais/Willy Ronis © RMN – Gestion droit d'auteur Willy Ronis et **p. 306 :** © BPK, Berlin, Dist. RMN-Grand Palais/Hans Bach.

**Responsable éditoriale :** Audrey Gérard.
**Suivi éditorial :** Stéphane Desa.
**Assistante d'édition :** Léa Souquet-Basiège.
**Conception couverture et direction artistique :** Studio Humensis, Audrey Hette.
**Maquette intérieure :** Studio Humensis, Audrey Hette
avec la participation de Charlotte Thomas, Marse et STDI.
**Mise en pages :** Fabienne Le Bihan.
**Iconographie :** Laetitia Jannin.
**Illustrations d'ouverture des chapitres :** Sébastien Thibault.
**Infographies :** Laurent Blondel/Corédoc.
**Photogravure et prépresse :** Arthur Caillard.
**Fabrication :** Zoé Farré-Vilalta.



Imprimé par GraphyCems

N° d'édition : 03581959-03/juillet 2022 – Dépôt légal : août 2021.